LA CLAUSE PATERNELLE

DU MÊME AUTEUR

INVASION !, Éditions Théâtrales, 2008.
MONTECORE, UN TIGRE UNIQUE, Le Serpent à Plumes, 2011.
J'APPELLE MES FRÈRES, Éditions Théâtrales, 2013 ; Actes Sud, 2014.
NOUS QUI SOMMES CENT, Éditions Théâtrales, 2013.
TOUT CE DONT JE NE ME SOUVIENS PAS (prix August 2015), Actes Sud, 2017.
PRESQUE ÉGAL À, Éditions Théâtrales, 2019.

"Lettres scandinaves"

Ouvrage traduit avec le concours
du Swedish Arts Council, Stockholm

Titre original :
Pappaklausulen
Éditeur original :
Albert Bonniers Förlag, Stockholm

ISBN 978-2-330-15099-0

JONAS HASSEN KHEMIRI

La Clause paternelle

roman traduit du suédois
par Marianne Ségol-Samoy

ACTES SUD

J'ai pacte avec cette nuit, depuis vingt ans je la sens qui vers moi doucement hèle…

AIMÉ CÉSAIRE,
*Et les chiens se taisaient**.

Demande à une mère qui vient de perdre un enfant : Combien d'enfants as-tu ? "Quatre", répondra-t-elle, "-trois", et quand les années auront passé, "Trois", répondra-t-elle, "-quatre".

AMY HEMPEL,
The Collected Stories.

I. MERCREDI

Un grand-père qui est un père est de retour dans le pays qu'il n'a jamais quitté. Il se tient dans la file d'attente pour le contrôle des passeports. Si le policier derrière sa vitre lui pose des questions suspicieuses, le père qui est un grand-père restera calme. Il ne dira pas au policier que c'est un abruti. Il ne lui demandera pas s'il a eu son uniforme dans une pochette-surprise. Il sourira et il lui montrera son passeport en lui rappelant qu'il est citoyen de ce pays et qu'il ne l'a jamais quitté plus de six mois. Pourquoi ? Parce que sa famille vit ici. Ses enfants bien-aimés. Ses merveilleux petits-enfants. Sa traîtresse d'ex-femme. Il ne partirait jamais plus de six mois. Six mois c'est le maximum. Le plus souvent il part cinq mois et trente jours. Parfois cinq mois et vingt-sept jours.

La file avance. Le grand-père qui est un père, a deux enfants. Pas trois. Un fils. Une fille. Il les aime tous les deux. Surtout la fille. Les gens disent qu'ils lui ressemblent, mais lui ne trouve pas. Ils ont la taille de leur mère. L'obstination de leur mère. Le nez de leur mère. Tous deux sont des petites ou plutôt des grandes copies de leur mère. Surtout le fils. Il lui ressemble tellement que le père qui est parfois un grand-père, qui l'est assez souvent en fait, peut avoir envie de lui mettre un coup de tête. Mais il ne le fait pas. Bien sûr que non. Il sait se maîtriser. Il a vécu suffisamment longtemps dans ce pays pour savoir que les émotions sont une mauvaise chose. Les émotions doivent être rangées dans des petits compartiments, volontiers répertoriés, et ne pas être libérées avant qu'aient été préparés le mode d'emploi et le plan, avant que les experts ne soient sur place, avant qu'un contrôleur d'État ne prenne la responsabilité de ce que les émotions peuvent susciter.

La file n'a pas bougé d'un pouce. Personne ne se met en colère. Personne n'élève la voix. Personne n'essaie de doubler. Les gens lèvent juste les yeux au ciel en soupirant. Le grand-père fait pareil. Il se souvient de l'époque où il était un père. Les goûters d'anniversaire et les vacances au soleil, les entraînements de judo et les gastros, les leçons de piano et les fêtes de fin d'année. Il se souvient de la manique que sa fille, ou peut-être son fils, avait fabriquée en travaux manuels, avec le texte brodé : *Le meilleur papa du monde.* Il était un père formidable. Il est un grand-père formidable. Celui qui prétend le contraire est un menteur.

Quand le père qui est un grand-père arrive au guichet, la femme en uniforme de l'autre côté de la vitre le regarde et scanne son passeport. Ça ne prend que quelques secondes. Après ça, elle lui fait signe de passer.

*

Un fils qui est un père se rend à son bureau dès que ses enfants se sont endormis. Il ramasse le courrier d'une main et ouvre la porte de l'autre. Il range les courses dans le frigo et balance ses affaires de sport dans la penderie. Avant de sortir l'aspirateur, il fait un tour dans la cuisine, la salle de bains et l'entrée afin d'enlever les cadavres de cafards de ces dernières vingt-quatre heures avec du papier essuie-tout et une pelle. Il change les draps dans le coin chambre, les serviettes dans la salle de bains et remplit l'évier d'eau chaude pour laisser tremper les tasses qui ont du café séché dans le fond. Il ouvre la porte du balcon pour aérer. Il fourre dans la poubelle de la cuisine des enveloppes à fenêtre déchirées, des prospectus, de vieux kiwis tout fripés, des mandarines dures comme des balles de bandy et des épluchures de pommes devenues marron. Il regarde l'heure et voit qu'il est dans les temps. Peut-être n'est-il même pas pressé.

Il passe la serpillière dans l'entrée et dans la cuisine. Il nettoie la baignoire, le lavabo et les toilettes. Quand il a terminé, il laisse le savon ménager et l'éponge en évidence dans la salle de bains en se disant que si le père les voit, il y aura peut-être une chance qu'il ne laisse pas le bureau dans le même état que la fois précédente. Et encore celle d'avant.

Le fils verse les capsules neuves de café de la machine à expresso dans un sac en plastique qu'il range ensuite dans un carton au fond du garde-manger. Il met les bougies parfumées que sa sœur lui a offertes pour son anniversaire dans un autre sac en plastique qu'il cache dans la boîte à outils. Les conserves de thon artisanales et les bocaux en verre contenant des pignons de pin, des noix et des graines de courge, il les range dans le carton de cartouches d'encre au-dessus du frigo. Il vide dans la poche droite de son jean le bol rempli de monnaie qui se trouve sur la commode de l'entrée. Les lunettes de soleil, il les range dans son sac à dos. Puis il fait de nouveau le tour de l'appartement. Il a terminé. Son bureau est maintenant prêt à accueillir son père. Il regarde l'heure. Le père devrait arriver. Il sera là d'un moment à l'autre.

*

Un père qui est un grand-père se tient devant le tapis à bagages. Il se fait la réflexion que toutes les valises se ressemblent. Elles brillent comme des vaisseaux spatiaux et ont des roulettes comme sous les skateboards. Ça se voit de loin que ce sont des fabrications bas de gamme provenant d'Asie. Sa valise à lui est solide. Elle a été fabriquée en Europe. Elle tient depuis plus de trente ans et tiendra pendant au moins vingt ans de plus. Elle n'a pas de roulettes qui risquent de se casser. Les parois sont tapissées d'autocollants de compagnies aériennes qui ont fait faillite. Lorsqu'il la récupère sur le tapis, une jeune fille aux bras de lutteuse lui propose son aide. Non merci, répond le grand-père en lui faisant un sourire. Il n'a pas besoin d'aide. Surtout pas de la part d'inconnus qui font ça uniquement dans l'espoir de récupérer une pièce ou deux.

Il dépose sa valise sur le chariot à bagages et se dirige vers la sortie. Avant le départ il y a eu un problème technique. Tous les passagers sont montés dans l'appareil puis ont été invités à redescendre pour ensuite remonter. Ses enfants ont certainement vu sur internet qu'il avait du retard. Le fils est allé chercher sa sœur en voiture, ils ont roulé sur l'autoroute en direction du nord, ils se sont garés sur le parking hors de prix de l'aéroport et la fille a récupéré dans le coffre le beau manteau du père. Et en ce moment, ils l'attendent dans le hall des arrivées. Sa fille avec son sourire radieux. Son fils avec son casque sur les oreilles. Ils n'ont pas besoin de cadeau. Ça lui suffit qu'ils soient là.

*

Un fils qui est un père en profite pour travailler un peu en attendant l'arrivée du père. Après avoir contrôlé qu'il n'y a pas de cafards morts dans la bouilloire, il met en route l'eau pour se faire un thé. Il allume son ordinateur et parcourt le bilan annuel du syndic du bâtiment 9. Il se connecte ensuite sur le site des Impôts et demande un délai pour un journaliste free-lance et un conservateur de musée qui sont en retard sur leurs factures. Puis il fait une liste des choses à préparer pour le goûter d'anniversaire de sa fille le dimanche suivant. Relancer les parents qui n'ont pas encore répondu à l'invitation. Préparer des jeux. Acheter des ballons, des assiettes en carton, des serpentins, des pailles, des sirops, tous les ingrédients pour un gâteau. Et aussi de la ficelle et une pince à linge pour la pêche à la ligne. Il jette un œil par la fenêtre. Il ne faut pas s'inquiéter. Tout va bien. Son père est juste un peu en retard.

À l'époque, le fils avait l'habitude de retrouver sa sœur à la gare routière Cityterminalen pour accueillir ensemble le père lorsqu'il arrivait de l'aéroport. Tous deux s'asseyaient sur un banc derrière les grandes baies vitrées de la station de bus, dos contre dos, ou tête contre épaule, ou tête contre cuisse. Le fils avait les yeux rivés sur l'horloge à se demander pourquoi le père n'était toujours pas là tandis que la sœur allait à la petite boutique d'alimentation s'acheter un smoothie à la framboise, un sandwich et un latte à emporter. À son retour, il arrivait au frère de retirer son casque pour lui faire écouter les derniers sons de Royce da 5'9", Chino XL et Jadakiss. Au bout d'un moment, la sœur le lui rendait, bâillait et se remettait par exemple à discuter hygiène intime avec quelques retraités qui s'apprêtaient à prendre le car de nuit pour Varberg. Le fils qui n'était pas encore père faisait les cent pas entre le banc et la vitre. La sœur qui n'était pas encore mère s'allongeait sur le banc, calait son sac à main sous sa tête comme oreiller et s'endormait. Tous les quarts d'heure, une nouvelle navette. Mais toujours aucun père. Le fils se rasseyait, se relevait, se rasseyait, se relevait. Un SDF était délogé par des agents de sécurité. Deux chauffeurs de taxi jouaient au morpion ou faisaient des pronostics sur des chevaux. Quelques touristes perdus descendaient des navettes, partaient dans une direction puis revenaient sur leurs pas et repartaient dans la direction opposée. Le frère regardait sa sœur. Comment pouvait-elle dormir aussi paisiblement ? Ne comprenait-elle pas qu'il s'était passé quelque chose ? Que leur père avait été arrêté ? Que les militaires l'avaient attrapé au moment où il embarquait, qu'ils lui avaient demandé ses papiers, qu'ils l'accusaient d'être un agent secret, un contrebandier, un membre de l'opposition ? Et en ce moment même, il était enfermé dans une cellule glaciale à essayer de convaincre les militaires qu'il n'était pas de la famille de ce gars qui s'était immolé par le feu dans une prison en signe de protestation contre les méthodes du régime. Nous sommes une grande famille, expliquait-il. Notre nom est courant. Je ne suis pas un homme politique, je ne suis qu'un simple vendeur. Puis il leur faisait son sourire enchanteur. S'il y avait bien quelqu'un qui pouvait s'en sortir par la tchatche c'était lui. Assieds-toi et calme-toi, lui avait dit la sœur quand elle s'était réveillée. Respire. Tout va bien. Quatre-vingt-dix minutes, avait répondu le frère en secouant la tête. C'est quand même un peu bizarre que l'avion ait atterri il y a déjà quatre-vingt-dix minutes et qu'il ne soit toujours pas là. Du calme, lui avait répété sa sœur en le forçant à se rasseoir sur le banc. Ce n'est pas bizarre du tout. Tu sais bien qu'il attend d'abord que tous les passagers soient descendus de l'avion, qu'il ramasse ensuite les journaux oubliés et les bouteilles de vin non terminées, qu'il passe par ses toilettes préférées avant d'aller finalement récupérer sa valise qu'il inspecte pendant un long moment pour s'assurer qu'il n'y a pas d'éraflure, et s'il y en a une, ce qui est toujours le cas, il se rend au service bagages de la compagnie. Tu le sais, ça ? Le fils avait acquiescé d'un signe de tête. Et il déclare que la valise a été détériorée. L'agent en face de lui n'arrive pas à savoir s'il est sérieux ou s'il plaisante vu que sa valise date genre de la dernière guerre mondiale. Il lui explique qu'on ne dédommage pas les dégâts liés à l'usure, ce qui le fâche. Il se met alors à crier que le client est roi. À moins que la dame derrière le comptoir ne soit jeune et jolie, avait rétorqué le fils. Exactement, avait répondu la sœur. Dans ce cas, il sourit et lui dit qu'il comprend tout à fait. Et après ? avait demandé le fils. Après, il doit passer la douane, avait répondu la sœur. Et un douanier inexpérimenté croit qu'il a quelque chose à cacher. Alors il l'arrête et lui pose des questions. Il lui demande de le suivre dans une arrière-salle pour montrer le contenu de sa valise. Et que trouve-t-il ? Rien. La valise est vide. À part quelques chemises. Et un peu de nourriture. Tu sais bien que ça prend toujours un temps fou, conclut la sœur. Et toi, tu t'inquiètes toujours pour rien.

Ils étaient restés silencieux. Une navette était arrivée puis repartie. Lorsqu'une nouvelle navette avait redémarré, leur père se tenait sur le trottoir. Toujours vêtu des mêmes vêtements. La même veste lustrée. Les mêmes chaussures usées. La même valise. Le même sourire. Et toujours la même première question : vous avez mon manteau ? La fille et le fils, qui venaient de passer le sas, le lui tendaient et attrapaient sa valise en échange. Puis ils lui disaient en chœur *Bienvenue à la maison* et, comme chaque fois, ils se demandaient si *maison* était le bon mot.

*

Un père qui est un grand-père sort dans le hall des arrivées. Il croise le regard de ceux qui attendent. Ils ont tous le visage flou comme les criminels sur les caméras de surveillance. Des jeunes femmes boivent du thé à emporter. Des hommes barbus dans des pantalons trop étroits regardent leur portable. Deux parents bien habillés tiennent une banderole qu'ils n'ont pas encore déroulée, un membre de leur famille les filme, son avant-bras droit au-dessus de la tête comme un cobra. Plusieurs hommes ont un bouquet de fleurs et un manteau de femme dans les bras. Le père reconnaît ce genre d'hommes. Il en a déjà vu. Ce sont des Suédois qui attendent leur femme thaïlandaise. Ils se rencontrent sur internet et ils se fiancent sans s'être vus. Et maintenant, les hommes ont apporté un manteau pour montrer aux femmes qu'ils sont gentils et qu'ils veulent leur éviter un choc thermique. Mais un homme gentil, ça ne commande pas une épouse-prostituée à l'autre bout de la terre, se dit-il en continuant à avancer. Il ne cherche pas ses enfants des yeux parce qu'il sait qu'ils ne sont pas là. Pourtant il remarque que son regard, lui, cherche. Que ses yeux, eux, espèrent.

Il passe devant une grande famille africaine où les hommes ressemblent à des dealers. Il passe devant un Pakistanais avec une tache de naissance sous un œil qui cligne violemment des paupières comme s'il était nerveux ou comme s'il venait de se réveiller. Un pédé à coup sûr. Ça se voit à sa chemise moulante et à son foulard pelucheux. Le grand-père poursuit sa route, passe devant le café ouvert la nuit, passe devant les chauffeurs de taxi tenant dans une main des panneaux avec des noms de famille suédois ou des noms d'entreprises anglaises, passe devant les bureaux de change fermés, passe devant la colonne aux grands autocollants verts informant de la présence d'un défibrillateur. C'est quoi un défibrillateur ? Et si c'est tellement important, pourquoi n'y en a-t-il pas dans tous les aéroports ? Non, ce n'est qu'ici, dans ce pays étrange, que les politiques ont décidé que le hall des arrivées n'était pas un lieu sûr sans la présence d'un défibrillateur.

Le grand-père qui ne se sent plus père pousse son chariot en direction de la station de bus. Il sort dans le vent. Tous ses départs et ses retours se sont passés dans cet aéroport. Par temps ensoleillé. Par temps de pluie. En hiver. En été. Peu importe. Quand on sort du terminal 5, le vent est constant. Il a la force d'un ouragan. Quelle que soit la saison. Il transforme les foulards en drapeaux. Les vestes en jupes. Il est si puissant que les gens doivent se mettre à l'abri entre les colonnes en ciment pour ne pas être forcés de se livrer à une danse involontaire. Deux pas à gauche. Un pas en avant. Pendant que le vent rit et accélère encore le tempo.

Il regarde le tableau électrique. Quatorze minutes d'attente avant la prochaine navette. La précédente a dû partir à l'instant. Quatorze foutues minutes. La tête de sa femme apparaît soudain derrière un mur. Quatorze minutes ? lui crie-t-elle d'une voix joyeuse. Quelle chance incroyable que ce ne soit pas cent quatorze minutes ! Il fait un froid de canard, grommelle-t-il. Très vivifiant, répond-elle. Personne n'est venu me chercher, se plaint-il. Moi je suis là, répond-elle. Je suis malade, gémit-il. Mais quelle chance dans ta malchance que tu souffres de diabète et pas d'une autre maladie chronique, répond-elle, parce que le diabète c'est facile à gérer, j'ai entendu parler de diabétiques qui ont pu arrêter de prendre de l'insuline en adaptant leur alimentation et en plus toi, tu aimes te faire des piqûres et mesurer ta glycémie, non ? Je suis en train de perdre la vue, poursuit-il. Mais moi, tu me vois ? répond-elle. Oui, murmure-t-il. Quelle chance, répond-elle en souriant. Ses cheveux courts flottent légèrement au vent. De la chance dans la malchance. C'était son mantra. Quoi qu'il se passe. Lorsqu'un copain de classe de leur fille s'est cassé le bras, la première question de la femme a été : le droit ou le gauche ? Le gauche, a dit la fille. Quelle chance dans sa malchance, a alors répondu la femme. Il est gaucher, a répliqué la fille. Alors il aura la chance de faire travailler sa main droite, a répondu la femme. De la chance dans la malchance. Le père sourit en y repensant. Le vent se calme. Tout devient silencieux. La femme s'approche, lui caresse la tempe et lui embrasse la main de ses lèvres froides comme des boutons d'ascenseur. Et au fait… chuchote-t-elle. Ta femme ? Pourquoi tu penses à moi comme étant ta femme ? On a divorcé il y a plus de vingt ans. Le vent est revenu et elle a disparu. Il sent que son corps est faible. Il sent quelque chose de bizarre dans ses yeux. Il n'a qu'une envie : rentrer chez lui. Il n'a pas de chez-lui. Autour de lui, il y a des taxis. Le train rapide. Mais il attend la navette. Comme toujours il attend la navette.

*

Une sœur qui est une fille mais qui n'est plus une mère sort du restaurant, fait signe à un taxi et donne son adresse. Une bonne soirée ? demande le chauffeur. Oui, plutôt, répond la sœur. On a fêté l'anniversaire d'une amie. Elle a eu trente-huit ans. Putain, trente-huit ans. La sœur soupire. Le temps passe vite, dit le chauffeur. Oui, vraiment, répond la sœur. Vous avez des enfants ? demande le chauffeur. Trente-huit ans, répète la sœur. Je me rappelle quand ma mère a eu trente-cinq ans. Elle avait monté sa propre boîte. Tous ses papiers étaient rangés dans des classeurs. Elle semblait tellement adulte et entreprenante. Mes amis à moi baisent dans tous les sens et n'obtiennent que des CDD. Mais peut-être qu'elle aussi pensait ça de ses amis quand elle les comparait à ses parents. C'est possible, répond le chauffeur. Ils restent silencieux un moment. Mais on a très bien mangé. Vous êtes déjà allé dans ce restaurant ? demande-t-elle. Non, répond-il. Les plats étaient copieux. Je déteste aller dans des endroits où je paie trois cents couronnes pour ne rien avoir dans mon assiette, pas vous ? Vous ne trouvez pas ça énervant ? Si, vraiment, on n'a pas envie d'avoir faim en sortant de table, répond-il. Exactement, dit-elle. Par contre, ils avaient un gros problème d'aération. Le restaurant puait la cuisine. L'odeur était tellement forte que j'ai dû sortir prendre l'air pour ne pas vomir. Le chauffeur croise son regard dans le rétroviseur. Ils sont de nouveau silencieux. Elle sort son portable. Le premier SMS date de huit heures et demie. Son frère lui écrit qu'il est à son bureau et qu'il attend leur père. Ah oui, merde, c'est aujourd'hui que papa arrive. Le SMS suivant est arrivé à neuf heures et quart. Le frère écrit que le père n'est toujours pas là. Neuf heures et demie. Il écrit qu'il commence à être inquiet. Dix heures et quart. Il écrit que l'avion a dû avoir du retard et qu'il ne va pas tarder à rentrer chez lui. Il lui demande de l'appeler. Elle regarde l'heure. Il est onze heures et demie. Maintenant il doit dormir. Ils se parleront demain. La seule chose qui la gêne, c'est le parfum du chauffeur. Il a dû se verser tout un flacon sur la tête. Et le client précédent a dû être un gros fumeur. Le paquet mal refermé de lingettes dans le vide-poches de la portière sent l'abricot chimique. Le snus, le tabac à priser, du chauffeur sent la mousse. Quand la voiture sort du tunnel, elle ouvre la vitre et lève le nez vers la fente d'air. Trop chaud ? demande le chauffeur. Un peu, répond-elle. Il remonte aussitôt la vitre arrière depuis la commande centralisée et baisse la température de l'air conditionné. Elle entend sa propre respiration. Sa bouche se remplit de salive. Ici c'est parfait, lance-t-elle au chauffeur une fois qu'ils ont passé le rond-point. Elle lui tend sa carte bleue et quitte la banquette arrière. Pendant cinq minutes elle reste accroupie à côté des plantations. Puis elle se relève et commence à marcher vers son immeuble. Elle n'a pas vomi. Elle ne va pas vomir. Mais quelque chose cloche. Elle se sent comme une super-héroïne dotée d'un super-pouvoir qui consiste à sentir la moindre odeur à plusieurs kilomètres à la ronde et à avoir ensuite envie de vomir. L'odeur de saucisse devant le Seven Eleven. L'odeur de merde de chien devant l'abribus. Un passant qui sent la crème hydratante. Sa rue qui sent les feuilles d'automne en décomposition. Elle tourne à droite et se rapproche de son porche. Des pas derrière elle. Des pas qui accélèrent. Ça ne veut pas forcément dire quelque chose. Un joggeur nocturne ? Son voisin hard-rockeur qui l'a vue accroupie et qui veut lui demander si elle a besoin d'aide ? Elle sort quand même son trousseau de clés et se prépare à entrer. Ses clés se sont transformées en un poing américain. Son regard est concentré. Sa nausée est partie. Les yeux. Les couilles. Les yeux. Les couilles. Prendre l'initiative. Crier. Ne jamais montrer sa peur à l'agresseur. Elle prend son élan, se retourne et se dirige droit sur l'homme qui la suit. Qu'est-ce que tu veux ? lui crie-t-elle. L'homme retire un écouteur d'une de ses oreilles. Pardon ? dit-il. Arrête de me suivre, OK ! Mais j'habite juste là, lui répond-il en pointant une direction du doigt. À quel numéro ? Au 21. Il n'y a pas de numéro 21. Euh si parce que c'est là que j'habite. Quelle rue ? Il lui donne le nom de la rue. OK, tire-toi. Il presse le pas, passe devant elle le regard effrayé et la tête baissée. Il sent le popcorn. Elle le suit des yeux. Lorsqu'il a disparu à l'angle, elle retombe sur les genoux. Putain de restau puant. Putain de taxi écœurant. Putain de tas de feuilles répugnant. Elle prend l'ascenseur et a juste le temps d'entrer dans la salle de bains avant de vomir aux toilettes. Chérie ? chuchote celui qui n'est pas son petit ami de l'autre côté de la porte. Je peux faire quelque chose ? Elle ne répond pas. Elle reste allongée sur le sol de la salle de bains à attendre que le monde veuille bien se calmer.

Là, il y a les crochets pour les serviettes, sans sa serviette à lui. Là, il y a le verre à dents, sans sa brosse à dents à lui. Là, il y a le rideau de douche avec l'imprimé perroquet qu'elle a installé parce que chaque fois qu'il prend une douche tout est trempé comme dans la forêt équatoriale. Et il faut alors changer le rouleau de papier-toilette. Pourquoi s'énerver pour quelques petites flaques ? Là, il y a l'armoire de la salle de bains où il a investi l'étagère du bas parce qu'il l'atteignait sans avoir besoin de monter sur le tabouret blanc. Dessus il rangeait son déo, ses rasoirs jetables dont il n'avait pas besoin et la collection de crèmes hydratantes qu'elle rapporte des hôtels quand elle voyage pour son travail. Aujourd'hui cette étagère est vide. Lorsque celui qui croit être son petit ami a posé sa tondeuse à cheveux dessus sans lui demander, elle a répondu en la balançant à la poubelle.

Quand elle sort de la salle de bains, celui qui n'est pas son petit ami est assis sur le canapé les yeux rivés sur son portable. T'as un peu abusé ? lui demande-t-il en souriant. Pas du tout, répond-elle. J'ai bu de l'eau pétillante toute la soirée. Je n'avais pas envie de vin. Il pose son portable. Quoi ? Pourquoi tu fais cette tête ? demande-t-elle.

*

Un fils qui est un père regarde l'heure. Bientôt minuit. Sa sœur ne le rappelle pas. Sa petite amie lui a envoyé un SMS il y a une heure. Il lui a répondu que l'avion du père avait du retard et qu'il n'allait pas tarder à rentrer. Il se prépare à partir. Mais il ne part pas. Il ne sait pas pourquoi. Il essaie de nouveau d'appeler le numéro étranger de son père. Puis son numéro suédois. Les deux portables sont éteints. Ou déchargés. Ou ont été confisqués. Il tend l'oreille dans l'espoir d'entendre la clé dans la serrure. Il se demande quand ils ont cessé d'aller chercher le père à la gare routière. Il y a trois ans ? Cinq ans ? Il ne se souvient pas bien mais il soupçonne que c'est au moment où le fils est devenu père et où le père est devenu grand-père. Quelque chose s'est passé. Malgré tout, le fils est resté responsable du côté pratique. Il gère le compte en banque de son père et aussi son courrier. Il paie ses factures, fait sa déclaration d'impôts, réserve ou annule ses visites de contrôle et ouvre les lettres de la sécurité sociale. Et c'est aussi lui qui est responsable de son logement. Quel que soit le temps qu'il passe en Suède. Dix jours ou quatre semaines. Ça a toujours été ainsi. Et ça restera toujours ainsi.

Le fils va dans la cuisine avec sa tasse de thé. Lorsqu'il allume le plafonnier, il entend le grouillement des cafards qui vont se cacher derrière le four. Du coin de l'œil, il voit deux ombres disparaître sous le congélateur. Dans l'évier un cafard rouge-brun se tient immobile, essayant de se rendre invisible, ses antennes bougeant lentement dans les airs. Le fils pose sa tasse de thé sur la cuisinière et tend le bras pour attraper le papier essuie-tout. Il mouille une feuille, tue le cafard et jette le papier dans les toilettes afin d'éviter la propagation des œufs. Les pièges collants bleus de chez Anticimex sont là depuis plusieurs semaines. Le gars avec sa seringue anti-cafards est venu pas plus tard que le jeudi précédent pour déposer des gouttes mortelles ressemblant à du dentifrice entre le four et l'évier et entre le frigo et le congélateur. N'empêche que les cafards continuent à venir. Il y en a deux sortes : une plus noire, une autre plus rouge. Mais quand ils absorbent le poison et qu'ils meurent, ils le font tous de la même manière. Ils se retrouvent sur le dos, les pattes repliées et leurs longues antennes s'agitant comme des brins d'herbe dans tous les sens. Ils sont gracieux, allongés sur le dos, immobiles, prêts à être broyés par une feuille d'essuie-tout humide. Il n'utilise qu'une feuille par cafard. Le rouleau dure plus longtemps. S'il prend deux feuilles, il ramasse deux cafards. Comme ça c'est juste pour tout le monde et il évite de gaspiller de l'argent en achetant du papier essuie-tout. Là, ce n'était pas sa voix à lui. Mais celle de son père. Une feuille à la fois, lui criait-il de l'autre côté de la porte des toilettes. Deux feuilles si on met de l'eau dessus. Je vais mettre de l'eau dessus, criait le fils en retour. Alors tu peux prendre deux feuilles, répondait le père. Le fils prenait deux feuilles, les mouillait et s'essuyait. Et maintenant une feuille pour vérifier que c'est bien propre, lui donnait comme instruction le père. Non ! Utilise tout le rouleau ! lui criait sa mère depuis la cuisine. Ne l'écoute pas ! criait son père de plus belle. Le fils faisait ce qu'on lui disait. Toute sa vie il a fait ce qu'on lui a dit. Mais maintenant ça va changer, se dit-il en allant chercher un stylo et un papier. Il n'écrit pas que c'est la dernière fois que son père habite ici. Il n'écrit pas qu'il veut clore la clause paternelle. Il écrit : *Bienvenue papa. J'espère que le voyage s'est bien passé. Voici ton courrier. Appelle-moi quand tu peux pour que j'évite de m'inquiéter pour rien.*

Le fils éteint les lumières et sort dans la cage d'escalier. Il referme la porte intérieure derrière lui, verrouille la porte extérieure et aussi la serrure de sûreté. Avant de s'en aller, il vérifie qu'il a bien verrouillé la serrure de sûreté puis il se met en route pour rentrer chez lui. Mais au bout de quelques minutes, il fait demi-tour pour s'assurer à nouveau qu'il n'a pas oublié de verrouiller la serrure qu'il a vérifiée la première fois. Il traverse la place et passe devant le restaurant de quartier en rénovation. Il passe devant le magasin d'alimentation à l'angle tenu par un monsieur très gentil mais confus qui avait l'habitude de dormir dans son magasin et qui semble avoir fermé boutique pour de bon. Il passe devant le panneau publicitaire *Santé Bien-être et Massage thaï* fixé à l'aide d'une chaîne. Il passe devant le salon de coiffure K&N. Il passe devant la pissotière en tôle verte. Il passe devant le tableau d'affichage sur lequel est épinglée une photocopie A4 proposant un service de garde de chiens ("Ami dévoué des chiens depuis 1957 !") Il passe devant une affiche de stand-up féministe. Devant un service de réparation de vélos. Devant des cours de zumba. Il passe devant le métro, devant le café qui a fermé, devant le pressing qui a fermé. Il s'apprête à faire un signe de tête au mendiant qui est toujours assis à la même place mais aujourd'hui celle-ci est vide, il n'y a que quelques couvertures, un bol vide et un morceau de carton avec une photo de ses enfants. Le fils tourne à gauche vers l'allée piétonne, il emprunte le sentier qui vient d'être bitumé, il passe devant le grand terrain de foot recouvert de pelouse synthétique, devant la petite maison rouge qui sert de vestiaire et devant le petit bois où un arbre renversé a pendant plusieurs jours barré le sentier sans que personne l'ait déplacé. Il passe devant la zone pavillonnaire, les ronds-points, le chantier de construction. Tu l'as vu ? demande sa petite amie ensommeillée lorsqu'il se glisse à côté d'elle dans le lit. Pas aujourd'hui, lui chuchote-t-il en retour.

II. JEUDI

Un grand-père qui est un père oublié, attend une navette qui n'arrive pas. Il est malade. Il est mourant. Il crache ses poumons. Il va bientôt être aveugle et il ne survivra vraisemblablement pas à la nuit. Tout est la faute de ses enfants. Que ce sale pays soit maudit avec son temps d'automne glacial, ses tarifs de taxi exorbitants et ses chaînes de télé d'une tristesse infinie. Il se souvient encore de la grille des programmes quand il venait d'emménager ici. D'abord la météo. Puis une émission pour enfants – deux chaussettes de différentes couleurs avec des paillettes en guise d'yeux et des mains en guise de squelette, discutant de l'importance de la lutte des classes pour accéder à une société heureuse. Puis de nouveau la météo. Puis des séquences d'information citoyennes, un programme spécial où l'État donnait des conseils, par exemple sur la manière de gérer des brûlures sur la peau des enfants (les mettre sous la douche, les arroser d'eau *tiède* et non froide pendant vingt minutes sans enlever leurs vêtements), suivie d'une séquence sur l'importance d'être équipé de pics à glace quand on fait du patin sur les lacs. Puis les nouvelles. Puis la météo. Puis le film du soir. Qui comme toujours, comme chaque fois, comme à cent pour cent des fois, était un documentaire sur les poètes latino-américains ou les apiculteurs ukrainiens. Pourtant, il restait debout la nuit avec la télé pour unique compagnie lorsqu'il n'arrivait pas à dormir. Et bien qu'il se sente seul, il ne l'était pas parce qu'il l'avait, elle. C'est pour elle qu'il était venu. C'est pour elle qu'il avait tout quitté. Ce n'était pas un choix délibéré. L'amour c'est l'opposé d'un choix libre. L'amour c'est de la non-démocratie à cent pour cent. Quatre-vingt-dix-neuf pour cent des votes pour le moustachu en uniforme, celui au passé militaire dont le portrait trône dans chaque bureau de tabac, le long de chaque avenue, dans chaque salon de coiffure, dans chaque café, jusqu'à ce que la révolution soit finie et que les vieux portraits soient jetés, piétinés, brûlés et remplacés par le portrait d'un autre moustachu au passé militaire qui dit que le précédent moustachu au passé militaire n'était pas un vrai dirigeant, qu'il était corrompu, qu'il ne s'occupait pas de ce pays comme il le méritait. L'amour est une dictature, pense le père, et la dictature c'est bien. C'est quand il avait le moins de liberté qu'il était le plus heureux. Quand tout ce qu'il savait c'est qu'il sombrerait s'il ne pouvait pas être avec elle. Elle. Sa femme. Son ex-femme. Et s'il y a bien une chose qu'il a apprise de la révolution ratée, c'est qu'avoir un homme fort au centre présente des avantages. La voix des hommes n'a aucune valeur propre. Les hommes sont des idiots. Les hommes sont des fourmis. Ils ne savent pas ce qui est bon pour eux. Ils doivent être dirigés pour ne pas construire des fourmilières n'importe comment et grouiller dans les maisons de vacances de gens inconnus. Qui a dit ça ? Il ne se souvient plus. Peut-être que c'est lui. Oui c'est fort possible parce qu'il est cent pour cent plus intelligent que toute la population mondiale réunie. Il sait des choses que les gens normaux n'osent pas savoir. Il sait que les Chinois vont bientôt conquérir le monde. Il sait que neuf personnes sur dix qui occupent des postes de pouvoir dans les médias sont des Juifs. Il sait que la CIA était derrière les attaques contre le World Trade Center. Il sait que la Nasa a mis en scène un faux alunissage, que le FBI a tué Malcolm X, Martin Luther King, JFK, John Lennon et J. R. Ewing. Il sait que les banques veulent qu'on paie par carte pour pouvoir nous surveiller, nous localiser. Elles exercent un contrôle total sur chaque petit être humain et elles nous dirigent d'en haut, exactement comme des fourmis. Mais l'être humain n'est pas une fourmi. L'être humain est plus intelligent que la fourmi. Plus grand que la fourmi. Nous avons l'intelligence. Nous avons le langage. Nous avons deux jambes, pas six. Nous avons des mains, pas des antennes. Nous nous tenons debout, pas à plat ventre. Et ce ne sont que quelques-uns des nombreux exemples qui montrent pourquoi nous, les êtres humains, n'accepterons jamais d'être dirigés par un dictateur.

Le grand-père a essayé d'expliquer tout ça à la femme qui a eu la chance d'être assise à côté de lui dans l'avion. Elle a été impressionnée par son savoir. Son pauvre cerveau a juste eu du mal à intégrer toutes les informations. Après le repas, elle a commencé à bâiller et lui a dit qu'elle avait besoin de faire une sieste. Dormez, a souri le grand-père qui avait bu deux petites bouteilles de vin et caché la troisième dans son bagage à main. Dormez, il vaut mieux intégrer la vérité par petites doses. La femme a mis ses écouteurs et s'est aussitôt endormie.

Le voilà maintenant sur le trottoir. Le vent souffle de biais. Une voiture approche. Est-ce que c'est ? Est-ce que ça peut être ? Non, ce ne sont pas ses enfants. Son fils est chez lui en train d'écouter de la musique qui n'en est pas. Sa fille est dehors en train de picoler. Ils ne se soucient que d'eux-mêmes. Le grand-père reconnaît la femme dans la voiture. C'était sa voisine dans l'avion. Leurs regards se croisent. Elle dit quelque chose à l'homme au volant. Elle dit : Arrête-toi, chéri ! C'est cet homme très intéressant avec qui j'ai eu le privilège de discuter dans l'avion, qui avait ces réflexions si courageuses. Regarde-le. Il semble fatigué. Ramenons-le chez lui afin qu'il ne reste pas dans le vent à attendre la navette. Le grand-père sourit et met sa main en visière, aveuglé par l'éclat des phares. La femme détourne la tête. L'homme derrière le volant se penche en avant et croise son regard avant d'accélérer en direction de l'autoroute.

Le père qui est un grand-père réussit, sans vraiment savoir comment, à prendre la navette pour la gare routière Cityterminalen. Il puise dans ses dernières forces, soulève sa valise et prend la ligne rouge du métro. Lorsqu'il arrive enfin à la bonne station, il est presque une heure et demie du matin. Un gentil barbu avec des écouteurs orange dans les oreilles et des pupilles suspectes l'aide à monter sa valise jusqu'en haut des escaliers.

Le grand-père traverse le petit bois, passe devant le magasin d'alimentation, passe devant le restaurant de quartier. Il se retrouve devant la porte de l'immeuble du bureau de son fils. Il n'est pas capable de monter sa valise jusqu'au premier étage. Il abandonne. Il s'effondre. Il rassemble ses ultimes forces et se relève. Il va y arriver. Il faut qu'il y arrive. Il ouvre la porte de l'immeuble et lutte pour monter la valise. Arrivé dans le bureau, il s'endort tout habillé sur le canapé. Il n'a même pas le temps de charger son portable. Il n'a même pas le temps de se brosser les dents. La seule chose qu'il fait c'est d'allumer la télé sur TV4, suffisamment fort pour pouvoir s'endormir.

*

Un fils qui est en congé de paternité se lève à quatre heures moins dix les mauvais jours et à quatre heures et demie les bons. Généralement c'est le petit d'un an qui se réveille en premier. Parfois le père arrive à maintenir un certain calme en alimentant son lit à barreaux de livres d'images et de peluches, mais la plupart du temps, le petit d'un an perd patience au bout d'un quart d'heure et veut sortir. Il se lève et pointe la porte du doigt en criant meuuu. Il fait un caca du matin dans sa couche déjà pleine qui risque à tout moment de déborder. Lorsque le père allume finalement, le petit d'un an se met à rire et essaie de se hisser hors du lit à barreaux. La grande de quatre ans, elle, se réveille vers cinq heures. Elle sort de sa chambre les yeux ensommeillés et les cheveux ébouriffés. Elle a son biberon dans les mains. Elle s'en sert encore. Parfois le père lui propose de boire plutôt dans un verre ou un gobelet en plastique ou une gourde de sport hyper cool. Mais la fille refuse. Elle veut garder son biberon. Laisse-le-lui, dit la maman. C'est son dernier objet de bébé. Et le père le lui laisse. Tout en tentant des stratégies pour la dissuader. Il lui dit que si à quatre ans elle se balade avec son biberon et que ses copains de maternelle la voient, ils risquent de se moquer d'elle et de l'appeler "le gros bébé Cadum" ou quelque chose du genre et c'est pour ça qu'elle devrait arrêter. La fille le regarde en haussant les épaules. Je m'en fiche d'eux, lui lance-t-elle en coinçant son biberon à la ceinture de son pyjama comme un pistolet. Tu vois, dit la mère lorsqu'elle sort de la douche les cheveux mouillés et qu'elle se sert un café. La pomme ne tombe jamais loin de l'arbre, dit le père. En tout cas, cette fois-ci, la pomme est tombée hyper loin de l'arbre du père, rit sa petite amie en lui faisant un rapide bisou sur la joue. Je serai à la maison vers dix-sept heures, dit-elle en avalant son café debout devant l'évier. Jamais tu n'as été à la maison à dix-sept heures, pense-t-il mais il ne dit rien. Envoie-moi un SMS si tu veux que je fasse des courses, dit-elle. C'est bon, je m'en charge, lui sourit-il.

Elle part en direction du métro. Elle a son nouveau sac, elle a sa nouvelle coiffure, elle a son manteau, ses gants. Elle semble si professionnelle quand elle sort dans le monde. Lui reste à la maison dans le chaos de la cuisine. Il porte sa robe de chambre avec la morve du petit d'un an sur l'épaule et les empreintes de doigts pleins de bouillie de la grande de quatre sur les poches. Le petit d'un an court dans l'appartement avec son chariot de marche en hurlant de frustration dès qu'il s'accroche dans un tapis ou qu'il se coince quelque part. La grande de quatre ans veut que le père l'accompagne aux toilettes pour faire caca parce qu'elle a peur d'y aller toute seule, mais il n'a pas le droit de la regarder quand elle pousse. Il doit être tout près mais dos à elle. Le petit d'un an grimpe sur le canapé et essaie de faire tomber un cadre. La grande de quatre ans veut qu'on lui lise une histoire suffisamment effrayante pour que le petit d'un an n'ose pas l'écouter. Le petit d'un an fait de nouveau caca. La grande de quatre ans veut regarder le caca. Le petit d'un an refuse de rester allongé sur la table à langer. Le père demande à la grande de quatre ans d'aller chercher un jouet pour le petit d'un an. La grande de quatre ans revient avec un Magic Troll aux cheveux mauve brillants. Le père remercie la grande de quatre ans, le petit d'un an jette un œil au troll puis le laisse tomber par terre comme une grenade sous-marine mais le sol se révèle être des toilettes ouvertes, le troll tombe dedans, la coiffure du troll n'est plus qu'une longue pointe, le troll flotte sur le ventre et semble mort, la grande de quatre ans éclate d'abord de rire puis fond en larmes, le père essuie avec des lingettes le caca jaune-vert de ses mains, du matelas en plastique blanc et des fesses de l'enfant d'un an, puis il lui met une couche propre en même temps qu'il essaie de le distraire, qu'il console la grande de quatre ans et qu'il couvre sa main droite d'un sac en plastique pour pouvoir l'enfoncer dans les toilettes et repêcher le troll. Le petit d'un an se met debout en se tenant à la commode de l'entrée et pousse un cri de joie en voyant qu'il ne tombe pas. La grande de quatre ans veut l'aider à marcher mais à la place le fait tomber. Le petit d'un an éclate en sanglots. La grande de quatre éclate de rire. Le petit d'un an mord le tibia de la grande de quatre ans. La grande de quatre ans pleure de nouveau. Le petit d'un an disparaît. Ils le retrouvent caché sous la table de la salle à manger avec deux perles en plastique dans la bouche. Le père emmène le petit d'un an dans la chambre de la grande de quatre ans. Tout le monde s'habille. La grande de quatre ans veut mettre un short et un maillot de foot. Le père explique que c'est l'hiver ou en tout cas la fin de l'automne. Elle veut mettre le short sous son pantalon. Le père cède. Le petit d'un an a de nouveau disparu. Ils le retrouvent dans la chambre à coucher des parents, à côté de la table de chevet aux coins métalliques. Il a réussi à détacher la protection blanche en plastique qui a été mise là justement parce que le coin est pointu. La grande de quatre ans veut jouer aux Duplo, mais seulement si le père joue avec elle et pas le petit d'un an. Tous jouent aux Duplo. Tous sauf le petit d'un an qui est assis un peu plus loin avec cet air de satisfaction qu'il prend chaque fois qu'il a quelque chose dans la bouche. Le père lui enlève un des bouchons d'oreille de la mère, ce qui le fait crier. La grande de quatre ans construit un garage. Le petit d'un an détruit le garage. La grande de quatre ans lance un ballon sur le petit d'un an. Le petit d'un an croit que c'est un jeu, il va chercher le ballon et le redonne à la grande de quatre ans. La grande de quatre ans cache le ballon. Le petit d'un an trouve un pneu Lego et se le fourre dans la bouche. Le père le lui retire avec la même main que celle qu'il a enfoncée dans les toilettes dix minutes plus tôt. La grande de quatre ans dit qu'elle en a assez de jouer aux Duplo. Le petit d'un an se frotte les yeux. Le père regarde l'heure et s'aperçoit qu'il reste encore une heure et demie avant d'aller déposer la grande de quatre ans à la maternelle. Il aurait aimé que le temps passe plus vite. Il aurait aimé que l'école maternelle ait une place pour le petit d'un an. Parfois, quand ils prennent l'avant-petit-déjeuner qui est le petit-déjeuner qui précède celui de la maternelle, le père essaie d'avoir une discussion d'adulte avec la grande de quatre ans. Il ouvre le journal et montre une photo du président des Philippines. Il explique ce que signifie émeute. Il explique que les contributions humanitaires sont nécessaires quand les gens n'ont pas de quoi manger. La grande de quatre ans hoche la tête, l'air de comprendre. Puis elle dit que tous les gens qui ont une corde autour du cou sont des présidents. Le père est d'accord. Très souvent quand on voit quelqu'un dans le journal avec une cravate c'est un président, ou en tout cas un homme politique, dit le père. Quand l'avant-petit-déjeuner est terminé, le père change les vêtements sales. Puis ils jouent au vaisseau spatial ou à la famille tigre ou aux gendarmes et aux voleurs ou aux lance-flammes ou aux pompiers ou aux rhinocéros qui tapent du pied pour signaler qu'ils sont en colère et qu'ils ne vont pas tarder à donner des coups de corne. Puis le père change une dernière fois la couche du petit d'un an et enfin c'est l'heure de partir à la maternelle. La grande de quatre ans s'habille toute seule. Tout est compétition. Le premier qui a enfilé sa polaire a gagné. J'ai gagné, crie la grande de quatre ans. Le premier qui a mis sa combinaison a gagné. J'ai encore gagné, crie la grande de quatre ans. Le premier qui appuie sur le bouton de l'ascenseur a gagné. Je suis vraiment la plus rapide du monde, dit la grande de quatre ans. Le père acquiesce. Le père est d'accord. La grande de quatre ans est exceptionnellement rapide, incroyablement intelligente, formidablement douée pour tout ce dont on peut être doué. Mais quelque part au fond de lui, le père entend un chuchotement : merde, tu n'es pas meilleure en tout. Je pourrais m'habiller *hyper-rapidement* si je le voulais. Je pourrais te mettre par terre *hyper-facilement* si je me concentrais. Je suis bien meilleur que toi en calcul mental parce que je n'ai pas besoin de me servir de mes doigts pour additionner trois plus trois. Et tu sais, toutes ces lettres que tu connais, ce qui impressionne d'ailleurs les gens, eh bien moi aussi je les connais. Toutes. Et mieux que toi en plus.

Ils sortent de l'ascenseur, s'arrêtent un moment pour caresser Eltsine, le chat de l'immeuble, puis montent la côte, traversent plusieurs rues, passent devant la petite place avec sa fontaine d'eau pour les oiseaux, le centre de soins, le café, les trois coiffeurs, le pédicure et la maison de retraite. Le petit d'un an se frotte les yeux. La grande de quatre ans court plusieurs mètres devant eux. *Veuillez enfiler deux surchaussures par pied*, est indiqué sur un panneau dans le vestiaire. Mais le père n'en prend généralement qu'une paire. Il trouve que c'est du gaspillage d'en prendre deux. En tout cas quand il ne pleut pas dehors. Il tient le petit d'un an dans les bras, il salue les parents qu'il salue toujours mais avec lesquels il ne parle jamais. La grande de quatre ans part en courant vers sa section et arrive pile au moment où Leif entre avec le chariot du petit-déjeuner. Parfait timing pour la séparation. La grande de quatre ans bondit sur une chaise entre deux copains et fait un signe de la main au père en guise d'au revoir. Le père prend des nouvelles du personnel de l'école maternelle et salue la femme de ménage. Puis il se place de l'autre côté de la porte vitrée, se cache derrière un poteau et sort la tête en prenant une mine rigolote pour faire rire la grande de quatre ans. Il le fait une fois. Il le fait deux fois. Il le fait trois fois. La quatrième fois, la fille est passée à autre chose. Le père part en direction du vestiaire.

Tout ce qu'il veut c'est que sa fille le regarde et le trouve rigolo. Et que ses copains trouvent qu'il est un bon papa. Et les parents de ses copains aussi. Et le personnel de l'école aussi. Et aussi la femme de ménage. Il enlève ses surchaussures tout en récupérant la poussette et en tenant le petit d'un an à moitié endormi dans les bras. Il trouve ça fou de ne pas réussir à déposer son enfant à l'école sans ressentir la pression de ne pas être à la hauteur. Encore une fois c'est la preuve qu'il ne tourne pas rond, qu'il ne fonctionne pas comme les autres, qu'un truc dans son enfance a déraillé. Pourquoi a-t-il tant de mal à faire des choses que les gens normaux font sans même y penser ?

Le petit d'un an s'endort dans la poussette. Le père descend se promener au bord de l'eau pour regarder les canards. Un couple de retraités marche en se donnant le bras. Des mères en congé de maternité sont assises sur un banc ensoleillé et mangent une pomme, un pied posé sur le pneu arrière de leur poussette. Deux chiens jouent ensemble sur la jetée. L'herbe est recouverte d'une fine pellicule de givre. Le gravier sur le sentier est figé comme chaque fois que la température est proche de zéro. Un fils qui est un père se sent soudain heureux. Sa fille est à la maternelle. Son fils dort. Il a réussi. Encore un matin tout à fait normal. Le genre de matin que tous les autres parents gèrent sans problème, mais qui, pour lui, est synonyme de combat. Aujourd'hui ça a fonctionné. Et demain aussi ça fonctionnera.

Il se sent prêt à appeler son père. Il sort son portable et compose son numéro suédois. Pas de réponse. Il envoie un SMS. Il range son portable. Il le ressort et rappelle. Il fait des allers-retours entre l'eau et le sentier. Il parcourt la liste des choses à faire pour le goûter d'anniversaire de la grande de quatre ans. Il essaie de s'intéresser aux canards, aux retraités, aux mères en congé de maternité, mais il ne fait que penser à son père, à son père qui ne répond pas et qui n'est peut-être plus vivant. Il essaie de se calmer. Il se calme. Il gare la poussette avec le petit d'un an endormi dedans et entre dans un café. Il ressort aussitôt. Il a peur qu'il lui arrive quelque chose. Il a confiance en l'univers, mais il attache quand même la poussette à une table sur la terrasse. C'est ce que tous les parents font. Ce n'est pas bizarre d'être vigilant quand on est responsable d'un enfant d'un an. Il entre de nouveau dans le café et ressort avec un gobelet à emporter. Le soleil brille. Il retourne au bord de l'eau. De l'autre côté de la berge, il voit une grande crevasse dans la roche. On peut y entrer et si on lève la tête pour regarder le ciel, on voit les nuages différemment, encadrés par les parois. À gauche sont visibles les anciens trous d'Alfred Nobel. C'est là qu'a été testée la dynamite, à une distance de sécurité de la population. Sur le panneau d'information, il lit que seize mille kilos de nitroglycérine ont été produits, mais qu'à la suite d'accidents mortels en 1868 et en 1874, la production a été déplacée vers la pointe sud et entourée de remparts. Il sait qu'il oubliera que les trous dans les remparts ressemblent à un visage aux dents mal implantées et que la rouille sur le panneau rend la traduction anglaise difficile à lire. En revanche, il se souviendra des chiffres, des dates, de la quantité exacte de nitroglycérine. Il avance sur le sentier. La poussette roule sans bruit sur le quai en bois. Arrivé au bout, il s'arrête et prend une grosse inspiration.

Il essaie de s'imprégner de ce qu'il voit. L'eau, le ciel, le vent, les îles, l'horizon, les bateaux, les vagues, les oiseaux. Quelqu'un d'autre aurait pu décrire tout ça. Lui ne peut pas. Mais il peut rester là et sentir qu'il fait partie de tout ça. Puis il sort son portable et appelle son père. Toujours rien.

*

Une sœur qui ne connaît pourtant pas le personnel de la pharmacie devant laquelle ils sont postés veut quand même attendre avant d'entrer. Pourquoi on ne peut pas y aller ensemble ? demande celui qui croit être son petit ami. Parce que je ne veux pas, lui répond-elle sans bouger. Mais pourquoi ? demande-t-il de nouveau. Parce que, répond-elle. T'as quel âge en fait ? lui lance-t-il avant d'entrer. Il le dit avec cette légèreté dans la voix et ce sourire permanent aux lèvres qui font que ce qui pourrait être une insulte se transforme en compliment. Quel âge a-t-elle ? En tout cas, elle est trop âgée pour sortir avec lui et trop âgée pour se laisser imposer une obligation. Plus jamais. Elle s'est fait avoir une fois quand elle était trop jeune pour comprendre les conséquences de ses actes.

Elle s'assoit sous l'abribus et appelle son père. Pas de réponse. À travers la vitrine, elle voit son petit ami se déplacer dans la pharmacie. Lui et sa putain d'attitude. Seuls ceux qui viennent de gagner une médaille aux JO peuvent se permettre de marcher de façon aussi détendue. La dame derrière le comptoir le salue, mais il est trop absorbé par la signalétique au-dessus des rayons pour lui répondre. Il plisse les yeux. Il s'approche d'abord du rayon des soins dentaires, puis il va vers celui des préservatifs, des pilules d'urgence et des tests de grossesse. Il lit la notice de deux boîtes identiques, finit par prendre les deux et va payer à la caisse.

Tu es officiellement socialement inadapté, lui dit-elle quand il revient avec les boîtes dans un petit sac vert. Qu'est-ce que j'ai encore fait ? demande-t-il. T'as pas remarqué qu'elle t'a dit bonjour ? Qui ? La pharmacienne. Quand tu es entré j'ai vu qu'elle te saluait mais toi, tu es passé devant elle sans même la regarder. T'as vu ça d'ici ? Qui de nous deux est socialement inadapté, en fait ? Il le dit en souriant puis il lui tend le sachet. Tous les deux repartent en direction de chez elle. Elle prend l'ascenseur. Il prend l'escalier. Comme d'habitude.

À l'époque où ils venaient de se rencontrer et alors qu'ils faisaient leur première balade, elle a essayé d'être claire sur le fait que bien qu'ils s'entendent parfaitement sur le plan sexuel, bien que ce soit agréable de mater des séries ensemble et de se réveiller l'un à côté de l'autre, elle ne cherchait pas une relation sérieuse. On est d'accord ? Ce qui se passe entre nous n'est rien d'autre qu'une relation entre adultes assouvissant leurs désirs ? Mais il était difficile d'avoir une discussion sérieuse avec quelqu'un qui passait son temps le nez par terre à chercher des bâtons. Qui ramassait des cailloux avec lesquels il essayait de toucher d'autres cailloux. Hé ho tu m'écoutes ? Absolument, répondait-il en visant une fourmilière particulièrement grosse. Tu comprends ce que j'essaie de te dire ? Bien sûr. Je pense exactement comme toi. Mais c'est quoi ça ? s'étonnait-il en pointant un cône de signalisation orange qui se trouvait au milieu de la forêt. C'est le genre de truc qui m'énerve, disait-il en attrapant le cône pour le remettre sur le parking.

Quelques semaines plus tard, elle avait de nouveau essayé de lui parler. Elle lui avait dit qu'elle ne l'aimait pas. Qu'elle était à peine amoureuse. Depuis qu'ils s'étaient rencontrés, ils dormaient certes ensemble toutes les nuits, mais elle n'avait pas le temps d'avoir un petit ami, elle ne voulait pas s'engager, elle avait sa carrière et appréciait sa liberté plus que tout. Elle avait des deadlines à respecter, des clients dont elle devait lécher les bottes, des chefs à impressionner et des amis à voir. Des amis qui lui ressemblaient, des amis qui n'avaient pas sept ans de moins qu'elle et qui ne voulaient pas juste se poser, être en mode tranquille, faire du sport et regarder des films muets russes interminables. Arrête, c'est le dernier Evgueni Bauer, avait-il répondu en pointant l'écran de son ordinateur où l'action avançait avec une telle lenteur qu'il était difficile de savoir s'il n'avait pas appuyé sur pause. Elle lui avait expliqué qu'ils n'étaient pas ensemble. Il l'avait regardée avec ses grands yeux marron. Tu m'aimes, lui avait-il demandé. Non absolument pas, avait-elle répondu. Si, mais tu ne l'as pas encore compris, avait-il rétorqué, pour une fois sans sourire.

Ça faisait quelques mois qu'ils traînaient ensemble quand elle avait décidé de l'amener à une soirée organisée par sa boîte. Ils avaient pris le bus à Slussen, le soleil dardait ses rayons obliques à travers la vitre, ses tatouages scintillaient. Quand le bus était passé devant la compagnie maritime Viking Line, elle lui avait raconté qu'elle avait un fils. Il était resté bouche bée pendant quelques secondes. T'as un enfant ? Pourquoi tu m'as rien dit ? Parce que tu m'as pas demandé, avait-elle répondu. Normalement, ce genre de choses est évoqué naturellement, avait-il dit. Je ne suis pas un cas normal, avait-elle répliqué. Depuis le temps, tu aurais dû le comprendre. Comment il s'appelle ? lui avait-il demandé. Elle avait alors tourné la tête vers la vitre et s'était efforcée de lui dire le nom de son fils. Lorsqu'elle avait prononcé les deux syllabes, elle l'avait aussitôt revu dans ses bras quand il était nourrisson dormant le nez enfoncé dans son cou, les bras tendus vers elle quand elle venait le chercher à l'école maternelle, boitant sur le terrain de handball et prenant un air tragique quand il tombait pendant ses entraînements, revenant de l'école son sac à dos à moitié ouvert et lui demandant s'il pouvait aller manger chez un copain. Beau prénom, avait répondu celui qui n'était pas son petit ami. Maintenant on descend, lui avait-elle lancé en se levant.

Dans la montée menant au terrain de pétanque, elle lui avait lâché la main. Elle avait enlacé ses collègues parfumés et fait la bise à son chef avec son éternel foulard autour du cou. Elle leur avait présenté celui qui n'était pas son petit ami comme un copain. La boîte offrait à boire, à grignoter et aussi les parties de pétanque. Pour elle ce n'était qu'une expérience parmi d'autres. Ça n'aurait pas dû fonctionner. Mais ça avait fonctionné. Bien qu'il ne connaisse personne, il avait réussi à organiser un tournoi de pétanque. Il avait séduit son chef en le flattant sur son jeu et en lui disant qu'il devrait utiliser son foulard pour se bander les yeux afin de laisser une chance aux autres de gagner. Quand il était parti aux toilettes, deux collègues à elle, un homme et une femme, étaient venus la voir l'un après l'autre et sans se concerter pour lui demander s'il était célibataire. Malheureusement non, avait-elle répondu sans vraiment savoir pourquoi. Le soleil s'était couché et la poussière soulevée par les boules de pétanque s'était progressivement dissipée. Pendant une dizaine de minutes il avait discuté de la raison pour laquelle les films de Resnais étaient surestimés avec un stagiaire qui avait apparemment aussi fait des études de cinéma. Le pont à l'entrée de la ville se relevait à intervalles réguliers pour laisser passer les bateaux aux longs mâts. Un bruit sourd de basses vibrait de l'autre côté du canal. On est du mauvais côté, lui avait-il chuchoté en faisant un signe de tête vers des ados qui tenaient dans une main un sac en plastique et dans l'autre leur portable pointé comme boussole vers la musique.

Ça faisait six mois qu'ils étaient ensemble, ou plutôt non, qu'ils traînaient ensemble, quand elle lui avait finalement expliqué pourquoi son fils n'habitait plus chez elle. Tout avait commencé quand il avait douze ans. Ou en fait non, tout avait commencé quand il était dans son ventre. Elle avait rencontré son ex-mari à l'âge de dix-neuf ans. Il en avait alors trente-cinq. Ils s'étaient mariés au bout d'un an. Au début il était vraiment gentil. Peut-être un peu jaloux. Il fouillait dans son portable quand elle revenait d'une soirée. Parfois il surgissait à la sortie de ses cours à la fac pour l'embrasser et être présenté aux étudiants avec qui elle traînait. Quand elle allait boire un café avec un copain et qu'elle jetait un œil à son téléphone, elle pouvait avoir reçu dix-sept appels manqués. Mais elle interprétait ça comme une peur de la perdre. Il était si amoureux qu'il en devenait collant. Et puis elle était tombée enceinte. Il était persuadé qu'elle mangeait exprès des trucs mauvais pour le bébé. Il fouillait dans la poubelle de la cuisine pour vérifier qu'elle ne s'était pas empiffrée de sushis. Il reniflait les verres dans la cuisine pour s'assurer qu'elle ne buvait pas d'alcool en cachette. Une fois il lui avait pris ses clés et l'avait enfermée dans leur appartement. Une autre fois il avait cassé une vitre dans la buanderie de l'immeuble et menacé de se couper les veines si elle n'annulait pas son voyage à Copenhague pour l'enterrement de vie de jeune fille d'une amie. Parfois elle comptait les semaines et se demandait si elle n'allait pas avorter. Mais c'était impossible. Elle ne pouvait pas. Une vie grandissait en elle et elle était persuadée que l'enfant donnerait à son mari la sécurité qui lui manquait. Puis l'enfant avait arrêté de grandir dans son ventre. Comme s'il sentait que le monde n'était pas assez sûr. Son ex-mari l'avait accusée elle. Elle l'avait accusé lui. Quand l'enfant était finalement né, gros et en bonne santé, ils n'avaient pas tenu plus de six mois avant de divorcer. Puis s'étaient succédé les procès, les litiges sur la garde de l'enfant, une enquête sociale, des rendez-vous avec les avocats. Chacun voulait la garde exclusive. Elle craignait que son enfant soit maltraité chez son père. Il était persuadé que son fils serait battu chez sa mère. Et tout ça, c'étaient juste des mensonges ? avait demandé celui qui croyait être son petit ami. Elle l'avait alors regardé en se demandant s'il était sérieux. Tu penses que je pourrais faire du mal à mon propre enfant ? avait-elle demandé. J'ai du caractère, je peux me fâcher, je peux même m'énerver mais jamais jamais je n'ai frappé mon fils. Jamais jamais jamais jamais. Le problème c'est que mon ex-mari lui a mis dans la tête que je l'avais maltraité quand il était petit. Il l'a manipulé en lui construisant de faux souvenirs. Quand mon fils a eu douze ans, il a choisi d'habiter chez son père. Mais on va se retrouver. Je le sais. J'en suis sûre. Son petit ami l'avait alors prise dans ses bras, de cette manière qui lui redonnait confiance en l'humanité. Il avait humé son cuir chevelu, ce qui l'avait fait cicatriser. Si tu veux que je parle à ton ex-mari, dis-le-moi. Je ne crois pas que ce soit une bonne idée, avait-elle répondu.

Mon père me frappait au moins une fois par semaine, avait-il raconté. Parfois parce que j'avais fait quelque chose de mal. Mais la plupart du temps, j'avais surtout l'impression qu'il m'utilisait pour évacuer une sorte d'énergie sombre. Comme si j'étais sa séance d'entraînement. Il pouvait arriver dans ma chambre son chausson en plastique à la main et chercher une raison pour me punir. Si je n'avais pas eu la meilleure note à une interro écrite, c'était une tape. S'il trouvait de la poussière sur l'abat-jour de ma lampe, c'était une claque. S'il découvrait que j'avais abîmé mes chaussures de foot à l'entraînement, c'était plusieurs gifles. Et aujourd'hui vous avez gardé le contact ? avait-elle demandé. La dernière fois que je l'ai vu c'était en 2009, pendant le rush de Noël au centre commercial Heron City. J'étais là avec quelques copains, on sortait du cinéma et leurs enfants voulaient essayer une sorte de simulateur de réalité virtuelle en 3D à l'entrée. On faisait la queue du côté des ascenseurs quand j'ai vu mon père sortir d'un magasin de sport. Prends mon blouson, j'ai dit à un pote qui n'a pas compris ce qui se passait. Je me suis approché de mon père et je lui ai balancé au visage ce qu'il nous avait fait pendant toutes ces années. Les humiliations, les gifles, les coups, les paroles violentes. Et tu sais ce qu'il m'a répondu ? Elle avait secoué la tête en réponse. Qu'on ne méritait pas son attention. Que mes frères et sœurs, ma mère et moi, on devrait être reconnaissants qu'il ait gaspillé son temps à essayer de nous éduquer. Je te promets. Je me souviens à peine de ce qui s'est passé après. Mais mes copains m'ont dit que je lui ai mis trois-quatre coups de poing sans qu'il ait eu le temps de réagir. Il s'est écroulé par terre, s'est cogné la tête contre une vitrine, a perdu le sac mauve qu'il avait à la main. Apparemment, je l'ai ramassé et je le lui ai rendu avant de le relever et de l'asseoir contre la fontaine. Mes potes m'ont dit que je le portais sur l'épaule, comme un lutteur, comme si j'étais prêt à le balancer ou à le déposer sur mes genoux pour lui briser le dos. Mais après, j'ai dû voir que la fontaine n'était pas particulièrement profonde. Je l'ai alors posé dedans, il tenait à peine sur ses jambes, je lui ai donné un gros coup de pied au cul et je lui ai dit de se barrer. Puis je suis retourné à ma place dans la queue et j'ai demandé qu'on me redonne mon blouson. Mes potes m'ont dit qu'il semblait complètement choqué que je sois plus fort que lui. C'est la dernière fois que je l'ai vu. T'es fou ? s'était-elle exclamée. T'as frappé ton propre père ? Il nous tabassait, avait-il répondu. J'ai juste rendu ses coups.

Quand elle sort de l'ascenseur, il est déjà dans l'appartement. Il a enlevé ses chaussures sans défaire les lacets, a mis en route la bouilloire et a sorti deux tasses. Six étages et il est à peine essoufflé. Tu veux un thé ? demande-t-il en pointant les tasses du doigt.

Non merci, répond-elle. Alors maintenant comment on fait ? demande-t-il. Devine, répond-elle. Tu ne veux pas que je vienne avec toi ? Non merci, dit-elle en se dirigeant vers les toilettes. L'une des boîtes contient deux bâtonnets, l'autre un. Les instructions sont claires. Faire pipi ici. Attendre une minute. Un plus signifie que ton avenir est détruit, que la vie que tu connais est terminée, qu'à partir de maintenant tu ne seras plus jamais seule, plus jamais calme, même si tu te portes bien il y a des risques pour que celui qui est ta moitié aille mal. Un moins signifie que tout continue comme avant. Elle sort les trois bâtonnets, fait pipi dessus et les pose sur le rebord du lavabo. T'as terminé ? lui crie-t-il de l'autre côté de la porte. Pas de réponse. Alors ? Tu vois quelque chose ? Ouvre ! Mais ouvre ! Elle regarde son reflet dans le miroir. Elle n'a pas besoin de regarder les bâtonnets. Au fond d'elle, elle sait. Hé ? crie-t-il de plus belle. C'est plus ou c'est moins ? Chérie, ouvre, laisse-moi entrer. Tu ne peux pas me faire ça. On est deux. Les bâtonnets sont toujours posés là. Je te promets, je défonce la porte si tu m'ouvres pas. Je le fais. J'entre. Elle regarde le résultat. Le verrou de la salle de bains s'ouvre. Il pose le couteau de cuisine sur le lavabo et attrape les trois bâtonnets. Il les tient devant lui comme un éventail. Merde, dit-il. Puis il se met à sourire.

*

Un grand-père qui est un père dort pendant treize heures, tant que TV4 est en marche. Si la télé s'arrêtait à cause d'une coupure de courant, il se réveillerait aussitôt. Son portable sonne à intervalles réguliers mais il n'a pas la force de répondre. De toute façon il ne voit pas qui l'appelle. Les chiffres sur l'écran sont trop petits. Il a beau plisser les yeux, ce ne sont que des moitiés de traits flous.

Lorsqu'il se réveille enfin c'est l'heure du déjeuner. Il mesure sa glycémie et se fait une injection d'insuline. Ses lunettes sur le nez, il consulte ses appels manqués. Mais puisque son portable date d'avant l'âge de glace, que l'écran est petit comme une tique et que le carnet d'adresses est tellement compliqué qu'il faut avoir fait polytechnique pour pouvoir y intégrer un numéro et un nom, il n'a aucune idée de qui l'a appelé. Il sort une deuxième paire de lunettes qu'il place par-dessus les autres et voit que le numéro commence par un +46. Ce ne sont que ses enfants. Ils doivent regretter de ne pas être allés le chercher à l'aéroport. Il pose son portable. Celui-ci continue de sonner et de biper. Chaque sonnerie le rend plus fort. Leur inquiétude augmente son sentiment d'être vivant.

Il regarde *Amour, Gloire et Beauté*. Il regarde *Husjägarna-Danmark**. Bientôt quatorze heures. Bientôt dix-sept heures. Il regarde un tirage du Keno et *Halv åtta hos mig***, une émission où des gens ordinaires s'invitent à dîner. Son portable n'a pas sonné depuis longtemps. Il vérifie que la batterie est bien chargée. Au même moment, celui-ci sonne. Le père répond enfin. Allô ? Salut papa, dit un de ses enfants. Il ne sait pas bien lequel, leurs voix se ressemblent

* Émission de téléréalité suédoise équivalente à *Recherche appartement. (Toutes les notes sont de la traductrice.)*

** Émission de téléréalité culinaire suédoise adaptée dans de nombreux pays, dont la France avec *Un dîner presque parfait.*

tellement. Tout s'est bien passé ? demande la voix. Je suis fatigué, répond le père. Très fatigué. On était inquiets, dit la voix. Mes yeux ne fonctionnent pas bien, continue le père. J'ai mal aux pieds. Je n'arrête pas de tousser. Toutes les nuits. J'arrive à peine à fermer l'œil. Oh mon pauvre, dit la voix. Mais tu es bien installé dans le bureau ? Le voyage s'est bien passé ? Aucun problème avec les clés ? Je suis arrivé, répond le père. J'ai réussi à venir jusqu'ici. Ç'a été un calvaire mais j'ai survécu. Tant mieux, dit la voix. En ce moment je suis en congé de paternité, donc si tu veux qu'on se voie ? Mm, répond le père qui comprend que c'est le fils et non la fille. Le fils qui a eu la chance incroyable de récupérer son appartement quand il a décidé de déménager à l'étranger. Où est mon courrier ? demande le père. Je l'ai posé sur la table de la cuisine. Sous le mot. Quel mot ? Tu n'as pas vu mon mot de bienvenue ? Le père se lève du canapé et se rend dans la cuisine.

Il jette un rapide coup d'œil au mot puis le jette dans la poubelle sous l'évier et se met à parcourir six mois de courrier. La plupart des lettres viennent des impôts et de la banque. Le pôle de la redevance audiovisuelle demande s'il a une télé. Viking Line propose des croisières pas chères. Une pub pour le Loto affirme qu'il n'est jamais trop tard pour devenir millionnaire ou propriétaire d'une Volvo V60 bleu marine flambant neuve. T'es toujours là ? demande le fils. Mm, répond le père. Ils restent silencieux. On pourrait se voir demain, non ? propose le fils. Ça me semble bien, répond le père. Demain il y a une journée pédagogique à la maternelle, je serai donc à la maison avec les enfants, explique le fils. Je t'envoie un message avec l'horaire et le lieu où se retrouver. Appelle-moi plutôt, répond le père. Ils raccrochent.

La cuisine ressemble à une prison tenue par un tortionnaire qui veut affamer ses prisonniers. Dans le garde-manger il y a quelques boîtes de haricots, des cornflakes en miettes, une conserve d'ananas au sirop et un lot de trois boîtes de filets de maquereaux. C'est tout. Encore une chance que le père ait rappelé au fils de faire des courses. Du café soluble. Du fromage blanc. Du lait. Du pain. Des fruits. Sinon le père aurait dû commencer par faire tout le chemin jusqu'au magasin d'alimentation qui se trouve à plus de dix minutes à pied dans une rue glaciale (en automne), dans une rue détrempée (au printemps). Le fils a acheté une petite bouteille de lait au lieu d'une grande. Le pain est complet et se vante de ne pas contenir de sucre ajouté. La boîte de café soluble est si minuscule qu'il met un temps fou à la repérer dans le placard. Le père soupire. Pourquoi son fils est-il si radin ? Pourquoi n'est-il pas fier de pouvoir aider son père ? Pourquoi montre-t-il si ouvertement qu'il ne l'aime pas ? Le père l'ignore. Mais il trouve triste que les choses soient devenues ainsi entre eux.

Le père verse de l'eau chaude dans une tasse, y mélange deux cuillérées de café soluble, ajoute une larme de lait et retourne s'asseoir devant la télé. D'après l'étiquette sur la porte, le fils est consultant en gestion. De nombreuses années se sont écoulées depuis qu'il est sorti diplômé de sa prestigieuse école de sciences économiques. Pourtant son bureau ressemble à un repaire de drogués. Les vrais économistes d'entreprise ont leurs bureaux en haut de gratte-ciels, avec une vue imprenable sur la ville, des secrétaires sexys, des cafetières à capsules et de l'eau pétillante aromatisée dans le frigo. Mais son fils n'a jamais compris l'avantage de bien faire les choses. Il a préféré équiper son bureau d'étagères branlantes dans différentes nuances de blanc. Les classeurs sont de mauvaise qualité, la table basse est maculée d'auréoles de tasses et marquée d'une grosse tache noire en plein milieu, peut-être à cause de l'encens, peut-être à cause d'une cigarette. Partout, des traces de l'échec du fils. Dans un coin, une table de mixage poussiéreuse est posée sur la tranche. À côté, une platine vinyle sous plastique ainsi qu'une vieille caisse à lait pleine de disques datant de l'époque où le fils rêvait de devenir musicien. Les penderies sont remplies de chaussons d'escalade, de cordes de sécurité que le fils a achetées quand il imaginait devenir alpiniste. Dans la cuisine, on trouve des tuyaux, des ajutages, des bouteilles en verre et des capsules non utilisées datant de l'époque où le fils voulait monter une brasserie.

Mais ce qu'il y a de pire dans ce bureau ce sont les livres. Ils sont comme de la vermine. Il y en a absolument partout. Pas seulement sur les étagères pleines à craquer, mais aussi dans l'appartement. Des piles par terre, des sacs entiers sur l'étagère à chapeaux, sur le rebord de la fenêtre de la cuisine, sur le panier à linge dans la salle de bains. Pratiquement aucun ne traite de comptabilité ou de législation fiscale. Le fils les a achetés quand il croyait pouvoir devenir écrivain. Des romans portugais, des nouvelles chiliennes, des biographies américaines, de la poésie polonaise. Le père déplace une pile en soupirant. Il connaît suffisamment bien la littérature pour faire la différence entre les livres et les déchets. Et le bureau est surchargé de livres qui pourraient tout aussi bien servir à faire du feu. Ces livres-ci n'ont figuré sur aucun palmarès de vente. Ils n'ont pas été portés à l'écran avec The Rock comme personnage principal. Le père, lui, n'est pas sous l'influence des livres. Même pas quand il aperçoit celui d'un écrivain allemand qu'il a lu et aimé dans sa jeunesse. Ça n'éveille en lui aucun souvenir. Il le repose et attrape à la place la télécommande.

Le père passe toute la soirée sur le canapé. Il zappe entre les chaînes. La une. La deux. La quatre. Parfois il tente la télévision à accès public. Parfois la télé finlandaise. Son portable suédois sonne. Parfois il répond. La plupart du temps il ne répond pas. Il est fatigué. Il est mourant. Et puis il ne voit pas qui appelle. De toute façon il ne peut pas parler parce qu'il regarde le talk-show d'Ellen DeGeneres qui a pour thème "Comment rester ami avec son ex".

Son fils est complètement paumé. Il est perdu. Il croit qu'on peut réussir dans ce monde sans mettre le paquet. Il n'a jamais compris qu'il faut investir de l'argent pour en gagner. Quelles sont ces entreprises stupides qui choisissent de faire appel à lui ? Qui envoient volontairement leurs factures dans cette grotte primitive dans l'espoir de recevoir une assistance économique ? Pourquoi le fils est-il un bon à rien ?

La soirée se transforme bientôt en nuit. Le père regarde les nouvelles sur la 4. Il regarde les nouvelles sur SVT. Il regarde un documentaire animalier sur les grenouilles de la forêt équatoriale. Régulièrement il entend le voisin du dessus se racler la gorge. S'il ne regarde pas la même chaîne que lui, il est vite agacé par le volume élevé de sa télé qui filtre par le plafond. Quand ça sonne chez le voisin d'à côté, on dirait que c'est chez lui et sa première impulsion est d'aller ouvrir. Les voisins du troisième étage sont des drogués. Le père l'a constaté de ses propres yeux. Ils déambulent en état de manque dans la cage d'escalier. La voisine d'à côté est une prostituée. Le père l'a compris à son apparence asiatique, à ses horaires de travail et aux sonneries répétitives à sa porte.

Le père déteste cet endroit. Son ancien appartement lui manque. Le studio dans le centre que le fils a eu le droit de récupérer et qu'il a ensuite vendu au plus offrant sans partager les bénéfices. Le père ne veut pas vivre dans un vieil immeuble pourri sans ascenseur avec pour voisins une prostituée, des drogués et celui du dessus qui se racle tellement fort la gorge que le plafond vibre. Il mérite mieux que ça. Il n'a pas trimé toute sa vie pour finir ici, sur un canapé qui essaie de faire croire à son entourage qu'il est blanc alors qu'en réalité, il ne trompe pas grand monde, puisque le couvre-lit posé dessus n'est plus blanc mais grisâtre et qu'il glisse dès que quelqu'un s'assoit.

*

Un fils qui est père arrive enfin à joindre son père. Celui-ci répond à son onzième coup de fil. Il est à son bureau. Tout s'est bien passé. Le fils pousse un soupir. Il sourit de son inquiétude inutile. Les doigts légers, il écrit un SMS au reste de la famille pour la rassurer : *L'aigle a atterri. Cool*, répond la sœur. *Contente que tout se soit bien passé*, répond la mère.

Lorsqu'il est quinze heures, il va chercher la grande de quatre ans à la maternelle. Généralement ça lui prend entre quinze et quarante-cinq minutes pour l'habiller et la ramener à la maison. On n'a pas le droit de marcher sur les lignes au sol ! crie-t-elle. Aussi bien la fille que le père traversent la place sur la pointe des pieds. On a juste le droit de marcher sur le gravier ! crie-t-elle. Aussi bien la fille que le père évitent les endroits sans gravier. On n'a pas le droit de marcher sur les feuilles mortes ! crie-t-elle. Viens maintenant, dit le père. Il arrive que la grande de quatre ans ait un accès de colère et ça peut alors prendre une heure et demie de rentrer. Elle s'arrête sur le pont au-dessus de la voie de métro. Elle se cramponne à la rambarde du pont. Vous êtes tous moches ! crie-t-elle. Je vous déteste ! Vous avez pas le droit de venir à mon anniversaire ! Le père est patient. Il sourit aux passants. Il repense à ce clip que sa petite amie lui a montré qui donnait des conseils pour rester *cool, calme et impassible* quand les enfants font une crise. Il imagine que la colère est une série de vagues qui déferlent sur lui sans l'ébranler. Il se dit qu'il est entouré d'un champ de force. Le père donne un fruit au petit d'un an assis dans la poussette. Puis il sort son portable et fait comme s'il se trouvait à l'endroit idéal pour passer un coup de fil de vingt minutes alors que la grande de quatre ans hurle des insultes aux voisins, aux enseignants des écoles maternelles, aux retraités, aux propriétaires de chiens qui passent devant eux en route vers leur propre vie. Les larmes coulent le long des joues de la grande de quatre ans. Le petit d'un an, lui, essaie de comprendre ce qui se passe. Le père attend. Attend encore. Puis il tente, pour la cinquième fois, de la prendre par la douceur en lui proposant de regarder la télé quand ils seront à la maison, de manger un fruit, mais il a du mal à être naturel parce que chaque fenêtre est un visage, chaque voiture qui passe est remplie de connaissances, d'anciens copains de classe, d'ex-petites amies, de conseillers d'orientation, de gens des services sociaux. Tous suivent chacun de ses mouvements, veulent savoir comment il gère le conflit, prennent des notes dans des petits carnets et s'échangent des regards quand le père attrape finalement la grande de quatre ans par le dos de son blouson, la cale sous le bras et la ramène à la maison comme un rondin gigotant. La grande de quatre ans oscille entre le rire et les larmes pour finalement pencher exclusivement pour les larmes. Des hurlements à fendre le cœur qui résonnent entre les immeubles et qui font ralentir les voitures. Quand ils croisent deux voisins, la grande de quatre ans crie : Aïe, tu me fais mal papa, tu me fais mal ! Le père essaie de paraître indifférent. Il sourit aux voisins, il imite le genre de pères qu'il a vus dans le métro, des pères qui échangent des regards entendus avec d'autres pères quand leur enfant se met à hurler, des pères qui haussent les épaules d'un air résigné, qui résolvent le problème en deux temps trois mouvements pour poursuivre ensuite leur route. Ces pères ne sont pas comme lui. Ils ne sont pas pris par une envie irrésistible de sortir de la rame de métro pour échapper à tous ces regards ou de faire mal à l'enfant juste parce qu'il exprime un besoin, qu'il est petit, que c'est tellement évident qu'il a besoin de son père.

Ils dînent vers dix-sept heures. À dix-sept heures trente, la mère arrive en prétextant des retards sur la ligne rouge du métro comme excuse. Exceptionnel, ironise-t-il. Si la prochaine fois tu pars du travail un peu plus tôt, tu seras peut-être à l'heure pour le dîner. OK, mais est-ce que tu pourrais décharger ta frustration sur quelqu'un d'autre que moi ? dit-elle. Je ne suis pas du tout fâché, répond-il. C'est juste tellement ingrat de s'occuper des enfants, de faire les courses, de préparer à manger et toi, tu arrives comme une fleur avec une demi-heure de retard et tu ne fais que… Chéri, l'interrompt-elle. Assieds-toi, mange, respire. On discutera quand les enfants seront couchés. Qu'est-ce que tu as préparé de bon ? Des restes, répond le père.

Le petit d'un an mange tout seul dans sa chaise haute. Il refuse qu'on l'aide. Il veut deux cuillères. Une à mettre dans la bouche, une autre pour taper sur la table. Il la jette ensuite par terre ou la pointe vers le plafond. Il avale deux carottes bios bouillies, un bol de maïs, des spaghettis à la sauce bolognaise, un fruit ou deux, de préférence une mandarine qui doit être coupée en tout petits morceaux parce que les quartiers pourraient se coincer dans sa gorge et l'étouffer, dit la mère. Exactement comme les saucisses. Quand le petit d'un an n'a plus faim, il jette tout par terre. Les restes de fruits, de spaghettis, de sauce bolognaise atterrissent sur le parquet de la cuisine, tout cela arrosé d'eau de son verre à bec qui fuit. Généralement, la grande de quatre ans mange toute seule. Parce qu'elle est grande. Sauf quand elle est fatiguée après sa journée à la maternelle. Ces derniers temps, elle est constamment fatiguée. Elle veut qu'on la nourrisse. Elle leur raconte que Sixten a prétendu qu'elle n'était pas courageuse parce qu'elle n'a pas osé grimper sur un toit. Elle leur parle aussi d'Annie qui vient d'avoir cinq ans et de Bo qui n'a que deux lettres dans son prénom. Que deux lettres ! hurle-t-elle en secouant la tête. C'est vrai, répond le père. Mais n'oublie pas de manger. Je mange ! dit la grande de quatre ans en posant sa tête sur la table. Le père et la mère essaient d'entrer en contact. D'avoir une discussion. Elle lui parle d'un collègue au bureau qui a hérité d'un chien… Le petit d'un an renverse la carafe d'eau sur la table, le père se lève aussitôt pour prendre une éponge, la grande de quatre ans tombe de sa chaise, la mère réussit à la rattraper de justesse, le père se penche en avant pour essuyer l'eau et la sauce bolognaise sur le parquet, le petit d'un an en profite pour s'essuyer les mains sur ses cheveux, la mère essaie de terminer l'histoire de son collègue qui a hérité d'un chien pendant que la grande de quatre ans hurle *Cocorico, chante le grand coq blanc !*, la mère lui dit de manger au lieu de jouer au coq, la grande de quatre ans lui crie qu'elle n'aura pas le droit de venir à son goûter d'anniversaire. Fais ce que je te dis, réplique la mère avant de tenter encore une fois de raconter l'histoire de son collègue Sebastian qui a hérité d'un chien. Mais la grande de quatre ans chante maintenant *Les Trois Petits Lutins* et le petit d'un an se met à crier parce que son pull est plein de sauce bolognaise froide. Le dîner prend quarante-cinq minutes. Quand ils ont enfin terminé, la cuisine ressemble à une zone de guerre et les parents se sont échangé une demi-phrase. Si c'est un bon jour, ils peuvent rire de ce chaos. Ils peuvent secouer la tête et dire : On a soixante-cinq ans, on est à New York, on sort d'un concert au Brooklyn Museum et maintenant on traverse tranquillement Prospect Park. OK ! Je te suis ! On a soixante-dix ans et on fait un voyage thématique en Andalousie, on est accompagnés d'un guide suédois marié à une Espagnole, on est trimballés comme des moutons dans un bus touristique mais au bout de quelques jours on s'enfuit, on achète de la beuh et on s'enferme dans notre chambre d'hôtel. Exactement ! Maintenant on a quatre-vingts ans et on escalade une montagne du nord de la Norvège qui en réalité ressemble davantage à une colline. On n'a aucun problème pour grimper à son sommet avec nos déambulateurs, on fait ça ensemble, on boit de la bière dans un chalet de montagne, on est vieux mais loin d'être morts. Il y a une vie après tout ça. Et quand on en sera là, on regrettera cette période. Ou bien ? Le petit d'un an tend le bras vers l'évier et attrape une bouteille de soja. Non ! Pas jeter par terre ! dit la mère. Apapapapap, dit le père. Le petit d'un an soupèse la bouteille dans sa main. Il regarde la grande de quatre ans, il regarde les parents, il sourit et il lâche la bouteille par terre.

C'est le moment de coucher les enfants. Ils se séparent pour le rituel du soir. L'une s'occupe de la couche, du pyjama, de préparer le biberon et de brosser les dents du petit d'un an pendant que l'autre fait à peu près la même chose avec la grande de quatre ans. Bonne chance, se disent-ils. On se verra de l'autre côté. Puis l'une part en direction du lit à barreaux qui se trouve dans leur chambre tandis que l'autre part en direction du lit superposé dans la chambre d'enfant. La grande de quatre ans dort dans le lit du bas. Celui du haut sert de station de stockage où sont entreposés des voitures cassées, un piano à queue en plastique branlant, un cheval à bascule classique en bois joliment sculpté mais qui pince trop facilement les orteils et tout un tas d'autres objets qui n'ont pas trouvé de place ailleurs. Des jumelles cassées, trois sacs à dos pour enfants, un déguisement de père Noël trop petit, des vêtements trop petits, des dessins de l'école maternelle qui devraient être encadrés pour ne pas être abîmés, des couronnes en papier sur lesquelles sont dessinés le chiffre 3 et le chiffre 4 et que celle de quatre ans a eu le droit de porter à la maternelle à ses deux derniers anniversaires. Généralement, le couchage prend entre trente et quatre-vingt-dix minutes. Ils lisent une histoire. Ils bordent. Ils font un câlin. Ils disent bonne nuit. Ils font un bisou. Puis ils essaient de se faufiler hors de la chambre. Mais on les rappelle. Ils vont chercher un verre d'eau. Chercher le pot. L'une finit par s'endormir. Puis l'autre. Le petit d'un an est assis dans son lit à barreaux à regarder sa mère qui dort sur le tapis à côté. La grande de quatre ans sort de sa chambre dès que le père dort à côté d'elle dans le lit. Et finalement, quelque part entre sept et huit heures, les deux enfants sombrent dans le sommeil. C'est là que le moment des parents commence. Maintenant on se fait un thé et on s'installe sur le canapé, disent-ils en chœur en se rendant dans la cuisine. Mais ils commencent aussitôt à se disputer. Parce que la veille, l'un a dormi une heure de plus que l'autre. Parce que la mère se sent critiquée dès qu'elle essaie d'imposer de manger bio et de réduire la consommation des enfants en viande, lait, sucre et gluten. Parce que c'est le père qui a la responsabilité du paiement des factures de la famille. Mais c'est moi qui ai la responsabilité de ramener tout l'argent ? dit la mère. Pas tout, réplique le père. Et je suis en congé de paternité. Et moi, je travaille à temps plein. Ou plutôt, j'essaie de travailler à temps plein. Mais c'est difficile puisque je dois aussi nettoyer la salle de bains, faire les lessives, étendre le linge, le trier, le plier. Et le week-end je fais aussi la cuisine, je coupe les ongles des enfants, je… Mais c'est moi qui passe l'aspirateur, s'indigne le père. Et qui m'occupe de l'organisation du goûter d'anniversaire. Et aussi de la mise à jour du réseau sans fil. C'est compliqué, ça, de faire une mise à jour ? demande-t-elle. Je nettoie aussi le siphon de la baignoire, poursuit-il. Et la nuit je me lève plus que toi. Qu'est-ce que tu veux que je te dise ? soupire-t-elle en regardant son portable pour voir combien de temps il leur reste de leur *moment agréable ensemble*. Dans ce cas, merci. Merci de t'occuper de la mise à jour du réseau sans fil. Merci de nettoyer le siphon. Mais je ne pige pas pourquoi t'as autant besoin d'applaudissements. On est tous les deux responsables de cette famille. On s'entraide. Mais tu ne peux pas vider le lave-vaisselle sans me le dire. Et alors ? Je ne comprends pas ce que tu veux que je fasse ? demande-t-elle. Juste me dire merci, répond-il. Mais je ne fais que ça. Merci merci merci merci merci merci merci merci merci merci merci merci merci merci merci MERCI ! le petit d'un an se réveille. Ils se regardent. C'est comme un duel, mais dans le sens inverse. J'y vais. Non, c'est moi. Non, parce que si tu y vas il ne se rendormira jamais. Puis il va dans la chambre et essaie de calmer le petit d'un an. Avec son doigt il lui caresse le front, l'allonge dans son lit et lui explique que c'est toujours la nuit. Le petit d'un an lutte pour se relever. Il pleure à pleins poumons. Chaque fois que le père essaie de le rallonger, il se débat comme si le matelas était recouvert de lave. Ça finit par marcher. Au bout d'un quart d'heure de hurlements. Le père n'arrête pas de penser aux voisins. Entendent-ils ? Trouvent-ils qu'ils se débrouillent mal ? Qu'ils sont de mauvais parents ? Ont-ils posé un verre sur le mur et entendent-ils les enfants pleurer à longueur de temps ? Pensent-ils contacter les services sociaux ? Il se faufile hors de la chambre encore plus silencieusement qu'un ninja. Il marche sur un Lego et serre les dents. Il éternue sans faire de bruit. Il sait précisément quelles lattes du parquet grincent.

À neuf heures et demie, le petit d'un an s'est réveillé quatre fois. À dix heures, le père et la mère vont se coucher. À onze heures, le petit d'un an se réveille et veut son biberon. À une heure, la grande de quatre ans se réveille et marmonne qu'elle veut de l'eau et une banane sans cuillère. À deux heures, le petit d'un an se réveille et se mord les doigts comme s'il avait mal aux dents. À deux heures et demie, le paracétamol commence à faire de l'effet et il se rendort. À trois heures, la grande de quatre ans se réveille effrayée par les serpents derrière le rideau. À quatre heures et quart, le petit d'un an se réveille et veut prendre son petit-déjeuner, lire une histoire, faire son caca du matin, faire le tour de l'appartement en courant avec son chariot de marche. À quatre heures et demie, la grande de quatre ans se réveille à cause du bruit. Un nouveau jour commence. Et encore un nouveau.

Entre deux réveils, le père s'allonge dans son lit et écoute le vent siffler sur le balcon. Il aimerait dormir mais il ne réussit pas. Sa petite amie est allée se coucher dans le canapé. Le père ne parvient pas à se souvenir de la dernière fois où ils ont passé une nuit entière dans le même lit. Il porte en lui une rage qu'il n'arrive pas à évacuer. Quand les enfants ne dorment pas, il est patient pendant une demi-heure. Voire une heure. Puis il est pris d'une impulsion subite de plaquer un coussin sur le visage de la grande de quatre ans. Et de balancer le petit d'un an contre le mur. Mais il ne le fait pas. Bien sûr. Ce serait être un mauvais parent. À la place, il attrape violemment le petit d'un an par la cuisse et le jette sur le matelas, il le prend dans ses bras et saute sur place pour essayer de stopper ses pleurs, il chante cette putain de berceuse sur la maman troll. Une fois. Dix fois. Trente fois. Il la chante d'une voix calme. Il la chante en chuchotant. Il la chante en rappant. Il la chante aussi fort qu'il peut pour couvrir les pleurs. Le petit d'un an se cambre, pousse des hurlements de panique, essaie de se dégager des bras du père en lui donnant des coups. Sa nuque est en sueur. Il a la voix rauque à force de pleurer. Il pleure comme si sa vie en dépendait. Le père a soudain envie de l'emmener dans la cuisine, d'allumer la lumière, de préparer du thé, de sortir quelques gâteaux et de lui expliquer deux ou trois trucs : Hé ho, tu m'écoutes ? Maintenant faut que t'arrêtes. C'est pas sympa. Vraiment pas sympa. Faut que tu comprennes qu'on fait de notre mieux. On suit tous les conseils que nous donne la PMI. On a mis en place des rituels nocturnes. On évite les haricots au dîner. Tous les soirs on te donne un biberon de lait sans lactose avec des céréales bios. On souhaite bonne nuit aux lampadaires et aux voitures. On te lave les dents. On te lit l'histoire du soir et on t'aide à te relaxer. On allume la veilleuse et on met de la musique de méditation. On te prend dans les bras quand tu pleures et on te repose dans ton lit quand tu t'es calmé. Mais toute cette organisation familiale ne tient que si tu joues le jeu. Tu ne peux pas juste continuer à te réveiller dix fois par nuit alors qu'on fait ce qu'on peut en tant que parents. Tu me promets d'essayer un peu ? De faire ton possible pour qu'on ne se retrouve pas de nouveau ici au beau milieu de la nuit ? Mais au lieu de sortir de la chambre, le père tente de faire taire le petit d'un an en produisant des bruits de vague avec sa bouche, puis des grondements, puis retour aux bruits de vague, mais puisque le fils ne se calme pas, les vagues se mettent à ressembler à un tsunami. N'importe qui serait mort de peur en entendant ça. Il arrive que ça fonctionne pour arracher le petit d'un an à sa bulle de cris-à-en-avoir-la-voix-cassée-et-le-dos-cambré. Mais la plupart du temps ça ne marche pas. Au contraire. Ça panique le petit d'un an d'entendre son père faire un bruit de moteur de bateau et il faut ensuite vingt minutes de plus pour le calmer. Quand il s'endort enfin, c'est le père qui est en sueur. Il reste immobile pendant un instant puis se glisse dans son lit pour essayer de trouver le sommeil.

Ces derniers temps, ses rêves se déroulent toujours dans un parc. Il pousse le petit d'un an sur une balançoire. Soudain le petit d'un an vomit. Le père n'a pas de lingettes et doit utiliser son bavoir pour le nettoyer. Et le rêve est terminé. Dans un autre rêve, il est assis au bord d'un bac à sable. Il ne se passe rien. Le temps s'écoule. Le petit d'un an verse du sable dans un seau. Un oiseau se pose à côté d'eux et les regarde. L'oiseau fait un mouvement de tête que le père interprète comme une marque de compassion mais peut-être est-ce juste de l'indifférence. Le petit d'un an ne prête pas attention à l'oiseau. Il est concentré sur le sable qu'il verse dans le seau avant de le déverser dans le bac à sable. Soudain il devient tout rouge et se met à pousser. Le père passe le restant du rêve à marcher dans un grand magasin ou dans les longs couloirs d'une université en quête de toilettes ayant une table à langer. Ces derniers temps, ses rêves vont tellement loin dans le néant qu'il a même commencé à commenter leur pauvreté. Maintenant faut que t'arrêtes, se dit-il à lui-même dans le rêve. Faut qu'il se passe un truc. Sors du bac à sable, va dans la rue, pique une bagnole à un feu rouge et roule jusqu'à un sexe-club ouvert le jour le plus proche. Est-ce qu'il existe des sexes-clubs en Suède ? Mais tu rêves, gros débile, et dans les rêves tout est possible ! se répond-il à lui-même. C'est vrai, se dit-il en restant assis dans le bac à sable. Le petit d'un an fourre du sable dans sa bouche. Le père le lui enlève en disant : Pas manger de sable. Le petit d'un an fourre de nouveau du sable dans sa bouche. Le père le lui enlève de nouveau en disant : Pas manger de sable. Le père est fatigué, mais pour une raison qu'il ignore, il n'arrive pas à s'endormir. Finalement il s'endort. Dix minutes plus tard, le petit d'un an se réveille.

*

Un grand-père qui est un père est toujours assis sur le canapé. Ses muscles se sont atrophiés. Sa colonne vertébrale n'a plus la force de le porter. Moins il marche plus la douleur dans ses pieds est importante et ça ne s'arrangera jamais puisque cette douleur est due à son diabète incurable. Le sang mal oxygéné a endommagé les petits nerfs des pieds. Son corps pourrit de l'intérieur. Bientôt il va mourir. Mais le pire c'est quand même sa vue. D'abord ses yeux fonctionnent normalement. Le grand-père regarde TV4 et voit même les poils de barbe du présentateur qui explique qu'il est bientôt l'heure de *FBI : Portés disparus* suivi de la saga *Die hard : Piège de cristal* et *58 minutes pour vivre*. Le père sourit puisque ce sont les deux meilleurs films du monde. Surtout le deuxième. *FBI : Portés disparus* commence et sa vision se brouille dans un œil. Il doit plisser la paupière pour réussir à voir. Il a du mal à distinguer si c'est un homme ou une femme ou un élan qui avance dans la neige à l'intérieur du cimetière. Il entend des voix, des policiers qui discutent en anglais, une voiture qui démarre, deux voitures qui passent, des rires d'enfants, les grincements d'une balançoire ou peut-être est-ce un vélo dont la chaîne est mal graissée, un coup de feu, deux autres coups de feu, des pas rapides, une musique de suspens. Son ex-femme dit que c'est une chance que les crises soient passagères. Ses enfants disent que c'est son imagination qui lui joue des tours. Le gars sur le quai explique où il a vu la fille pour la dernière fois mais il refuse de prendre la liasse de billets. D'abord la fille ne le reconnaît pas, puis elle le reconnaît et se met à courir. Sa mère dit : Vous n'avez pas le droit de poursuivre ma fille. Il faut qu'il fasse vérifier sa vue. Il faut que ses enfants l'aident. Ils n'ont qu'à lui prendre rendez-vous sur internet pour une IRM du corps entier afin qu'il sache enfin ce qui ne va pas chez lui. Parce que quelque chose ne va pas. Il le sent. C'est juste qu'il ne sait pas quoi. Au milieu de la deuxième page de pub, sa vue revient. Le flou gris reprend des contours et de la couleur. Puis *Piège de cristal* commence. Le père s'endort un sourire aux lèvres.

III. VENDREDI

On est vendredi matin et une petite amie qui est une mère qui travaille comme juriste au sein d'une organisation syndicale est à son bureau depuis sept heures vingt. Quand les secrétaires arrivent à neuf heures, elle a déjà envoyé vingt mails, a préparé une affaire qui sera traitée à la Cour administrative d'appel et elle est prête pour la première réunion du matin. Sa cliente n'arrivant pas, elle demande à la secrétaire de lui téléphoner. Le père de la cliente répond. On est là, dit-il. Mais on est dehors. Elle a changé d'avis. Je descends, répond la juriste qui est une mère. La cliente est assise sur un banc, le corps penché en avant et le visage caché derrière ses cheveux. Qui êtes-vous ? demande le père. Votre déléguée juridique, dit la juriste. Je ne vous imaginais pas comme ça, dit le père. La juriste s'assoit sur le banc à côté de sa cliente. Elle se racle la gorge. Elle dit qu'elle comprend son inquiétude. C'est tout à fait normal d'avoir peur. Elle se penche vers elle et lui chuchote : Mais si nous ne dénonçons pas ces sales types, ils continueront. Et il ne faut pas que ça arrive. On va arrêter ces connards. On va leur en faire baver, vous comprenez ? Au tribunal ça va être un massacre. Un bain de sang. Je vous promets. Faites-moi confiance.

La fille semble confuse. Vous ne parlez pas comme une avocate, dit-elle. La juriste sourit. Je suis juriste au sein d'une association, dit-elle, et je suis sans doute un peu différente.

Dans l'ascenseur, la juriste qui est une mère raconte son passé. Dans quelle banlieue elle a grandi, combien ses parents ont lutté pour qu'elle fasse des études et qu'elle obtienne un boulot dans ce bureau tape-à-l'œil. Quand j'ai reçu mon diplôme, j'avais peur que les gens me percent à jour, dit-elle. Mais plus maintenant. Redis-moi ce que tu vas leur faire, demande la cliente. Les massacrer, répète la juriste. Aucune indulgence. Tout le monde doit mourir. La cliente sourit. Le père a l'air préoccupé.

Dans la pièce aux portes fermées, la cliente raconte son histoire. C'est son père qui lui a parlé de ce boulot. Dans le cadre de son travail, il s'est adressé à ce restaurant pour un service traiteur. Sur leur site, il a vu qu'ils cherchaient des gens. Elle a commencé quand elle avait quinze ans. Le premier été, elle était à la plonge. À l'automne elle a aidé aux plats froids. L'endroit était tenu par deux frères. L'un était gentil d'une bonne façon, l'autre était gentil mais d'une façon pénible. Il s'est mis à lui faire des compliments, lui disant qu'elle était jolie comme un soleil, ravissante comme une prairie en fleurs, qu'elle illuminait ses journées et qu'il aimait la regarder, ce genre de trucs, quoi. Mais c'est vrai, dit le père. Que quelqu'un soit gentil n'a rien de choquant. Un soir, le chef lui a barré le passage et il lui a proposé de venir dans son bureau. Quand elle a refusé, il a ri en lui disant qu'elle ne comprenait pas ses blagues. Mais c'était peut-être une blague, dit le père. Il a plus de cinquante ans, non ? Une autre fois, il a posé son pouce plein de sa propre salive sur sa bouche pour lui enlever ce qu'il prétendait être du chocolat. Et ? dit le père. C'était gentil, non ? Il ne voulait pas qu'on se moque de toi, c'est tout. Je venais de commencer ma journée, explique la cliente. Et je n'avais pas mangé de chocolat. Lorsqu'elle est devenue serveuse, on lui a expliqué le système de notation du chef. En deux mots, il classait chaque employé, aussi bien les hommes que les femmes, aussi bien les serveurs que les portiers, selon leur degré de baisabilité. Oh, il faut quand même pouvoir supporter certaines choses, commente le père sans sembler convaincu par ce qu'il dit. Un samedi soir, le chef lui a proposé de venir chez lui. La semaine suivante, il l'a convoquée dans son bureau pour lui expliquer que s'il l'avait engagée, c'était parce qu'il voulait faire l'amour avec elle, qu'il l'aimait. Il lui a proposé de l'augmenter et de lui donner des avantages. Il lui a dit qu'il n'avait jamais ressenti pour quelqu'un d'autre ce qu'il ressentait pour elle. Il a fermé la porte et baissé les persiennes. Le père se lève de sa chaise et s'approche de la fenêtre sans l'ouvrir. Le chef a ensuite fait courir des rumeurs sur elle. Il racontait des détails intimes. Il affirmait qu'elle s'était jetée sur lui et qu'elle l'avait supplié de coucher avec lui. Le père va se rasseoir. Il regarde le sol, les mains fermement accrochées aux accoudoirs de sa chaise. Quand elle a protesté, elle a été virée et ce n'est que onze mois plus tard, lorsqu'elle a entendu que d'autres filles avaient vécu des trucs encore pires dans le même restaurant, qu'elle a décidé de contacter le syndicat.

Son récit terminé, la juriste lui tend un mouchoir. La cliente refuse d'un signe de tête. À sa place c'est le père qui l'attrape. Vous pensez qu'on peut gagner ? demande la cliente. On va se les faire, répond la juriste en souriant. Pourquoi vous ne demandez pas si ce sont des immigrés ? demande le père. Parce que ça n'a aucun rapport, dit la juriste. Pour moi ça en a, réplique le père. Pour nous ça en a. N'est-ce pas, chérie ? La fille ne répond pas. Ce sont des immigrés, n'est-ce pas, chérie ? dit le père. La fille ne répond rien. Le père soupire. Quel putain de pays c'est devenu. Quand est-ce qu'on va se réveiller et réaliser qu'on a détruit notre propre pays ? La juriste déglutit et essaie de se contenir. Elle serre la cliente dans ses bras et lui dit que ça va bien se passer. Tu es formidable, tu es une princesse, tu vas les laminer, maintenant c'est nous deux contre le monde, tu comprends ? Nous, on est le soleil et eux, ils sont les nuages et les nuages vont et viennent. Mais nous, on continuera toujours à briller. D'accord ? La cliente acquiesce. Le père et la fille quittent le bureau.

La juriste qui est une mère sort tôt déjeuner avec Sebastian. C'est toujours eux qui prennent leur pause en premier. Elle à cause du réveil à l'aube de ses enfants, lui parce qu'il se lève à cinq heures du matin et qu'il part au boulot à vélo depuis Danderyd, en banlieue. Le serveur devine que Sebastian va choisir le poisson et elle le plat végétarien. Les deux hochent la tête. Ils discutent des glaïeuls à la fenêtre, du fox-terrier que la fille de Sebastian vient d'avoir et qui va apparemment s'appeler Ugolino, de démêlant pour les cheveux, du fait que toutes les sauces, absolument toutes, deviennent meilleures avec du chili. Sebastian paie l'addition. Au début, elle essayait de payer une fois sur deux, ou au moins une fois sur trois, mais Sebastian était tellement offensé qu'elle a arrêté de proposer. Ses cheveux se soulèvent légèrement lorsque le serveur ouvre la porte donnant sur la rue. Sebastian la laisse sortir en premier. Comme toujours. C'est une chance qu'il soit vieux et heureux en mariage, qu'il ait les cheveux clairsemés et qu'il ne soit plus aussi bronzé qu'avant, parce qu'une fois, alors qu'il revenait de vacances, elle a été tellement heureuse de le revoir que ça l'a inquiétée.

Assise à son bureau, elle jette un œil à son portable et constate qu'elle a reçu cinq SMS de son petit ami. Cinq photos. Sans aucun mot. Les enfants sur un escalator, se tenant la main et l'air surexcités. Les enfants sautant sur un trampoline dans un parc de loisirs hideux. Les enfants faisant des grimaces devant un miroir déformant. Les enfants et le père montrant à l'objectif une balle en plastique aplatie. Ils adorent être ensemble. Ils sont tellement bien sans elle. Elle essaie de refouler le malaise qu'elle ressent. Sur la dernière photo, tous se tiennent dans un vestiaire peint en rouge. Le grand-père des enfants à gauche. La grande de quatre ans au milieu. Son petit ami avec le petit d'un an dans les bras à droite. Tous sourient. Ou bien. La grande de quatre ans fait une grimace. Le petit d'un an a la tête tournée. Le grand-père fronce les sourcils. Mais le petit ami lui, sourit. Ou plutôt. Il essaie de sourire. L'inconnu qui prend la photo se tient un peu trop loin. À droite de la photo sont visibles de longues rangées de casiers en métal et à gauche le dos de deux personnes qui ne devraient pas être là.

*

On est vendredi matin et un fils qui est un père lit le texte suivant sur le panneau dans l'entrée : *N'appuyez qu'*UNE FOIS *sur la sonnette. On arrive. Une fois* est en gras souligné. Le père appuie une fois sur la sonnette. Ils attendent. La grande de quatre ans veut entrer mais elle est arrêtée dans sa course par la barrière en plexiglas. Le petit d'un an balance ses jambes dans le porte-bébé. L'endroit est totalement vide. Le père sort son portable et regarde l'écran de façon démonstrative bien qu'il sache qu'il est déjà et quart. Y a personne ici ? demande la grande de quatre ans. Blèèè, bave le petit d'un an. Ça devrait être ouvert, dit le père un peu trop fort pour que les membres du personnel qui paressent dans la salle de repos, le regard happé par les flux sociaux de leur portable, entendent qu'ils sont en train de rater de potentiels clients. Personne ne vient. Sur le comptoir est posé un autre panneau disant que ni les poussettes ni les chaussures ni la nourriture ne sont autorisées. Tout ça, il le sait. Il sait aussi qu'il y a six autres lieux similaires dans la ville. Il sait que le premier établissement a ouvert il y a cinq ans et demi et le dernier cet été. Il sait que le nom vient des petits-enfants du propriétaire canadien. Il sait que l'entrée coûte cent soixante-dix-neuf couronnes pour les enfants au-dessus de deux ans et que c'est gratuit pour ceux en dessous à condition de les inscrire au club pour bébés. Il faut juste donner une carte d'identité, une adresse mail et quelques infos personnelles. Il sait aussi qu'ils sont ouverts depuis un quart d'heure. Parce que tout ça, il l'a vérifié sur internet avant qu'ils partent, en même temps qu'il choisissait le trajet optimal pour s'y rendre, qu'il préparait le sac avec les tupperwares, les biberons et des vêtements de rechange aussi bien pour les enfants que pour lui, en même temps qu'il remplissait le sac en plastique zippé de couches, de lingettes et du tapis à langer pliable permettant de changer un bébé n'importe où. Les endroits où il a changé une couche ces derniers mois : par terre dans une bibliothèque, sur le siège passager d'une voiture, sur le toit d'un petit château en bois dans un parc, dans la cage d'escalier devant l'appartement en sous-location d'un copain à Kärrtorp alors que le copain était en retard.

Pourquoi ils ne viennent pas ? demande la grande de quatre ans. Je ne sais pas, répond le père. Ils sont morts ? J'espère que non. Le grand-père de Leo est mort, dit la grande de quatre ans. Elle reste silencieuse. Le père se demande s'il ne va pas appuyer une deuxième fois sur la sonnette. Mais il est bien spécifié qu'on ne doit pas. Il décide donc d'attendre. Les escargots ne peuvent pas mourir, dit la grande de quatre ans. Deux mères, ou plutôt une mère et une amie, entrent avec un enfant. Elles se placent derrière lui. Elles le regardent. Le père hausse les épaules en faisant un signe vers le panneau. Une des deux femmes se penche alors en avant et appuie une fois puis une deuxième fois sur la sonnette.

Le garçon qui arrive n'est pas le moins du monde stressé. Il leur sourit et leur souhaite la bienvenue. Il prend ensuite quelques infos personnelles afin d'inscrire le petit d'un an au club pour bébés. Il explique qu'ils ont douze toboggans, neuf parcours d'obstacles, une piscine à boules pour les plus petits et un terrain combiné de foot et de basket au fond du local à droite. Le père aimerait souligner que ce n'est pas lui qui a sonné deux fois mais il ne le fait pas. Le garçon lui tend le reçu et lui dit de ne pas oublier sa carte. Merci, je l'oublie tout le temps, répond le père. Il range le reçu dans son portefeuille et tous les trois entrent dans le local. En s'éloignant de la caisse, il se demande pourquoi il a dit qu'il avait l'habitude d'oublier sa carte. Il en a une depuis ses dix-huit ans et il ne se souvient pas l'avoir oubliée une seule fois.

L'aire de jeux est violette, jaune et rouge. Toutes les surfaces dures sont recouvertes de mousse, le sol est en caoutchouc souple et les cloisons sont des filets. Lorsque la grande de quatre ans grimpe à l'étage, ils se voient à travers les filets. Elle grimpe ensuite en haut d'une échelle de corde, saute sur des cônes en mousse, se balance sur des lianes, glisse le long d'un toboggan gonflable jaune. Le petit d'un an, lui, reste assis, l'air satisfait, dans la piscine à boules. Il produit ce petit son ressemblant à un mugissement qu'il ne fait que quand quelqu'un mange une mandarine, allume une lampe de poche ou fait couler un bain. Un son signifiant : je le veux. Je veux jouer avec. J'en rêve depuis que je suis né.

Le père est assis par terre à côté de lui. Il est présent à cent pour cent. Il apprécie totalement le moment. Il est là pour ses deux enfants. Il sort son portable pour prendre quelques photos à envoyer à sa petite amie. Il vérifie ensuite s'il a eu une réponse du père. Après, il range son portable et il est de nouveau présent. Puis il ressort son portable et jette un œil à toutes les unes de la presse du matin. Puis il range son portable. Puis il regarde le journal du soir. Les pages culture. Les pages ragots. Puis il range son portable. Puis il regarde Facebook, Insta et Twitter. Puis il range son portable. Il est présent à cent pour cent. Il est ici et maintenant. Il n'est pas ailleurs. La grande de quatre ans va chercher deux gros dés en mousse qu'elle essaie de faire glisser sur un toboggan. Le petit d'un an cogne deux boules en plastique l'une contre l'autre. Le père enfonce en cachette un écouteur dans une oreille. Richard Pryor se tient sur une scène, il se moque de quelqu'un dans le public qui essaie de prendre des photos *(you probably ain't got no film in the muthafucka either*)*, il blague sur le fait que des Blancs reviennent des toilettes et découvrent que des Noirs ont pris leur place *(oh dear)*, il imite le son de ses deux mini-singes qui baisent, il fait parler un doberman qui le console quand les mini-singes meurent, il affirme qu'à lui seul il a sniffé tout le Pérou. Et bien que le père connaisse les blagues par cœur, il rit, assis dans la piscine à boules. Il sent qu'il est un bon père. En tout cas, il est mille fois meilleur que le père qui aurait dû arriver à dix heures et qui n'est toujours pas là. Oui. Il gère bien. Ça, il maîtrise. Bien que personne ne lui ait jamais appris. Dans ce lieu et à cet instant précis, alors que le petit d'un an jette des boules en plastique tout en bavant, que la grande de quatre ans donne des coups de tête à des dés en mousse sur un toboggan vide et que Pryor imite le bruit de ses pneus crevés après avoir tiré sur sa propre voiture pour que son ex-femme ne puisse pas le quitter, le père sent qu'il a réussi. C'est dans ces moments-là qu'on comprend pourquoi on supporte tout le reste.

Ce matin lorsqu'ils se sont réveillés à cinq heures, c'est lui qui s'est occupé des enfants. Il a préparé le

* "Et en plus je suis sûr que t'as même pas de pellicule dans ta merde, là."

petit-déjeuner, a changé la couche, a donné à chacun de l'eau "argentée" qui était la boisson préférée de sa grand-mère et qui se composait d'eau chaude, de lait et de miel, mais puisque sa petite amie a peur que leurs enfants mangent trop de sucre, la recette s'est réduite à de l'eau chaude avec du lait, et puisque sa petite amie a lu des articles indiquant que le lait serait cancérigène, la recette s'est réduite à de l'eau chaude et une pointe de lait d'avoine. La fille est en réalité trop grande pour boire dans un biberon, le fils est en réalité trop petit pour boire de l'eau "argentée", mais puisque la fille veut être petite et que le fils veut être grand, c'est ainsi qu'ils commencent la journée. Lorsque la petite amie se lève, les enfants sont habillés, son eau citronnée est prête ainsi que son porridge aux flocons de millet et il a vidé le lave-vaisselle. Il aime à penser qu'il fait tout ça parce qu'il est une bonne personne, parce que ça lui vient naturellement, parce que ce sont des choses qu'on fait, c'est tout. Mais il n'a jamais rien fait naturellement. Chaque fois, il pense à la manière dont ça va être interprété. Il se complimente d'avoir vidé le lave-vaisselle et bloque les voix en lui qui lui chuchotent qu'il déteste cette vie, que l'existence n'a jamais été aussi ennuyeuse et que la seule chose qu'il aimerait faire c'est se lever et partir. Juste tout quitter et disparaître.

Mais alors qu'il est assis dans la piscine à boules, il se sent quand même reconnaissant. Il est heureux. Il est en train de vivre ses plus belles années. Il sait que cette époque lui manquera quand les enfants seront partis de la maison. Même si pour l'instant le temps est immobile. Ils sont arrivés à dix heures et quart. Il est onze heures vingt. Jeter les boules en plastique. Ramasser les boules en plastique. Changer la couche. Essuyer la bave. Jeter les boules en plastique. Ramasser les boules en plastique. Jeter les boules en plastique. Ramasser les boules en plastique. La seule chose qui le sauve, c'est Pryor racontant la fois où il a pris feu et expliquant à quel point c'était le pied de rester allongé dans un lit d'hôpital à ne rien faire.

La grande de quatre ans se gratte l'entrejambe. Tu as besoin de faire pipi ? lui demande le père. Non, répond-elle. Le petit d'un an s'avance à quatre pattes vers les grands miroirs déformants. Il voit son reflet et sourit. Ses quatre dents brillent. Son teeshirt est bleu clair partout sauf autour de son cou où la salive l'a rendu bleu foncé. Tu es sûre que tu n'as pas besoin d'aller faire pipi ? demande le père. Sûre, répond-elle.

Le père reste assis dans la piscine à boules. Les deux mères, ou plutôt la mère et l'amie, marchent dans sa direction en tenant la petite fille par la main. Le père penche la tête sur le côté pour faire tomber son écouteur. Il se lance dans une rapide comparaison. Il classe la petite fille par rapport à son fils en termes de beauté, de développement, de dentition, de vêtements. Il en arrive au fait que la petite fille est plus mignonne mais que son fils a une plus grosse tête, ce qui est un signe d'intelligence. Elle a des vêtements plus modernes et mieux assortis, mais ceux du fils sont moins usés et plus fonctionnels. Elle a peut-être un joli sourire mais son fils a plus de cheveux. Elle arrive à faire quelques pas toute seule mais elle est très instable alors que son fils avance à toute vitesse à quatre pattes et qu'il marche aussi très vite avec son chariot de marche. En conclusion c'est un match nul. Ou presque. Le père sourit aux femmes. Elles lui sourient en retour. Il sent leurs regards. Elles doivent se dire qu'il est un bon père parce que les bons pères sont comme ça, ils se lèvent tôt, ils vont dans les aires de jeux, ils changent les couches, ils ramassent les Lego, les Duplo, les Playmobil qui traînent par terre. Ils ramassent les voitures de police, les motos, les mains collantes, les peluches, les boîtes en plastique vides, les porte-monnaie pour enfants, les jeux de Memory, les puzzles, les gants, les bonnets, les chaussettes et les plaques à perles qui traînent par terre. Ils se penchent en avant, ils s'agenouillent, ils jurent en silence, ils apprennent à leurs enfants que le plus important, le PLUS important c'est de ne jamais abandonner. Quoi qu'il se passe, ne jamais dire : ça ne marche pas. C'est impossible. Parce que tout est possible. Tout, si on n'abandonne pas. Jamais. Tu entends, dit le père en boucle à la grande de quatre ans. Ouiiiiiii, répond-elle avec cette voix qui ressemble à celle d'une ado. Je suis sérieux, dit le père et il défie la fille à la lutte. Ils se lancent dans un combat au milieu de la salle de séjour. La fille se retrouve dans une situation délicate. Le père l'a immobilisée et commence à l'attaquer de chatouilles-bisous ultra dangereux. Il lui fait des bisous et des chatouilles, des bisous et des chatouilles. Le petit d'un an regarde le match qui n'en finit pas, d'abord d'un air confus puis en souriant. Rends-toi, crie le père. OK, crie la fille. Non, crie le père, ne te rends jamais. Mais tu m'as dit de me rendre, dit la fille. Quand je te dis de te rendre, tu dois répondre…, commence le père. Tu te souviens de ce que tu dois répondre ? Tu te souviens de ce qu'il ne faut jamais faire ? Petite pause au milieu du match de lutte-chatouilles-bisous. La fille réfléchit. Tu te souviens de ce que je te dis toujours ?

répète le père. On ne se rend… JAMAIS, crie la fille. EXACTEMENT, crie le père en retour. Et le match reprend. Le petit d'un an regarde, les yeux ébahis, la grande de quatre ans qui a soudain la force d'Hulk et qui réussit à faire tomber le père sur le dos. Elle se lance alors à son tour dans une attaque de chatouilles tout en conseillant au père de se rendre mais le père crie : Jamais ! ce qui ne change rien vu que la fille a déjà gagné. Le père dit alors : Tu t'es bien battue. La fille lui répond : Toi aussi tu t'es bien battu. Finalement le petit d'un an s'approche d'eux et bave sur leurs deux visages.

Le local se remplit d'enfants. Maintenant il y a la queue au toboggan. Les maternelles arrivent. Les nounous arrivent. Les familles de sept enfants arrivent. La grande de quatre ans se précipite vers le père. Papa papa papa ! Il entend à sa voix que c'est trop tard. Heureusement que j'ai pris un pantalon de rechange, dit le père quand ils sortent des toilettes avec un pantalon sec et que le personnel a passé la serpillière sur la flaque sans même pousser un soupir tellement c'est la routine. Pas vrai ? dit de nouveau le père en donnant une caresse à la fille. Quelle chance incroyable que j'aie pensé à prendre un pantalon de rechange. Il se tait. Il se rend bien compte qu'il aimerait des applaudissements. Il veut que sa fille de quatre ans lève la tête vers lui et lui dise : Wouah, papa, c'est incroyable que tu aies pensé à prendre une culotte et un pantalon de rechange. Mais elle est bien trop concentrée sur le robinet du lavabo. Elle essaie de comprendre comment il se met en marche sans poignée à tourner. Elle se tient sur la pointe des pieds et passe sa main dessous, ce qui met automatiquement l'eau en route. Elle recommence.

Encore et encore. C'est automatique, dit-elle. Automatique !

Le père en profite pour changer la couche du petit d'un an. Mais celui-ci est devenu suffisamment grand pour comprendre qu'il est possible de s'opposer. Dès qu'il est allongé sur le dos, il se transforme en ceinture noire de judo et réussit à esquiver les prises. On enlève la couche, on pose une main sur son ventre, on détourne le regard quelques secondes pour attraper des lingettes et lorsqu'on repose les yeux sur lui, il a disparu. Il est assis dans la piscine à boules. Il est rentré tout seul en métro. Ou bien il a juste fait une rotation du corps comme les pales d'un hélicoptère, il s'est retrouvé sur le ventre, il s'est hissé le long du mur et dans un mouvement de para, il a essayé de se jeter de la table à langer. Mais le père est habitué. Il en a vécu d'autres. Lorsque la grande de quatre ans était petite, il était patient. Il essayait de lui expliquer qu'elle devait rester immobile jusqu'à ce qu'il ait fini. Avec le petit d'un an, il se fâche. Il le plaque contre la table, il le laisse hurler, met une nouvelle couche tout en sommant celle de quatre ans d'arrêter de provoquer une inondation dans le lavabo.

*

On est vendredi et un père qui est un grand-père va enfin pouvoir rencontrer ses petits-enfants. Il a proposé au fils de se retrouver à l'endroit habituel. Devant le grand magasin Åhléns. À l'entrée principale. Là où on arrive directement au rayon parfumerie. C'est toujours leur point de rendez-vous. Parce que c'est là qu'ils passaient du temps à l'époque pour se préparer. Quand le fils avait douze ans, qu'il avait un carton à bananes vide dans une main et un attaché-case dans l'autre. Celui du fils était comme celui du père mais plus petit. Après le passage des policiers en uniforme, le père et le fils se glissaient dans la grande rue commerçante Drottninggatan. *Showtime*, chuchotait alors le père au fils qui souriait parce qu'il était tellement heureux d'être avec son père adoré. Il fallait être rapide pour ne pas se faire piquer la place par le vendeur des chiots qui jappaient et faisaient des saltos arrière, ou par le gars avec les bonshommes cascadeurs gluants qui descendaient des vitres, ou par le gars déguisé en Indien qui vendait des petites flûtes qu'on mettait sous la langue et qui, avec une certaine technique (assez compliquée en fait), permettait de siffler comme un oiseau. Le seul à avoir une autorisation et à ne jamais se déplacer à l'arrivée des flics était le vendeur de saucisses, mais il n'était en concurrence avec personne. Lui aussi sifflait pour alerter les vendeurs à la sauvette quand il voyait arriver un panier à salade. Tous ceux qui avaient leurs marchandises sur des couvertures se mettaient alors à quatre pattes et transformaient leurs couvertures en un grand sac qu'ils emportaient d'un pas rapide loin d'Åhléns. Ceux qui avaient leurs marchandises dans un attaché-case posé sur un carton à bananes le refermaient vite, donnaient un rapide coup de pied dans le carton et partaient en sifflotant vers la place Hötorget. Le vendeur de saucisses, lui, ne bougeait pas. Il faisait un signe aux policiers et leur disait qu'il pouvait leur montrer son autorisation bien qu'ils sachent tous qu'il était là légalement. C'est précisément à cet endroit que le père et le fils passaient leur week-end. Ils vendaient des montres d'importation directe. Ils vendaient des parfums portant presque le même nom que ceux de chez Åhléns. Ils vendaient des stickers Smiley avec des yeux en plastique mobiles que le père avait achetés dans le tunnel des Soupirs à côté de la gare centrale. À l'approche de la rentrée des classes, ils proposaient des trousses et des gommes parfumées. À Pâques, ils proposaient de minuscules poussins sauteurs à remonter dans des couleurs pastel et même si le fils ne l'a jamais dit, le père savait que ça a été une expérience inestimable pour un fils de douze ans. Le fils a compris que dans la vie rien n'est gratuit. Il a appris le noble art de vendre quelque chose à une personne qui n'en veut pas. Il a appris à négocier avec des gens qui essaient toujours de baisser le prix. Il a appris comment faire disparaître d'un coup de pied un carton à bananes et fermer un attaché-case en moins de deux secondes. Il a appris que les règles sont les règles mais que certaines sont possibles à contourner. Sans cette précieuse connaissance, le fils aurait aujourd'hui aussi peur du monde que sa mère.

Mais cette année, pour une raison qu'il ignore, le fils ne veut pas qu'ils se retrouvent là. Le fils vit au sud de la ville et demande au père de faire tout le chemin en métro jusqu'à un parc de loisirs. Un parc de loisirs ? Le grand-père est bien trop fatigué et malade pour se rendre dans un parc de loisirs. Il est en train de devenir aveugle. Il arrive à peine à tenir sur ses jambes. De plus, l'entrée est sans doute payante. Mais qu'est-ce qu'on ne ferait pas pour ses enfants ? Le grand-père utilise ses dernières forces pour prendre le métro. Il fait un changement à Liljeholmen puis continue en direction du sud vers Norsborg.

Le métro suédois n'est plus comme avant. À l'époque, il y avait des blonds aux yeux bleus partout. Parfois un Grec exotique qui passait dans les rames pour vendre des cartes postales révolutionnaires ou un Africain qui vendait des cassettes de reggae. Aujourd'hui le métro est devenu un zoo rempli de gens venant du monde entier. Après la station Örnsberg, il entend deux dames parler espagnol, quatre ados parler russe, deux messieurs parler dari, une famille de touristes parler danois. À la station Sätra, un mendiant entre dans la rame. Il porte un jogging et des chaussures rafistolées avec du ruban adhésif. Il dépose une carte plastifiée sur chaque place vide. Le grand-père lorgne la photo. Un groupe d'enfants dans des vêtements colorés qui se tiennent devant une maison. La porte est en aggloméré. Les enfants sont pieds nus. Ils sourient à l'objectif. Le mendiant est bien trop jeune pour avoir autant d'enfants. La femme avec le bébé est bien trop belle pour être son épouse. Le mendiant ramasse les cartes et refait un tour parmi les passagers avec son gobelet en carton. Le grand-père regarde à travers la vitre. Il ne se fait pas avoir par ce genre d'arnaque. Il sait qu'ils font tous partie d'un réseau organisé. Dans leur pays, ils roulent dans des voitures de luxe. Le grand-père a travaillé trop durement et pendant trop longtemps pour donner son argent comme ça. De plus, il n'en a presque pas. Et l'argent qu'il a, il doit l'économiser pour le jour où il en aura besoin.

Le grand-père prend l'escalator jusqu'à la place. Rien n'a changé et en même temps tout est différent. Le centre commercial a été rénové. Sur la place, ils vendent des baklavas de luxe. Les marchands de fruits ont maintenant deux étals et la queue est aussi importante devant les deux. Le grand-père demande autour de lui où se trouve le parc de loisirs. Personne ne sait. Finalement il décide d'appeler son fils, mais puisque le crédit de sa carte prépayée est épuisé, il doit commencer par aller dans un magasin pour la recharger et demander ensuite au gars à la caisse de l'aider à l'activer. Les lettres et le code sont trop petits pour ses yeux. Oh, c'est une antiquité, dit le gars quand le grand-père lui tend son portable. Je l'ai hérité de mon fils, explique le grand-père. Le gars à la caisse inspecte le vieux Nokia pour essayer de comprendre comment envoyer un SMS. J'ai deux enfants, explique le grand-père. Un garçon et une fille. Ma fille a bien réussi dans la vie. Elle travaille dans les relations publiques. Elle habite à Vasastan. Elle veut toujours me refourguer ses anciens portables. Ceux avec internet et la météo. Mais je lui dis que celui-là me convient très bien. Le gars à la caisse hoche la tête. Ça y est, il a trouvé la fonction messages. Il entre le code pour activer le crédit. Mon fils est consultant en gestion, poursuit le grand-père. Le gars à la caisse hoche de nouveau la tête. On s'entend très bien. Super, répond le gars à la caisse. Ce qui n'est pas le cas de tout le monde. Voilà, maintenant ça devrait fonctionner. Bonne chance.

Le grand-père ressort sur la place. Il compose le numéro du fils. Puisque les boutons sont trop petits, que le soleil s'est caché derrière les nuages et que l'écran saute, il appuie sur les touches à l'aveuglette par rapport à leur position. La première fois il fait un faux numéro. Il réessaie. Au bout de la troisième sonnerie le fils répond. Il lui explique le chemin. Le grand-père suit ses instructions.

Déjà dans l'escalator, il entend une explosion de rires et de cris. Pourquoi a-t-il accepté de venir ici ? La première chose qu'il voit en arrivant dans le local c'est un grand frère qui s'éloigne en courant d'un toboggan avec sa petite sœur en pleurs. Il la porte dans ses bras comme un soldat blessé. Quelques secondes plus tard, ses pleurs déchirants se sont fondus dans la cacophonie assourdissante des hurlements. Il ne va jamais retrouver son fils. Puis il se tourne et le découvre. Leurs regards se croisent. Ils se sourient.

Le fils ressemble étrangement à sa mère. Ils ont le même corps élancé et les mêmes joues imberbes. Les mêmes vêtements noirs et le même nez fin. Le père et le fils s'embrassent. Le fils a pris dix ans en l'espace de six mois. Il est pâle comme le ciment et les poches qu'il a toujours eues sous les yeux sont passées du petit sac banane au grand sac-poubelle noir. Mais le père ne dit rien. Il ne veut pas faire de peine au fils. S'il dit quelque chose ce sera juste une blague affectueuse sur le fait qu'il semble particulièrement reposé et en forme. Tu rentres de vacances ? sourit le père. Le fils ne répond pas. À la place il dit : Qu'est-ce qui s'est passé ? Tu as eu du mal à trouver ? Tu ne t'es pas réveillé ? Comment ça ? demande le père. Tu aurais dû être là il y a plus de deux heures, dit le fils. Deux heures par-ci, deux heures par-là, répond le père. Peut-être qu'il s'est perdu, dit une petite voix au niveau de la jambe droite du fils. Le grand-père baisse la tête. La voilà. Sa ravissante petite-fille. Elle est si grande. Elle est si petite. Elle doit avoir entre trois et six ans. Elle ressemble terriblement à sa fille qui n'est plus là. Les mêmes joues rondes. Le même regard intense. Il y a juste les vêtements qui sont différents. Oh bonjour, dit le grand-père. Bonjour, répond sa petite-fille, le visage collé au jean de son père. Qu'est-ce que tu as grandi. J'ai quatre ans, dit sa petite-fille. Mais bientôt cinq. Tu sais qui je suis ? demande le grand-père. Papi*, répond sa petite-fille. Exactement. Papi. Je suis ton papi. T'as un cadeau d'anniversaire pour moi ? demande sa petite-fille. Le grand-père fouille dans ses poches. Oh non, je dois l'avoir perdu sur le chemin. Mais on pourra t'acheter un cadeau tout à l'heure. Tu veux un cadeau ? Je vais te donner un cadeau. Tu veux une poupée ? Un cheval ? Un avion ? Tu peux avoir exactement ce que tu veux. Qu'est-ce que tu aimerais ? J'aimerais des chaussettes de foot, dit sa petite-fille. Et des protège-tibias. Alors c'est ce que tu auras, dit le grand-père. Je vais t'acheter dix paires de chaussettes de foot et dix paires de protège-tibias. La grande de quatre ans lève les yeux vers son père. C'est pour de vrai ou pour de faux ? Pour de faux, répond le père. Pour de vrai, répond le grand-père.

Ils s'assoient. C'est l'heure pour les enfants de déjeuner. Le grand-père se contentera d'un café. Et d'une viennoiserie. Il a faim mais il voit bien que le fils est énervé et il ne veut pas compliquer les choses. T'as pas le droit de manger de viennoiserie, dit le fils. T'es diabétique, t'avais oublié ? Il faut à tout prix éviter le sucre. Une viennoiserie. Incroyable. T'as toujours pas compris ce qui risquait de se passer si ton taux de glycémie continue à faire des montagnes russes ? Le fils dit tout ça devant ses enfants. Il le dit tellement fort que les jeunes mères ou peut-être les grandes sœurs à la table voisine entendent. Il parle à son propre père comme à un enfant. Mais le

* En français dans le texte.

grand-père ne se fâche pas. Il ne dit rien de méchant en retour. Le fils se lève et va passer la commande au comptoir. Qu'il est de mauvaise humeur votre papa, dit le grand-père. T'as quoi aux yeux ? demande sa petite-fille.

Le fils revient avec deux plateaux en plastique. Il a pris des lasagnes pour lui, de la pizza pour les enfants et juste un sandwich pour le grand-père. Au fromage. Pas même avec un œuf et des œufs de cabillaud. Les enfants commencent à manger. Allez-y, leur dit le père. Arrêtez de bouger sur vos chaises. Ne tripotez pas la nourriture. Mangez avec vos couverts. Utilisez vos serviettes. Ne jetez pas la nourriture par terre. Mangez normalement, je vous dis ! Qu'est-ce que vous fabriquez ? Mangez, c'est tout ! Ce sont des enfants, fait remarquer le père. C'est justement pour ça qu'il est important qu'ils mangent, dit le père.

Le grand-père sourit. Il change de sujet. Il fait quelques blagues pour détendre l'atmosphère autour de la table. Le charme du grand-père est resté intact. Ses fossettes sont là où elles ont toujours été. Il sait exactement quel ton et quel débit utiliser pour faire croire n'importe quoi à n'importe qui. Il pourrait vendre du sable à une plage. Il pourrait vendre des sorbets à un marchand de glaces. Il pourrait vendre du vent à un ouragan. Et lorsque l'ambiance autour d'une table se tend, il a toujours des blagues qui peuvent faire rire n'importe qui. Surtout les enfants de quatre ans. Sa petite-fille rit tellement que des bouts de pizza atterrissent sur le plateau. Mais son père, lui, semble avoir oublié comment on fait pour rire. Il n'esquisse même pas un mouvement des lèvres quand le grand-père raconte un des "grands classiques" :

la blague de la tomate qui traverse une rue et qui se fait écraser. Ni quand le grand-père remplace la tomate par une carotte et du jus de carottes. Et encore moins quand le grand-père raconte l'histoire d'un papa qui se promène avec ses deux enfants qui veulent une glace mais qui refuse de leur en acheter parce que le marchand est juif.

S'il te plaît, dit le père qui est un fils. Je te le demande. Ne prononce pas ce mot. Quel mot ? demande le grand-père. Juif ? T'es raciste ? Tu trouves ça pire d'être juif qu'autre chose ? Le père mange ses lasagnes. Le grand-père boit son café. Je peux aller jouer ? demande sa petite-fille. Le père acquiesce d'un signe de tête. Si tu dis merci pour le repas. Merci pour le repas. Je t'en prie.

Le père lance un regard sévère au grand-père. Pour commencer, dit le grand-père, un sandwich au fromage ce n'est pas un repas. Et c'est quoi ce regard ? Est-ce que je dois remercier mon propre fils de m'avoir acheté un café amer et un vieux sandwich tout sec ? Et la prochaine étape, ce sera quoi ? Il faudra te payer pour que tu t'occupes de mon courrier quand je ne suis pas là ? Et tu m'enverras une facture parce que tu t'occupes de ma déclaration d'impôts ? Tu veux aussi être payé parce que tu réserves mes billets d'avion ? Le grand-père se tait. Il essaie d'être au-dessus de la radinerie de son fils. Il veut lui montrer avec de bons exemples comment un vrai gentleman se comporte dans le monde. Un vrai gentleman n'offre pas à son père un café dégueulasse et un sandwich au fromage moisi en s'attendant en plus à être remercié. Surtout s'il est le fils aîné. Le fils aîné doit voir ça comme un privilège de s'occuper de son père. Le fils aîné devrait même être reconnaissant d'avoir l'honneur de s'occuper de sa déclaration. Mais non, le fils n'a pas le bon goût de le remercier. Au lieu de ça, il se lance dans une série de questions. Il veut savoir comment le grand-père subvient à ses besoins, s'il se plaît dans l'autre pays, s'il a rencontré quelqu'un, si la situation politique a influencé le tourisme et si le grand-père se sent plus en sécurité maintenant que le pays a connu de si grands changements en aussi peu de temps. Le grand-père répond aux questions. Ou en tout cas à certaines. Mais il ne comprend pas pourquoi le père est si curieux. Ou plutôt si. Il comprend très bien. Le père veut avoir une emprise sur lui pour pouvoir ensuite le dénoncer aux autorités. Il veut estimer son héritage. Il veut établir un plan pour récupérer le maximum d'argent à la mort du grand-père. Le grand-père arrête de répondre aux questions. Le silence s'installe. Combien de temps tu restes ? demande le père. Je repars vendredi, répond le grand-père. Alors tu vas rater l'anniversaire, dit le père en secouant la tête. Je ne veux surtout pas être dans vos pattes, répond le grand-père. Dix jours, murmure le père. Tu trouves ça long ou court ? C'est bien toi qui as réservé mon billet, non ? demande le grand-père. Le père ne répond pas. À la place il dit : Tu te plais bien dans mon bureau ? Le lavabo de la salle de bains est bouché, répond le grand-père. Je sais. Il y a une ventouse dans le placard de la cuisine, répond le père. Ah. Et comment se portent tes animaux de compagnie ? demande le grand-père. Les cafards ? demande le père. Oui, ces petites bêtes sont sympas. Comme ça on sait qu'on n'est pas seul, dit le grand-père. Ils transmettent des maladies. Et ils peuvent se glisser dans le conduit auditif quand on dort et pondre des œufs, siffle le père. Des conneries, grommelle le grand-père. Partout dans le monde il y a des cafards. Partout sauf ici. Ils ne sont pas dangereux. T'as pas apporté de nourriture cette fois-ci ? demande le père. Le grand-père ne répond pas. Le père reste silencieux un moment avant de dire, le regard rivé sur la table : Il faut qu'on parle.

*

Un fils qui est devenu père sort des toilettes d'un parc de loisirs couvert lorsque son portable se met à vibrer. C'est le grand-père des enfants. Sa voix est énervée. Le père se trouve sur une place en plein vent, il est perdu, il n'y a aucun panneau d'indication, il pleut, il y a des mendiants partout et dans le métro il y a eu des contrôleurs, ce qui l'a obligé à descendre deux fois de la rame, la première fois parce qu'ils venaient dans sa direction et la deuxième fois parce qu'ils ressemblaient à des contrôleurs en civil et qu'il ne voulait pas risquer de les croiser. Le fils soupire et explique le chemin. Il utilise sa voix la plus calme et la plus pédagogique. Si tu te trouves sur la place et que tu as le métro dans le dos, prends l'entrée de gauche du centre commercial. Passe la porte tambour. Passe devant Hemtex, Forex, JC et ce magasin de maquillage qui a un stand au milieu de l'allée. Ensuite tourne à gauche vers le parking et prends l'escalator qui descend. Si tu vois l'entrée du magasin Clas Olsson, il faut que tu fasses demi-tour. OK, répond le père qui est un grand-père, avant de raccrocher.

Vingt minutes plus tard, le père arrive au parc de loisirs. Il marche le dos courbé comme s'il affrontait un vent de face. Il plisse les yeux comme s'il pleuvait. Il boite. Il entre sans même appuyer sur la sonnette. Sans même payer l'entrée. Sans même voir le panneau demandant d'enlever les chaussures. Il aperçoit son fils et sourit. La barbe du père est piquante et tachetée de gris. Ses dents sont jaunes. Son pull est blanc mais aussi taché que l'intérieur du col de sa chemise. Merde, quel temps, dit le père en secouant la tête. Ils s'embrassent. Il embrasse ses petits-enfants. Il s'assoit et dit qu'il veut un café, volontiers avec quelque chose de sucré, comme une viennoiserie ou un biscuit au chocolat. Le fils va chercher une chaise haute pour le petit d'un an puis se dirige vers le comptoir. Lorsqu'il revient avec les plateaux, le grand-père est en train de jouer avec le petit d'un an. Il a une serviette en papier en boule dans une main, ferme les poings, croise les bras et demande au petit d'un an de choisir une main. Le petit d'un an se prête au jeu mais semble moyennement amusé, comme s'il avait déjà compris qu'il fallait parfois être prêt à payer de sa personne pour satisfaire les personnes âgées. Est-ce que je peux aller jouer ? demande la grande de quatre ans. Quand tu auras mangé, dit le père. Je vous ai acheté de la pizza. Le père dit ça en appuyant bien sur le *je,* pour que les enfants comprennent que leur grand-père n'a rien à voir avec ça. J'ai pas faim, dit la grande de quatre ans. Bien sûr que si, répond le père. J'aime pas la pizza, dit-elle. Bien sûr que si, répond le père en coupant sa part en petits morceaux. Je voulais la manger comme un sandwich, dit-elle. Tu n'as pas le droit, répond le père. Tu es trop dur avec elle, commente le grand-père. Et où est ma viennoiserie ? Je t'ai acheté un sandwich à la place. J'aime pas les sandwichs, dit le grand-père d'une voix pleurnicharde. T'aimes pas les sandwichs ? lui demande la grande de quatre ans l'air étonné. Je préfère les viennoiseries, dit le grand-père. Moi aussi, dit la grande de quatre ans. Le petit d'un an a déjà avalé la moitié de sa pizza. Le père mange ses lasagnes. Le grand-père boit son café et mange son sandwich. Personne ne dit rien. Le père essaie d'engager la conversation. Le grand-père répond par monosyllabes. Le père essaie de nouveau. Le grand-père arrête de répondre. C'est comme jeter des mots dans un précipice. C'est comme poser des questions à un parcmètre. Ils restent silencieux. Deux enfants se rentrent dedans sur le trampoline et se mettent à pleurer, leurs parents accourent de différents côtés. Le petit d'un an a terminé sa pizza. Il boit son biberon d'eau. La grande de quatre ans a terminé sa pizza. Elle part en courant vers le terrain où on peut jouer au foot et au basket. Pourquoi elle est habillée comme un garçon ? demande le grand-père. Elle adore les maillots floqués du numéro 2, dit le père. Ils restent silencieux. Le grand-père se racle la gorge. Le père boit une gorgée d'eau. Tu as apporté mes papiers de banque ? demande le grand-père. Non, répond le père. J'en ai besoin, dit le grand-père. Je sais, je vais m'en occuper, répond le père. J'ai aussi besoin d'une pédicure, dit le grand-père. OK, parles-en à ton médecin, je t'ai pris un rendez-vous lundi à neuf heures et quart, tu t'en souviens ? dit le père. À neuf heures et quart lundi ? Le grand-père sort un papier de sa poche intérieure. Une enveloppe à fenêtre blanche pliée en deux. Il a écrit dix chiffres l'un à la suite de l'autre. À la date de lundi, il note l'horaire de son rendez-vous chez le médecin. Tu n'as pas d'agenda ? demande le père. J'en ai pas besoin, répond le grand-père. Les agendas c'est une invention de l'industrie du papier pour gagner de l'argent. Tu repars quand ? demande le père. Vendredi. Alors tu vas rater la fête d'anniversaire, dit le père. Prendre de l'âge n'est pas une fête, dit le grand-père. Ça ne peut plus continuer comme ça, dit le père. Qu'est-ce qui ne peut plus continuer ? demande le grand-père. Ça. Tout. Que tu vives chez moi. Que je t'aide avec tout. Je n'habite pas chez toi. J'habite dans ton bureau ! dit le grand-père. Exactement, c'est ça qui ne peut plus continuer, dit le père. Je ne suis là que deux fois par an, dit le grand-père. Deux fois par an, deux semaines chaque fois, ce qui fait un mois par an où je ne peux pas travailler, dit le père. Mais tu es en congé de paternité ? dit le grand-père. En ce moment oui. Mais plus dans six mois. Le grand-père fixe son fils du regard. Avant que tu repartes, je veux que tu me rendes mes clés, dit le père. Mais où je vais habiter ? Chez vous ? demande le grand-père. On est déjà trop à l'étroit, répond le père. Et je crois qu'aucun de nous ne survivrait à une cohabitation. Tu veux que j'aille à l'hôtel ? Tu veux que ton propre père aille à l'hôtel ? C'est ça que tu veux ? Que je paie l'hôtel pour avoir la chance de voir mes petits-enfants ? Tu me jettes à la rue comme un vieux chien ? Parle moins fort, dit le père. Je t'interdis de me dire de parler moins fort, gronde le grand-père en frappant du poing sur la table. Le petit d'un an rit. La grande de quatre ans revient en courant, la mine inquiète. Vous vous disputez ? demande-t-elle. On reparlera de tout ça plus tard, dit le père. Quand ça ? demande le grand-père. Quand les enfants ne seront pas là.

*

Une fille qui est une sœur qui est une mère rentre du travail un vendredi après-midi dans une ville nauséabonde. Les ascenseurs sentent le ruban isolant. Les escalators le caoutchouc brûlé. Les rames de métro la vieille frite. Elle fait deux pauses pipi en l'espace d'une demi-heure. Elle se sent heureuse. Fière. Forte. Triste. Anéantie. Mais en même temps remontée et pleine d'énergie. Puis elle s'endort dans le métro et rate sa station. Lorsqu'elle se réveille, elle a envie d'un cheesecake. Elle ne pense qu'à ça. Un cheesecake. Où est-ce qu'on peut trouver un cheesecake dans cette putain de ville ? Elle entre dans un café. On a du gâteau aux carottes, répond le barbu derrière son comptoir. Je vous ai demandé si vous aviez du cheesecake, siffle la sœur. OK, répond-il. Désolée, je suis fatiguée, s'excuse-t-elle. Elle poursuit sa quête. Elle entre dans une boulangerie. Elle entre dans une boutique de produits diététiques. Elle trouve finalement des cheesecakes dans un petit magasin d'alimentation. Ils sont sous vide et semblent secs mais elle en achète quand même deux. Elle les mange debout comme si c'étaient des sandwichs. Elle s'en fout que les gens la regardent. Ils peuvent la regarder autant qu'ils veulent. Elle repart en direction de chez elle. Son portable sonne. Enfin, dit le père quand elle répond. Mais c'est moi qui viens de t'appeler, dit-elle. Ça me fait plaisir d'entendre ta voix, dit le père. On peut se voir ? Prendre un café ? Dîner ensemble ? Je peux quand tu veux, mais je comprendrais si tu n'es pas disponible. Aucun problème. Il s'est passé quelque chose ? demande la fille. Absolument pas, répond le père. J'ai juste envie de voir mon enfant adorée.

Bien sûr qu'on va se voir, dit-elle en regardant son agenda. La semaine prochaine est assez chargée, mais on pourrait déjeuner demain midi, non ? Demain on sera quel jour ? demande le père. Samedi. On se retrouve en ville vers onze heures et demie ? propose la fille. Rien ne me ferait plus plaisir, dit le père. À demain, mon petit ange de l'espace. Ils raccrochent. Elle poursuit sa route. Ce n'est pas un être humain qui vit en elle. Ce n'est pas un fœtus. Ce n'est qu'un œuf qui grandit, qui s'organise en plusieurs couches de cellule et qui est en train de s'implanter dans sa paroi utérine. Il n'y a pas encore de peau, pas de système nerveux, pas d'oreilles, pas d'yeux. Pas de muscles, pas de squelette, pas de reins, pas de cerveau. Pas d'intestin, pas de système digestif, pas de poumons, pas de vessie, pas de sexe, pas de personnalité, pas de nom. Il reste une éternité avant la première respiration, le premier pas, la phase d'opposition des deux ans, la phase d'opposition des trois ans, pour ne pas parler de la phase d'opposition des quatre ans. Il n'y a encore aucun dépôt de plainte, aucun interrogatoire de police, aucune lettre d'avocat, pas de requêtes ni de rapports, pas d'appels, pas de garde alternée avec une remise de l'enfant dans un lieu public, pas de nouvelles convocations, pas d'entretien avec de nouveaux agents des services sociaux qui n'ont pas la moindre idée de ce qui se passe depuis ces cinq dernières années, pas de conflits pour savoir quel parent aura quel week-end, à quel moment l'enfant devra être rendu, qui l'aura à Noël, qui ira à la fête de fin d'année, combien d'heures la mère l'aura en comparaison du père, pas de nouveaux rapports sur les gardes, pas de logements alternés, pas de consultant indépendant chargé d'évaluer les préjudices subis par l'enfant à cause du conflit de longue durée opposant les parents, pas de rapport final recommandant que le parent qui a le mieux réussi à donner une image positive de l'autre parent est celui qui devrait avoir la priorité. C'est pourtant ce qu'elle a fait. Elle a tellement bien réussi que le fils refuse maintenant d'aller chez elle et qu'elle se retrouve seule. Mais en réalité elle n'est pas seule. Celui qui est son petit ami est là. Et dans son ventre grandit un germe qui est devenu un embryon qui a un petit cœur en forme de tuyau qui vient de commencer à battre.

*

Un grand-père qui est un père sort du métro et traverse le petit centre commercial. Un café, un magasin d'alimentation, un restaurant grill, un restaurant indien, deux coiffeurs, un magasin vendant des figurines pour jeux de rôle, un atelier de retouches et deux pizzerias. Ça ne lui viendrait pas à l'idée d'aller à l'indien. Même si son fils prétend qu'on y mange bien. Quand il apprend que ce n'est pas cher, il ne change pas d'avis pour autant. Le grand-père ne fait pas confiance aux Indiens. Dans leurs plats ils mettent tout et n'importe quoi. Ils ont beau écrire "poulet" sur le menu, qui sait si ce n'est pas du chien. Il ne va pas non plus au grill qui appartient à des Kurdes. Faire confiance à des Kurdes, c'est comme faire confiance à des Albanais. Mais en pire. Le grand-père hésite entre la pizzeria à la devanture verte, où la pizza est plus chère et où la salade n'est pas comprise dans la formule, et la pizzeria à la devanture bleu et blanc qui n'a que deux employés et plus de clients qui boivent que de clients qui mangent. Aujourd'hui il choisit celle à la devanture bleu et blanc. Comme presque chaque fois. L'électricien qui tient le garage un peu plus haut dans la rue lui fait un signe de tête quand il passe le seuil. Le gars qui porte des lunettes avec des verres miroir sur le front été comme hiver, sans doute pour masquer ses rides ou une calvitie naissante, le salue. Frida sort des toilettes qui sont situées dans la cuisine. Elle a un sac à franges et un rire si sonore qu'on comprend qu'elle a dû autrefois être bien plus belle qu'aujourd'hui. Tu as l'air en forme, lui sourit-elle (comme d'habitude). C'est l'avantage d'habiter à l'étranger, lui répond-il (comme d'habitude).

Le grand-père passe sa commande habituelle et s'installe à sa place habituelle. Aux autres tables sont assis des gens qu'il reconnaît mais dont il ne croise pas le regard. Un gars tatoué dans le cou, un autre qui porte un blouson en cuir avec des lettres brodées.

L'homme derrière le comptoir demande au grand-père s'il veut une bière en attendant. Le grand-père refuse. Il sait très bien que cette bière n'est pas gratuite. L'homme la propose avec un ton qui pourrait faire croire qu'il va l'offrir, mais le grand-père est tombé une fois dans le panneau et n'y retombera pas une deuxième fois. Quand la pizza est prête, il récupère la boîte carrée fumante. Frida l'aide à ouvrir la porte. À demain, dit l'homme derrière le comptoir.

Arrivé devant l'appartement, le grand-père dépose le carton à pizza par terre pour sortir son trousseau de clés. Il le soupèse dans sa main. Ce sont ses clés à lui. C'est lui qui a payé pour faire un double. Quand les anciennes clés ont disparu, le fils a refusé de s'en occuper. Il lui a juste prêté les siennes en lui disant d'aller lui-même chez le serrurier. Et ça se trouve où ? Y en a partout, a répondu le fils. Tu ne peux pas t'en charger ? Pourquoi ? a demandé le fils. Je suis trop fatigué, je n'ai pas la force. Papa, a alors dit le fils, cette semaine j'ai trois bilans comptables à terminer, je dois trouver des ouvriers pour rénover notre appartement et ma copine part à une conférence. Je n'ai pas une minute à moi. J'apprécierais donc que tu te charges d'aller chez un serrurier faire un double. Tu peux le faire, non ? Le grand-père a hoché la tête. Il a trouvé un serrurier et il a fait faire un double. Puisque c'est lui qui a payé, les clés lui appartiennent. Aucun fils ne peut exiger, plusieurs années plus tard, de les récupérer.

Le père va chercher des ciseaux et découpe la pizza devant la télé. Il essaie de se concentrer sur l'intrigue de cette série policière anglaise du vendredi soir. Mais tous les personnages ont la même tête. Les policiers ressemblent aux voleurs, il pleut à longueur de temps, tout le monde porte un manteau et a une mine préoccupée. Ses pensées retournent sans cesse au fils et à leur conversation. Le fils. Qui ressemble à un fils mais qui, en réalité, est un serpent. Comment a-t-il pu dire à son père bien-aimé d'aller se faire foutre, et ça devant ses petits-enfants ? Comment a-t-il pu devenir si dur ? Quand s'est-il transformé en robot faisant passer sa carrière et son argent avant son propre père ? Incroyable. Le fils est une honte. Le fils est un non-fils. Le fils est un enfant gâté qui n'a jamais eu besoin de se battre. Une personne médiocre qui rejette ses échecs sur les autres. Durant toute sa vie, le fils a vu le monde à travers un filtre lui faisant croire que tout ce qui se passait de mauvais dans le monde n'était jamais sa faute. Lorsque le fils était petit, c'était le racisme. Quand il n'a pas eu le petit boulot au magasin d'alimentation Vivo, il a déclaré : Chez Vivo c'est des racistes. Quand il a eu la mention très bien dans toutes les matières sauf en musique, il a déclaré : Le prof de musique c'est un raciste. Quand il jouait au basket et qu'il a commis une cinquième faute après avoir donné un coup de coude à la tempe du pivot de l'équipe adverse, il a déclaré : L'arbitre c'est un raciste. Quand il s'est mis à pleuvoir justement le soir où ils avaient planifié, avec quelques copains, d'aller au cinéma en plein air sur l'île de Djurgården, le père a déclaré : Le temps c'est un raciste. Hyper drôle, a répondu le fils qui, bien qu'il ait la peau la plus claire de toute son équipe de basket, était le plus fort pour se sentir discriminé.

Au lycée il a découvert la musique. Il ne sortait jamais sans ses écouteurs. Une fois, le père les a cachés pour voir pendant combien de temps il les chercherait. Il a fait le tour de l'appartement durant une bonne demi-heure. Va à l'école sans tes écouteurs, lui a ordonné le père. Je ne peux pas, a répondu le fils. Pourquoi ? a demandé le père. Je ne sais pas. C'est impossible, il me les faut. Avec quelques copains de son équipe de basket, le fils a commencé à faire de la musique au centre de loisirs. Le problème c'est que ce n'était pas de la musique mais juste des boîtes à rythme et du bavardage. Parfois ils piquaient des samples des vieux vinyles du père, parfois ils composaient un morceau en prenant la version instrumentale d'un autre morceau. Il n'y avait aucune créativité, aucune mélodie, aucun refrain, que des gros mots, des sirènes et des textes qui parlaient du fait de tout garder authentique, de ne jamais entrer dans le système, de toujours rester underground, parce que le fils était persuadé que tout ce qu'il y avait de mauvais sur cette terre venait des grosses maisons de disques commerciales.

Puis il y a eu le divorce. Le père et les enfants ont d'abord eu des contacts sporadiques. Et ensuite plus rien. Le fils s'est mis en couple avec une fille aux taches de rousseur qui l'a initié au féminisme et quand le père et le fils ont repris contact, c'était subitement le pouvoir détenu par les hommes qui se trouvait derrière tout ce qu'il y avait de mauvais dans le monde. L'existence de la pornographie violente, des viols collectifs, des campagnes de pub avec de jolies femmes, des chaussures à talons et des vélos pour femmes était la faute des hommes. Mais le monde est merveilleux, a dit le père. Ou en tout cas *votre* monde. Parce que vous ne savez rien de ce qu'est le monde en réalité. Vous ne vous êtes jamais cachés sous une table parce que la sûreté nationale cognait à la porte. Vous n'avez jamais eu d'oncle qui s'est immolé par le feu dans une prison. Vous n'avez jamais ressenti la vraie faim, la vraie angoisse, la vraie peur. Et toi, qu'est-ce que tu sais de tout ça ? a demandé le fils.

Le père a déménagé à l'étranger et le fils a pu reprendre son appartement sans frais supplémentaires. La seule exigence du père était que le fils s'occupe de son courrier. Et que le père ait un endroit où habiter quand il rentrait en Suède. Le fils a fait des études d'économie dans une école prestigieuse. Ses copains de classe ont déménagé à l'étranger, ils sont devenus consultants en gestion à Londres, ils ont créé des start-up web à Berlin. Le fils, lui, a choisi la comptabilité parce que c'était la voie la plus simple et la plus sûre. Il a trouvé un bureau via deux philosophes qui dirigeaient une maison d'édition et une librairie.

L'un des deux avait appartenu à la mouvance gauchiste dans les années 1970, l'autre avait été arrêté suite aux émeutes de Göteborg et avait passé plusieurs mois en prison pour tentative d'émeute ou de violence envers fonctionnaire ou de violence envers cheval de la police montée, le père ne savait pas bien, mais durant quelques années, ils stockaient leurs livres de l'autre côté du mur du bureau du fils et au cours de cette période, ce n'est pas le racisme ni les maisons de disques ni la société patriarcale qui se trouvaient derrière tout ce qu'il y avait de mauvais dans ce monde, mais le capitalisme avec un grand C, prétendait le fils. Mais tu es économiste ? avait souligné le père en secouant la tête. Économiste à contrecœur, avait répondu le fils.

Dans le cerveau de mon fils il n'y a de place que pour une pensée à la fois, songe le père qui est maintenant grand-père. Tout est toujours la faute de quelqu'un d'autre et le plus souvent c'est celle du père. Il est assis devant la télé. Il n'a réussi à manger que deux des quatre saisons. Les deux autres, il les mangera demain pour le déjeuner. Il se lève pour aller ranger le carton à pizza dans la cuisine. Sur le chemin il renverse la pile de livres dans l'entrée. Il laisse les livres éparpillés par terre. Ce n'est pas sa faute si son fils a rempli le bureau de tant de saletés qu'on n'arrive plus à respirer.

*

Une fiancée qui est une mère qui est juriste dans une association court vers le métro pour ne pas arriver trop tard chez elle et ne pas rater le dîner qui a lieu à un horaire impossible à respecter. Bien que sa journée de boulot soit terminée, elle continue de travailler dans le métro. Elle parcourt la décision du conseil des prud'hommes au sujet d'une entreprise portuaire qui doit payer des dommages-intérêts pour violation de la convention collective. Elle lit les notes d'une collègue avant la tentative de médiation avec la police prévue la semaine prochaine. Trois policiers poursuivent l'État en justice parce qu'ils n'ont pas le droit d'exercer une activité privée. Un technicien de maintenance en armement veut donner des cours de conduite sûre et économique, un enquêteur veut créer une entreprise commerciale qui photographierait et filmerait des terrains de golf avec des drones, un autre enquêteur du service spécialisé dans les violences familiales veut organiser des conférences de sensibilisation dans les établissements scolaires sur les dangers d'internet. Le service de police affirme que les activités parallèles des agents peuvent nuire à la confiance qu'ont les gens en la police. Le syndicat, lui, défend, via ses représentants juridiques, le contraire. La fille est la représentante juridique du syndicat des policiers. Son nom figure sur le site. Elle a ses propres cartes de visite. Sa propre ligne téléphonique. Elle a une secrétaire qui sait exactement quelle sorte de café elle veut avant le déjeuner (un double americano avec de la mousse de lait d'avoine), quelle tisane elle veut après le repas (une camomille) et quels bonbons elle veut quand elle travaille tard le soir (de la marque Gott & Blandat). Elle a des collègues plus âgés qui lui demandent conseil, elle a un chef qui à plusieurs reprises a mis en valeur son travail lors de la réunion du vendredi. Elle a un salaire six fois plus important que la retraite de sa mère. Malgré ça, il y a des moments où elle doute encore que tout ça soit réel. Que tout ça ait lieu. Et au début, alors qu'elle venait d'être embauchée, il lui arrivait d'aller sur le site de la fédération syndicale pour voir son nom sous l'onglet des employés. Étaient cités : Les secrétaires. Les gardiens. Le personnel administratif. Et sous la rubrique juristes, en caractères gras : son prénom et son nom.

Elle est la première de sa famille à avoir fait des études universitaires. Ses parents se sont battus pour en arriver là, ils ont quitté leur pays d'origine, ils ont été emmenés ici en car parce que les usines manquaient de main-d'œuvre. Son père travaillait chez Volvo, puis sa mère a eu un emploi chez Volvo elle aussi, dans la même usine, avec presque le même salaire. Ils y sont restés jusqu'à la retraite et aucun des deux n'a jamais imaginé conduire une autre voiture qu'une Volvo. Quand leur fille a eu son bac, les parents l'ont invitée dans un restaurant où les serveurs portaient des vêtements assortis et où il y avait des nappes couleur crème et des fleurs sur les tables. La mère portait les mêmes habits que pour la communion de leur fille. Le père avait prévenu le serveur que c'était l'anniversaire de leur fille, ce qui était à peu près vrai vu que la date était très proche. Lorsque le serveur était arrivé avec un dessert glacé et des bougies, le père lui avait fait un signe pour lui demander si c'était inclus dans le prix ou s'il y avait un supplément pour les bougies. Maintenant tu es adulte, avait dit le père en essayant de ravaler ses larmes. Maintenant tu es libre de faire ce que tu veux de ta vie, avait dit la mère. J'aimerais prendre une année sabbatique, avait-elle alors répondu. Hm, avait fait la mère. Et tu vas aussi commencer à te droguer, avait sifflé le père. Tu peux choisir dans quelle branche tu aimerais te former, avait dit la mère. Médecin ou ingénieur, avait dit le père. Le choix t'appartient.

La fille qui n'était pas encore une mère avait choisi le droit. Elle avait emménagé dans une chambre d'étudiant à Stockholm. Et elle avait passé quatre ans et demi à se déguiser. Elle avait réduit son maquillage de soixante-quinze pour cent. Elle avait jeté tous ses habits arborant des logos visibles. Elle avait dompté sa langue jusqu'à faire disparaître son accent et tous ses gros mots. Elle ne portait un jogging, des baskets et un sweat à capuche que quand elle faisait du sport. Elle s'était acheté des chaussures noires et un manteau marron dans une friperie et elle allait à des fêtes dans différents logements d'étudiants où les gens se bourraient la gueule avec des cubis de vin et se gargarisaient avec des mots tels que structures, paradigmes, domaines culturels et contextes. Elle s'était tapé un doctorant en linguistique. Elle était sortie pendant six mois avec un spécialiste des études de genre et organisateur de soirées dans des clubs. Elle avait eu une relation ouverte avec une fille qui étudiait le design et était danseuse burlesque dans des cabarets. Elle était sortie pendant un an et sept mois avec un mec qui faisait des études en science des systèmes. Tous ses partenaires étaient différents et en même temps pareils. Leurs parents se ressemblaient. Ils avaient les mêmes noms. Les mêmes maisons de campagne. Ils étaient tous obsédés par les grillades. Ils écoutaient le programme culturel de la radio P1 l'été. Ils faisaient tous référence à des films, des trilogies de livres, des acteurs, des clubs de house, des sportifs, des auteurs-compositeurs dont elle n'avait jamais entendu parler. Le plus souvent elle souriait en hochant la tête, car lorsqu'elle osait dire qu'elle ignorait qui était Anders Järryd* ou Sven Delblanc** ou Majgull Axelsson*** ou Twostep Circle ou SAG-group, ils la regardaient avec de la compassion dans les yeux. Ils lui expliquaient que ça n'avait rien d'étrange de ne pas connaître tout ça, mais leur intonation laissait entendre qu'elle venait de dévoiler son ignorance et qu'elle prenait le Suriname pour un plat et le BCG pour une chaîne de télé.

Quand ses parents lui rendaient visite à Stockholm, elle faisait un tour avec eux dans les couloirs de la résidence étudiante afin de les présenter à tous ceux qui étaient réveillés. Elle ne savait pas vraiment pourquoi. Peut-être voulait-elle montrer, aussi bien à ses amis qu'à ses parents, l'importance du chemin qu'elle avait parcouru. Ses amis disaient que ses parents étaient très sympas, tellement authentiques, que c'était super de pouvoir enfin les rencontrer. Les parents disaient que ses amis feraient mieux de passer plus de temps à faire le ménage dans leurs chambres, à se faire couper les cheveux et à se raser et moins à avoir la gueule de bois.

Après son diplôme, elle a été embauchée par le cabinet d'avocats en droit du travail le plus important de Suède. Elle n'a jamais compris ce que ses collègues voulaient dire quand ils la mettaient en garde contre la lourde charge de travail. Jamais auparavant elle n'avait eu un boulot qui donnait autant d'énergie. Ç'avait plutôt été le contraire. Elle a rapidement arrêté de s'adapter. Quand elle travaillait tard, elle

* Ancien joueur de tennis suédois.

** Écrivain suédois.

*** Écrivaine suédoise.

enfilait des vêtements dans lesquels elle se sentait bien. Des joggings, des sweats à capuche, des sabots en plastique. Pour se concentrer sur des négociations importantes, elle mettait du rap à fond. Plus elle était elle-même, plus c'était simple de parler à des gens qui n'étaient pas juristes. Des gens normaux qu'on faisait travailler quatorze heures par jour dans une cuisine de restaurant sans ventilation ou qu'on avait fait venir du Cambodge pour travailler soi-disant comme bûcherons mais qu'on avait obligés à cueillir des baies, à loger dans des hangars sans le salaire promis au départ. Elle était faite pour ce métier. Le seul problème était que tout le reste semblait fade et sans importance en comparaison.

À dix-sept heures neuf, elle sort de l'ascenseur, ouvre la porte de l'appartement, enjambe la montagne de chaussures dans l'entrée, suspend son manteau à un crochet déjà occupé par un autre manteau, jette son écharpe sur le porte-chapeaux déjà plein, se retourne et tend les bras vers ses enfants qui accourent depuis la salle à manger. Maman, crie la grande de quatre ans en se jetant dans ses bras. Maaa, crie le petit d'un an en essayant de grimper sur sa jambe. Salut chérie, dit une voix depuis la cuisine. Du retard sur la ligne rouge ? Elle ne relève pas la pique qu'il lui lance. Elle refuse de laisser ce vendredi soir se terminer en engueulade. C'est tout à fait normal qu'il cherche le conflit. Il a été seul avec les enfants toute la journée. Il n'a pas pu passer sa frustration sur eux et il faut donc qu'il le fasse sur elle. Mais agissait-elle ainsi quand c'était elle qui était en congé de maternité ? Se comportait-elle comme une enfant ou comme une adulte ? Elle lâche cette pensée. Elle débranche. Elle prend ses enfants dans les bras et va dans la cuisine. La grande de quatre ans pousse le petit d'un an. Le petit d'un an essaie de frapper la grande de quatre ans au visage avec une tasse en plastique. Maintenant on va voir ce que votre merveilleux père a préparé de bon à manger, dit la mère. Des saucisses à la Stroganoff, dit le père. Mais avec du halloumi à la place des saucisses. Elle dépose les enfants sur leurs chaises qu'elle éloigne ensuite l'une de l'autre pour éviter la bagarre.

La cuisinière est mouchetée de sauce tomate. Le plan de travail est plein de planches à découper sales, de casseroles collantes, de boîtes de conserve vides et de plaques à perles qui ne sont pas encore terminées. Salut chéri, dit-elle. Salut chérie, dit-il. Ils s'embrassent. Un bisou rapide du bout des lèvres. Un bisou de retraités. Un bisou de première communion. Quand est-ce qu'on a arrêté de s'embrasser ? se demande la petite amie en allant se laver les mains pour enlever les microbes des transports en commun.

Ils survivent au dîner. Ils survivent à la séance de couchage. Quand la mère sort de la chambre, elle regarde l'heure. Ils ont maintenant deux heures devant eux. Ils peuvent boire une tisane, regarder un film, faire l'amour, se masser, tout en même temps s'ils le veulent. La seule chose qu'elle ne veut pas, c'est qu'ils s'engueulent. Mais lorsqu'elle revient dans la cuisine, il est fâché. Elle le remarque aussitôt. Il ouvre et referme les placards un peu trop brutalement. Il change le sac-poubelle sous l'évier en soupirant de manière démonstrative. Tu veux une tisane ou pas ? demande-t-il de cette voix qui insinue que c'est un sacrifice énorme de tendre le bras et de mettre en route la bouilloire.

Qu'est-ce qu'elle a fait pour mériter ça ? Est-ce que le couchage du petit d'un an a pris trop de temps ? Est-ce qu'elle est restée trop longtemps aux toilettes ? Est-ce qu'elle a oublié de jeter une brique de lait vide ? Est-ce qu'elle l'a trompé avec Sebastian au travail sans le savoir ? Oui merci, dit-elle. Quelle sorte ? demande-t-il. Et de nouveau. Ce ne sont pas les mots. C'est la manière dont il les dit. Cette voix. C'est comme s'il lui avait posé la question cent fois et que jusqu'à présent elle lui avait répondu : Fous-moi la paix sale con. Camomille, répond-elle. Sans un mot il sort deux tasses et deux sachets de tisane. T'es fâché ? demande-t-elle en se détestant d'avoir dit ça, puisqu'elle s'est promis d'arrêter d'endosser la responsabilité émotionnelle de ce con. C'est à lui de gérer sa colère. Pas à elle. Mais maintenant elle l'a dit et il a donc la possibilité de savourer sa réponse, de prendre du temps, de réfléchir et de dire : Non pas du tout. Juste un peu fatigué. Une longue journée. Elle sait qu'elle va poser la question. Elle va lui demander si ça a été pénible d'avoir les deux enfants à la maison. Mais elle ne veut pas demander. C'est elle qui a pris la quasi-totalité du congé parental pour leur fille. Elle travaille à plein temps. Elle n'a rien fait de mal. Bien qu'elle ne pose pas la question, il lui raconte quand même. Le trajet en voiture jusqu'au parc de loisirs, le caca du petit d'un an dans le siège auto, la grande de quatre ans qui l'a aidé à trouver une poubelle dans le parking, le personnel qui a tardé à leur ouvrir, le toboggan sur lequel ils ont glissé tous les trois. Il prend son temps. Cinq, peut-être dix minutes s'écoulent. Et comme d'habitude quand il raconte quelque chose, il lui démontre à quel point il est un père incroyable. L'idée serait qu'elle l'applaudisse mais ses mains sont trop fatiguées. Il raconte qu'ils ont ensuite acheté des fruits sur la place, qu'ils sont allés prendre de l'essence, que la grande de quatre ans avait subitement envie de faire pipi et qu'il a fallu se garer sur le bas-côté. Elle l'écoute en hochant la tête et en se demandant si elle donnait autant de détails quand elle était en congé maternité. Putain, c'est franchement épuisant d'être en congé de paternité, conclut-il la mine défaite. C'est fou. Je ne sais pas comment je vais y arriver. Chéri, dit-elle avec une certaine froideur dans la voix. Chéri, répète-t-elle sur un ton un peu plus léger. Tu es à la maison depuis combien de temps déjà ? Quatre mois ? Essaie pendant onze mois d'affilée et tu verras. Je ne sais pas comment tu as fait pour y arriver, soupire-t-il en secouant la tête.

Elle le regarde. Il a sorti un pot de glace du congélateur. Il lutte pour détacher quelques morceaux, la cuillère se courbe, il la remet droit. Et après mon père est passé. Il le dit comme si ce n'était pas grand-chose. Super, répond-elle. Vous avez réussi à discuter un peu ? J'ai essayé. Mais avec lui c'est difficile. Si je ne lance pas la conversation il n'ouvre pas la bouche. Elle acquiesce d'un signe de tête. Ils restent silencieux. Elle se demande combien il y a de son père en lui. Et combien il y a de sa mère en elle. J'ai parlé de la clause paternelle, dit-il. Aïe, répond-elle. J'ai dit que c'était la dernière fois qu'il logeait dans mon bureau. T'as dit ça ? Il hoche la tête. Je vais récupérer ses clés avant qu'il parte.

Ils sont debout dans leur cuisine commune. La tisane va refroidir. La glace va fondre. Il y a des empreintes du petit d'un an partout sur le parquet, des quartiers spongieux de mandarine, du maïs mouillé. Le père a soudain l'air si petit. Elle le regarde et voit un ado de treize ans qui arrive dans le centre de loisirs de son quartier avec ses nouveaux écouteurs dans les oreilles et des notes scolaires un peu trop bonnes et qui lutte désespérément pour camoufler sa peur des garçons plus âgés autour de la table de billard. Elle voit un jeune de dix-neuf ans qui n'a pas parlé à son père depuis plusieurs années et qui commence des études d'économie en espérant que son père ne sera pas déçu quand ou plutôt s'ils reprennent contact. Elle voit un homme de vingt-neuf ans qui, penché devant un ordinateur, son portable sur l'oreille, transfère de l'argent entre différents comptes selon les instructions du père, sans jamais oser lui demander pourquoi il ne l'a jamais appelé pour son anniversaire. Elle voit un homme de trente-trois ans qui est à la maternité le lendemain de la naissance de leur fille et qui fait défiler tous les numéros du père qu'il a enregistrés sur son portable sans savoir auquel il va envoyer son SMS et auquel il a le plus de chances d'avoir une réponse.

On s'assoit ? propose-t-elle. Il acquiesce d'un signe de tête. Ils vont s'installer sur le canapé du salon. Il boit une gorgée de tisane. Tu n'as rien fait de mal, dit-elle. C'est toi qui t'occupes de son logement quand il vient en Suède. Et aussi de son courrier. Et aussi de sa banque. Et aussi de réserver ses voyages. Mais je suis l'aîné, dit-il. Et alors ? Je suis l'aîné, répète-t-il. Et j'ai pu récupérer son studio. Mais c'est parce qu'il s'installait à l'étranger, il voulait quitter le pays ? Oui, répond le fils en se raclant la gorge. Mais il revenait au moins deux fois par an. Et alors je lui laissais le lit et je dormais dans le canapé-lit. Mais c'est toi qui payais le loyer, non ? Bien sûr. Et c'est toi qui as acheté l'appartement quand il a été mis en vente, non ? Il acquiesce. Pourquoi ce n'est pas lui ? Parce qu'il a refusé. Il ne voulait pas faire d'emprunt, il était convaincu que c'était une arnaque. Quand il a entendu que le studio était évalué à plus d'un million de couronnes, il a dit que les banques voulaient rouler les honnêtes gens. Il a dit que les gens qui étaient prêts à payer leur appartement ce prix-là seraient endettés à vie. Mais comment tu as pu l'acheter ? demande-t-elle. C'est grâce à mon père qui a signé un papier, ce qui a rendu la chose possible. Et ensuite les années ont passé. Je vivais là-bas. Jusqu'à ce qu'il vienne nous rendre visite. Et alors il a eu le droit d'y habiter. Et ensuite j'ai vendu le studio pour qu'on puisse emménager ici. Et depuis, il loge dans mon bureau. Mais ça a quand même plutôt bien fonctionné ? résume-t-elle. Oui, ça a fonctionné comme dans un rêve. Sans jamais aucun problème. Ils se sourient. Tous les deux savent dans quel état le père laisse le bureau quand il s'en va. Une fois, elle a voulu s'y rendre le lendemain pour l'aider à faire le ménage. Il ne l'a pas laissée entrer. Je refuse que tu voies ça, a-t-il dit. À la place, ils sont allés déjeuner dans le restaurant indien du quartier. C'est comme s'il faisait exprès de détruire tout ce qui m'appartient, dit le fils. Et si c'était vraiment le cas ? dit la petite amie.

Bien des années plus tard, ils sont assis l'un à côté de l'autre dans leur salon. Les enfants dorment depuis une heure sans s'être réveillés une seule fois. Elle lui caresse le visage. Il enroule une mèche de ses cheveux autour de son doigt. Imperceptiblement ils se rapprochent. On regarde un truc ? demande-t-elle. Il fait oui de la tête. Ils mettent en route un documentaire. Ils sont maintenant tout près l'un de l'autre. Ils ont du mal à se concentrer sur le documentaire. Elle éteint. Il va chercher un préservatif. Ils font l'amour sur le canapé. Le petit d'un an se réveille mais réussit à se rendormir tout seul. Ils se regardent en souriant. Peut-être que ça va changer. Peut-être que les enfants vont commencer à dormir tout seuls à partir de maintenant et qu'ils vont enfin pouvoir se retrouver.

Après il dit : Tu sais ce que je vais faire samedi ? Des courses pour le goûter d'anniversaire ? propose-t-elle. Presque, répond-il. Je vais m'essayer au stand-up. Pardon ? dit-elle. Au stand-up, dit-il en souriant. Je vais tenter. Il y a un bar à Söder qui fait des soirées "micro ouvert" le mercredi. Elle prend une profonde inspiration. Ils ont déjà vécu ça. Chaque fois qu'un client compliqué envoie un sac en plastique rempli de factures non triées, il rentre à la maison les dents serrées en grommelant qu'en réalité il est fait pour autre chose. Mais quoi ? C'est ça la question.

Au début de leur relation, elle faisait des suggestions. Tu ne veux pas reprendre l'escalade ? Surtout pas, c'est un chapitre clos, répondait-il. Et la musique alors ? J'ai bientôt trente ans. Quel pourcentage de chances j'ai de me faire connaître comme réalisateur d'albums ? Et l'écriture ? Tu ne veux pas une bonne fois pour toutes donner sa chance à l'écriture ? Il n'avait pas répondu. Je suis sérieuse. Est-ce qu'il y a quelque chose qui te rend plus heureux que de lire un bon livre ? Pff, c'était juste un rêve gênant d'ado, avait-il soupiré.

Le week-end suivant, ils étaient allés voir une exposition d'art contemporain sur l'île de Skeppsholmen ayant pour thème l'armée. Des soldats en tenue de camouflage cachés dans la cime des arbres. Des cubes blancs éclairés de façon dramatique sur lesquels étaient posées des armes transparentes le long des quais. Je vais peut-être prendre des cours du soir en histoire de l'art, lui avait-il dit sur le chemin du retour. Ce serait cool d'organiser des expos. Oui fais-le, ça ne coûte rien d'essayer, lui avait-elle répondu. Quelques semaines plus tard, il avait aidé un ami à designer la page d'accueil de son site. Le soir même, il avait décidé d'étendre son activité en proposant à ses clients de leur faire aussi bien leur comptabilité que le design de leur site et cela, à un prix avantageux. Bonne idée, avait-elle répondu. L'été suivant, il avait acheté un kit de démarrage pour brasser soi-même de la bière. Il avait rempli la salle de bains de seaux de fermentation, de récipients pour la cuisson, de thermomètres et de sachets pour bouillir le houblon. Pendant plusieurs semaines, il s'était cassé la tête à essayer de trouver un nom à écrire sur l'étiquette maison. Un jour, en rentrant du travail, elle avait retrouvé la salle de bains vide. Tout avait disparu. Elle n'avait jamais demandé où tout était passé. Quoi qu'il en soit, elle ne critiquait jamais son enthousiasme. Ce qu'elle voulait plus que tout c'était qu'il trouve son truc dans la vie parce qu'elle savait à quel point c'était douloureux de se mouvoir dans un corps qui n'était porté par aucune envie.

Mais du stand-up ? Pourquoi ? Depuis que je suis en congé de paternité, j'en écoute beaucoup, explique-t-il. C'est une narration tellement pure. Je sais exactement quels personnages je vais jouer sur scène. Je vais emprunter l'intensité d'Untel et d'Unetelle et le rapport politique d'Untel et d'Unetelle. Ensuite je vais saupoudrer tout ça de la sagesse d'Untel et d'Unetelle et le méta-niveau d'Untel et d'Unetelle. Il lui donne des noms de comiques dont elle n'a jamais entendu parler. Elle le regarde comme s'il avait le don du parler en langues. Est-ce que ça à un rapport avec ton père ? lui dit-elle. Pas du tout. Vraiment pas. *Tout* ne tourne pas toujours autour de lui.

Elle se demande qui est cette personne totalement nue allongée sur leur canapé. Ça va être amusant de tester de la nouvelle matière mercredi, dit-il. De la nouvelle matière ? répète-t-elle. Est-ce que tu en as au moins de la vieille ? Et d'habitude on ne fait pas les grandes courses le mercredi ? Je m'en chargerai après, dit-il. Le but c'est de provoquer des rires toutes les dix secondes. Prémisse. Punchline. Prémisse. Punchline. Je vais commencer par une blague sur les voitures. Tout le monde peut se reconnaître dans les voitures. C'est un peu comme la famille. Il l'enlace. Mais tu n'as pas l'intention de refuser des clients pour t'essayer stand-up ? chuchote-t-elle. Non. Mais ce congé paternité m'a fait reconsidérer ce qui est important dans la vie.

Elle se lève du canapé. Tu ne crois pas que j'ai ce qu'il faut pour être un bon comique ? demande-t-il. Bien sûr que si, répond-elle. Mais j'ai juste peur que tu fuies ce que tu devrais faire. Comme quoi ? Au lieu de répondre, elle va aux toilettes. Les couches usagées et entassées du petit d'un an ont formé une tour si haute que le couvercle à pédale de la poubelle reste levé et que le sac-poubelle a glissé en dessous. Bientôt, quelqu'un va devoir enfoncer sa main dans l'énorme tas de couches humides et jaunes de pipi pour essayer de remonter le sac. Quelqu'un va devoir se boucher le gosier avec sa langue pour ne pas vomir. Quelqu'un va devoir sortir dans la cage d'escalier pour aller jeter le sac directement dans le vide-ordures. Elle a le fort sentiment que ce quelqu'un sera elle. Mais pas maintenant. Elle se réfugie dans les toilettes.

Elle fait pipi et retire ensuite ses lentilles. Autant s'en occuper maintenant. Ça lui évitera de le faire à côté de lui. Lui qui est assis sur le canapé et qui attend de pouvoir continuer à raconter le contenu de son premier "set de cinq minutes" qui est apparemment le nom qu'on donne à la durée du passage sur scène de chaque comique. C'est juste une phase, se dit-elle à elle-même dans le miroir. Bientôt on va rire de tout ça. On lira nos échanges de SMS de ces années-là et on se dira qu'on était fous par manque de sommeil, qu'on n'avait pas les idées claires et on sera reconnaissants de ne pas avoir détruit ce qui avait si joliment commencé.

Pendant qu'elle se démaquille et qu'elle se brosse les dents, elle repense à la première fois qu'elle l'a vu. C'était à la salle d'escalade à côté du métro Telefonplan. Elle et ses copains étaient en train de manipuler des cordes de sécurité pour essayer de grimper sur le mur pour débutants. Du coin de l'œil, elle avait soudain entrevu une ombre qui s'était tartiné les mains de magnésie avant de se faire craquer le cou et de s'envoler en haut d'un mur à pic. Elle en croyait à peine ses yeux. C'était incompréhensible que quelqu'un d'aussi maigre puisse grimper aussi rapidement et sans corde. Arrivé tout en haut, il avait tout lâché et il était redescendu sur l'épais tapis presque la tête la première. Il s'était ensuite dirigé vers les vestiaires sans croiser son regard.

C'est à une pendaison de crémaillère qu'ils avaient discuté tous les deux pour la première fois. L'appartement était minuscule et tout le monde tenait son verre de punch levé au-dessus de la tête pour ne pas renverser le contenu sur les vêtements de soirée des invités, une stratégie qui ne fonctionnait pas vraiment puisque les verres s'entrechoquaient et arrosaient ceux qui se trouvaient en dessous. La musique battait son plein dans la salle de séjour, l'évier était rempli à ras bord de verres en plastique, les gens avaient commencé à fumer à l'intérieur de l'appartement, le sol était collant à cause du punch renversé. Elle s'était trouvé une place dans la cuisine et avait levé le regard. Il était là. À l'autre bout de la table. Sans personne à qui parler, comme elle. Ils s'étaient fait un signe de tête. On s'est croisés à la salle d'escalade, lui avait-elle crié. Ou en tout cas, moi je t'ai vu. C'est très possible, lui avait-il crié en retour. Mais ça doit faire un bout de temps parce que j'ai arrêté l'escalade. Il lui avait raconté qu'il avait participé à une ronde de qualification pour une compétition de bloc, qu'il était sur le point de gagner mais qu'il s'était fait une élongation au niveau de l'aine et avait été obligé d'arrêter. C'est vraiment pas de chance, avait-elle répondu. Oui vraiment. Elle lui avait montré toutes ses cicatrices de blessures au handball. Et aussi celle d'une morsure de chien en Espagne. Il lui avait raconté qu'il avait un aquarium avec des guppys et des xiphos quand il était petit, mais qu'un été ils étaient tous morts, sans doute parce qu'il leur avait donné trop à manger (ou pas assez – mais il pensait que c'était trop). Au lieu d'acheter de nouveaux poissons, ses parents avaient vidé l'aquarium et les avaient remplacés par des phasmes, ou plutôt, son père prétendait que c'en était, mais puisqu'ils ne bougeaient pour ainsi dire pas, il soupçonnait encore aujourd'hui que c'étaient juste de vulgaires branches. Elle lui avait raconté l'histoire de jumelles dans sa classe parallèle qui avaient harcelé leurs parents pour avoir un chat. Puisque la mère était allergique, ils avaient opté pour un cochon nain. Les jumelles le promenaient en laisse dans leur cour. Il était petit, noir, tout doux et très mignon. Mais il avait un énorme appétit. Et de jour en jour il grossissait. Au bout d'un moment, ils s'étaient rendus à l'évidence que le cochon nain était en réalité un cochon normal. Les jumelles promenaient donc leur énorme truie de cent vingt kilos qui grognait, bavait, mangeait toutes les plantations et qui faisait peur aux enfants. La rumeur disait qu'elle avait même attaqué un berger allemand en lui mordant le cou. Ils avaient ensuite parlé de l'endroit où ils avaient grandi, ils s'étaient accordés pour dire que chaque ferme avait son identité propre, que les gens qui pouvaient s'imaginer habiter dans une maison au lieu d'un appartement devaient être un peu dérangés pour ne pas comprendre qu'il suffisait de casser une vitre pour s'introduire chez eux.

Elle s'était levée un peu trop rapidement lorsque son copain de l'époque était entré dans la cuisine. Elle l'avait suivi dans la salle de séjour. Il l'avait poussée à boire encore plus de punch. Elle avait accepté un verre puis un autre. Elle avait avalé le premier mais pas le deuxième. Ils avaient dansé sur le sol poisseux. Reconnais que le punch est trop bon, lui avait crié son copain de l'époque. Au moment de partir, elle s'était dirigée vers la chambre sans passer par la cuisine. Les manteaux formaient une montagne sur le lit. Elle s'était habillée et avait dû aider son copain à enfiler son blouson. Ils étaient partis vers l'entrée, elle ne voulait pas repasser par la cuisine, mais elle avait terminé par un petit tour inutile histoire de voir s'il s'y trouvait toujours. Ce qui était le cas. Il avait levé son verre vers elle en souriant. Elle lui avait souri en retour. Dans le taxi, elle avait essayé de se persuader que ce n'était qu'une banale rencontre, que ça ne signifiait rien, que tout le monde avait ce genre de discussion avec des inconnus à des fêtes sans que ça ait la moindre conséquence.

Elle n'allait pas le recontacter. Elle était heureuse avec son copain. Elle s'était tournée vers lui pour le regarder et avait fait une liste mentale de tout ce qu'elle aimait chez lui. Qu'il soit si à l'aise avec son gros corps. Qu'il n'ait pas du tout envie d'apprendre les paroles des chansons qu'il chantait sous la douche. Qu'il n'ait pas honte d'avoir été membre de l'association de jeux Sverok quand il était jeune. Qu'il n'ait pas constamment le sentiment que la vie devrait être quelque chose de plus. Il semblait heureux. Et ce sentiment étrange la contaminait. Quand elle était avec lui, elle avait l'impression de se reposer de son agitation intérieure.

Trois jours plus tard, elle était assise à son bureau en train d'écrire un rapport pour engager une procédure d'appel d'un jugement suite à une infraction commise dans le cadre du travail. Un salarié était mort en effectuant sa tâche quotidienne à côté d'une machine de coulée continue à la fonderie de Smedjebacken. Le changement de "la goupille" avait été fait manuellement par cet ouvrier qui était monté sur la machine alors que de l'acier liquide à neuf cents degrés y coulait lentement. Pour une raison inconnue, le salarié, qui exécutait seul la tâche, s'était trouvé trop près des coulées d'acier, exposé à une chaleur d'une intensité telle que ça avait provoqué sa mort. Le tribunal de grande instance avait constaté qu'il y avait sans doute eu une mauvaise évaluation des risques, mais que le lien entre cette sous-évaluation et la mort n'était pas suffisamment manifeste pour prononcer une condamnation. N'empêche que, honnêtement, c'était quand même fou, vraiment incroyable que les patrons aient accepté faire courir un pareil risque. L'un de leurs salariés était mort parce qu'ils étaient trop radins pour mettre deux ouvriers à ce poste. Et ils n'avaient même pas eu l'idée d'éteindre cette putain de machine à neuf cents degrés le temps que cette pièce mécanique à la con, ou plutôt cette goupille à la con, soit changée : On se voit au tribunal espèces de connards ! Elle avait fait une pause. Puis elle avait effacé tous les mots après "condamnation". Son rapport terminé, elle l'avait envoyé par mail à son chef. C'est à ce moment-là qu'elle avait découvert le message de celui qui allait être le père de ses enfants. Elle l'avait lu et avait ensuite relevé la tête de son ordinateur pour vérifier que personne ne l'avait vue rougir. Puis elle avait relu son message. Puis encore une fois. Elle avait fini par le connaître par cœur. Elle avait décidé de ne pas répondre. C'est vrai qu'il était capable d'escalader des murs à pic. Qu'il avait des yeux doux. Qu'il écrivait des mails marrants. Qu'ils avaient eu une discussion sympa à une crémaillère très bruyante. Mais on peut avoir des discussions sympas avec tout un tas de gens. Elle était heureuse avec son développeur de systèmes. Elle ne voulait rien risquer.

Trois semaines plus tard, elle avait répondu. Elle lui avait écrit qu'elle ne pouvait pas le voir. Elle avait rédigé le mail sur son ordinateur du boulot, puis elle l'avait sauvegardé dans ses brouillons et l'avait ensuite envoyé de son portable pour donner l'impression qu'elle avait enfin eu le temps de répondre. Qu'elle se trouvait sur le quai désert du métro et qu'elle n'avait rien de mieux à faire. Qu'elle s'était soudain dit que c'était malpoli de ne pas répondre. Sa réponse à lui ne s'était pas fait attendre. Il ne comprenait pas pourquoi ils ne pouvaient pas se voir. Elle lui avait écrit qu'il comprenait très bien pourquoi. Il lui avait répondu. Elle lui avait répondu. Il lui avait répondu. Elle lui avait répondu. Deux semaines plus tard, elle était accro à ses mails. Elle consultait sa boîte de réception toutes les trois minutes. Elle rougissait dans les ascenseurs. Elle riait fort dans les bus. Elle lisait ses mails et se surprenait à coller son portable sur sa poitrine avec un sourire qui semblait émouvoir les dames dans le métro qui lui souriaient en retour. Comme si elles comprenaient très bien ce qui se passait mais qu'elles promettaient de ne rien dire à personne.

Ils s'envoyaient des morceaux de musique, des photos, des liens. Ils s'étaient mis d'accord pour ne jamais se rencontrer, parce que s'ils le faisaient, ils seraient obligés de se marier et s'ils se mariaient, leurs oncles picoleraient trop, leurs cousins se lanceraient dans un combat au couteau, leurs tantes critiqueraient les goûts vestimentaires de l'autre famille. Et leurs pères, oui, que feraient leurs pères ? Je serais obligé d'appâter le mien avec un billet d'avion et un taxi pour qu'il daigne venir, avait-il écrit. Le mien arriverait au volant de sa Volvo et ne repartirait pas avant que le bar soit vidé et la dernière miette du repas avalée, avait-elle écrit. Putain mais c'est quoi le problème des pères de la génération de nos parents ? avait-il écrit. Sérieusement. Qui les a brisés ? Comment ça se fait que personne dans mon cercle d'amis n'ait une relation normale avec son père ? Mais en fait, c'est quoi une relation normale ? avait-elle écrit. Je ne connais personne qui ait une relation normale avec quiconque, surtout pas avec ses parents. Et à quel niveau de normalité est notre relation ? avait-il écrit. Raisonnablement normale, avait-elle écrit. Chaque nouveau mail était une ouverture vers un monde plus grand. Donnait le sentiment de se cramponner à un frisbee invisible et de se laisser emporter hors de la réalité. Le sentiment de s'approcher de quelque chose qui les transformait, l'un l'autre, en une meilleure version de lui-même. En fait, je ne suis pas vraiment drôle, avait écrit l'un des deux au bout de leurs deux mois de correspondance. Moi non plus, avait répondu l'autre. Ce n'était pas important de savoir qui écrivait quoi puisqu'ils avaient déjà commencé à grandir ensemble.

Lorsqu'ils s'étaient enfin revus, il était trop tard. Ils étaient faits l'un pour l'autre. Leurs parents et les parents de leurs parents et les parents des parents de leurs parents avaient déjà commencé à se parler à cette fête d'étudiants, devant ce cinéma, pendant cette manifestation, dans ce bar, lors de ce petit-déjeuner, dans ce parc d'attractions, en vue de cette rencontre à cet endroit précis et à ce moment précis. Ils s'étaient donné rendez-vous sur des rochers à Gröndal, dans la banlieue sud. Il était arrivé en premier afin de vérifier que personne susceptible d'être un ami de son ex ne soit caché dans les buissons. Quand il s'était assuré qu'il n'y avait aucun danger, il lui avait envoyé un SMS. Elle l'avait vu de loin. Il avait le soleil dans les yeux. De l'attente dans le sourire. De la brise dans les cheveux. Elle avait apporté des choses sucrées et de la vinaigrette et lui avait fait une salade. Malheureusement, avait-il expliqué, il n'était pas très bon cuisinier. Il s'était dit que la meilleure des salades était celle qui avait le maximum d'ingrédients. Au fond de son sac en toile, sous les serviettes, les couverts en métal, les assiettes et la thermos de café, il y avait la boîte en plastique contenant la salade qui était devenue une bouillie à peine mangeable et solide comme une brique. Il l'avait ouverte et lui avait montré. Elle contenait vraiment tout : de l'oignon rouge et de la grenade, des pois gourmands et des betteraves, des fèves et des brocolis. Ils n'avaient pas touché à la salade. Pas parce qu'elle n'était pas bonne mais parce qu'ils n'avaient pas le temps. Il fallait qu'ils parlent de tout ce dont ils n'avaient pas pu parler jusqu'à présent.

Sept ans plus tard, elle se tient dans leur salle de bains commune. Les enfants dorment. Elle se souvient à peine des sujets de discussion de ce premier rendez-vous sur les rochers. Mais ils s'étaient retrouvés à onze heures du matin, et cinq secondes plus tard, il faisait nuit. Ils étaient restés assis sur la couverture pendant huit heures. Ils n'avaient pas mangé, ils avaient juste bu du café, fumé, grignoté des choses sucrées et fait quelques courtes pauses pipi. Au bout d'un moment, il avait fallu se séparer sinon ç'aurait été trop bizarre. Ils s'étaient relevés sur des jambes engourdies. Ils s'étaient arrêtés au niveau du parking. Le moment était venu de se dire au revoir. Ils ne pouvaient pas repartir ensemble. Ils risquaient de croiser quelqu'un. Quelqu'un risquait de leur poser des questions. Ils risquaient de se retrouver dans une situation où ils seraient obligés d'expliquer ce qui se passait, et le problème, c'est qu'ils ne savaient pas eux-mêmes ce qui se passait puisque aucun des deux n'avait jamais vécu ça. Ils étaient restés longtemps immobiles. Ils s'étaient embrassés. Ils s'étaient de nouveau embrassés. Ils s'étaient dit au revoir. Ils s'étaient de nouveau embrassés. Elle était partie en premier. Elle avait descendu la rue en direction du tram. Puis elle s'était retournée. Il n'avait pas bougé. De loin elle voyait sa silhouette. Ils ne s'étaient pas fait un signe de la main. Le regard suffisait.

Puis ils étaient devenus un couple et ils étaient restés ensemble nuit et jour pendant six mois. Ça n'aurait pas dû fonctionner. Tout ce qu'ils avaient construit avec des mots allait bien sûr tomber en morceaux quand ils deviendraient de vraies personnes, avec des corps, une haleine du matin, un ventre ballonné, de la mauvaise humeur et la fatigue du quotidien. Et pourtant, ils y étaient arrivés. Sans comprendre comment, ils étaient passés au travers des grossesses, des nuits sans sommeil, des voyages en charter gâchés par la pluie, des gastros, des conflits familiaux. Ils avaient survécu à ce jour où il était tellement fâché contre les enfants qui ne dormaient pas qu'il s'était précipité dans la cuisine et avait cassé en deux les beaux couverts jaunes à salade. Ils avaient survécu au fait qu'elle n'avait jamais autant aimé sa famille que lorsqu'elle s'était remise à travailler à temps plein après son deuxième congé de maternité. Ils avaient survécu à tout ça. Et ce n'est que maintenant, au moment où leur fille a quatre ans et leur fils en a un, au moment où il dit qu'il va enfin lever la clause paternelle et qu'il parle subitement de commencer à faire du stand-up, alors qu'elle se tient devant le miroir à contempler son visage démaquillé, qu'elle doute pour la première fois de la survie de leur couple. En allant vers la chambre, elle entend sa voix. Il parle de modèles de voiture. Puis il fait une pause pour laisser la place aux rires. Il se met ensuite à glousser et dit : Putain. Trop. Bien.

IV. SAMEDI

Une marche d'escalier qui est une marche d'escalier n'a jamais été rien d'autre qu'une marche d'escalier. Excepté ce samedi matin-là où la sœur et son petit ami l'ont transformée en un oreiller glacial. Allongés sur le dos, ils regardent le soleil qui vient de se lever et qui lutte pour percer l'épaisse couche de nuages gris. Leurs corps sont froids à l'extérieur mais chauds à l'intérieur. Les basses provenant de la piste de danse font trembler les fenêtres de l'entrepôt juste en face. Leurs oreilles sifflent bien qu'ils aient mis des boules Quiès avant d'entrer dans le local.

La fête a commencé sur les coups de minuit. Jusqu'au dernier moment ils ne savaient pas s'ils auraient la force d'y aller. Ils ont travaillé toute la semaine. Elle a eu une réunion avec des clients importants le vendredi matin. Il a fait une sortie avec la classe pénible de troisième. Ils ont dîné chez eux, ils se sont endormis devant la télé, se sont réveillés vers minuit et demi, ont avalé un café et ont sauté dans un taxi. Quand ils sont arrivés dans le local, celui-ci était à moitié plein, une heure plus tard les murs transpiraient à cause de la condensation. Il y avait un bar et un balcon, de l'alcool pour qui voulait boire, des ballons pour qui voulait s'amuser avec du gaz hilarant.

Elle qui est une sœur n'a bu que de l'eau. Lui qui se comporte comme son petit ami a commandé un drink, avant tout pour soutenir les organisateurs de la fête. Il a bu deux gorgées et s'est littéralement illuminé quand le DJ a mis un morceau auquel il ne pouvait pas résister. Elle est restée au comptoir à le regarder s'attaquer à la piste de danse. Lui et son charisme qui faisaient que tout le monde le regardait. D'abord les femmes. Puis les hommes. Mais aussi les chiens qui couraient dans le bar avec des protections fluos sur les oreilles.

Il était si différent d'elle. Il n'avait jamais besoin de boire pour danser. Il ne semblait jamais hésiter sur le rythme d'un morceau. Il leur suffisait, à lui et à son petit corps trapu, de plonger dans la musique et en quelques secondes il entrait en fusion avec l'univers. Les autres danseurs se poussaient pour lui faire de la place. Il était toujours au centre, toujours entouré d'une bande d'inconnus attirés comme des aimants. Elle est restée un moment à le regarder puis elle a posé son verre d'eau et s'est jetée sur la piste elle aussi.

Quand ils sont ressortis, il était huit heures du matin. Ils ont commandé un taxi et en l'attendant, se sont affalés par terre en utilisant la marche comme oreiller. Un géologue aurait pu l'observer et expliquer que les minéraux à cet endroit-ci et les marbrures à cet endroit-là pouvaient raconter l'histoire de la pierre. Mais pour eux, la pierre n'est que de la pierre. Une pierre gris clair rainurée et grossièrement taillée. Ils sont allongés à inspirer l'air frais et à regarder les panneaux rouillés des usines qui n'en sont plus. La menuiserie Ekström. La Manufacture de piano de Stockholm. Les peintures et vernis Gentele & Co.

La société de matériel de communication AB Radius. Si on a des enfants, il faudra se lever tous les jours à cette heure-ci, dit-il. Tu n'as aucune idée de l'heure à laquelle les enfants se lèvent, répond-elle. Mon fils se réveillait à cinq heures tous les matins. Chaque jour. À cinq heures pile. Comme une horloge atomique. Tu as des nouvelles de lui ? demande-t-il. Elle secoue la tête. Tu ne veux pas en parler ? Elle ne répond pas. Nos enfants ne seront peut-être pas les meilleurs de leur classe, dit-il. Mais ils danseront comme des dieux. Elle acquiesce de la tête. Et ils auront bon appétit, ajoute-t-elle. Et ils seront très poilus, dit-il en caressant son aisselle. Et ils aimeront jouer au ballon et faire des excursions, dit-elle. Mais le week-end on te laissera faire la grasse matinée, dit-il. Je te le promets. J'emmènerai les enfants dans la cuisine. On attend des jumeaux ? demande-t-elle. On préparera des crêpes, dit-il. Et des fruits coupés en morceaux. Et du café avec de la mousse de lait et du fromage blanc et du muesli fait maison. Après, quand on jugera que tu as suffisamment dormi, on t'apportera le petit-déjeuner au lit. Les enfants te chanteront joyeux anniversaire et te crieront des hourras bien que ce soit un samedi tout à fait normal. Et on fera quoi après ? demande-t-elle. On glandera au lit, dit-il. On mangera le petit-déjeuner, on lira le journal, toi ce sera l'actualité et moi les pages culture, les enfants regarderont un film. Tu crois qu'ils aimeront Evgueni Bauer ? demande-t-elle. Ça, ce sera pour plus tard. Quand ils auront onze-douze ans. Là, ils auront le droit de regarder *Fantasia* de Disney. L'après-midi, on sortira. Les enfants joueront au parc pendant que toi et moi, on fera une séance de fractionné ou de la gym sur un parcours sportif. Et après ?

Le soir on ira manger au restaurant. Les enfants s'endormiront dans leur poussette, toi et moi on se partagera une bouteille de vin et on rentrera main dans la main. C'est vraiment comme ça que tu imagines la vie de famille ? demande-t-elle. À peu près oui, répond-il. Et t'as des plans pour aujourd'hui ? Je pensais passer la journée avec toi, dit-il. OK, répond-elle. Alors on est d'accord. Pour une fois. Mais ce midi je vais déjeuner avec mon père, dit-elle. Genre dans trois heures. Ils se sourient. Le taxi arrive. Ils s'installent sur la banquette arrière et partent en direction du centre. Lorsqu'ils sont au milieu du pont de Liljeholmen, la couche de nuages se dissipe. Il a la tête tournée vers la vitre et regarde l'eau scintillante. Elle doit se mordre la langue pour ne pas lui dire qu'elle l'aime.

*

C'est le week-end. Un père, une mère et deux enfants vont enfin pouvoir passer du temps ensemble. Ils se préparent pour prendre le métro et aller dans le centre. Deux heures plus tard, ils sont toujours en train de se préparer pour prendre le métro et aller dans le centre. Le sac doit être rechargé en couches, les sachets plastiques avec les fruits pourris datant de leur dernière sortie doivent être enlevés. Mais il ne faut pas oublier les biberons d'eau, les galettes de maïs, des vêtements de rechange, des lingettes, un petit tapis à langer, des jouets pour supporter le trajet en métro, une paire de chaussettes supplémentaires parce qu'elles ont une faculté incroyable à disparaître, de la nourriture, une cuillère, un bavoir et encore des lingettes, juste au cas où. Le fils qui est un père veut que les enfants portent de beaux habits. Il est possible qu'ils voient leur grand-père et c'est alors important qu'ils ne soient pas habillés de leur habituel maillot de foot. Pour finir, tout le monde est prêt. Mais chaque fois qu'ils ouvrent la porte, il y en a un qui a envie de faire caca, un autre qui a envie de faire pipi, des gants disparus, des combinaisons toujours mouillées, la grande de quatre ans refuse de porter autre chose qu'un short, le petit d'un an n'a qu'une envie et c'est de descendre les marches à quatre pattes et de jouer au xylophone avec ses doigts sur la grille de ventilation noire de poussière. Ils sont finalement prêts à partir. La mère a juste besoin de faire pipi. Du coup, la grande de quatre ans aussi. Mais comment t'as pu faire caca sans faire pipi ? demande le père. Parce que je sais tout faire, répond la grande de quatre ans. Je suis la plus forte. Plus forte qu'Hulk ? demande le père. Personne n'est plus fort qu'Hulk, rétorque la grande de quatre ans avec sérieux. Hulk peut soulever tous les immeubles même s'ils sont en fer.

Ils se retrouvent enfin dans la cage d'escalier. Ils entrent dans l'ascenseur. Ils ont oublié le porte-bébé. La mère va le chercher et revient. Ils ont oublié le cadenas de la poussette. On pourra en acheter un là-bas, propose la mère. Le père remonte chercher le cadenas. Quelqu'un a vu mon portable ? demande le père. Il est dans la salle de bains, dit la grande de quatre ans. Le père et la grande de quatre ans remontent chercher le portable.

Ils se retrouvent enfin sur le quai du métro. Depuis le petit-déjeuner ils sont sur le départ. Maintenant on essaie de débrancher, dit la mère en soufflant. Le train arrive dans quatre minutes, informe le père qui se sent comme un bon père de famille quand il soulève sa fille, sous le regard des gens sur le quai, vers la grande horloge analogique pour lui montrer comment la fine trotteuse rouge avance à un rythme régulier et ralentit légèrement chaque fois que l'aiguille noire des minutes fait un petit bond en avant. Le temps avance avec une lenteur infinie alors qu'ils se tiennent sur le quai à contempler la trotteuse. Je sais lire l'heure, déclare la grande de quatre ans. Oui, tu es très douée, lui sourit le père. Je sais lire l'heure. Je sais parler le perse. Et aussi l'islandais et le français et le suédois, dit la fille. Qu'est-ce que tu sais dire en perse ? demande le père. Bollboll, dit la fille. Ça veut dire oiseau.

*

Un père qui est un grand-père a enfilé une chemise propre. Et il s'est rasé. Il s'apprête à aller en ville déjeuner avec sa plus jeune fille, sa préférée, celle qui est aussi parfaite que ce qu'il avait espéré. Ce n'est quand même pas de chance qu'elle ait rencontré cet idiot quand elle était jeune. Elle n'aurait jamais dû se marier avec lui. Elle n'aurait jamais dû avoir un enfant avec lui. Elle aurait dû écouter les conseils de son père. Mais aujourd'hui elle est passée à autre chose. Elle peut se concentrer sur sa belle carrière dans les RP et s'occuper de son père adoré. Le métro s'arrête à la station où le père a vécu une grande partie de sa vie, ou plutôt une vie entière, enfin tout dépend comment on voit les choses. Il laisse ses souvenirs derrière lui. Puis il se met à compter le nombre de Suédois dans le wagon. À chaque station qui passe, ils sont de plus en plus nombreux. Il voit son reflet dans la vitre. Il fait jeune. Au même âge que lui, les Suédois ont tous l'air de retraités alcooliques avec déjà un pied dans la tombe. Leur peau s'affaisse à cause du sous-emploi des muscles de leur visage. Dans les autres pays, les gens crient, pleurent, rient si fort que ça fait sursauter les Suédois dans les aéroports. Les muscles du visage des Suédois sont en jachère et s'ils font un geste c'est neuf fois sur dix en mettant leur doigt sur la bouche afin de demander à quelqu'un de se taire. Ce n'est pas suffisant pour entretenir les deux cent cinquante muscles du visage, pense le père lorsqu'il sort à la station T-Centralen.

Quand il est sur l'escalator, son portable bipe. Sa fille lui écrit qu'elle est obligée d'annuler le déjeuner. Elle a une urgence au boulot. Mais à la place, elle l'invite à un dîner dominical. Le père n'est pas déçu. Il comprend tout à fait que son travail passe en premier. Il entre au McDo de la rue Vasagatan et commande trois cheeseburgers ainsi qu'un petit Fanta sans glaçons. Il s'assoit à une table près de la fenêtre et essaie de se remémorer le nombre de fois où il a vu ses enfants après le divorce. Sa femme l'avait foutu à la porte et il dormait sur le canapé chez des copains. Malgré ça, c'était important pour lui de voir ses enfants. Une fois, ils sont allés au cinéma ensemble. Une autre fois, ils se sont retrouvés au McDo de la rue Hornsgatan et ont commandé des menus Best Of avec du Fanta sans glaçons parce que tout le monde dans la famille s'accordait à dire que le Fanta était le meilleur des sodas et que les glaçons n'étaient que de l'eau et que si on disait "sans glaçons" le gobelet était quand même rempli jusqu'au bord. Sa fille s'est jetée sur son hamburger, a englouti ses frites et a vidé bruyamment son soda puis elle a demandé si elle pouvait aller s'amuser dans l'aire de jeux. Bien sûr, lui a répondu son père. Son fils, lui, est resté assis et lui a raconté qu'il avait eu la meilleure note en sciences physiques, qu'il avait eu 39 sur 40 au dernier devoir de français, qu'il avait eu les meilleures notes à dix-sept des dix-neuf devoirs de ce trimestre. Et il est arrivé quoi aux deux autres ? l'a taquiné le père. C'est Lisa, la première de la classe, a soupiré le fils. Le père a souri. Les notes c'est important, lui a-t-il dit, mais ce n'est pas tout. Le plus important c'est d'être heureux. Et riche. Le fils a hoché la tête. Le père ne se disait pas que le fils était bizarre. Il n'était pas inquiet qu'il passe ses week-ends assis dans sa chambre à décalquer des satellites sur du papier sulfurisé qu'il collait ensuite dans son cahier spatial fait maison au lieu d'aller jouer au ballon avec ses copains. Le père était fier de son fils. Ou, en tout cas, plutôt fier. Soudain, il a entendu des cris provenant de l'aire de jeux. Sa fille se bagarrait avec deux autres enfants. Le père est intervenu pour régler la situation. Il ne se souvient pas exactement de ce qu'il a dit. Mais ce n'était rien de bien grave. En tout cas, il ne s'est pas fâché, il n'a pas distribué de gifles, il n'a pas enlevé sa chaussure pour menacer les enfants avec, il n'a même pas donné une toute petite fessée. Quand la fille a arrêté de pleurer, une grosse dame avec une croix en argent sur son pull violet s'est approchée de lui. Elle lui a souri en disant : *You have to remember that these are children*. Pardon ? a dit le père. *They are small human beings*, a-t-elle continué. *I know**, a répondu le père. *They have feelings. They get scared. I*

* "Vous ne devez pas oublier que ce sont des enfants", "Ce sont de petits êtres humains", "Je sais".

know, a répondu le père. *Just like you and me**, a-t-elle ajouté en posant délicatement sa main sur l'épaule du père. Le père a hoché la tête en souriant. Lorsqu'elle est partie, il a regardé sa fille et a éclaté de rire. La fille s'est mise à rire elle aussi. Puis le fils. Ils riaient tous parce que la dame avait cru que le père ne parlait pas suédois (à moins que ce ne soit elle qui ne le parle pas ?) Tous riaient à cause de ses propos (bien qu'il n'ait frappé personne !) Tous riaient de s'entendre rire bien qu'ils ne sachent pas vraiment pourquoi. Lorsqu'ils se sont calmés, le père est allé à la caisse acheter des glaces et quand il est revenu avec son plateau en plastique, le fils a calculé ce que ça lui avait coûté et combien de pièces on lui avait rendu. Pendant tout le chemin du retour, il suffisait au père de dire *They have feelings* pour qu'ils se mettent à rire. Même si la fille était trop jeune pour comprendre ce que ça signifiait.

Le père qui est un grand-père laisse son plateau sur la table et se dirige vers la sortie. À l'office de tourisme, il ramasse des plans, des pubs et demande qu'on lui donne un sac en plastique avec la couronne royale et le logo tout en bas. La rue Vasagatan n'a pas changé. Excepté les agences de voyages, le magasin de fourrure et la boutique d'encadrement qui ont été remplacés par des commerces plus modernes. Là il y a un hôtel, un restaurant chinois, une boutique éclairée au néon qui vend des trucs high-tech auquel le grand-père ne comprend rien. Puis il y a le parking, l'escalier et le Sheraton où ses amis et lui se faufilaient quand ils avaient besoin

* "Ils ont des sentiments. Cela leur fait peur", "Comme vous et moi".

d'aller aux toilettes, à l'époque où il n'y avait pas encore de code sur la porte.

De l'autre côté de la rue, quand on descend vers l'eau et qu'on a vue sur la vieille ville et le pont Centralbron, se trouve le tunnel des Soupirs. C'est lui qui l'a baptisé ainsi. Bien qu'il ne soit jamais allé à Venise, il avait entendu parler du pont des Soupirs et le tunnel des Soupirs était un nom parfait pour ce lieu. C'est là qu'ils se rassemblaient tous le week-end. Ils buvaient de la bière et se racontaient des blagues pendant que les enfants s'amusaient à jeter des bâtons et des canettes vides dans l'eau. Une fois, un des enfants a apporté une canne à pêche. Mais ils venaient surtout là pour faire une pause dans leur famille. À cette époque, on pouvait tout acheter là-bas. Des enveloppes, des habits d'occasion pour enfants, des lecteurs VHS réparés au fer à souder, des phasmes, des lots de boîtes de conserve de maquereaux, du shit, des vieux livres de bibliothèque, des plumeaux sous plastique, des coupe-vent fraîchement délestés de leurs antivols et (une fois) un très vieux et très gros rétroprojecteur. Qui voudrait acheter un truc pareil ? a demandé le grand-père qui était un père. Peut-être le gars là-bas qui est prof ? a répondu son copain. Le père avait des amis venant du monde entier et il achetait leur marchandise à moitié prix. Les Péruviens cherchaient de la main-d'œuvre pour leur entreprise de ponçage de sols. Les Polonais cherchaient du boulot dans le chauffage, la ventilation et la climatisation. Les Yougoslaves avaient des contacts proposant des maisons de vacances pas chères à Split. Tout le monde se demandait pourquoi la majorité des Suédoises s'appelaient Kerstin. Les vétérans mettaient en garde les nouveaux arrivants contre la grippe suédoise. C'est quoi ? demandaient les nouveaux. C'est comme la grippe espagnole mais en pire, expliquaient les vétérans. La grippe espagnole tue le corps. La grippe suédoise, elle, tue l'esprit. Elle s'immisce dans le cerveau. On arrive ici en étant un jeune homme en bonne santé, avec des rêves, de l'espoir et persuadé que tout est possible. Mais la grippe suédoise nous étouffe lentement. Laisse-moi te donner un exemple concret, a dit un des amis du grand-père. Un jeune homme arrive en Suède. Il aime jouer de la guitare. Il rêve de monter un groupe, de sortir un disque, de partir en tournée en limousine. Quand il voit que ça ne marche pas, il revoit ses rêves à la baisse. Il se met à rêver de devenir prof de musique, de rencontrer une jolie fille, d'avoir les moyens de s'acheter une Volvo 740. Il essaie d'entrer à l'école supérieure de musique. Il n'est pas admis. Il essaie de devenir prof tout court. Il n'est pas admis. Quand il comprend que ça ne marche pas, il revoit de nouveau ses rêves à la baisse. Il rêve d'avoir un travail, n'importe lequel. Il veut juste rencontrer une fille. Tout ce qu'il trouve c'est un petit boulot dans une supérette où il est payé à l'heure. Il travaille aussi en extra dans une usine de saucisses à Årsta. Il n'a pas les moyens d'avoir une voiture. Ni les moyens d'avoir une petite amie. La femme qu'il rencontre n'est pas la fille de ses rêves. Elle est moche. Elle est grosse. Elle a une voix agaçante, des boutons et elle entend des voix si elle ne prend pas ses médicaments. Son père est mort. Son frère se trouve dans un hôpital psychiatrique. Elle n'est pas la bonne personne pour être la mère de ses enfants. Le guitariste le sait. Il sait qu'il est trop beau pour elle. Il sait qu'il devrait continuer à chercher. Mais ils deviennent quand même un couple. Il n'en peut plus d'être seul. Ils font des enfants. Bientôt elle lui reproche de ne pas subvenir assez aux besoins de la famille. Le fait qu'il cumule plusieurs jobs ne suffit pas. Rien n'est suffisant pour elle. Elle veut qu'il vende sa guitare. Il refuse. Six mois passent. Il ne réussit pas à obtenir plus d'heures à la supérette. Il vend sa guitare. Deux semaines plus tard, il n'a plus d'argent. Mais rien de tout ça n'est la faute de la Suède. La grippe suédoise commence à se propager lorsque le jeune homme réalise qu'aucun des boulots qu'il peut obtenir ne lui donne plus d'argent que ce qu'il reçoit de l'État quand il ne travaille pas. Le jeune homme réalise que son temps vaut encore moins que s'il était gratuit. L'État lui dit qu'il ne vaut tellement rien qu'on préfère le payer à rester chez lui devant le télé-achat plutôt qu'à venir les déranger pendant les heures de travail. Et c'est à ce moment-là que la grippe suédoise se répand dans le cerveau de l'homme. Elle se glisse dans ses oreilles, elle lui chuchote que sa vie n'est qu'une succession d'échecs, elle le convainc que le seul moyen de l'améliorer c'est de tout changer. De tout arrêter. De quitter sa famille et d'en trouver une nouvelle. Alors il la quitte. Il ne peut plus regarder ses enfants dans les yeux. Tout ce qu'il fait c'est d'aller au tunnel des Soupirs et de tenter de persuader les gens comme lui, des jeunes coqs qui ont encore une étincelle en eux, de se méfier de ce pays, de ne pas le laisser les transformer, de ne pas accepter ce qui est gratuit, parce que rien n'est gratuit en ce monde. Ce qui est gratuit rend dépendant. En échange, c'est son âme qu'on donne. Mais le grand-père n'a jamais écouté les mises en garde des vétérans. Pour lui, la grippe suédoise était quelque chose qu'ils avaient inventé pour supporter leur propre échec. Maintenant qu'il est à la retraite, il les comprend mieux.

Lorsque le grand-père arrive au tunnel des Soupirs, celui-ci est désert. Aucun de ses vieux amis n'est là. Quelques-uns sont morts. D'autres sont en prison. Beaucoup sont partis vivre à l'étranger. Les seules traces de vie humaine sont des canettes de bière vides soigneusement disposées en ligne devant la poubelle verte. Le grand-père qui est un père s'assoit sur le banc pour reprendre son souffle. Il regarde l'eau. Puis son portable quand celui-ci se met à sonner. Il plisse les yeux pour essayer de lire le nom de celui qui l'appelle. Voyant que c'est son fils, il remet son portable dans sa poche intérieure. Il ferme les yeux. Lorsqu'il les rouvre, tout est noir.

*

Dans le métro, ils se séparent. La mère reste debout avec le petit d'un an. Le père va s'asseoir avec la grande de quatre ans. Ils trouvent un siège libre et le père sort un livre du sac à dos. C'est l'histoire d'un monsieur qui achète une pomme à un marchand de fruits malhonnête. Mais c'est une pomme en plastique et non pas une belle pomme de son jardin. Le monsieur ne s'en aperçoit pas. Il rentre chez lui et pose la pomme en plastique sur le rebord de sa fenêtre en attendant qu'elle mûrisse. Un perroquet fait tomber la pomme sur la tête de la grand-mère qui pousse un cri. Le chat, effrayé, se réfugie en haut d'un arbre. Une voiture fonce dans la clôture du marchand de fruits, heurte son pommier et fait tomber une pomme. Le petit Bertil qui passe par là ramasse la belle pomme et l'offre à sa maîtresse. Mais un voleur lui vole la pomme et, en s'enfuyant, fonce dans le proviseur, la pomme passe par la fenêtre et atterrit dans la main du pompier qui est en train d'installer une échelle pour récupérer le chat dans l'arbre. Il grimpe et arrive au niveau du chat mais pour pouvoir l'attraper il est obligé de poser la pomme sur le rebord d'une fenêtre qui se trouve être celle du monsieur. Lorsque celui-ci découvre la vraie pomme, il croit que c'est la sienne qui a mûri. La dernière image du livre est une vue d'ensemble de la ville. Le père est content que la grande de quatre ans ait écouté l'histoire jusqu'au bout. Bientôt ils arrivent à la station Mariatorget. Il reste encore un grand nombre d'arrêts avant T-Centralen. Le métro passe maintenant en plein air. C'est là qu'arrive le clou du spectacle. Le père pointe du doigt toutes les lettres qu'il voit autour de lui. C'est écrit quoi là ? Et cette lettre c'est quoi ? La grande de quatre ans lit les lettres. Wouah, t'as quatre ans et tu connais déjà tout l'alphabet, s'exclame le père. Il savoure l'admiration qu'il voit dans les yeux des gens qui l'entourent. À moins que… Est-ce que quelqu'un réagit ? Il regarde autour de lui. Tout le monde a des écouteurs sur les oreilles. Personne ne lève les yeux de son écran. La seule qui réagit est sa petite amie qui se trouve plus loin à côté des portes et qui le regarde, les yeux pleins de mépris. Mais le père ne capitule pas. Il explique à la grande de quatre ans que TAXI se lit taxi et COIFFEUR coiffeur. Puis il pointe du doigt une école. C'est quoi cette lettre ? E. Très bien. C. O. Très bien. L. E. Mm. Et donc ça fait quoi ? La grande de quatre ans réfléchit. É, dit le père. Éééé. Église ? dit la grande de quatre ans. Presque. Écccc, dit le père. Écurie ? Non, t'y es presque, dit le père. Écccco… Écologique ? dit la grande de quatre ans.

Le père abandonne. Il regarde sa petite amie et sourit. Elle est tournée vers la fenêtre. Le petit d'un an a dû s'endormir parce qu'elle a mis ses écouteurs. Aujourd'hui on va voir papi ? demande la grande de quatre ans. Peut-être, répond le père. On verra.

*

Une touriste qui veut seulement être une touriste fait de son mieux pour gommer tout ce qui enlaidit la ville. Elle est déjà venue ici au milieu des années 1980. À l'époque, elle travaillait dans la finance. On lui avait réservé un hôtel luxueux dans la rue Birger Jarlsgatan. Elle était défrayée aussi bien pour les repas que pour les boissons. Elle passait ses journées en réunion et n'avait donc pas le temps de faire du tourisme mais le dernier matin, avant que le taxi ne vienne la chercher, elle avait pu faire une promenade dans la ville. C'était merveilleusement beau. L'eau étincelait. Les gens rayonnaient. Même les SDF avaient l'air en forme. Y avait-il des SDF à cette époque ? Elle réfléchit. Non. Il y avait des bandes de gentils hippies qui jouaient de la guitare. Il y avait des groupes de chrétiens qui offraient du café. Il y avait des Indiens en habits traditionnels qui jouaient de la flûte de pan. Mais elle ne se souvient d'aucun SDF. D'aucun mendiant. D'aucune pauvreté en règle générale. Pendant plusieurs années, elle a fait la navette entre différentes capitales. Sa valise ne changeait de contenu que lorsqu'elle repassait dans son appartement entre deux destinations. Elle s'y était installée deux ans auparavant mais n'avait toujours pas acheté de casseroles. Elle travaillait entre quatre-vingts et cent heures par semaine.

Au moins soixante heures de trop, lui disait sa mère. Il faut que tu fasses une pause. Pour respirer. Pour prendre des vacances. Rencontrer des amis. Danser. Fonder une famille. Passer du temps avec moi. Ne t'inquiète pas, répondait-elle. Je suis jeune. J'ai le temps. Puis sa mère a eu une leucémie. La fille est rentrée s'occuper d'elle et la mère est morte en 1993. L'automne qui a suivi, la fille a décidé de reprendre des études pour devenir infirmière. Son idée était de travailler avec des enfants et des adolescents mais le premier poste qu'on lui a proposé était dans une maison de retraite qui avait une vue incroyable. Elle s'y plaisait tellement qu'elle est restée.

Chaque matin, elle faisait le tour des chambres du couloir dont elle était responsable pour dire bonjour aux vieux. Elle frappait à la porte, ouvrait les rideaux, aérait afin de faire partir l'odeur d'urine et changeait les draps. Elle insistait pour qu'ils descendent prendre leur petit-déjeuner ou au moins un café et quand ils étaient installés dans la salle de restaurant, elle les poussait à raconter leurs années pendant la guerre. L'attaque des nazis à Dieppe en 1942. Ou encore l'internement des Japonais dans des camps en 1943. Ou encore l'Europe en 1948 alors qu'ils s'étaient enfuis de chez eux contre la volonté de leurs parents et qu'ils avaient commencé à travailler à la Croix-Rouge. Mais ils semblaient tous avoir mené une existence paisible à une bonne distance de ces événements. Le 7 mai 1945, ils ne s'étaient pas rendus dans le centre pour fêter l'armistice parce qu'ils savaient qu'il y aurait trop de monde. Les premiers pas sur la Lune avaient été très médiatisés mais le 20 juillet 1969, l'un d'eux avait trop de lessives à faire et un autre devait rendre visite à un cousin. Certains étaient tellement désorientés qu'ils avaient même du mal à se souvenir du prénom de leurs frères et sœurs. D'autres préféraient discuter du présent que de l'histoire. Ils parlaient de leurs petits-enfants qui avaient participé à des concours de danse, de leurs enfants qui envisageaient de déménager à l'étranger, d'immigrés qui s'installaient ici pour construire des mosquées et vivre grâce aux allocations. Ma mère est venue ici en tant qu'immigrée, disait celle qui n'avait plus de mère. Elle a laissé ses idéaux politiques dans son pays natal pour une carrière de gardienne de parking. En vingt ans de travail, elle n'a été en arrêt maladie que trois fois et ensuite elle est morte d'une leucémie. La pauvre, s'était exclamé James, quatre-vingt-quatre ans. Il y a toujours des exceptions, avait rétorqué Thelma, quatre-vingt-onze ans. Peu d'immigrés sont aussi travailleurs que votre mère, avait dit Helen, quatre-vingt-neuf ans. Malgré tout, elle était restée à la maison de retraite et bientôt, elle était devenue, non officiellement, responsable de l'informatique. Non pas qu'elle fût particulièrement calée dans ce domaine, mais parce qu'elle était la seule à oser changer l'encre de l'imprimante. Une fois, disait la rumeur, elle avait réussi à faire des copies recto verso. Deux fois, elle avait aidé le chef de service à éjecter une clé USB capricieuse de son ordinateur. À la suite de ces exploits, c'est elle que tous les vieux venaient voir quand ils avaient un problème d'informatique. Elle était d'une patience infinie. Elle expliquait d'une voix calme à Steve, quatre-vingt-deux ans, qu'on ne pouvait pas réparer un réseau sans fil en débranchant le routeur et en soufflant sur la fiche. Elle n'était jamais en colère contre Betty, quatre-vingt-douze ans, qui essayait régulièrement de mettre en route son DVD dans la salle commune en l'enfonçant dans la ventilation du vidéoprojecteur. Elle a aidé Earl, quatre-vingt-onze ans, à récupérer le contenu de son disque dur en faisant une copie de secours lorsqu'il a renversé du lait sur son ordinateur. Son travail à la maison de retraite a duré jusqu'à ce qu'elle parte elle-même à la retraite et maintenant elle dispose soudain de tout le temps du monde. L'avantage de ne pas avoir d'enfants et de petits-enfants, c'est qu'elle est libre de voyager partout et de découvrir des lieux où elle est allée mais dont elle se souvient à peine. L'inconvénient, c'est qu'elle n'a personne à qui montrer ses photos. Si elle avait eu des enfants, elle les aurait appelés pour leur raconter que la ville où elle se trouve n'a pas changé tout en étant très différente. Les immeubles sont les mêmes, le ciel est haut, l'eau scintillante. Mais les gens ont changé. Ils ont exactement la même tête qu'à Copenhague, Bruxelles, Paris, New York ou Prague. Tout ce qui rendait cet endroit particulier a disparu. Il ne reste plus rien de spécifique. Ou plutôt, les seules choses spécifiques qui restent se trouvent dans les boutiques pour touristes qui vendent des tee-shirts jaune et bleu flanqués du texte 100 % SWEDISH, les casques de Viking en plastique, les chevaux en bois rouges de différentes tailles. Derrière un stand décoré de fanions rouges se tiennent deux gars, un bonnet de lutin sur la tête, qui vendent des sucres d'orge typiquement suédois, les *polkagris*, bien qu'on soit à plus d'un mois de Noël. Les touristes sont accoudés au pont et regardent le Strömmen. Ils se prennent en photo devant le Parlement. Ils pointent l'eau du doigt. Elle ne prend pas de photos. Elle tourne à droite et longe l'eau jusqu'à l'hôtel de ville. Là, c'est plus calme. Il n'y a pas de touristes. Pas de lutins. Seulement elle, l'eau scintillante et un petit escalier qui mène au quai. Elle le voit de loin. Il est assis sur le banc d'un parc en face d'un kiosque à glaces fermé pour la saison. Un manteau noir. Des baskets flambant neuves. Un sac bleu autour du poignet. Ce n'est qu'après qu'elle aperçoit les canettes de bière et qu'elle pense qu'il est soûl. Elle s'approche et constate que les canettes sont trop loin de lui pour être les siennes. De plus, il est trop soigné et trop bien rasé pour faire partie de ceux qui sont assis sur un banc à boire de la bière à cette heure de la journée. Il est sans doute en train de faire une sieste. Soudain il ouvre les yeux et pousse un cri. Il se lève et fait quelques pas vers le bord du quai. Elle se précipite pour l'attraper alors qu'il se trouve à peine à quelques mètres du vide.

*

La famille se lève et descend à la station T-Centralen. La mère veut voir une expo intitulée "Les corps du futur" à la maison de la culture Kulturhuset. Le petit d'un an pourra crapahuter dans la salle des enfants et la grande de quatre ans pourra s'amuser à faire des constructions. Il y a au moins une heure d'attente pour accéder à la salle des enfants. Ils prennent un ticket au distributeur, mangent un fruit et empruntent l'escalator pour se rendre à l'exposition. Dans une boîte en verre sont entassés une trentaine de pénis veinés en érection extrêmement réalistes. Sur le panneau d'information, il est écrit que les pénis sont également des flûtes qui fonctionnent. Des ziziflûtes ! dit le père. C'est dingue, non ? La grande de quatre ans hausse les épaules. Parmi les œuvres, il y a aussi une pièce avec des miroirs et des effets de lumière. Wouah, s'écrie la grande de quatre ans en refusant de la quitter.

Le père garde constamment un œil sur son portable. Régulièrement il appelle le numéro suédois de son père. Parfois l'appel est coupé. Parfois personne ne répond. Chéri, dit la petite amie. Lâche-le maintenant. C'est lui qui t'appellera s'il veut nous voir. On ne peut quand même pas le laisser dicter notre journée.

Le fils lâche son père. Il essaie de passer du bon temps avec sa famille. Il essaie de ne pas regarder son portable et de ne pas se demander pourquoi son père ne l'appelle pas. Après l'expo, ils vont prendre un café et des gâteaux à la cafétéria, puis c'est le moment d'aller dans la salle des enfants. Ils enlèvent leurs chaussures et les rangent dans de petites cases. La mère pend son manteau sur un crochet dans l'entrée. Le père garde sur lui sa doudoune. Il n'a pas confiance. N'importe qui pourrait prendre son blouson s'il le laisse là. Que des gens du personnel surveillent l'entrée n'y change rien. Ils ne savent pas quel blouson appartient à qui. La mère regarde le père mais ne dit rien. Le petit d'un an rampe parmi les livres pour bébés. La grande de quatre ans construit d'abord un mur puis un camion transporteur de vaches avec les planchettes en bois. Maintenant fais une pause, dit la mère. Non, tout va bien, répond le père. Si, chéri, je suis sérieuse. Descends à la bibliothèque. Emprunte quelques bouquins. Écris ton "cinq minutes". Médite. Fais ce que tu veux, mais essaie de débrancher. Non, je préfère rester ici, dit le père. Avec ma famille. Putain, chuchote la mère. Je sais exactement ce qui va se passer si tu restes. Tu vas finir par t'énerver contre nous parce que tout le monde aura eu le droit de faire ce qu'il veut, sauf toi, et après tu vas faire la gueule le reste de la journée parce que t'es pas assez adulte pour satisfaire tes propres besoins. Vas-y. Maintenant. Je m'occupe des enfants. Il se lève et quitte la salle des enfants. Papa ! crie la grande de quatre ans. Le père sourit, il dit qu'il sera bientôt de retour. Il ne sait pas s'il trouve agréable ou désagréable que sa fille soit triste quand il part.

Il descend à la bibliothèque. Il choisit quelques livres et s'assoit dans un fauteuil à côté de la fenêtre. Il lit les premières pages d'un nouveau roman américain très acclamé. Il lit la moitié de la préface d'un recueil de nouvelles français. Une idée de blague lui vient, il la note sur son portable et s'endort. Il est réveillé par son téléphone qui se met à vibrer. Ça lui fait plus plaisir qu'il ne veut l'admettre. T'es où ? dit la voix qui n'est pas celle de son père. Ben je fais une pause, répond-il. Comme tu m'as dit de faire. Tu es parti depuis une heure dix, dit sa petite amie. Pardon, lui chuchote-t-il en se levant aussitôt. Est-ce qu'il y a d'autres lingettes dans le sac ? demande-t-elle. Je vais en chercher, répond-il. Il prend l'escalator vers le troisième étage. Il regarde son portable. Il écrit un SMS au groupe famille. *Quelqu'un a des nouvelles de papa ?* La sœur répond aussitôt : *Aujourd'hui on devait déjeuner ensemble, mais j'ai eu un empêchement. Il a l'air d'aller bien.* La mère : *Lui ai pas parlé. Aucune nouvelle.*

Le fils qui est un père sort de l'escalator et essaie une nouvelle fois de l'appeler. Ça sonne. Le père répond. Sa voix est méconnaissable. Il semble presque… joyeux ?

Dans le fond, on entend des bruits de pas. Qu'est-ce que tu fais ? demande le fils. Je suis en ville, répond le père. Je me promène. Tu te promènes ? demande le fils. Seul ? Avec une amie, dit le père. Une amie ? s'étonne le fils. Quelle amie ? Une amie, répète le père. Tu ne la connais pas. Je te rappelle plus tard.

Le père raccroche. Le fils reste immobile, le téléphone dans la main. Une amie ? Son père n'a pas d'amis. Son père n'a plus d'amis depuis le jour où la police a fait une descente au tunnel des Soupirs et que sa mère lui a fait promettre de ne plus jamais retourner là-bas.

*

Un père qui est un grand-père ouvre les yeux. Le monde est noir. Il a eu une crise cardiaque. Il a eu une hémorragie cérébrale. Quelqu'un s'est introduit dans son cerveau et a coupé le nerf optique. C'est un mort vivant qui sera bientôt un mort mort. Il entend des voix. Des rires d'enfants. Un ballon qui rebondit. Des voitures. Plein de voitures. Un bus qui s'arrête et qui s'abaisse dans un chuintement au niveau du trottoir. Il se lève du banc, marche à tâtons dans l'obscurité, entend l'écho de sa voix sur l'eau. Quelqu'un lui attrape le poignet et le ramène vers le banc. Puis lui donne des petites tapes sur le visage. *Do you hear me ?* dit une voix de femme. *Yes*, répond-il. *Did you take something ?* demande-t-elle. *No*, répond-il. *I just fell asleep**. La femme reste silencieuse. Elle a disparu. Elle s'est levée et elle est partie. Exactement comme toutes les autres. Puis il entend un briquet s'allumer et sent une odeur de

* “Vous m'entendez ?”, “Vous avez pris quelque chose ?”, “Je me suis juste endormi”.

cigarette. Elle est toujours là. Elle ne l'a pas abandonné.

I don't sleep much, dit-il. *I can see that*, répond-elle. *There is something wrong with my eyes*, dit-il. *Try opening them**, dit-elle. Il ouvre les yeux. Il cligne les paupières. Il réalise qu'il est assis, ce qui est bon signe vu que les morts s'écroulent habituellement par terre. La sueur froide c'est aussi bon signe vu que les morts ne sentent généralement plus rien. Il y a des taches plus claires dans l'obscurité, d'abord de petites explosions, puis de longues lignes, comme si des horizons s'éclairaient les uns après les autres. Puis le monde revient. La lumière du soleil se répand abondamment devant ses yeux. Tout est de nouveau là. Les arbres, les bâtiments, les banques, les voitures et la dame qui fume à côté de lui. Vous vous sentez mieux ? Il hoche la tête. Elle ne ressemble pas à ce qu'il s'était imaginé. Sa voix est plus belle que son visage. Mais ça n'a aucune importance puisqu'elle est toujours là.

*

Le père qui un jour a été un fils fait plusieurs tours dans la porte tambour au rez-de-chaussée de Kulturhuset. La grande de quatre ans marche à côté de lui en riant. On est au cirque ! crie-t-elle tout en faisant coucou aux gens qui essaient d'entrer mais qui n'y arrivent pas vu que le sas est occupé par le père, la grande de quatre ans et le petit d'un an dont la lèvre supérieure est recouverte d'une croûte de morve séchée et qui est installé dans une poussette toute tachée de

* "Je ne dors pas beaucoup", "Je vois ça", "J'ai un problème avec mes yeux", "Essayez de les ouvrir".

banane et dont un des pneus est dégonflé. Le grand panier en dessous est plein à craquer d'objets comme des livres Pixi tout gondolés à cause de l'eau, un câble avec un cadenas de verrouillage à trois chiffres, des vieilles épluchures de mandarines, des gants bizarres, une paire de chaussettes supplémentaire oubliée, une pompe pour le pneu percé, un parapluie, des pierres que la grande de quatre ans a voulu garder et le programme de l'expo qu'ils viennent de voir. Une amie…, grommelle le père. Il n'a pas d'amis. Sa fille le regarde. Il se tait. Ils quittent la porte tambour. Le père enfonce sa main dans le sac de couches pour essayer de trouver un mouchoir en papier. Dedans il y a de tout sauf ça. Il essuie finalement le nez du petit d'un an avec une lingette. Le fils n'est pas content parce que celle-ci est humide et froide. Le père se souvient de l'époque où sa petite amie et lui étaient un couple mobile qui n'arrêtait pas de se rendre à des expos, des cafés, des dîners et des fêtes. Ils passaient d'un lieu à un autre en bondissant. Chaque jour cachait une quantité infinie de possibilités. Ils sortaient le matin mais n'étaient jamais sûrs de rentrer le soir. À cette époque, ils étaient des gazelles, aujourd'hui ils sont des diplodocus. À cette époque, ils étaient des jet-skis aujourd'hui ils sont des camions-citernes. Changer de direction leur demande au moins un quart d'heure. S'ils entrent dans un café chaleureux, le personnel les informe qu'ils doivent hélas laisser la poussette à l'extérieur et qu'il n'y a pas de chaises pour enfants. C'est pour cette raison que le père propose de déjeuner au Café Panorama où les employés se parlent mal de cette belle manière qu'on entend uniquement au sein d'une même famille. La vue sur la ville est incroyable. On peut se resservir gratuitement. Le buffet de salades est hyper bon. Ou, en tout cas, tout à fait convenable. Et ils ont un pain au maïs que le petit d'un an adore. Et les prix sont corrects, ajoute le père. Mais chaque fois que la mère y a déjeuné, elle n'a pas trouvé ça bon. OK, dit le père. On va au Bar du théâtre ? propose la mère. Là-bas les nappes sont blanches et les prix élevés. Le père répond qu'il n'a pas très envie. Et ce petit asiatique ? propose le père quand la famille passe devant un restaurant au rez-de-chaussée de Kulturhuset. La mère jette un œil au menu. Le père sait déjà que ça ne va pas aller. Il n'y a pas de plats sans gluten ou végétariens, ou plutôt il y a deux choix mais quand ils s'apprêtent à commander, il se révèle que les deux contiennent des produits laitiers. Ils quittent Kulturhuset. Ils se trouvent maintenant en plein vent sur la place Sergels torg. Depuis quand tu ne manges plus de lactose ? demande le père. J'ai décidé d'éviter. Ça te pose un problème ? répond la mère. Pas du tout, dit le père. Je veux une saucisse, crie la grande de quatre ans. On va où ? demande le père. Du ketchup et une saucisse, crie la grande de quatre ans. Je ne sais pas, tu as envie de quoi ? demande la mère. Saucisse saucisse saucisse, crie la grande de quatre ans. Jackie m'a parlé d'un restaurant végane à Kungsholmen, dit la mère en sortant son téléphone. SAUCISSE, crie la grande de quatre ans. Le père reste silencieux en se disant qu'en planifiant un peu les choses, ce genre de situation n'aurait pas lieu. Quand il était petit, sa mère leur préparait des sandwichs, une bouteille d'eau avec un peu de sirop, quelques pommes et le déjeuner était bouclé. Lui et les enfants pourraient manger n'importe quoi. Donne-nous un hot-dog et on est contents. Ou quelques cheeseburgers du McDo. On mange ça vite et après on peut se concentrer sur autre chose. Mais ça serait trop simple. Ils attendent que la mère ait trouvé l'adresse du restaurant végane. Puis ils se dirigent vers Kungsholmen. Ils prennent la rue Klarabergsgatan, ils passent devant le magasin d'alcools Systembolaget où quelques clients essaient de négocier l'autorisation d'entrer bien qu'il soit quinze heures deux et que le magasin soit fermé. Ils passent devant la pharmacie ouverte vingt-quatre heures sur vingt-quatre, ils traversent le pont au-dessus de Vasagatan, ils passent devant la rangée des taxis gentils et celle des taxis méchants. Au moment de croiser le deuxième pont, le père se souvient de la nuit où ils se sont promenés à ce même endroit alors qu'ils venaient de tomber amoureux. Ils voulaient jeter quelque chose dans l'eau et avaient trouvé un gros tas de pavés. À tour de rôle, ils en avaient balancé trois, chaque pavé symbolisant un trait de leur personnalité qu'ils voulaient gommer. Elle avait jeté un pavé peur-des-plannings, un pavé honte et un pavé dire-pardon-bien-qu'on-n'ait-rien-fait-de-mal. Il avait jeté un pavé autocritique et un pavé rancunier. Alors qu'il tenait son dernier pavé dans la main, il n'avait pas su quoi dire. Tu pourrais peut-être te séparer de ton besoin-de-tout-contrôler ? lui avait-elle proposé. Je n'ai pas besoin de tout contrôler, avait-il répondu. Ou plutôt mon besoin de tout contrôler n'est pas pire que celui des autres. Et si j'ai besoin de tout contrôler, ça ne signifie pas que c'est mal. Je ne serais arrivé nulle part sans mon besoin de tout contrôler. C'est grâce à lui que les choses se font. OK, avait-elle répondu. C'est pas grave, alors balance autre chose. Il soupesait la grosse pierre carrée dans sa main, l'eau scintillait dans la lumière matinale, et finalement il avait balancé le pavé perfection dans l'eau. Ils étaient ensuite repartis en direction de chez eux. Perfection et besoin de tout contrôler, ce ne serait pas les deux faces d'une même pièce ? avait-elle demandé. Pas pour moi, avait-il répondu. Sept ans plus tard, ils croisent ce pont en compagnie de leurs deux enfants. Mais ils ne se disent rien. Ils tournent à droite. Et ils continuent à ne rien se dire. On va manger des saucisses ? demande la grande de quatre ans. Ils s'approchent du restaurant végane. L'éclairage est tamisé, les tables sont en bois sombre, les murs sont habillés de tissus imprimés arbres. Le père regrette d'avoir douté de sa petite amie. Il se dit que c'est une chance qu'elle existe. Sans elle, il se serait transformé en son père. Il mangerait une salade de crevettes presque périmée juste parce qu'elle était en promotion au magasin. Il porterait des vêtements vieux de dix ans. Il aurait un portable antique avec une autonomie de vingt minutes. (Amie ? Comment ça une amie ? Quelle amie ? Et pourquoi avait-il l'air si joyeux ?) C'est beau ici, tu ne trouves pas ? dit sa petite amie. Oui vraiment, répond-il. Ils ont des saucisses ? demande leur fille. Sûrement ma chérie, répond la mère. Et du ketchup ? On va entrer voir, dit le père en tirant sur la porte. C'est fermé. Le restaurant est ouvert la semaine entre dix heures et dix-sept heures. La grande de quatre ans éclate en sanglots. Le petit d'un an se met à pleurer parce que la grande de quatre ans pleure. Un bus accordéon bleu approche. Le père a subitement envie de lâcher la poussette, de sauter dedans et de disparaître. Il refoule sa pulsion, lâche la poussette, entre dans le premier Seven Eleven, achète trois hot-dogs, deux pour les enfants et un pour lui qu'il engloutit à la caisse afin d'éviter le regard de sa petite amie. La fille derrière le comptoir le regarde. Les deux autres sont pour mes enfants, lui explique-t-il. Elle hoche la tête.

Ils remontent la rue Hantverkargatan et arrivent devant un café où ils ne sont jamais allés. C'est une chaîne anonyme. Le genre d'endroit où ils n'auraient jamais envisagé d'aller à l'époque où ils n'avaient pas d'enfants. Ils trouvent une bonne table avec une place pour la poussette. Le père va au comptoir commander une salade de tofu pour sa petite amie, un sandwich et un café latte pour lui, un smoothie et un biscuit pour les enfants. La petite amie entend sa commande et lui jette un regard noir. Il change le biscuit pour un raw ball. Et comment vous vous appelez ? demande le gars derrière le comptoir. Pardon ? s'étonne le père. Votre nom ? précise le gars. Son marqueur est déjà prêt dans sa main. Le fils réfléchit. Il donne un de ses noms. Le gars l'écrit sur un gobelet puis demande s'il veut un reçu.

*

Un grand-père et une touriste sont assis sur un banc devant le tunnel des Soupirs en train de discuter des différences entre les grandes villes. Elle raconte qu'elle vient de Vancouver, Canada (elle le dit réellement comme ça, d'abord la ville puis le pays). Après avoir travaillé quelques années dans la finance, elle a suivi une formation pour devenir infirmière. Elle a obtenu un poste dans une maison de retraite. Elle donne le nom de l'institution avec la même évidence que s'il s'agissait d'un pays. Mais le grand-père n'en a jamais entendu parler et oublie immédiatement le nom. Aujourd'hui la touriste est à la retraite et travaille en extra dans un atelier où elle coud des chapeaux pour “des clients qui sont encore plus vieux que moi”. Mais vous n’êtes pas vieille ? sourit le grand-père. Si seulement vous saviez, dit la touriste en riant. Et vous ? Vous travailliez dans quoi ? J’ai été vendeur toute ma vie, explique le grand-père. J’ai vendu des graines de sésame, du parfum, des montres que j’ai importées moi-même, des bidets danois, des magnétoscopes et des vêtements en cuir. Aujourd’hui moi aussi je suis à la retraite, dit le grand-père. Je vis à l’étranger. Je suis ici pour rendre visite à mes enfants. Moi qui croyais que vous étiez un touriste, dit la touriste. Moi ? Touriste ? rit le grand-père. Qu’est-ce qui vous a fait croire ça ? Peut-être le sac en plastique de l’office de tourisme ? dit-elle. Ah celui-là, je l’ai juste parce que ça rend les gens plus aimables, explique-t-il. Qui ça ? Tout le monde, répond le grand-père. Mais surtout les vendeurs dans les magasins. Et les chauffeurs de bus. Et les policiers. La touriste réfléchit. Tous ceux que j’ai rencontrés jusqu’à présent ont été très gentils, dit-elle. Ils sont gentils au début, dit le grand-père. Mais après ils se transforment.

La touriste allume une nouvelle cigarette sans en proposer une au grand-père. Il prend ça comme un compliment. Il est trop beau et fait trop juvénile pour être fumeur. Il la contemple. Il y a vingt ans, il l’aurait trouvée invisible. Il y a dix ans, il l’aurait peut-être regardée mais il se serait rapidement dit qu’elle n’était pas son type. Aujourd’hui, il décide qu’elle est suffisamment belle. Ce n’est pas sa faute si elle est née avec des yeux comme ça. J’étais en route pour l’hôtel de ville, dit la touriste en se levant. Moi aussi, dit le père.

Ils marchent le long de l’eau. Le père raconte que parallèlement à son travail de vendeur, il a eu un nombre considérable d'idées d'activités. Il a, par exemple, été le premier à avoir celle d'acheter et de donner un nom à une étoile dans l'espace extra-atmosphérique. Il a fait des plans précis pour fabriquer une brosse à vaisselle avec produit incorporé dans la poignée. Mais chaque fois, il a été devancé par quelqu'un. Quelqu'un qui avait plus d'argent et de meilleurs contacts.

Ils traversent le pont vers l'hôtel de ville. La touriste lit à voix haute ce qui est écrit dans son guide. Elle dit que la construction de l'hôtel de ville a demandé douze ans et qu'il est composé de huit millions de briques. Tout ce temps et toutes ces briques, c'est du gâchis, dit le grand-père. Ils entrent dans la cour intérieure de l'hôtel de ville. Le vent est tombé. Ils croisent des touristes munis de perches à selfies. Des jeunes mariés promenés par un photographe vêtu d'une casquette et d'une veste beige. Une classe de Néerlandais qui essaie de former une pyramide devant leur professeur principal. C'est incroyablement beau, toute cette eau, dit la touriste. Les gens se baignent ici l'été, n'est-ce pas ? Oui, mais l'eau est très froide, répond le grand-père. Mais très propre, ajoute la touriste. Mais pas potable, rétorque le grand-père. À la différence de ce que disent certains politiques stupides. La touriste hoche la tête. Elle ne pose pas d'autres questions. Mais le grand-père continue quand même à parler des politiciens qui ont invité le comité des JO et une foule de journalistes à goûter l'eau du Mälaren dans l'espoir que Stockholm obtienne l'organisation des Jeux. Mais ce jour-là, l'eau n'était pas potable et tous les membres du comité ont eu la diarrhée. Et les JO sont allés à Athènes. Pas de chance, dit la touriste. Bien fait pour eux, ce sont des idiots, dit le grand-père. Qui ça ? demande la touriste. Tous, dit le grand-père. Mais surtout les politiques. Et le comité des JO.

Maintenant je vais poursuivre ma visite, c'était très sympa de vous rencontrer, dit la touriste. Vous allez où ? demande le grand-père. Dans la vieille ville, soupire la touriste. Je vous accompagne, dit le grand-père. Je n'ai rien de mieux à faire. Ils repartent en direction du pont. Elle lit son guide. Il presse le pas pour ne pas se retrouver trop loin derrière elle. La vieille ville est là-bas, dit-il. Je sais, répond-elle. C'est là que je vais. Moi aussi, dit-il. Son portable sonne. Pardon, il faut que je réponde, dit-il en décrochant. La touriste continue à marcher. C'est son fils. Le grand-père explique qu'il est occupé. Ils raccrochent. Le grand-père et la touriste arrivent dans la Västerlånggatan. Faites attention à votre portefeuille, la met en garde le grand-père. Ici il y a plein de pickpockets. Ils assistent à la relève de la garde royale. Ce sont les soldats les plus peureux qui se retrouvent ici, explique le grand-père. Ils repartent en direction de Kungsträdgården. Cette statue représente un roi aimé des nazis suédois, explique le grand-père.

La touriste bâille et dit qu'elle est fatiguée. Elle veut retourner dans sa chambre sur le bateau de croisière qui l'emmènera ensuite à Helsinki et après à Saint-Pétersbourg. Le grand-père qui est un gentleman se propose bien sûr de la raccompagner. La touriste répond qu'elle retrouvera le chemin toute seule. Le grand-père se propose quand même de la raccompagner. La touriste le remercie mais dit qu'elle préfère rentrer seule. Le grand-père lui explique que ces rues peuvent être dangereuses à cause de tous les Africains qui vendent de la drogue. On ne sait jamais ce qui peut se passer dans ces ruelles. Maintenant ça suffit, dit la touriste avant de tourner les talons et de s'en aller.

Sur le chemin du retour, le grand-père se fait la réflexion que c'est une chance qu'il soit un loup solitaire. Il est fier de ne pas avoir besoin des autres. Les êtres humains sont tous des idiots. Sa cadette est une idiote parce qu'elle a annulé le déjeuner. Son aîné est un idiot parce qu'il veut mettre son père à la rue. Son ex-femme est une idiote parce qu'elle a fait exploser leur couple. Sa plus grande fille est une idiote parce qu'elle est morte. Ses frères et sœurs sont des idiots parce qu'ils ne le contactent que quand ils ont besoin d'argent. Et à SL, ce sont des idiots parce que les métros de la ligne rouge passent trop rarement. Et cet idiot avec son appareil dentaire est un idiot parce qu'il parle trop fort dans son portable en même temps qu'il mange une orange la bouche ouverte. Et la dame avec son sac à main ouvert est une idiote parce qu'elle n'a pas l'air de comprendre à quel point c'est facile de lui piquer son portefeuille. Et le conducteur du métro est un idiot parce qu'il freine de façon trop brutale. Mais les plus idiots de tous ce sont quand même les vieilles touristes, se dit le grand-père lorsqu'il longe lentement la végétation en direction de son appartement. Des touristes sino-canadiennes toutes moches qui fument comme des pompiers, avec des habits faits maison, des sacs ceinture pratiques et des chaussures bien confortables, qui vous parlent de choses inintéressantes et qui insinuent ensuite que vous pouvez les rejoindre sur leur bateau de croisière de luxe, vous allonger à côté d'elles sur un lit au matelas trop dur avec une grosse couverture, les enlacer, respirer dans leur dos, calmer votre respiration grâce à la leur. Le bateau est tellement gros que personne ne remarque que la chambre simple est maintenant occupée par deux personnes. Tu dormiras sur le canapé, lui propose la touriste, mais quand ils arrivent dans la cabine, il est clair qu'elle veut qu'ils dorment tous les deux dans le lit. Tu acceptes que j'allume la télé ? demande-t-il. Il me faut un bruit de fond pour pouvoir dormir. Ne t'inquiète pas, tu dormiras sans problème, lui sourit la touriste en l'emmenant vers le lit. Elle a raison. Il dort sans la télé. Et le lendemain, tous les deux déjeunent au restaurant luxueux du bateau qui largue les amarres. Il peut disparaître, le grand-père sait qu'il ne manquera à personne. Mais en réalité, ça ne s'est pas passé comme ça, bien sûr. C'est dommage, se dit le grand-père en s'affalant sur son canapé à lui. Dommage pour elle. Elle avait une petite chance mais elle s'est ridiculisée. La nuit, il rêve que quelqu'un s'immisce dans son corps. Que quelqu'un se promène dans sa circulation sanguine, pose sa main sur son cœur puis le serre comme on serre un petit oiseau. Doucement, doucement. Puis de plus en plus fort. Jusqu'à ce que le cou de l'oiseau se brise et que le père se réveille en sursaut, son tee-shirt blanc avec une pub sur le torse tellement trempé qu'il en est transparent.

V. DIMANCHE

Un fils qui est un père fait la grasse matinée jusqu'à quatre heures quarante-cinq. Puis le dimanche commence. Il attend neuf heures pour appeler le père qui est un grand-père. Personne ne répond. Il rappelle à quinze. À vingt. À vingt-cinq. Le père finit par décrocher. Ça va ? demande le fils. Je suis fatigué. Très fatigué. J'ai mal aux pieds. Mes yeux voient flou. Tu fais quoi ? demande le fils. Je regarde le foot. La *Premier League*. Tu veux qu'on se voie ? demande le fils. Ils décident de se retrouver dans le café situé en face de la pizzeria. Je viens te chercher ou on se retrouve directement là-bas ? Là-bas, répond le père. Apporte les papiers de la banque.

Le fils sort de chez lui et part en direction du bureau. Dans ses écouteurs, il a mis sa playlist qui raccourcit le trajet de vingt-cinq minutes à vingt minutes. Au feu rouge, la musique le fait appuyer un peu trop fort sur le bouton pour piétons. Ses pas soulèvent une poussière de graviers. Sa bouche devient un trait. Son dos se redresse. Ses sourcils se réunissent et n'en forment plus qu'un. Dix-sept ans. Ça fait dix-sept ans que ça dure. C'est plus long que le temps qu'il a passé à s'occuper de nous. Enfin, si on peut appeler ça s'occuper de quelqu'un. Il a fait quoi, en fait ? Des allers-retours. Il était là et soudain il avait disparu sans laisser de traces. Un weekend, ils sont allés ensemble au cinéma puis il s'est volatilisé. Trois mois plus tard, il est réapparu au parc sans prévenir. Six mois plus tard, il est passé avec deux paquets qui contenaient des sous-vêtements pour la mère. Puis il s'était écoulé un an et demi sans aucun signe de vie. Et un beau jour, le père l'a appelé pour lui demander pourquoi le fils ne l'appelait jamais. Puis il a de nouveau disparu pendant six mois qui ont été suivis de quatre ans sans aucun contact. Puis le père a eu besoin d'un locataire pour son studio et c'est là qu'ils se sont mis d'accord sur la clause paternelle. Le père a déménagé à l'étranger et ne l'appelait que quand il avait besoin d'aide pour ses transactions financières.

La première fois, ça s'est passé quand le fils rendait visite à un ami à Berlin. Le père a téléphoné. Il avait besoin d'envoyer de l'argent à quelqu'un en Bulgarie. C'est une situation d'urgence, lui a-t-il expliqué. Il faut que tu l'envoies depuis une agence Western Union aujourd'hui au plus tard. Le fils a noté le nom et l'adresse du destinataire et a ensuite cherché des bureaux Western Union ouverts à Berlin un dimanche. Il a expliqué à son copain ce qui se passait. Ça montrait qu'il avait quand même un lien avec son père, qu'ils avaient une relation, qu'il n'était pas totalement abandonné. Son copain lui a prêté son ordinateur, il a fait le transfert sur le bon compte, est allé au distributeur sortir l'argent, a ensuite traversé Berlin, a pris un tram puis le métro. Quand il est enfin arrivé à l'agence, il ne restait plus que vingt minutes avant la fermeture. Il s'est placé dans la queue. La dame surmaquillée au comptoir lui a expliqué qu'il ne pouvait malheureusement pas envoyer l'argent sans carte d'identité ou passeport, et que le permis de conduire suédois n'était pas valable. Il fallait qu'elle voie son passeport. Il a essayé de la convaincre en lui expliquant que c'était une situation d'urgence, qu'il pourrait repasser le lendemain lui montrer son passeport mais que l'argent devait impérativement partir le jour même. Finalement, elle a fermé le bureau et il a dû appeler son père pour lui dire qu'il avait échoué. Il s'est préparé et être engueulé. À être traité de bon à rien qui n'y arriverait jamais dans la vie. Mais le père a dit que ce n'était pas un problème si l'argent arrivait le lendemain. Ce n'était pas une situation d'urgence ? lui a alors demandé le fils. Demain c'est bien aussi, a répondu le père. Le lendemain, le fils a trouvé une agence Western Union juste à côté de chez son copain, il a transféré l'argent, a reçu un code à chiffres multiples qu'il a aussitôt envoyé par SMS au père. Le père n'a pas répondu. Le fils lui a renvoyé un SMS avec le code en demandant au père de lui confirmer qu'il l'avait bien reçu. Toujours aucune réponse. Le midi, le fils a appelé le père qui lui a répondu de cette voix agacée qu'il avait chaque fois qu'on l'appelait, comme si la personne à l'autre bout du fil était un télévendeur qui voulait lui soutirer de l'argent. C'est moi, a dit le fils. Oui ? a répondu le père. Tu as bien reçu le code ? Oui, l'argent est arrivé, a répondu le père. OK, a dit le fils. Bon, a dit le père. Et ils ont raccroché.

Le fils arrive en haut de la butte. Il se souvient d'autres transactions. Un cousin se trouve en Grande-Bretagne et a urgemment besoin d'argent. Envoie cinq cents euros à une usine Seat au Portugal pour le paiement d'une pièce de rechange. Envoie sept cents euros à un fabricant de matériel électronique en Slovaquie. Envoie quatre cents euros à une usine de textile au Viêtnam. C'était toujours lui que le père contactait. Jamais la sœur. Parce que c'était lui l'aîné. C'était lui qui habitait dans l'appartement du père. À une époque, il se rendait si souvent au Forex de la gare centrale que les membres du personnel le reconnaissaient. Ils le saluaient gentiment et lui demandaient s'il avait passé un bon week-end. Plusieurs fois, le fils s'est fait la réflexion que c'était étrange que le personnel de Forex lui pose cette question alors que le père ne lui demandait jamais.

Seul un copain avait réagi. Celui qui habitait à Berlin et qui avait une relation similaire avec son propre père. Respect à toi et à ton père, a-t-il commencé, mais j'aimerais quand même te demander une chose : il fait quoi en fait ton père ? De l'import-export, avait répondu le fils. De l'import-export de quoi ? De différents trucs, a répondu le fils. Mais c'est ton argent ? Non, a répondu le fils. Bien sûr que non. C'est l'argent de mon père. Il a un compte ici, je transfère son argent sur d'autres comptes, je transfère aussi de l'argent de son compte vers le mien. Tu ne devrais pas vérifier à qui tu envoies tout cet argent ? a alors demandé le copain. Vu l'ambiance paranoïaque qui règne en ce moment, je ferais hyper attention si je n'étais pas sûr de la personne. Mais tu dois déjà y avoir pensé ?

Le fils ne laissait jamais son manteau dans un vestiaire non surveillé. Il attachait son vélo avec un double cadenas. Dans les cafés, quand il devait répondre à des mails, il se mettait toujours dos au mur. Il avait constamment le sentiment que le monde lui en voulait et ce n'est que bien plus tard, quand celle qui serait la mère de ses enfants lui a expliqué qu'une des raisons de la paranoïa était qu'on s'imagine être surveillé si on se sent abandonné et en manque d'attention de la part de ses parents. Mieux valait être traqué qu'ignoré. Malgré cela, ça ne lui était pas venu à l'idée qu'il puisse y avoir un risque d'envoyer de l'argent dans le monde entier. Au contraire, il était fier que le père fasse appel à lui. Le fils pouvait se trouver à un dîner ou dans un bar et il suffisait que quelqu'un parle d'argent ou de famille ou de son week-end ou même de la météo pour qu'il pense à son père et au fait qu'il venait d'envoyer un peu d'argent à un de ses contacts de travail à Istanbul. Il avait alors le sentiment d'être un bon fils. Comme s'ils avaient une relation presque normale. Et c'était toujours urgent. Même si le fils travaillait sur trois bilans qui devaient être terminés avant le week-end, c'était bien plus important d'aller chez Forex, de remplir le formulaire jaune et noir de Western Union et d'envoyer par SMS le code le plus vite possible. Je ne peux pas dire non à mon père, a conclu le fils. Pourquoi pas ? Qu'est-ce qui se passerait ? a demandé le copain. Il romprait avec moi, a répondu le fils. C'est déjà arrivé.

Le fils tourne à gauche dans le petit bois. Il se souvient de cette journée de printemps où il était à Paris avec deux copains. Son portable a vibré. C'était le père. Le SMS se réduisait à trois lettres : *SOS*. Le fils a aussitôt quitté le restaurant où il se trouvait pour aller l'appeler sur le trottoir. Le père a répondu. Sa voix était plus sombre que d'habitude. Il n'arrivait pas à arrêter de tousser. Au bout de quelques minutes, un sous-fifre a récupéré le combiné. Le père était gravement malade, il était alité depuis plusieurs semaines. On suspectait un cancer des poumons. On suspectait la tuberculose. Ce matin il a craché une grande quantité de sang, il ne peut pas se lever, il est faible, il est pâle, il a la forte sensation que quelque chose pousse dans ses poumons, on va essayer de lui faire passer une radio mais le plus important pour l'instant c'est que tu viennes ici. Ton père a besoin de toi. Viens aussi vite que tu peux. Le fils était déjà en route pour son hôtel. Il a expliqué à ses amis puis à la fille à la réception que son père était gravement malade. Qu'il devait se rendre à l'aéroport dans les plus brefs délais. Aux alentours de minuit, il a atterri dans l'autre pays, une sensation étrangement enjouée dans la poitrine. Il était attendu par le sous-fifre qui avait quelques années de plus que lui et qui était devenu chauve depuis leur dernière rencontre. Ils se sont serrés dans les bras l'un de l'autre. En allant vers la voiture, le fils a remarqué que le sous-fifre boitait et celui-ci a alors raconté qu'il avait eu un accident de voiture, qu'il avait roulé sur la route longeant la côte quand un tracteur a perdu son chargement. Des balles de foin avaient obstrué la chaussée et il a quitté la route. Ça s'était passé huit mois auparavant et aujourd'hui il était presque totalement rétabli. Ne restaient plus que le boitement et la douleur dans la hanche. Ils se sont installés dans la voiture et ont pris la grande avenue jusqu'au centre. Au sommet de tous les réverbères était accrochée une rangée infinie de portraits identiques du président, son sourire aimable sur un fond violet. Lui qui donnait de la stabilité au pays, de la liberté aux femmes et des possibilités économiques à tous ceux qui ne craignaient pas l'avenir. Lui qui comprenait que tous les changements devaient se faire progressivement. Lui qui constituait la garantie que le pays ne sombrerait pas dans un avenir religieux hostile et chaotique (selon certains membres de la famille). Lui qui se trouvait derrière la terreur et l'oppression religieuse, les arrestations massives et l'anti-démocratie. Lui qui était le valet des puissances occidentales, un traître de la Palestine, un idiot corrompu assoiffé de pouvoir et marié à une femme encore pire (selon d'autres membres de la famille). Le fils contemplait les affiches. Est-ce que tu sais pourquoi il y a toujours un fond violet derrière lui ? a-t-il demandé au sous-fifre. Ah bon ? s'est étonné celui-ci en regardant le président. Je n'y avais jamais pensé. Je ne fais même plus attention à ces images. Ils ont tourné à gauche dans la rue principale puis à droite dans la petite rue derrière le grand marché où habitait le père. Assis dans son canapé, le père avait des sueurs froides. Il ne pouvait pas se lever. Lorsqu'il a vu le fils, il lui a fait un petit sourire des yeux et lui a chuchoté qu'il devait l'aider à rentrer. À rentrer en Suède. Quand peux-tu voyager ? a demandé le fils. Je ne peux pas voyager, a chuchoté le père. Je suis trop faible. Je vais mourir. Le fils s'est aussitôt rendu à un cybercafé. Il a commandé un café, est allé sur internet pour chercher des voyages, en même temps qu'il a appelé la connaissance d'une connaissance qui travaillait au ministère des Affaires étrangères pour lui demander comment rapatrier un citoyen suédois au seuil de la mort. On lui a donné le numéro d'un médecin spécialisé. Le montant de plusieurs milliers d'euros que coûterait un rapatriement par avion sanitaire. Il a parlé avec son assurance. À condition que la personne en question soit inscrite à la bonne adresse, il y a une assurance voyage qui est valable pendant quarante-cinq jours. Il est parti depuis quatre mois et demi, a expliqué le fils. Alors il n'est malheureusement pas couvert, lui a répondu l'assurance. Il a raccroché et a continué à chercher des alternatives. Il n'y avait aucune solution par charter, aucun vol régulier, la seule possibilité de se rendre rapidement à Stockholm était de faire une escale à Barcelone et de prendre ensuite un autre avion jusqu'à Stockholm. Le site n'a pas accepté la réservation, le temps pour se déplacer d'un terminal à un autre étant trop court. Le fils a alors réservé les deux billets séparément. Il faut que ça marche, s'est-il dit. On n'a pas d'autre choix. Il faut partir d'ici. Il faut qu'on rentre. Il faut qu'il puisse bénéficier de vrais soins. Ensemble on va y arriver. Il est reparti vers l'appartement en courant. Il n'arrivait plus à entrer en contact avec le père. Mais il lui a quand même expliqué qu'il avait réservé le retour, qu'il avait commandé un service pour passager à mobilité réduite. On va faire une escale à Barcelone et tout va bien se passer, je serai tout le temps avec toi. Combien ? a murmuré le père. Ça n'a aucune importance, a répondu le fils. Je prends en charge le voyage. Merci, a dit le père en donnant une petite tape sur la joue du fils. Mais je ne vais pas pouvoir voyager. Il le faut, a insisté le fils. Pendant le reste de la journée, ils ont préparé le voyage. Le sous-fifre est allé emprunter un déambulateur dans son centre de réadaptation pour que le père puisse se déplacer de la porte de son immeuble à la voiture. Le fils a préparé de quoi manger pendant le voyage, a parlé avec un service d'information médicale et aussi avec sa mère qui lui a souhaité bonne chance. Sa sœur lui a donné le nom d'un ami qui avait travaillé pour Médecins sans frontières. Le fils l'a appelé, lui a expliqué les symptômes du père, les examens qu'il avait passés, la radio des poumons qui n'avait rien révélé. Le copain de la sœur s'est tu un instant puis il s'est raclé la gorge. Il a fait une radio des poumons, tu dis ? Même deux, a répondu le fils. Et il a vu des médecins ? Absolument. Plusieurs. Mais ils ne trouvent rien. Ce sont des escrocs. Ici les soins de santé c'est une blague. Qui dit ça ? a alors demandé le médecin. Mon père, a répondu le fils. Est-ce qu'il prend des antidépresseurs ? Et est-ce qu'il a arrêté de prendre ses médicaments ? Depuis quand on est paralysé et on crache du sang à cause d'une dépression ? a alors dit le fils. Mon conseil est que vous alliez directement aux urgences psychiatriques dès que vous arriverez en Suède, a déclaré le médecin.

Le jour suivant, c'était le départ. Le sous-fifre et le fils ont porté le père dans les escaliers. En s'aidant de son déambulateur, il s'est traîné jusqu'au siège avant de la voiture qui l'attendait. Le fils a mis les valises dans le coffre et bien que le père dise qu'il était en train de mourir et qu'il ne survivrait pas au voyage, ils ont réussi à se rendre à l'aéroport. Le fils est allé chercher un fauteuil roulant et ils ont fait le check in. Ils ont atterri à Barcelone et pour une fois, la compagnie nationale n'avait pas plus de dix minutes de retard. Est-ce qu'on va réussir à monter dans l'avion pour Stockholm ? a chuchoté le père. On peut y arriver, a répondu le fils. On doit y arriver. On va y arriver. Ils ont obtenu une place à l'avant de l'avion, un fauteuil roulant les attendait à l'arrivée à Barcelone. Vous devrez sortir les derniers, leur ont expliqué les hôtesses de l'air. Jamais de la vie, a répondu le fils. Dès que le signal des ceintures de sécurité s'était éteint, il s'est levé. Il a bloqué le passage, immobilisant les gens dans les rangées derrière, a soulevé le corps lourd et maladroit du père et l'a ensuite tenu par les épaules pour l'aider à sortir de l'avion. Lorsque le père s'est enfin assis dans le fauteuil roulant qui l'attendait, il semblait sur le point de s'évanouir. Sa peau était jaune, sa respiration courte, il chuchotait qu'il avait besoin de dormir. Au pas de course, ils sont passés devant le tapis à bagages, le fils poussant le fauteuil roulant, le responsable du fauteuil courant à côté. Celui-ci leur a expliqué que l'avion pour Stockholm partait du terminal qui se trouvait dans une autre partie de l'aéroport. Il leur a certifié que c'était impossible d'y arriver à temps, qu'on pouvait s'y rendre en bus mais que ça demandait un bon quart d'heure. Le père ne réagissait plus. Il avait le regard vide, le blanc des yeux jaune et ses lèvres étaient sèches et tremblotantes. Le fils a refusé de prendre l'information en considération. Lorsqu'ils sont arrivés devant les portes automatiques, le bus était là. C'est lui, a crié le responsable du fauteuil en pressant encore le pas et en faisant de grands signes au chauffeur. En voyant les portes du bus se refermer, il s'est posté sur la route et a agité les mains en regardant le chauffeur d'un air suppliant puis il a pointé le père et le fils du doigt. Le chauffeur a alors arrêté le bus, ouvert les portes arrière et le fils et le responsable du fauteuil se sont entraidés pour monter le fauteuil et le père. Le bus s'est mis à rouler en direction de l'autre terminal. Toutes les trente secondes, ils regardaient l'heure. On n'y arrivera jamais, n'arrêtait pas de répéter le responsable du fauteuil. Mais il le disait avec une nouvelle ardeur dans la voix, comme s'il y avait quand même une chance infime que ça fonctionne. Tout d'un coup, il a crié quelque chose au chauffeur qui a aussitôt stationné le bus devant des portes où il n'y avait pas d'arrêt. Ils ont descendu le fauteuil et se sont précipités vers l'embarquement. Avec quatre minutes d'avance, ils se sont présentés à l'enregistrement et ont ensuite continué à courir en direction de la porte de départ. Le responsable du fauteuil était toujours là, cette fois avec un sourire aux lèvres. Lorsqu'ils sont enfin arrivés, l'embarquement n'avait pas encore commencé. Le fils s'est accroupi à côté du fauteuil pour essayer de reprendre son souffle puis il est allé acheter de l'eau, un café et un grand paquet de Snickers qu'il a partagé avec le père et le responsable du fauteuil. On y est arrivés, s'est exclamé le fils. Je n'en ai jamais douté, a alors répondu le responsable du fauteuil. Ils se sont dit au revoir sur le seuil de l'avion, le père appuyé contre le fils. Leurs places se trouvaient au fond de l'avion mais une famille avec enfants s'est proposé de changer avec eux. Quand le père est enfin arrivé à son siège, il s'est laissé tomber et s'est aussitôt endormi. Le fils s'est penché au-dessus de lui pour lui mettre sa ceinture de sécurité. Malgré la maladie, malgré le fait qu'il n'ait pas dormi de la nuit, malgré le coup de chaud, malgré le stress, le père sentait bon.

Après être sortis de l'avion, ils ont pris un taxi directement pour les urgences psychiatriques de Sankt Göran. Quand la voiture s'est arrêtée devant l'hôpital, la sœur les attendait. Elle a embrassé le père et l'a aidé à sortir de la voiture. Merci d'être venue, a chuchoté le père à la sœur. Pour moi ça veut tout dire que tu sois là. À tout petits pas, le père a réussi à aller jusqu'à la salle d'attente. Le fils marchait derrière lui avec les valises. Ils ont pris un ticket et sont allés s'asseoir. Au bout d'une demi-heure, un garçon est entré dans la salle les avant-bras bandés et des cure-pipes colorés dans les cheveux. Sa mère est allée voir la fille à l'accueil pendant que le garçon regardait autour de lui les yeux grands ouverts, comme s'il venait d'une autre planète. Le garçon a tout de suite été pris en charge par un médecin. Il fait semblant, a sifflé le père tout en secouant la tête. Il n'est pas malade pour de vrai. Au bout d'une heure et demie, le père a enfin pu rencontrer un médecin. Le fils l'a accompagné, la sœur est restée dehors. Le père a eu une quinte de toux. Puis une autre. Il a craché des glaires et du sang dans une serviette en papier. La médecin lui a demandé de s'asseoir.

Le père a expliqué qu'on l'avait forcé à venir. Que la psychologie c'était pour les bonnes femmes et les fous. Freud était un pédophile juif accro à la cocaïne. Jung était pédé. Oui, bien sûr, le père a connu des périodes où il s'est senti triste. Comme après le divorce. Comme quand il a eu son diabète. Mais qui n'est pas triste parfois ? Les oiseaux sont tristes. Les chiens sont tristes. Les êtres humains peuvent aussi être tristes. Et quand avez-vous été triste pour la dernière fois ? a demandé la médecin. Triste ? Je ne suis jamais triste. Je n'ai pas le temps d'être triste. J'ai trois enfants. Deux enfants. J'ai travaillé toute ma vie. Je suis fort mentalement. C'est mon corps qui est cassé. Le fils était assis sur une chaise derrière le père. Il pleurait. Je vois que votre fils semble triste, a dit la médecin avec son accent russe. C'est juste parce qu'il pense trop, a répliqué le père. Il est trop sensible.

Comme vous devez le comprendre, je ne peux pas vous hospitaliser, a déclaré la médecin. Mais je peux vous donner les coordonnées du service des consultations externes. Le père l'a regardée, les yeux noirs. Je n'ai pas besoin d'un psychologue. J'ai besoin d'un vrai médecin. J'ai besoin d'une IRM. J'ai besoin de… Il s'est mis à tousser sans pouvoir s'arrêter. En revanche, j'aimerais qu'un médecin des urgences regarde cette toux, a dit la médecin.

Le père a enfin pu rencontrer un médecin normal qui l'a hospitalisé pour un soupçon de tuberculose. Il était en observation. On lui a fait passer une radio des poumons, il a eu le droit à une chambre seul avec télé, des draps à motifs, des fleurs en plastique aux fenêtres. Il avait l'air de se plaire. Quand ses enfants venaient lui rendre visite, il disait que la nourriture était bonne, les infirmières gentilles et que les médecins soupçonnaient une tuberculose ou une autre infection pulmonaire. Et vous qui croyiez que j'étais déprimé, leur disait-il en riant. Depuis quand une dépression provoquerait une paralysie ? Certains jours, la toux était moins violente. D'autres jours, il avait du mal à se lever. Puis ils l'ont déplacé en ambulance au service des maladies infectieuses à Huddinge. Là-bas, il y avait une petite salle d'attente équipée d'une télé sur roues branchée à un magnétoscope où on pouvait laisser ses affaires. Ses enfants qui n'étaient plus des enfants mais des adultes étaient obligés de porter un masque quand ils venaient lui rendre visite. Lorsqu'il se plaignait du programme des chaînes, ils lui apportaient des piles de cassettes vidéo empruntées. Uniquement des films qu'ils savaient que le père appréciait comme *Volte-face, Piège en haute mer, Échec et mort* et *Nico*. Aucun Van Damme ? a demandé le père. Si, regarde, *Double Impact*. Un grand sourire s'est dessiné sur le visage du père. Il semblait plus en forme. Au bout de plusieurs semaines, les médecins ont pu écarter les soupçons de tuberculose. Le test tuberculinique des enfants était négatif. Le père a arrêté de tousser, ou en tout cas toussait beaucoup moins. Une consultante en psychologie a été appelée et elle a recommandé au père des électrochocs et des antidépresseurs. Puis on l'a de nouveau déplacé vers le service psychiatrique où il a dû partager sa chambre avec trois hommes qui, selon lui, étaient "complètement timbrés". Il a subi un traitement par électrochocs, a avalé des antidépresseurs et un mardi ensoleillé, il a enfin pu rentrer chez lui.

Il était maintenant allongé dans son lit qui en réalité était celui du fils, dans l'appartement du fils qui en réalité était celui du père. La télé était allumée. La sœur était là. Avec son fils. Quelle épreuve, a grommelé le père. Mais vous savez comment j'ai réussi à surmonter tout ça ? Vous savez ce qui m'a sauvé lorsqu'il n'y avait plus aucun espoir ? Le fils souriait. Il savait ce qui allait suivre. C'était maintenant. Après toutes ces années d'attente. C'était maintenant qu'il allait le dire. C'est l'amour que j'ai pour mes enfants qui m'a sauvé. C'était ça qui était écrit dans le manuscrit du père. Mon fils m'a sauvé, était sa réplique obligatoire. Je suis tellement fier de toi, merci pour tout ce que tu as fait pour moi, mon fils tant aimé, était ce que le père aurait dû dire mais qu'il n'a jamais dit. À la place, il a dit : J'ai surmonté ça grâce à ma très grande force mentale. Sans elle, j'aurais sombré.

Le fils est aussitôt parti aux toilettes. Il entendait des chuchotements depuis la chambre. Lorsqu'il est revenu, le père a ajouté qu'il était aussi très fier d'avoir de beaux enfants qui avaient aussi bien réussi. Mais il l'a dit avec la mauvaise volonté du comédien qui sait que sa réplique va bientôt conduire son personnage à la mort et, par conséquent, être supprimé de la série. Ça a quand même fait incroyablement plaisir au fils. Pas une seule fois le père ne s'est proposé de le rembourser. Pour les billets d'avion, pour les trajets en taxi, pour les repas. Bien sûr que non. C'est la famille.

À l'heure prévue, le fils qui est un père se tient devant le café. Il a déjà fait un tour à l'intérieur pour saluer les propriétaires. Il pourrait s'installer à une table mais il sait qu'il risquerait alors de l'attendre pendant une heure et il ne veut pas que ce rendez-vous lui prenne toute la journée. Au bout de dix minutes, il traverse l'aire de jeux entre les immeubles, grimpe l'escalier jusqu'au premier étage et trouve le père en train de somnoler sur le canapé devant la télé. Tout va bien ? demande le fils de cette voix qu'il déteste. Non, répond le père en s'allongeant de tout son long sur le canapé. Je suis fatigué. Je suis malade. J'ai mal aux pieds. Mes yeux sont foutus. Et Everton a perdu.

Le fils ramasse les journaux gratuits qui traînent par terre, plie les cartons à pizza vides, remonte les stores pour permettre à la lumière de la rue d'entrer dans l'appartement. C'est une rediffusion, explique le fils. Le père ne répond pas. Mon bureau te plaît ? Ça va, répond le père. Mais il y a des livres partout. On n'a pas de place. Maman dit que tu lisais beaucoup quand vous vous êtes rencontrés, dit le fils. Le père ne répond pas. Lève-toi maintenant, on y va, dit le fils. Et puis tu n'as pas de bons voisins, déclare le père sans bouger. C'est quoi le problème avec les voisins ? souffle le fils. Ils se droguent, dit le père. Tu veux parler de Sandro, le gardien ? Il est un peu spécial mais il ne se drogue pas. Ta voisine de palier a des clients, dit le père. Qui ça ? Klara ? demande le fils. La Chinoise, dit le père. Elle est à moitié thaïlandaise, explique le fils. Des hommes viennent chez elle de jour comme de nuit, dit le père. Elle est créatrice d'abat-jours. Elle travaille chez elle. L'abat-jour Frida Kahlo qu'on a dans notre salon, c'est elle qui l'a designé. Tu vois comment il est ? demande le fils. Ça fait très longtemps que je n'ai pas été invité chez vous, rétorque le père. En tout cas il est très beau, dit le fils. Il se penche en avant pour ramasser quelques livres étalés par terre. Ils sont tombés tout seuls ou bien ? Le père fait semblant de ne pas entendre. Lève-toi, on y va, répète le fils d'une voix qui lui donne l'impression d'être un coach personnel qui déteste son boulot ou un acteur porno qui doit simuler l'enthousiasme. Le père se lève dans un soupir. Une pluie de miettes de pizza tombe sur le tapis. Il fait froid dehors ? demande le père. Il fait toujours froid dehors, répond le fils. Pourquoi tu n'as pas de bonnet ? demande le fils. Ils descendent ensemble dans la rue. Le père marche lentement, le fils remarque qu'il boite. Tu devrais porter un bonnet, tu vas avoir froid aux oreilles dit le fils.

Au café, le père s'assoit à une table dans un coin et dit ce qu'il veut. Le fils va commander au comptoir. Il espère que le père, pour une fois, proposera de payer. Et en même temps, il se déteste de ne pas pouvoir l'inviter sans penser à d'autres dettes. Il se sent prisonnier sans vraiment savoir ce qui l'oppresse. Le père reste assis à la table. Le fils apporte deux cafés, des gâteaux et de l'eau. Le père soupire parce que la bougie sur la table s'est éteinte. Il se plaint du café qui n'a pas de goût et du biscuit qui est trop petit. Tu as apporté les papiers ? demande-t-il. Le fils acquiesce en sortant un classeur en plastique contenant des extraits de comptes de la banque en ligne. Dessus il y a tous les retraits et dépôts faits ces six derniers mois. Il ne s'est pas passé grand-chose sur les comptes. Quelques retraits pour les voyages du père. Quelques visites médicales. Des cotisations annuelles pour figurer sur la liste d'attente afin d'obtenir un logement. Des versements aux impôts. Les deux extraits de comptes tiennent sur une page. Mais le père prend quand même un stylo et vérifie chaque retrait et dépôt. Il se sert du portable du fils comme calculatrice pour s'assurer que les montants sont exacts. Papa, j'ai déjà tout vérifié, dit le fils. C'est une banque sérieuse. Ils ne seraient pas là s'ils arnaquaient les gens. Le meilleur criminel est toujours le plus crédible, dit le père. C'est un proverbe ? demande le fils. C'est mon proverbe, répond le père. C'est quoi ça ? Ton dernier voyage, explique le fils. Six mille trois cents couronnes ? Habituellement le prix est toujours entre cinq et six mille. Mais six mille trois cents couronnes c'est beaucoup trop. La dernière fois tu as voulu rentrer plus tôt, tu ne te souviens pas ? Six mille trois cents couronnes ? Six mille trois cents couronnes ? Le père répète le montant encore et encore. Le fils est habitué. Il sort le reçu du voyage et montre la somme en bas à droite. Le père se calme. Et tu vois le montant total. Comparé au solde, six mille trois cents couronnes, ce n'est pas beaucoup, n'est-ce pas ? Le père ignore sa tentative de détendre l'ambiance. Quand le café est bu, le fils se racle la gorge. Maintenant il faut qu'on parle de la clause paternelle, dit-il.

*

Un père qui est devenu grand-père est réveillé tôt par la sonnerie de son portable. Une sonnerie à répétition. Il finit par répondre. Le fils veut absolument le voir le jour même. La semaine suivante il sera avec les enfants. S'ils veulent se voir seuls, c'est maintenant ou jamais. Ils se mettent donc d'accord sur le lieu et l'horaire. Le père se rendort. Quand il se réveille, le fils fait les cent pas dans l'appartement. Il a ouvert la porte et il est entré. Le père entend ses soupirs irrités depuis la cuisine. Il fait la tête. Comme d'habitude. Il est né en faisant la tête et il mourra en faisant la tête. En présence du fils, impossible de bien faire. Si on pose des questions, on est trop curieux. Si on ne pose pas de questions, on ne s'intéresse pas à sa vie très ennuyeuse et alors il fait la tête. Si on apporte de la nourriture, il vous accuse d'importer des cafards. Si on n'apporte pas de nourriture, il fait la tête parce qu'on lui demande d'acheter les produits de base. Si on reste un mois ça l'empêche de travailler. Si on reste dix jours, on n'a pas le temps de voir ses enfants. Et quand ils font des choses ensemble, il réussit toujours à les relier à des événements passés dont tout le monde se fiche, à part lui. Qu'ils regardent un match de foot à la télé. Qu'ils se trouvent dans un café en ville. Qu'ils se promènent dans la rue Drottninggatan. La vie s'écoule autour d'eux et il n'y a aucune raison de faire remonter de vieilles histoires à la surface, le fils trouve quand même le moyen de le faire. Il dit que les maillots de l'équipe de foot lui rappellent la couleur d'un tableau qui était accroché dans la chambre du père à l'hôpital. Le fils soupèse sa tasse de café et demande au père s'il se souvient de la fois où il s'est disputé avec la grosse dame au McDo. Ils remontent la côte vers Tegnérlunden et le fils demande, à propos de rien, s'il se souvient de la gifle qu'il lui a donnée quand ils étaient dans la cuisine de l'ancien appartement. Le père, lui, ne se souvient d'aucune gifle. Il n'y a jamais eu de gifles. En revanche, le père se souvient du fils à l'époque où il était un ado boutonneux avec du gras au ventre. Il traînait avec les mauvaises personnes et portait des habits de gangster. Il avait un bandana rouge sur la tête comme un pirate, son jean était large et informe comme l'ouragan. Une fois, il est revenu du centre de loisirs et a regardé son père avec haine juste parce qu'il était malade. Une autre fois, alors qu'ils étaient dans la cuisine, le père lui a gentiment demandé comment se passaient ses études et le fils lui a répondu que tout allait bien. Le père a alors dit que le plus important dans la vie c'était d'en faire le maximum. Le fils a aussitôt rétorqué que le père, lui, ne se tuait pas trop à la tâche, ce qui l'a, bien sûr, mis hors de lui. Mais il n'y a pas eu de gifle. Il l'a à peine effleuré. Et le fils devrait être reconnaissant qu'il n'y soit pas allé plus fort, sinon aujourd'hui il aurait une plus grosse marque sur la joue.

Ils vont au café. Je t'invite et tu paies, dit le père en riant de sa blague. Il laisse le fils l'inviter. C'est le signe qu'il est devenu adulte. Le signe pour l'entourage qu'en tant que père il a fait du bon travail. Mais le fils n'est pas content. Le fils n'est jamais content. Dès qu'ils sont installés, le fils se met à calculer tout ce qu'il a fait pour son père ces dernières années. Il lui a réservé des billets d'avion, il a transféré de l'argent sur différents comptes, il s'est occupé de son courrier. En quoi c'est fatigant d'ouvrir quelques lettres ? demande le père. Et je n'avais aucun problème dans mon ancienne banque. C'est toi qui as voulu que je change pour une banque en ligne qui, d'après toi, offrait de meilleurs taux. Le fils ne répond pas. Et les voyages, je peux très bien les réserver tout seul si tu m'expliques comment me servir d'internet. Tu n'as pas d'ordinateur, fait remarquer le fils. Et pas de carte bleue. Commande-m'en une, dit le père. Le plus important c'est qu'on ait de bonnes relations. Je ne veux pas me disputer avec toi.

Mais le fils n'est pas prêt à trouver une solution. Il veut la guerre. Il accuse le père de ne jamais faire le ménage derrière lui. Il prétend qu'il a volé des choses dans le bureau. Il dit qu'il ne l'appelle que quand il a besoin d'aide, ce qui est inexact puisque c'est le fils qui n'appelle jamais le père. C'est un procès ? demande le père. De quoi tu m'accuses ? De rien, répond le fils. Alors pourquoi tu veux me jeter à la rue ? Le fils soupire. Personne ne va être jeté à la rue. Tu n'habites même pas ici, comment tu pourrais être jeté à la rue ? Tu as parlé de tout ça à ta mère ? demande le père. En quoi ça la concerne ? Parle avec elle avant de faire quelque chose que tu vas regretter, dit le père. La seule chose que je regrette c'est d'avoir accepté ça pendant autant d'années, dit le fils. Le père le regarde. Il essaie de comprendre d'où vient la rage du fils.

J'aimerais juste qu'on ait une autre relation toi et moi, dit le fils. Avant, j'étais un enfant et toi un adulte. Aujourd'hui, tu es devenu un enfant et moi un adulte. Ce serait bien si un jour on arrivait à être deux adultes en même temps, avant qu'il ne soit trop tard. Ils restent silencieux. Tu n'es pas un adulte, rétorque le père. Tu ne seras jamais un adulte. Celui qui change les couches de ses enfants et qui vit sur l'argent de sa femme reste un enfant. Pourquoi tu dis ça ? demande le fils. Tu ne comprends pas que ça me rend triste ? C'est juste la vérité, dit le père. Celui que la vérité rend triste n'est pas un adulte. Je me suis occupé de moi toute ma vie. Je n'ai jamais eu besoin de personne. De personne. Mais tu ne penses pas que quelqu'un a eu besoin de toi ? demande le fils. Qui ça ? Tes enfants par exemple ? Mes enfants, dit-il tellement fort que le gars derrière le comptoir lève la tête de sa machine à café. Je n'ai jamais délaissé mes enfants. J'ai toujours été là pour eux. Je les ai soutenus. Je les ai… Tu crois que ta fille aînée serait d'accord avec ce que tu dis ? demande le fils. Le père se lève et quitte le café. Il traverse la rue. Puis il fait demi-tour, retourne à la table, se penche vers son fils et lui chuchote : Tu le regretteras quand je serai mort.

*

Une sœur qui est une mère a invité sa famille à un dîner dominical. Ou du moins la partie de la famille qui se parle encore. Son père et sa mère ne peuvent pas se trouver à table ensemble sans se mettre à hurler et à agiter leurs couverts. Son fils, elle ne peut pas l'inviter à dîner puisqu'il habite maintenant chez son père et qu'il renvoie systématiquement ses appels vers la messagerie. Son petit copain, elle ne veut pas l'inviter parce que ce n'est pas son petit copain. Ceux qui viennent ce soir sont son père et son frère.

Elle leur a préparé ses lasagnes végétariennes. Pour une fois, ils vont essayer de passer une soirée sans se disputer. Ils vont parler des choses de la vie quotidienne, des élections en Italie, de l'avantage d'avoir des pistes cyclables, de la manière dont leurs amis prévoient de fêter Noël. Ils vont parler des séries dont tout le monde parle mais que personne n'a eu le temps de voir. Son frère ne va pas profiter de ce dîner pour confronter le père à ses absences quand lui et sa sœur étaient petits. Et son père ne va pas répondre en disant que le fils est un échec parce qu'il gagne moins bien sa vie que ses copains étudiants. Et elle, elle ne va pas chercher à faire le tampon entre un frère qui se conduit comme un adolescent et un père qui se conduit comme un idiot. Ils vont juste passer du bon temps ensemble. Comme une famille normale.

Elle tend le bras pour attraper la bouteille de vin. Elle se ravise. Elle remplit son verre de sirop de cassis et d'eau puis elle regarde l'heure. Ils ne devraient pas tarder. Son portable vibre. Le frère demande s'il doit apporter quelque chose. Elle lui répond. Puis elle jette un œil à ses mails. En réalité, elle n'a pas besoin de le faire. On est dimanche soir. Elle n'attend rien de particulier du boulot. Elle a déjà envoyé quelques lignes à son fils qui ne répond jamais. Quand elle voit son nom dans la boîte de réception elle frétille de joie. Puis elle lit le mail et manque de lâcher son portable.

*

Un fils qui est un père sort de chez lui un dimanche soir pour aller dîner chez sa sœur. Incroyable quand même. Hier encore il allait la chercher à la maternelle, postait des lettres pour le club Disney dans lesquelles ils avaient écrit que c'était elle l'héroïne de la semaine puisque son papa avait disparu, la consolait tous les vendredis soir quand il se révélait qu'un autre enfant avait gagné. Aujourd'hui elle habite un deux-pièces dans un immeuble début de siècle à Vasastan et elle a la responsabilité de quatre comptes clients dans un bureau de RP comprenant une cinquantaine de salariés. Il y a encore seulement quelques secondes, la sœur rentrait de l'école les yeux rouges parce que quelqu'un l'avait embêtée. Aujourd'hui elle organise des galas contre le harcèlement retransmis à la télé et sponsorisés par des entreprises socialement responsables. À l'instant, il lui montrait comment faire des breuvages de sorcière avec les fonds de bouteilles du bar de leur mère, Campari, vodka, whisky, Baileys et Fernet dans une mixture sombre et visqueuse. Aujourd'hui, elle demande à son grand frère d'apporter du vin "en bouteille". Bien sûr qu'il va en apporter. Et ça fait des années qu'il n'achète plus de cubis. Chez lui, il a hésité entre deux bouteilles. Pour s'assurer qu'il était dans la bonne gamme de prix, il est même allé voir sur le site de Systembolaget. L'une coûtait cent soixante-dix couronnes, l'autre soixante-dix-neuf. Il a pris la moins chère. Celle à cent soixante-dix couronnes aurait mis la barre trop haut pour un simple dîner un dimanche soir. *Tu veux que j'apporte quelque chose en plus du vin ?* demande-t-il par SMS quand il est dans le métro. *Une mangue pour la salade !* répond la sœur. *Et des oignons nouveaux !* dans un autre SMS. Il achète une mangue, des oignons nouveaux et un sac en plastique. En réalité, le sac n'est pas nécessaire. Mais il veut montrer à la sœur et au père qu'il est le genre à en acheter bien que les produits tiennent dans un de ces sachets transparents qui, eux, sont gratuits.

*

Une sœur qui est une mère relit les mots de son fils. Encore et encore. Elle s'assoit dans le canapé. Elle s'allonge dans son lit, la tête sous la couverture. Elle se souvient de ce que lui disait son père quand elle était petite et qu'elle était triste parce qu'Elise Petrén ou Francesca Åberg lui avait dit un truc pas sympa dans le vestiaire sur sa tache de naissance, ou quand Max Lutman s'était foutu d'elle à cause de ses avant-bras poilus. Son père s'agenouillait à côté d'elle et lui chuchotait que tout ça c'était de la jalousie. Apparemment, ils ont compris qu'on n'est pas comme eux. Qu'on est deux fois mieux. Tu crois peut-être que tu es quelqu'un de normal, mais ce n'est pas vrai, chuchotait le père. Tu as des ailes, tu es une princesse, tu as des étoiles filantes dans les veines, tes yeux sont des pleines lunes. C'est vrai ? demandait-elle. Le père acquiesçait. Pour une fois il était sérieux. Toi et moi on n'est pas comme les autres, chuchotait-il. On est des anges de l'espace. Tout ce qui nous constitue existe depuis l'éternité. Tu sais de quoi est composé l'être humain ? D'oxygène. D'hydrogène. De carbone. Et de quelques autres matières, comme de l'azote et du calcium. C'est tout ce qu'il faut pour créer un être humain. Avant que tu naisses, je n'avais pas envie d'avoir d'autres enfants. J'avais une fille, j'avais un fils et même si c'était avec deux mères différentes, je trouvais que ça suffisait. Le monde me semblait déjà plein. Et puis tu es née et tout a changé. Tu ne ressemblais à personne d'autre. Tu étais une œuvre d'art. Tu étais le point final de l'humanité. Je pouvais rester allongé pendant des heures à côté de toi à regarder tes coudes, les plis de ton cou, cette ride soucieuse que tu pouvais avoir au-dessus du sourcil et que je reconnaissais chez moi. Et cette tache de naissance n'est pas moche, elle est belle. C'est le signe que tu es l'élue. L'élue de quoi ? Personne ne sait, répondait le père. Pas encore. Mais tous les deux, on est des êtres plus grands que notre contexte. On est plus intelligents que quatre-vingt-dix-neuf virgule neuf pour cent de la population mondiale. On est plus beaux, plus drôles, plus créatifs, on pense plus vite, on court plus vite, on sait mieux vendre et c'est pour ça que nos commissions sont plus importantes, si importantes que les gens se sentent menacés par nous. Les chefs ont peur qu'on leur pique leur place, c'est pour ça qu'ils disent qu'on a des problèmes avec l'autorité et qu'on vend les choses à notre propre profit, c'est pour ça qu'ils veulent nous virer. Mais rien de tout ça n'est vrai. Ce sont nos chefs qui ont un problème parce qu'ils n'arrivent pas à gérer les gens qui prennent des initiatives et qui n'ont aucune faiblesse visible. Son père essayait de reprendre son souffle. On est tout simplement trop intelligents. Trop intelligents pour travailler avec des gens ordinaires. Trop intelligents pour nous soumettre à leurs règles idiotes. Quelles règles ? Toutes les règles. On était une météorite qui est devenue un têtard qui est devenu un tricératops qui est devenu un porte-chapeaux qui est devenu un oranger qui est devenu ta grand-mère qui est devenu moi qui est devenu toi et jamais on ne mourra.

*

Un fils qui est un frère arrive devant la porte de l'immeuble. Le code a changé. L'ancien clavier a été remplacé par un portier audio à défilement de noms où on doit appuyer sur le nom de la personne qu'on veut joindre. Il appuie sur celui de sa sœur qui est aussi le sien et celui du père. L'écran indique que l'appel est en cours. Il n'y a pas que le nom de sa sœur, mais aussi celui de son ex-mari, l'homme avec qui elle a vécu plus de dix ans. Puis arrive un message sur l'écran disant que le résident n'est pas joignable. Il appelle le portable de sa sœur. Je descends, répond-elle. Il attend quelques minutes avant qu'elle arrive. Elle a les yeux tout rouges. La journée a été difficile, explique-t-elle en jetant un œil vers la circulation.

Ils prennent l'ascenseur jusqu'au septième étage. La porte n'est pas fermée à clé. Sa sœur ne la verrouille pas non plus lorsqu'elle se rend à la buanderie au sous-sol. Une fois, elle l'a même laissée ouverte un week-end entier, la clé dans la serrure à l'intérieur, parce qu'elle avait deux amis de Göteborg qui allaient éventuellement loger chez elle. Des amis proches ? a-t-il demandé. Oui enfin, je les ai rencontrés deux-trois fois, a-t-elle ri en voyant sa mine choquée. Ils sont très sympas. Sur ce point on est vraiment très différents, a-t-il rétorqué.

Ce qui était le cas. Ils avaient les mêmes parents, ils avaient grandi dans le même appartement, mais cet aspect si différent de leur personnalité était tout simplement incompréhensible. Elle se moquait de lui quand elle l'invitait chez elle à une fête et que tout le monde balançait son manteau en tas sur le lit tandis que lui se mettait sur la pointe des pieds pour accrocher le sien sur la tringle à rideaux. Putain mais qu'est-ce que tu fous ? Je le cache, répondait-il comme si c'était une évidence. Puis il vidait les poches du manteau pour mettre leur contenu - son portefeuille, ses clés et ses écouteurs - dans celles de son jean. Elle a souri le jour où il lui a apporté un disque dur externe pour qu'elle fasse une sauvegarde de ce qu'elle avait sur son ordinateur, ses dossiers, ses photos, son boulot et ses journaux intimes. Comment tu peux travailler sur un ordinateur sans avoir jamais fait de backup ? a-t-il presque hurlé quand elle lui a dit qu'elle n'en avait jamais fait. Ça s'est toujours très bien passé, lui a-t-elle répondu en riant. Un dimanche, il y avait un gros sac de voyage noir sur son palier. C'est le tien ? a-t-il demandé bien qu'il sache que ça ne pouvait pas être le cas puisqu'elle n'aurait jamais eu un sac aussi bas de gamme et qu'elle ne l'aurait jamais rempli à ce point. C'est à un copain de mon copain, a-t-elle répondu. Quel copain ? Un copain d'Adrien. Le gars que j'ai rencontré à Cuba. Que fait le sac du copain d'Adrien ici ? Elle lui a alors expliqué qu'il était danseur et qu'il était parti en tournée, qu'il avait voyagé dans toute la Suède avec le Théâtre national itinérant Riksteatern, que tous les danseurs avaient eu un salaire suédois si bien qu'ils avaient acheté trop de trucs et que lui, n'avait pas pu rapporter ce sac au moment de rentrer chez lui. Donc, il m'a demandé de lui rapporter. La prochaine fois que j'irai à Cuba. Ils sont restés un moment sur le seuil le sac entre eux. T'es sérieuse ? a demandé le frère. Comment ça ? Tu l'as quand même ouvert ? Mais ce n'est pas mon sac. T'es complètement folle ? Imagine qu'il soit rempli de drogue ? Arrête. Y a que des vêtements. Le frère est entré dans l'appartement sans enlever ses chaussures pour chercher la boîte à outils qu'il avait utilisée quand il l'avait aidée à monter le lit superposé pour son fils et le meuble télé sur lequel elle n'avait jamais mis de télé. Mais lâche-moi, ce n'est pas mon sac, a-t-elle répété. Il a quand même sorti le tournevis, la pince et le marteau, qui était plutôt une sorte de maillet pour attendrir la viande. Elle l'a laissé faire. Au bout de dix minutes, il a réussi à ouvrir la serrure du sac. Il a ensuite enfoncé sa main dedans et a commencé à vérifier son contenu. Couche après couche. Ça se passe bien pour le chien détecteur de drogue ? lui a-t-elle crié depuis la cuisine. Tu trouves quelque chose ? Il a sorti des vêtements de sport. Des baskets. Des écouteurs. Deux grands sachets d'aliments pour oiseaux. Mais rien d'illégal.

Quand il a enfin abandonné ses recherches, sa sœur a éclaté de rire. Alors tu vois que c'est possible de faire confiance aux gens. Mais il n'arrivait pas à effacer le sac de ses pensées. La veille du départ de sa sœur pour Cuba, il l'a appelée pour lui demander de jeter un œil dans la doublure et aussi de vérifier si rien n'était dissimulé dans les sachets de graines pour oiseaux. Il n'y a absolument rien dans les graines. T'es sûre ? Oui ! Maintenant faut que je fasse ma valise. Et c'est ce qu'elle a fait. Puis elle est partie. Il voyait déjà les douaniers lui demander de se mettre sur le côté, d'ouvrir le sac et découvrir que les graines pour oiseaux étaient en réalité autre chose. Il les voyait la jeter en prison et la condamner à mort. Elle allait être fusillée, et ça sur-le-champ, elle aurait juste le temps d'appeler son fils pour lui dire qu'elle l'aimait. Mais le fils refuserait son appel. Alors elle téléphonerait à son frère pour lui dire que tout était sa faute. Mais en réalité, la seule chose qui est arrivée c'est qu'elle a dû payer un peu plus pour l'excédent de bagage. Adrien et son copain sont venus la chercher à l'aéroport, le copain a récupéré son sac, l'a remerciée et n'a pas semblé se soucier de la serrure cassée. Un peu plus tard, c'était fini entre elle et Adrien et elle est rentrée.

Pourquoi sa sœur allait-elle si bien ? Peut-être parce qu'elle était très jeune quand le père est parti. Peut-être parce qu'elle était faite pour réussir dans la vie. Peut-être parce que le fils qui était un grand frère est devenu le père que le père n'a jamais été.

Le frère enlève ses chaussures et suit la sœur dans la cuisine. Il est le premier. Bien sûr. Le père aura probablement une heure de retard. Le plafonnier est constitué de verres à vin tournés à l'envers. Sur le tableau noir au-dessus de la table à manger est écrit *You owe yourself the love you so freely give to other people, All progress occurs because people* DARE *to be* DIFFERENT et *Increase the peace**. Sur le côté du frigo, il y a des photos de son fils bébé attachées par des aimants. Lui qui n'est plus un membre de la famille depuis un an. Chaque fois que le frère les voit, il se demande ce que ça lui ferait d'être séparé de ses enfants. Combien de temps il le supporterait. À quel point ça le paniquerait. Et à quel point ça le libérerait. Elle s'accroupit pour regarder la cuisson des lasagnes. Tu veux en parler ? demande-t-il. Elle secoue la tête et lui tend un verre de vin. Tu peux au moins me raconter ce qui s'est passé ? Tout à l'heure, répond-elle. Mais d'abord on parle

* "Vous vous devez l'amour que vous donnez si généreusement aux autres" ; "Tout progrès se fait parce que les gens OSENT être DIFFÉRENTS" et "Encouragez la paix."

d'autre chose. Faut que je me charge d'ondes positives avant de me lancer dans les négatives.

*

Une sœur qui n'est pas une mère essaie de rassembler ses esprits. Elle descend ouvrir à son frère. Les cheveux noirs bouclés du frère coiffés en arrière semblent avoir gelé dans le froid. Sa doudoune est tellement épaisse qu'il a à peine besoin de tendre les bras pour l'enlacer. Qu'est-ce qui s'est passé ? lui demande-t-il dans l'ascenseur. C'est le boulot ou ton ex-mari ? Je te promets que je vais me le faire, que je vais… Elle secoue la tête. Pas toi aussi, dit-elle. Ils pénètrent dans l'appartement. C'est aussi ce que dit mon mec. Ton mec ? demande le frère. Le coach sportif ? Il n'est pas coach, il est prof de sport. OK, dit le frère en levant les yeux au ciel et en attrapant le verre de vin qu'elle lui tend. C'était quoi cette tête ? demande-t-elle. Quelle tête ? Tu as fait une tête bizarre. Non je n'ai pas fait de tête bizarre. Alors pourquoi tu m'as dit qu'il était coach sportif ? Peut-être parce que je savais que tu ferais cette tête si je te disais qu'il était prof de sport. Raconte-moi plutôt ce qui s'est passé, dit le frère. S'il te plaît, d'abord on parle d'autre chose, répond-elle. Raconte-moi un truc. N'importe quoi.

Le frère lui dit que son congé de paternité se passe bien. Qu'il a décidé de se lancer dans le stand-up. Qu'il a vu leur père dans la journée et qu'il lui a enfin parlé. Aïe. Et ça s'est passé comment ? demande-t-elle. Plutôt bien. Ça a soulevé pas mal d'émotion et d'indignation de sa part mais c'est toujours le cas avec lui. En tout cas, on ne s'est pas bagarrés. Je crois qu'on s'est mis d'accord sur le fait que c'est la dernière fois que je le loge. Tu crois ? dit-elle sceptique. Il va me rendre les clés avant de partir. Et s'il ne me les rend pas, je les lui prends.

Ils restent silencieux. Tu connais la vraie raison de ses visites deux fois par an ? demande le frère. C'est parce qu'on lui manque, propose-t-elle. Même pas. Parce que, malgré tout, il tient à passer du temps avec ses petits-enfants ? Le grand frère secoue la tête en souriant. Essaie encore. Parce qu'il a besoin de ses médicaments ? Presque. La vraie raison c'est que s'il reste là-bas plus de six mois, il sera considéré comme résident permanent. Et alors, il devra payer des impôts. Plein d'impôts. La sœur le regarde. Depuis quand tu t'y connais dans leur système fiscal ? Je dis juste la vérité, explique-t-il. Elle se lève pour sortir les lasagnes du four. Désolé, dit-il. Non, tout va bien, répond-elle. Je croyais que tu étais au courant. Peut-être que je le savais sans en être consciente.

Maintenant raconte-moi ce qui s'est passé. Elle se débarrasse des maniques, attrape son portable et lui montre le mail de son fils. Le frère blêmit. C'est une blague ? Ce n'est pas lui qui a écrit ça ? C'est son cinglé de père ? Ça ne peut pas être lui qui a écrit ces mots ? Je n'en sais rien, répond la sœur. Mais je ne compte pas arrêter pour autant de le contacter. Je vais continuer à l'appeler au moins tous les deux jours. Il ne faut pas qu'il pense que son agressivité pourra faire vaciller mon amour pour lui. Je peux relire le mail ? demande le frère. Merde. Je me briserais si mon enfant m'écrivait ça. Ça fait combien de temps que ça dure ? Treize mois, deux semaines et trois jours, répond-elle. C'est fou, dit-il. Il est encore tellement petit, soupire-t-elle. Ça va s'arranger. Je le sens. Il faut que ça s'arrange. Il va bien finir par voir à travers les mensonges de son père et il reviendra vers toi. C'est impossible que ça se passe autrement. Elle essaie de sourire. Putain, les pères ! dit-il en secouant la tête. Quelle bande d'idiots. Imagine, dit-elle, juste pour l'expérience, si nos mères se comportaient comme eux. On sombrerait, répond-il. En parlant de pères, dit-elle en regardant son portable. Il est où le nôtre ? Je l'appelle ? propose-t-il. Il a nos numéros, rétorque-t-elle. Il n'a qu'à nous appeler. Elle prépare la salade tout en sirotant son sirop. À huit heures et demie, ils se mettent à table.

*

Un grand-père qui est un père arrive devant la porte de l'immeuble de sa fille trois quarts d'heure avant l'heure prévue. Il n'est pas stressé. Il est juste content de pouvoir enfin voir sa fille adorée. Pour ne pas la déranger trop tôt, il fait le tour du quartier. Il s'assoit sur un banc dans un parc et se sent chez lui à cent pour cent. Les voitures bien garées sont luxueuses et étincelantes. Aucune banquette arrière ne porte des traces de gens qui auraient utilisé leur voiture comme logement. Les femmes ont bénéficié d'opérations esthétiques, les hommes sont en bonne condition physique, les enfants ont des blousons assortis à leurs chaussures et les retraités sont bronzés. Il pourrait habiter ici. Un quart d'heure avant l'heure prévue, il retourne à la porte. Le code ne fonctionne pas. Le nouveau système est tellement compliqué qu'il faudrait être ingénieur pour le comprendre. Il pourrait appeler sa fille mais il lui reste très peu d'unités sur sa carte prépayée et si elle l'a invité à dîner c'est à elle de lui donner le bon code ou de l'appeler s'il n'arrive pas. Il s'installe dans le café des sports de l'autre côté de la rue. Les tables sont recouvertes de nappes vertes et un grand écran retransmet du foot et un autre du hockey. Un panneau à l'entrée indique que c'est l'happy hour avec une promo sur la bière de la semaine jusqu'à vingt heures trente. En attendant le coup de fil de la fille, le père commande une bière. Puis une deuxième. À vingt heures dix, il voit le fils arriver sur le trottoir avec un sac en plastique dans une main. Il est étonné. Il pensait dîner seul avec sa fille préférée. Il voulait lui parler du frère qui est un lâcheur qui ne s'occupe pas de sa famille. Maintenant il a nettement moins envie de se rendre à ce dîner. Quand il est deux minutes avant la demie, il commande deux nouvelles bières. Les deux sont pour vous ? demande la serveuse. Pardon ? demande-t-il. Elle murmure quelque chose puis s'éloigne. Le grand-père commande encore une bière bien que le prix ait maintenant presque doublé. Il sort son portable. Il ne comprend pas pourquoi ses enfants ne l'appellent pas. Ne sont-ils pas inquiets ? Ou plutôt si. Il comprend. Ils ne l'appellent pas parce qu'en réalité ils ne veulent pas qu'il vienne. En ce moment, ils sont bien installés à savourer son absence. Ils trinquent pour fêter le fait qu'ils n'aient pas à le supporter. À vingt et une heures trente, il paie, quitte le bar et retourne devant la porte de l'immeuble. Il cogne à la porte vitrée. Il se penche en avant et fait de la buée en soufflant sur les boutons pour essayer de voir lesquels ont été utilisés en dernier. Il sort sa carte de métro et l'insère dans l'espace entre la porte et le cadre pour essayer de l'ouvrir. Rien ne fonctionne. Une dame sort. C'est une idiote suspicieuse qui lui demande s'il habite là.

Non, répond-il. Alors je ne peux malheureusement pas vous laisser entrer, déclare la dame. Il retourne s'asseoir au bar d'en face. Ça faisait longtemps, lui sourit la serveuse. Il commande une bière. Vous voulez voir le menu ? Je n'ai pas faim, répond le grand-père.

*

Une sœur qui est une mère s'adosse à sa chaise et essaie de ne pas bâiller quand le frère se plaint de sa petite amie. Il dit qu'elle est impossible à vivre, qu'elle cherche toujours à le critiquer alors que c'est pourtant lui qui fait tout, ou presque tout, à la maison. Mais c'est quand même elle qui gagne l'argent ? dit la sœur. Pas complètement, rétorque le frère. Et je suis en congé de paternité. Mais tu ne croulais pas sous le boulot avant d'être en congé, si ? dit-elle. C'est difficile de trouver des nouveaux clients dans un secteur d'activité aussi établi que celui-ci, explique-t-il.

Son frère est toujours assis à la même place dans la cuisine. Le dos dans l'angle et les yeux rivés sur son portable. Parfois je doute qu'on soit fait l'un pour l'autre, dit-il. Maintenant t'arrêtes de dire tes conneries, lui lance-t-elle. Elle est la plus belle chose qui te soit arrivée. Tu as oublié à quel point tu étais amoureux d'elle ? Ah bon ? répond-il. Je m'en souviens à peine.

La sœur n'a jamais vraiment compris les goûts de son frère concernant les filles. Quand il était au lycée, il tombait amoureux de féministes aux taches de rousseur. Quand il a fait ses études d'économie, il était intéressé par les filles nées au pays, avec le bon accent, un jogging et de grands anneaux dorés aux oreilles. Puis il a monté sa boîte et a commencé à s'enticher de femmes qui avaient de grandes bibliothèques. Tous les dimanches soir, le frère et la sœur se retrouvaient dans sa cuisine. Ces soirs-là, son fils avait le droit de se coucher plus tard et son copain de l'époque s'occupait de la vaisselle pendant que le frère lui parlait de la nouvelle fille qu'il avait rencontrée. Cette fille-là n'était pas comme les autres. Cette fille, c'était pour de vrai. C'est elle qu'il attendait depuis toujours. Pourquoi ? Parce qu'elle avait un chat qui s'appelait Duras. OK. La fille suivante avait encadré dans ses toilettes une citation de Patrick Chamoiseau. Celle au crâne rasé de la soirée lesbienne avait lu tout Anne Carson. Celle avec les cicatrices à l'intérieur des poignées voulait appeler son premier enfant Pnine. L'une avait fait des études pour devenir bibliothécaire à Borås, une autre avait lu tout *À la recherche* un été alors qu'elle travaillait à la caisse du supermarché Ica. *À la recherche* ? lui avait demandé son petit copain de l'époque. Elle disait juste *À la recherche* et celui qui ne comprenait pas ne méritait apparemment pas qu'on lui explique. Le frère avait commencé à discuter avec une fille parce qu'elle avait Julio Cortázar en fond d'écran sur son ordinateur. Une autre lui avait prêté *Si par une nuit d'hiver un voyageur* en lui disant qu'il n'aurait le droit de le conserver que s'il était d'accord avec elle sur les parties formidables et celles qui étaient gênantes (elle les avait marquées avec des post-it de couleurs différentes). La fille suivante aimait *L'Esthétique de la résistance*, celle d'après détestait *L'Esthétique de la résistance*. En revanche, le frère ne s'était jamais laissé séduire par quelqu'un qui ne connaissait pas *L'Esthétique de la résistance*. C'est quoi *L'Esthétique de la résistance* ? a demandé le fils de sa sœur. Aucune idée, a répondu la sœur. La suite de *Da Vinci Code* ? a proposé son petit ami, ou non ! Mon ventre quand j'ai mangé indien. Le frère l'a ignoré. Un roman de Peter Weiss, a-t-il dit. C'est bien ? a demandé le fils. Je ne sais pas, a répondu le frère. Pour être honnête, je n'ai jamais réussi à aller plus loin que la scène d'ouverture. Toutes les filles qu'il rencontrait, avaient des origines étrangères. L'une était moitié polonaise moitié portugaise. Une autre avait un parent du Pérou. Une autre était née en Ouganda mais avait grandi à Eslöv. Une autre avait des parents algériens qui habitaient à Copenhague. Toutes avaient des prénoms que le portable essayait de corriger, excepté celle qui avait été adoptée et qui venait de Corée, mais elle avait un rayon particulier dans sa bibliothèque dédié à différentes traductions de *Lord Jim* (ce grâce à quoi il l'excusait presque de classer ses livres de poche par couleurs). Il restait avec ces filles pendant quelques mois. Peut-être six. Peut-être même un an.

Et le dimanche suivant, il était de nouveau assis dans la cuisine de sa sœur à se plaindre de ne jamais faire de vraies rencontres. Tu devrais peut-être arrêter d'être toujours dans le contrôle si tu veux vraiment tomber amoureux, lui a-t-elle conseillé. Mais c'est ce que je fais, a-t-il rétorqué. Tu ne peux pas décider à l'avance de la fille dont tu vas tomber amoureux. La question est de savoir si tu as vraiment envie de l'être ? Bien sûr. C'est ce que je veux depuis que j'ai quinze ans. Mais chaque fois que tu décris la fille de tes rêves c'est comme si tu parlais de toi, lui a dit le copain de la sœur. Un silence s'est ensuivi. Puis ils ont tous éclaté de rire comme on fait quand un commentaire est trop absurde ou trop vrai pour ne pas être souligné.

Six mois plus tard, il a rencontré la femme qui deviendrait la mère de ses enfants. Il prétendait qu'elle était son âme sœur mais la sœur, elle, a été soulagée de voir qu'ils étaient très différents. La seule ressemblance qu'elle leur trouvait était peut-être leur coupe de cheveux. Il habitait un appartement en centre-ville, elle habitait dans un collectif de gauche de la banlieue de Nacka. Il avait monté deux boîtes qu'il gérait parallèlement – une entreprise privée et une société anonyme – pour des raisons fiscales. Elle venait de passer son diplôme et travaillait comme juriste en droit du travail dans un cabinet géré par un syndicat. Il utilisait des embauchoirs pour ses chaussures et s'inquiétait pour sa retraite. Elle avait un portable à carte et rêvait de voyager en Inde. Il avait des goûts très pointus en hip-hop, elle aimait la soul grand public. Malgré ça, ils étaient tous les deux installés dans la cuisine de la sœur, rayonnant de bonheur. Son frère n'avait jamais regardé personne comme il la regardait elle. Elle n'est pas incroyable ? disait-il chaque fois qu'elle allait aux toilettes. La sœur acquiesçait. Elle était incroyable. Elle est incroyable. Peut-être avant tout parce qu'elle ne le laissait pas la contrôler. Deux enfants plus tard, le frère prétend qu'il a des doutes. Parfois j'ai juste envie de me barrer, dit-il. Comment ça te barrer ? demande la sœur. Partir, répond-il. Où ça ? Je ne sais pas. Ne fais pas ça, dit la sœur. Elle ne te le pardonnerait jamais. Je sais, dit-il. Tu n'es pas comme papa, dit-elle. Qu'est-ce que t'en sais ?

Ils restent silencieux. Il est vingt-trois heures trente. Les lasagnes ont refroidi et se sont rigidifiées. Il ne viendra plus, non ? dit-il.

VI. LUNDI

Une fille qui est une sœur qui n'est plus en vie ou plutôt qui se sent bien plus en vie maintenant qu'elle n'a enfin plus de corps, plane au-dessus de la ville à la recherche de son père. Rien ne lui manque. Ou plutôt. Si. La seule chose qui lui manque c'est sa longue chevelure noire. Ce serait tellement agréable de voler au-dessus de villes étrangères en sentant le vent dans les cheveux. Mais à part ça, rien ne lui manque. Son corps n'était plus pour elle qu'une grande contrainte. Son cerveau était à bout de forces. Son système digestif ne fonctionnait plus. Ses défenses immunitaires l'avaient abandonnée. Sa production d'endorphines avait cessé. De loin, ses bras semblaient peut-être normaux mais ses veines abîmées la faisaient souffrir encore plus que si elle avait eu des rhumatismes. Ses deux jambes, surtout la droite, étaient rouge violacé. On aurait dit qu'elle avait des brûlures. Lorsqu'elle osait mettre une jupe, les enfants se retournaient sur son passage en les pointant du doigt. Les adultes, eux, détournaient le regard des traces de seringues qui grimpaient le long de ses jambes jusqu'à ses cuisses. Son corps était un taudis. Quand elle lui a dit au revoir, elle avait la sensation de se défaire d'un lourd manteau sentant la transpiration d'un inconnu.

Enfin elle était libre. La première nuit, elle a veillé sa mère. Elle ne voulait pas la laisser seule. Elle lui a tenu la main et l'a consolée lorsqu'elle s'est effondrée sur le carrelage de la cuisine en gémissant. Lorsqu'elle est tombée en arrière sur son lit en hyperventilation. Lorsqu'elle s'est finalement relevée, qu'elle a remis son gilet et attrapé son portable pour appeler sa fille. Mais en réalisant ce qu'elle était en train de faire, elle l'a ensuite balancé par terre, le visage ruisselant de larmes. Où sont tes amis ? lui a demandé la fille. Pourquoi tu n'appelles pas Philippe et Marie-Christine ? Où est ta sœur ? Pourquoi tu t'enfermes ? Pourquoi tu veux surmonter ça toute seule ? Le jour suivant, ses amis sont venus. Marie-Christine lui a gentiment demandé d'ouvrir, puis Philippe lui a crié qu'il allait défoncer la porte si elle ne bougeait pas. La fille qui n'avait plus de corps a souri à l'idée que Philippe, qui avait la force d'un ver solitaire, essaie d'exploser une porte blindée. La mère est restée immobile sur le canapé. La fille a essayé de la soulever mais en vain. Elle s'est alors elle-même glissée jusqu'à la porte pour tenter de tourner la clé. Mais elle n'a pas encore compris comment réussir à rassembler suffisamment d'énergie pour intervenir dans la vie réelle. Il lui faudrait un peu d'entraînement. D'une certaine manière, elle a perçu la sensation du métal poli de la clé dans sa main. De la rugosité du tablier de la mère. De la texture de la moustache grise bien taillée de Philippe. Finalement la mère s'est levée du canapé, a ouvert la porte et est tombée dans les bras de ses amis. Mais chaque fois que la fille essayait d'intervenir dans le monde réel, ses mains passaient à travers la matière. C'était comme essayer de saisir un hologramme, comme chercher à capturer un jet d'eau, comme s'efforcer de donner un coup de coude à une odeur. Philippe et Marie-Christine ont aidé la mère pour le côté pratique. Tout le monde, excepté Patrick, est venu à l'enterrement. C'était une belle cérémonie. La fille flottait au-dessus des rangées de bancs. Toutes ces larmes la gonflaient de joie. Et elle a éclaté de rire quand Marie-Christine s'est arrêtée devant le cercueil pour faire un discours incohérent rempli de gros mots sur le fait que la mère et la fille s'étaient battues contre vents et marées, qu'elles n'avaient jamais baissé les bras bien que beaucoup de gens les aient lâchées. Marie-Christine n'a pas mentionné le père bien que, pour tout le monde, il était évident que c'était de lui qu'elle parlait. Ce n'est qu'à ce moment-là que la fille a réalisé qu'il n'était pas venu. Bien sûr qu'il n'était pas venu. Il avait une nouvelle famille. De nouveaux enfants. Une nouvelle vie dans un nouveau pays. Les semaines après l'enterrement, elle a plané dans les airs pour évaluer ses forces. Elle a fait la connaissance d'autres gens sans corps. Qui étaient bien plus nombreux que ce qu'elle avait imaginé. Dans le jour déclinant, ils se regroupaient généralement sur les toits et passaient des heures à évoquer ce qu'ils regrettaient de la vie réelle, ce qu'ils feraient s'ils pouvaient revenir, ce qui leur était passé par la tête lorsqu'ils avaient eu à choisir entre poursuivre leur route et rester ici. Je n'ai pas souvenir d'avoir pu choisir, a alors dit la fille. Je crois que je suis juste restée. Il y a eu un petit moment de flottement dans l'assemblée. Mais tout le monde peut choisir, a finalement dit une femme dans la quarantaine qui avait un couteau de cuisine planté dans l'œil droit. Non, tout le monde ne peut pas, a rétorqué un vieil homme avec une grosse grappe de tumeurs noirâtres dans le cou. Moi non plus je n'ai pas pu choisir, a dit un homme d'âge mûr sans jambes. Je suis resté c'est tout. Personne ne m'a parlé de deux semaines de mise à l'épreuve. Je suis mort et je me suis retrouvé ici. Pour toujours. Ça dépend peut-être des gens, a dit la femme au couteau. Je sais seulement que j'ai pu choisir et que j'ai décidé de rester. Moi aussi, a dit une vieille dame voûtée habillée comme un soldat. Nous aussi, ont clamé en chœur des jumelles adolescentes recouvertes de brûlures au troisième degré. On n'avait que quatorze ans quand on est mortes, mais on a quand même eu le droit de choisir toutes seules.

Les semaines qui ont suivi, elle a voulu voir si ses amis continuaient à la pleurer. Certains sont retournés au travail juste après l'enterrement. D'autres sont restés chez eux pendant quelques jours après avoir expliqué à leur employeur qu'ils venaient de perdre un proche dans des circonstances brutales. Puis ils ont passé leurs matinées à lire le journal et leurs après-midis à jouer aux jeux vidéo. Mais Justine, elle, était réellement triste. Elle ne s'est pas arrêtée de travailler. Pas parce qu'elle le voulait, mais parce que rester chez elle l'angoissait. Deux fois, la fille l'a vue interrompre brusquement son cours et sortir dans le couloir pour que les élèves ne la voient pas éclater en sanglots. La fille souriait en se disant que Justine était une vraie amie. Patrick était triste, lui aussi. La fille s'en est rendu compte en le voyant aller à la gare Saint-Charles s'acheter une plus grosse quantité d'herbe que d'ordinaire. Puis il est rentré chez lui, a roulé un joint et s'est installé devant son ordinateur pour regarder les photos des vacances qu'ils avaient passées ensemble. Il n'a pas pleuré. Il est juste resté les yeux dans le vide à faire défiler les photos.

Chaque fois qu'il tombait sur une vidéo, il s'abstenait de la regarder.

L'été suivant, Justine et Patrick ont commencé à se fréquenter. En général, ils se voyaient chez Patrick. Au début, ils parlaient surtout de celle qui n'était plus en vie. Puis il s'est mis à discuter d'autres choses. Justine lui parlait de ses élèves. Des pénibles. Des studieux. De ceux qui avaient un grain. De ceux qui, en lui posant des questions naïves, lui donnaient le sentiment de lui en apprendre plus sur la vie qu'elle. Patrick, lui, parlait de ses nouveaux projets de films documentaires, de son idée d'aller au Pérou faire un film sur le massacre de Bagua. Il voulait aussi en faire un sur Zidane et un autre sur Rahel Varnhagen. Ou peut-être sur les deux en même temps. Justine a souri. Quelle relation Zidane peut-il avoir avec Rahel Varnhagen ? a-t-elle demandé. Je ne sais pas, a répondu Patrick en haussant les épaules. C'est ce que je compte explorer. La fille sans corps rêvait de réussir à virer Justine de l'appartement. De lui mettre des gifles. Elle planait au-dessus d'eux dans la cuisine, avec une seule envie : balancer des couverts en métal dans le micro-onde pour savourer la vision de les voir quitter l'appartement à cause de la fumée. La fille sautait sur le canapé. Hurlait. Frappait Patrick aussi fort qu'elle le pouvait. Mais ni l'un ni l'autre ne réagissait. Ils continuaient à se regarder dans le blanc des yeux. La seule chose qu'elle a un jour réussi à faire a été de répandre un peu de stéarine sur la table. Puis les deux se sont installés ensemble et ont commencé à parler d'enfants. La fille qui n'avait plus de corps a alors décidé de ne plus jamais leur rendre visite. Ça lui faisait trop mal bien qu'elle n'ait pas de corps et qu'elle n'arrive pas exactement à localiser la douleur.

À la place, elle a passé six mois à essayer de retrouver son premier petit ami. Il travaillait comme moniteur de ski à Chamonix et était devenu épais comme un pilier de comptoir. Son visage était hâlé sauf autour des yeux. Il passait ses nuits dans les bars à draguer des filles qui avaient la moitié de son âge. Une nuit qu'il sortait d'un de ces bars, elle a pris son élan, elle a rassemblé toutes ses forces et lui a donné un coup de pied. Il est tombé à la renverse et s'est cassé la clavicule. Cette saison-là, il n'a pas pu retravailler. Cet événement l'a vidée de toute énergie. Elle a même eu du mal à rentrer chez elle et a été obligée de se gorger de soleil à côté d'un cours d'eau pendant plusieurs semaines avant de se sentir totalement rétablie et de pouvoir se remettre à voler. Mais elle ne pouvait s'empêcher de sourire en repensant aux gémissements qu'il a poussés, allongé sur le dos, les yeux tournés vers les étoiles.

Quand ses forces sont revenues, elle s'est mise à la recherche du gars qui l'avait initiée aux seringues. Il s'occupait de personnes en cure de désintoxication, était devenu chrétien et faisait des extras dans une agence de voyages. Et les soirs, il était assis face à un écran d'ordinateur avec un casque spongieux sur la tête. Elle a d'abord cru qu'il vendait des voyages mais puisqu'il n'arrêtait pas de dire *Non, ce n'est pas possible*, elle pensait plutôt qu'il était chargé des réclamations. Elle a de nouveau rassemblé toute son énergie et lui a balancé son poing en plein visage. Puis elle l'a attrapé par le nez et lui a donné un grand coup de genou dans l'entrejambe. Au bout de quelques minutes de tabassage, il a juste dit : Sandrine, il y a comme un courant d'air. Tu pourrais fermer la fenêtre, s'il te plaît ? (Sandrine était sa collègue, elle ressemblait à une boule de pâte à modeler avec des cheveux.) La fille sans corps l'a suivi chez lui. Puis à sa réunion au centre de désintoxication où il a essayé de convaincre des toxicos que la vie était sacrée et que Dieu était partout. Elle a réussi à rassembler plus d'énergie que jamais auparavant et, une nuit, elle est devenue visible. Quand il a ouvert la porte de chez lui, elle se tenait dans son entrée. C'est en posant ses clés qu'il l'a aperçue. Son visage s'est déformé, il est tombé sur les genoux, il a plaqué son front contre le sol et s'est mis à chuchoter quelque chose qu'elle n'a pas réussi à comprendre. Pendant le reste de la nuit, elle était tellement vidée qu'elle était incapable de bouger. Elle l'entendait gémir dans sa chambre. Ce n'est que le lendemain, vers dix heures du matin, qu'elle a pu retourner sur le toit pour retrouver les jumelles brûlées, la femme au couteau et un homme d'âge mûr qui avait été empoisonné par le compagnon de son ancienne ou plutôt nouvelle amante et leur raconter ce qui s'était passé avec une lenteur extrême et en s'interrompant souvent.

Quelques années plus tard, elle a décidé de partir à la recherche de son père. Elle a volé au-dessus des forêts et des champs, des cours d'eau et encore des forêts. Et elle a retrouvé sa nouvelle famille. Sa nouvelle femme au sourire permanent et toujours habillée en noir. Son fils boutonneux. Sa fille maquillée en noir. Mais le père, lui, avait disparu. Il avait déménagé à l'étranger. Elle l'a finalement retrouvé dans un petit bar avec des chaises métalliques aux couleurs criardes dans la ville où il avait juré ne jamais revenir. Il avait incroyablement vieilli. Il était toujours seul. Il ne parlait jamais avec personne. En le voyant, sa colère s'est aussitôt dissipée et elle a ressenti une grande peine.

La nuit, elle s'asseyait à côté de lui sur le canapé, dans son appartement minuscule équipé d'une batte de baseball dans l'entrée et d'une carabine à côté de la fenêtre. Ensemble ils regardaient le journal télévisé. Quand l'écran montrait des images d'enfants morts, il se mettait à insulter la télé. Des cons. Tous des cons. À l'UE, rien que des cons qui essayent de transformer tous les pays en un seul. Aux États-Unis, rien que des cons qui veulent diriger le monde. En Israël, rien que des cons qui tuent les Palestiniens. À la pizzeria du coin, rien que des cons qui n'arrivent toujours pas à faire une quatre saisons convenable. Et les voisins de l'autre côté de la rue, rien que des cons qui laissent les chats courir sur les toits, il faut prendre sa carabine et leur tirer dessus pour enfin pouvoir dormir en paix. Tous des cons sauf nous. Nous on est des comètes. Des anges de l'espace. Le père changeait de chaîne. Ils riaient ensemble en regardant une série comique. Ils traitaient d'imbécile un imbécile qui donnait la mauvaise capitale d'un pays à une question de sport. Ils se préparaient des drinks, trinquaient et dansaient. Ils s'endormaient, l'un à côté de l'autre, sur le canapé. Elle était plus proche de lui qu'elle ne l'avait jamais été quand elle était en vie. Jamais elle ne l'abandonnerait. La nuit, elle se glissait dans son corps, s'écoulait dans ses veines, tenait son cœur dans la paume de ses mains comme un petit oiseau. Elle était assise à côté de lui quand il mangeait sa baguette au petit-déjeuner. Elle était assise en face de lui quand il mangeait sa pizza à midi et ses pâtes le soir. Elle essayait de le freiner quand il avait trop bu et qu'il se mettait en tête d'entreprendre des choses. Une fois, après cinq bières dans un bar local, il a voulu se rendre sur la côte. Il s'est levé de sa chaise et a titubé jusqu'à la porte tout en cherchant sa voiture des yeux. Elle était bien là, noire mais plus très brillante. Seulement à quelques mètres sur le trottoir, exactement là où il l'avait garée. Il s'est dirigé vers elle, a essayé de l'ouvrir. Mais la serrure était cassée. Un idiot l'avait sabotée, bien sûr. Saleté de pays, a-t-il alors sifflé. La fille était d'accord avec lui. Qu'est-ce que vous foutez ? lui a crié un homme assis en terrasse. Pardon, a répondu le père en se dirigeant cette fois vers la bonne voiture. Il a ouvert la portière, s'est installé au volant et a démarré. Chaque fois qu'il croisait une voiture, il plissait les yeux. Toutes roulaient pleins phares. Il le leur signalait et elles répondaient en faisant des appels de phares encore plus éblouissants qui l'obligeaient à se ranger sur le bas-côté. Tu veux vraiment aller sur la côte ce soir ? lui a-t-elle demandé. Oui, a-t-il grommelé. Pourquoi tu dois aller là-bas ? lui a-t-elle chuchoté en lui caressant la tête. Je ne sais pas, a-t-il murmuré, le visage collé au volant. Il a laissé échapper un hoquet et a de nouveau tourné la clé pour redémarrer le moteur. Dors un peu avant, lui a-t-elle conseillé. Ferme les yeux. Repose ta vue. On peut aussi bien y aller demain. Demain on y va ensemble, lui a chuchoté la fille sans corps. Tu me le promets ? a demandé le père. Je te le promets. Ils ont dormi dans la voiture. Le jour suivant, ils se sont réveillés au point du jour. Le soleil avait transformé la voiture en un four. Ils s'en sont extirpés et sont rentrés à pied. Arrivés dans l'appartement, ils ont allumé la télé. Ce jour-là, ils ne sont pas allés sur la côte. La côte était là. Et elle serait toujours là. La vie quotidienne a repris. Deux fois par an, le père décidait de retourner chez lui. Il devait rapporter de l'insuline, des seringues. Il devait changer ses devises, se faire des pédicures. Il devait acheter des marchandises à revendre et éventuellement aller faire vérifier sa vue qui se détériorait. Et il devait, bien sûr, voir ses enfants. Tu ne veux pas m'accompagner ? lui demandait le père. Non, je reste ici. Elle savait qu'elle ne supporterait pas de le voir s'amuser et rire avec ses enfants. Ou porter ses petits-enfants, humer leur cou et leur chuchoter des comptines à l'oreille.

Mais la voici quand même de retour. Elle survole la ville à la recherche de son père. Elle a senti qu'il avait besoin d'elle. Elle finit par le retrouver dans un café des sports. Il a l'air heureux. Il est en train de rire et de trinquer avec des gens assis à la table d'à côté. Il marmonne quelque chose entre ses dents quand ceux-ci se lèvent pour changer de place. Il refuse de rentrer chez lui bien que la serveuse puis le propriétaire, puis les deux en chœur lui demandent de partir. Il quitte finalement le bar en compagnie d'une dame plus âgée. Elle s'accroupit derrière une poubelle de recyclage pour faire pipi. Il poursuit sa route. L'entrée de l'immeuble de la fille est éteinte. Il colle son visage contre la porte vitrée pour essayer de discerner quelque chose dans l'obscurité. Puis il se met à taper du poing. Une fenêtre s'ouvre au premier étage et une habitante lui crie qu'elle va appeler la police. Je veux juste voir ma fille, explique-t-il. La femme referme sa fenêtre. Viens. On s'en va. Il est une heure du matin. Il est trop tard. On la rappellera demain. On s'excusera. Tout va s'arranger. Maintenant il faut rentrer. Prendre le métro. Il suit les instructions de la fille. Ils passent les portillons.

S'assoient sur un banc. Douze minutes d'attente avant le prochain train. Ne t'endors pas, lui dit-elle. Tu l'appelleras demain. Elle comprendra. Tout le monde peut être en retard. Oublier un dîner. Ou faire un enfant et ensuite ne pas s'en occuper.

Il regarde la voie. Il regarde l'heure. Le quai est désert. Il se lève du banc et descend sur les rails. Non. Arrête. On peut faire ce genre de trucs quand on a quinze ans mais pas quand on est un retraité. Tu es bourré. Il est tard. Remonte immédiatement. Il regarde autour de lui. Viens, je t'aide à remonter, lui dit-elle. Prends appui sur moi. Il ne bouge pas. Dépêche-toi. Plus que dix minutes avant le prochain train. Il ne bouge pas. Neuf minutes. Il ne bouge pas. Huit minutes. Il se penche en avant pour attraper des petits cailloux noirs sur la voie. Ils sont étonnamment ronds, comme ceux qu'on trouve dans les pots de fleurs. Allez viens, dit la fille qui a l'impression d'être une mère. Je ne te le répéterai pas. C'est la dernière fois que je te le dis, OK ? Maintenant je l'ai dit tellement de fois que je ne le dirai plus. Remonte. Fais-le maintenant. Maintenant. Tu m'entends ? Cinq minutes. Il ne bouge pas. Quatre minutes. Il ne bouge pas. Remonte. Sur. Le. Quai. MAINTENANT ! dit la fille de sa voix la plus militaire. Trois minutes. Papa. Ce n'est pas drôle du tout. Bouge-toi, merde, tu ne peux pas rester ici, ça n'arrangera rien, deux minutes, s'il te plaît s'il te plaît s'il te plaît papa, je te demande de remonter, tu ne peux pas rester ici, il faut qu'on rentre, qu'est-ce que tu veux que je te dise, que je t'aime, que tu me manques, que je te pardonne, une minute, les rails vibrent et commencent à crisser, LÈVE-TOI LÈVE-TOI LÈVE-TOI LÈVE-TOI LÈVE-TOI LÈVE-TOI LÈVE-

*

Un fils qui est en congé de paternité et une mère qui est grand-mère doivent déjeuner ensemble dans le restaurant indien du quartier. Les dahls végétariens coûtent soixante-quinze couronnes. Ceux à la viande ou au poisson quatre-vingt-cinq. Les plats de viande grillée quatre-vingt-quinze. La salade, une boisson et le café sont compris. Le naan nature coûte dix couronnes. Le naan à l'ail quinze. Le fils connaît tous les prix par cœur. Chez le médecin, il est obligé de parcourir ses notes sur son portable pour retrouver le numéro de sécu de ses enfants. En revanche, il se souvient de tous les prix du restaurant indien. Les prix s'inscrivent en lui alors que tout le reste s'envole.

Le fils qui est un père arrive cinq minutes avant l'heure. Le petit d'un an s'est endormi et ne se réveille même pas quand le père range la poussette dans le coin à côté de la table. C'est le meilleur endroit pour pouvoir discuter au calme. Le restaurant est à moitié plein. Deux artisans entrent commander des plats à emporter. Dans un quart d'heure, dit le gars à la caisse. Un quart d'heure ? répète l'un des deux en jetant un œil vers la place. Dix minutes, se corrige le gars à la caisse. En attendant vous pouvez vous servir une salade et un café. Les deux artisans s'assoient. Le fils berce le petit d'un an dans la poussette. Les mouvements se sont inscrits dans son corps. Plusieurs fois il s'est surpris à faire ces mouvements avec un caddie vide. Il regarde son portable. Il n'est pas inquiet que sa mère ne vienne pas. Elle est toujours venue. Mais jamais avant l'heure.

Il se souvient de l'époque où le père avait disparu et où, un soir, la mère était sortie avec ses copines.

Ils habitaient encore dans l'ancien appartement. Celui dont la fenêtre de la cuisine donnait sur la rue. Cette fenêtre qu'il fallait nettoyer plus souvent que les autres à cause des gaz d'échappement provenant de la quatre voies qui laissaient une pellicule grise sur les vitres et l'encadrement mais aussi entre les doubles portes de l'entrée. La petite sœur dormait mais lui était réveillé. Il n'y avait pas encore de portable, ni internet, mais il y avait des montres et il était tard. Soudain il a compris que la mère était morte, qu'elle avait été violée et kidnappée. Si on se plaçait au fond de la cuisine, la tête collée contre le placard à balais, on pouvait voir jusqu'au vidéoclub et jusqu'au coin de la rue où elle était censée arriver si elle ne choisissait pas de passer par le tunnel. Et c'est, bien sûr, ce chemin qu'elle allait prendre. Elle n'était quand même pas assez stupide pour passer par le tunnel à une heure aussi tardive. Ou bien ? Soudain, il était persuadé qu'elle avait pris le tunnel et que c'était ça l'erreur. Il épiait le coin de la rue. Le propriétaire du vidéoclub fumait sur le trottoir. Un bus de nuit est apparu à l'angle, s'est arrêté puis a redémarré. Elle n'arrivait toujours pas. On l'avait découpée en morceaux et cachée dans le coffre d'une voiture. Ses restes allaient être jetés dans un bain d'acide sulfurique. Subitement une idée lui est venue. Il venait de découvrir la puissance de la musique. S'il écoutait *Part Time Mutha* de Tupac et qu'il arrivait à retenir sa respiration pendant tout le morceau, sa mère arriverait à la maison saine et sauve. Il est allé chercher le CD flambant neuf et l'a mis sur la platine de la cuisine. Il a attendu jusqu'au premier couplet avant de prendre une grande inspiration. Mais il a rapidement réalisé que ça ne pouvait pas fonctionner. C'était impossible. Il a alors corrigé les règles. S'il réussissait à retenir sa respiration pendant tout le premier couplet, qu'il respirait aux refrains et qu'il retenait sa respiration pendant les troisième et quatrième couplets, la mère arriverait à la maison saine et sauve. Il a essayé. Ç'avait été difficile mais il avait réussi. Ou presque. Il se demandait où lui et sa sœur allaient vivre maintenant que sa mère était morte. Ici avec papa ? Chez mamie avec papa ? Chez mamie en semaine et chez papa le week-end ? Mamie et papa ne voudraient jamais habiter ensemble. On est trop différents, disait le père. Vous vous ressemblez trop, disait la mère. Aussi bornés et aussi égocentriques l'un que l'autre. Des conneries, disait le père en souriant. Tu ne serais jamais tombée amoureuse de moi si j'avais été comme ta mère. Imagine que ce soit justement pour ça que je suis tombée amoureuse de toi, répondait la mère. Quelle idée horrible. Les parents s'étaient regardés en souriant. Comment papa va-t-il réagir à la nouvelle ? Il va devenir fou. Le fils en était certain. Chaque fois que quelqu'un menaçait sa famille, il quittait son uniforme de vendeur pour se transformer en T-Rex. Une fois, alors que le fils était au parc en train de jouer au basket avec ses copains, le ballon avait heurté une famille qui faisait des grillades entre les deux cours d'immeubles. Il n'était pas tombé dans la nourriture mais il avait rebondi sur le dos d'une des vieilles dames. Le fils se souvenait qu'il était content d'aller chercher le ballon pour pouvoir s'excuser. Ses copains avaient peur à cause des rumeurs qui circulaient autour du grand frère, alors que lui trouvait que c'était un bon moyen de se rapprocher de ces gens. C'était l'occasion qu'il attendait. Il allait s'excuser dans la langue de son père et le gros dur avec sa cicatrice sur le visage allait lui sourire en lui disant que ce n'était pas grave et que le fils et ses copains étaient les bienvenus pour manger une grillade s'ils le voulaient. Mais le grand frère avait refusé ses excuses. Il avait pété les plombs. Il avait attrapé le ballon et l'avait envoyé dans les airs, très loin, d'un grand coup de pied jusqu'à l'autre côté du bac à sable. Le fils n'arrivait pas à comprendre ce qui s'était passé. Pourquoi ses excuses n'avaient-elles pas eu l'accueil favorable qu'il avait espéré ? Il était allé chercher le ballon, mais sur le chemin du retour, il avait fondu en larmes. De là où il se trouvait, le père avait vu ce qui s'était passé. Cinq minutes plus tard, il se tenait dans la cour voisine. Il était allé voir le grand frère et lui avait parlé dans leur langue. Le fils ne saisissait qu'un mot sur trois et ce qu'il comprenait, il ne l'avait pas appris dans son cours de langue. Il entendait que le grand frère s'excusait, que les autres membres de la famille essayaient de calmer les choses, que la mère du grand frère proposait au père de s'asseoir et de manger avec eux. Mais le père refusait de se laisser corrompre, il continuait à crier : Donnez-moi une bonne raison de revenir ! Puis ils étaient repartis tous les deux, le père et le fils avec son ballon de basket. Le fils était toujours devant la fenêtre de la cuisine à regarder l'angle de la rue. Il écoutait le même morceau en boucle. Lorsqu'elle est enfin rentrée, sa mère sentait la cigarette et l'alcool. Elle était maquillée, ce qui rendait son visage plus fatigué que d'habitude. Mon chéri, lui a-t-elle souri quand il a éclaté en sanglots. Regarde-moi. Regarde mes talons. Il n'y a pas un seul violeur au monde qui oserait s'attaquer à moi. Je te le promets. Le fils lui a parlé du morceau de musique et du fait qu'il avait essayé de retenir sa respiration, il lui a aussi dit qu'il était persuadé qu'elle ne rentrerait jamais. Elle l'a regardé à la fois amusée et flattée. Il ne faut pas que tu t'inquiètes, a-t-elle dit. Ce n'est pas à toi de faire en sorte que le monde fonctionne.

Trente secondes avant l'heure, il voit sa Prius arriver à toute vitesse. Elle tourne sur la place et se gare entre deux bancs. Un stationnement créatif, lui lance l'un des deux artisans lorsqu'elle passe la porte du restaurant. Merci, répond-elle en souriant. Elle embrasse son fils et se penche vers la poussette pour regarder son petit-fils endormi. Il dort comme un ange, constate-t-elle. Maintenant oui, répond-il. Ils commandent au comptoir. Le fils prend un dhal et un naan à l'ail. La mère pose une dizaine de questions sur les différents plats. Elle veut du poulet avec une sauce relevée mais sans chou-fleur. Finalement le gars lui promet que le cuisinier lui composera un plat spécialement pour elle. Mille mercis, dit-elle en tendant sa carte bleue. Non c'est pour moi, dit le fils. Jamais de la vie, s'oppose la mère. Si, insiste-t-il. Non, insiste-t-elle. Ils se bagarrent comme ça pendant une trentaine de secondes jusqu'à ce que le gars à la caisse en ait assez et attrape la carte du fils. Ils vont se servir en salade et en boisson avant de s'installer. Belle hauteur sous plafond, dit la mère. Le bâtiment doit dater des années 1940 ou du début des années 1950, non ? Le fils hausse les épaules. Je dirais 1951, dit-elle en réponse à sa propre question. Lorsque le serveur arrive avec les plats, elle lui demande quand a été construit l'immeuble et si c'était avant ou après les nouvelles constructions à seulement quelques étages. À seulement quelques étages ?

répète-t-il. Vous ne sauriez pas par hasard qui a dessiné l'immeuble ? Aucune idée, répond le serveur. On a repris le local il y a seulement deux ans. Avant c'était un restaurant chinois. Moi je dirais quand même que le bâtiment a été construit en 1951, insiste la mère. Le serveur pose les assiettes fumantes sur leur table et disparaît. C'est quand même incroyable que les gens soient aussi peu curieux de leur histoire, chuchote la mère.

Ils commencent à manger. La mère n'arrête pas de parler. Elle raconte ses voyages d'affaires à Londres et ses voyages d'inspiration en Italie. Le lendemain elle compte aller à un concert à Storkyrkan et jeudi commence un festival au cinéma Zita. Et vous ? demande-t-elle. Vous arrivez à dormir un peu ? Oui, ça va, dit le fils. Tout roule. C'est agréable d'être en congé de paternité.

Ton père adorait ça, dit-elle. Comment ça ? S'occuper de vous. Il a été à la maison aussi bien pour toi que pour ta sœur. Il était formidable. Il faisait lui-même des purées de panais et de carottes et était très à cheval sur vos horaires de siestes. Je n'en avais aucune idée, dit le fils. Je ne t'ai jamais raconté ça ? C'était un super papa quand vous étiez petits. C'est plus tard, quand vous étiez plus âgés, qu'il est devenu plus imprévisible. Je ne comprends pas ce que tu lui trouvais, dit le fils. Vous êtes tellement différents. La mère pose ses couverts. Elle réfléchit. Son courage était contagieux, dit-elle finalement. Et aussi son mépris des règles inutiles. Elle sourit en jetant un œil à travers la fenêtre vers la place. Mais il aurait dû choisir un autre métier. Un homme avec un tel charisme ne peut pas passer son temps sur les routes à vendre des bidets. Il faut qu'il soit sur scène. Ou devant une caméra. Il a essayé ? demande le fils. Non, ça ne l'intéressait pas. La seule chose qu'il voulait c'était écrire. En tout cas, avant qu'on ait des enfants.

*

Un grand-père qui se sent comme un arrière-arrière-grand-père entre dans la salle d'attente du centre de soins où il a rendez-vous avec son médecin de famille. Cette adresse est-elle bonne ? lui demande la secrétaire lorsqu'il se présente à l'accueil. Elle ouvre la petite fenêtre du guichet et lui montre l'écran gris de son ordinateur. Le grand-père chausse ses lunettes et plisse les yeux. Quand elle sent son haleine, la secrétaire fait un mouvement de recul. Le grand-père pose sa deuxième paire de lunettes sur sa première et avance encore la tête. Oui, dit-il. C'est la bonne adresse. Vous savez que vous avez la possibilité d'avoir un médecin de famille plus proche de votre domicile ? dit l'infirmière. Merci, je sais, répond le grand-père. Mais là-bas, les médecins ne m'inspirent pas confiance. L'infirmière ne fait aucun commentaire, ce qui doit signifier qu'elle est d'accord. Le grand-père est dirigé vers la deuxième salle d'attente. Il s'assoit sur un banc et se concentre pour ne pas s'endormir. C'est quand même étrange d'avoir la bouche aussi sèche alors que je bois autant, se dit-il.

Il se souvient de l'époque où ce corps était son ami. Où il était immortel. Le grand-père pouvait le remplir de n'importe quoi, il survivait à tout. Aujourd'hui il s'est littéralement retourné contre lui. Une vraie mutinerie. Il est comme sa vieille Passat qui a fonctionné parfaitement jusqu'au jour où tout s'est cassé en même temps. Les essuie-glaces arrière sont tombés, les boutons des lève-vitres ne répondaient plus, le couvercle de réservoir à essence ne se vissait plus et même les portières avaient du mal à se fermer si on ne les soulevait pas quand on les poussait.

L'infirmière l'appelle. Il prend appui avec ses mains sur le banc pour se lever. On commence par quoi ? demande le médecin avant même qu'il se soit assis. Ses pieds le font souffrir, tout comme ses genoux et aussi ses cuisses. Et aujourd'hui il a mal à la tête, parfois c'est au ventre, assez souvent il ressent une pression dans la poitrine, spécialement au moment de s'endormir, il se réveille en sueur, la nuit il doit changer plusieurs fois de tee-shirt parce qu'il est trempé. Vous faites des cauchemars ? demande le médecin. Non, pas de cauchemars. Mais des rêves étranges. Il y a quelques nuits, j'ai marché pendant des heures dans Marseille. Mais ce n'était pas le Marseille d'aujourd'hui. C'était le Marseille de l'époque. Les voitures étaient anciennes, les affiches publicitaires pour les cigarettes aussi. Même la musique d'un café datait du milieu des années 1970. Il s'était dirigé vers le nord de la ville, il avait pris la rue de Lodi puis, à droite, la rue Fontange et ensuite, à gauche, la rue des Trois-Rois et étrangement, il avait tourné à droite et s'était retrouvé rue Sibie bien que tout le monde sache que c'est plus rapide d'aller à la gare si on continue tout droit rue des Trois-Mages et qu'on tourne ensuite à droite boulevard Garibaldi qui devient le boulevard Dugommier qui devient le boulevard d'Athènes. Mais, dans son rêve, il n'était pas particulièrement pressé. Il n'avait pas de valises. Il n'avait pas mal aux pieds. Il avançait tranquillement dans la chaleur printanière, avec cette démarche légère qu'on a à vingt ans, lorsqu'on a fait la fête toute la nuit et qu'on se réveille au petit matin dans un appartement étranger, qu'on sort sous le soleil étincelant et qu'on n'a pas la moindre idée de l'endroit où on se trouve. Alors on marche au hasard jusqu'à ce qu'on reconnaisse quelque chose, une fontaine, un bar, un cinéma avec à l'affiche un nouveau film d'Alain Tanner. Mais dans le rêve, il savait exactement où il était et où il se rendait. Le point de départ avait été la rue Sibie, il avait ensuite marché jusqu'à la place Jean-Jaurès, il avait tourné à droite, il avait croisé la rue Curiol, il avait pris la Canebière puis à droite sur le boulevard suivant et ce n'est que quand il se trouvait en haut des escaliers menant à la gare qui ressemblait à une forteresse qu'il s'était aperçu qu'il était seul. La gare était vide. Les trains étaient à l'abandon. Les guichets étaient ouverts mais déserts. Il avait alors réalisé que durant tout le trajet depuis la rue de Lodi jusqu'à la gare, il n'avait pas vu la moindre personne. Et dans le rêve il n'avait pas peur. Bien au contraire, il se sentait plutôt soulagé.

OK, dit le médecin l'air pensif. Et vous savez ce qui est le plus étrange ? poursuit le père. Je ne connais personne rue de Lodi. Mon ex-femme habitait rue Marengo qui se trouvait deux pâtés de maisons plus loin. Mais ce n'est pas là que ma promenade a commencé. Le médecin acquiesce tout en notant quelque chose sur sa feuille.

Vous n'avez pas arrêté de prendre vos médicaments, j'espère ? dit le médecin. Non, je n'ai pas arrêté. Je les prends. Mais il m'arrive de faire des petites pauses. Je ne veux pas être dépendant. La dernière fois, on a eu exactement la même discussion, dit le médecin en parcourant le dossier du grand-père sur son ordinateur, et on ne s'est pas mis d'accord sur le fait que vous deviez prendre vos médicaments quoi qu'il arrive ? Le grand-père reste silencieux. Vous devez comprendre que la dépression est une maladie sérieuse, poursuit le médecin. Si vous cessez de prendre vos médicaments, il peut y avoir des conséquences désagréables. Le grand-père hoche la tête. Surtout si vous arrêtez brusquement. C'est ce que vous avez fait ou vous y êtes allé progressivement ? Je ne veux pas être dépendant, répète le grand-père. Vous n'allez pas l'être, répond le médecin. Mais pendant combien de temps je dois les prendre ? demande le grand-père. Tant que vous en aurez besoin, répond le médecin. Je ne veux pas en avoir besoin, dit le grand-père. Je comprends. Mais si vous voulez aller mieux, vous devez les prendre. En revanche, si vous voulez aller mal alors vous pouvez arrêter. Je veux passer une IRM, déclare le grand-père. Il n'y a aucune raison que vous en passiez une, dit le médecin. Le grand-père reste silencieux. Je peux vous prescrire des séances de soins chez un pédicure, vous faire une ordonnance pour les antidépresseurs, le réapprovisionnement en seringues et l'insuline. Autre chose ? Ma vue, murmure le grand-père. J'ai un problème avec mes yeux.

*

Une mère qui est grand-mère qui est conceptrice lumière roule à quatre-vingt-dix sur une voie limitée à quarante. Elle est en route pour l'immeuble en construction au nord de la ville qui a déjà quatre mois de retard. L'entreprise de gros œuvres fait des histoires. Il y a un problème avec le syndicat. Deux ouvriers se sont blessés il y a quelques mois. Et maintenant, un différend juridique les attend. Et pour couronner le tout, les spots qu'elle a commandés il y a huit mois ne sont toujours pas arrivés. Bien que l'entreprise lui ait garanti la livraison au plus tard en septembre. C'est la dernière fois qu'elle travaille avec des amateurs. Cette médiocrité l'épuise. Toute sa vie, elle a attendu de pouvoir se confronter à des gens de son niveau. Quand elle était à la maternelle et qu'elle était entourée d'enfants baveux, elle pensait déjà que les choses seraient différentes lorsqu'elle commencerait l'école primaire. Alors elle pourrait montrer à l'instituteur qu'elle savait déjà lire. Pendant la récré, elle discuterait avec ses camarades de classe des différentes matières qu'ils étudiaient. Mais l'école avait été une déception. Les garçons savaient à peine s'exprimer. Et les filles n'utilisaient leurs mots que pour critiquer ou discuter pour savoir lequel était le plus beau entre Paul et John. Elle s'était alors mise à rêver du lycée en se disant que là, ce serait différent. Mais ç'avait été la même chose. Rien que des idiots partout. Des profs incompétents. Des garçons boutonneux. Des filles obsédées par leur physique. Des proviseurs obtus. Personne n'avait de grandes pensées. Tout le monde était enchaîné à son quotidien. Ils allaient à des fêtes, tombaient amoureux, se quittaient, partaient en voyage. Ils se comportaient comme s'ils ne comprenaient pas que la vie allait bientôt s'arrêter. Lorsqu'elle avait pris la décision de ne plus fréquenter personne, ses parents avaient commencé à s'inquiéter. Ils lui rabâchaient qu'elle devait étudier moins et dormir plus. Mais elle détestait dormir. Déjà à cette époque-là, elle savait que dormir était une perte de temps. Elle dormait au maximum cinq heures par nuit, ce qui ne l'affectait pas plus que ça. Bien sûr qu'elle se sentait parfois fatiguée, mais mieux valait être fatiguée que perdre la moitié de sa vie. Quand elle avait eu dix-huit ans, ses parents avaient voulu qu'elle aille parler à un prêtre qui était un ami de la famille. Elle avait accepté à contrecœur. Assise sur un tabouret dans sa cuisine, elle l'avait regardé cuire des saucisses et des rutabagas. Sa mère lui avait expliqué que leur fille ne mangeait pas, ne dormait pas, passait son temps à lire. C'est formidable, lui avait répondu le prêtre en souriant. Elle s'obstine à dire que tous les gens sur terre sont des idiots, avait dit le père. Tous sauf elle. Alors que lis-tu ? lui avait demandé le prêtre. Elle lui avait donné quelques noms d'écrivains. Pas mal du tout, avait répondu le prêtre. Vous n'avez vraiment pas à vous inquiéter, avait dit ce dernier aux parents. Ce n'est qu'une phase. Mais ça dure depuis qu'elle est petite, avait expliqué le père. Depuis qu'elle sait lire, avait ajouté la mère. Bientôt elle comprendra que la vie contient bien plus que des livres, avait dit le prêtre. Et si elle ne comprenait pas ? avait chuchoté la mère. Elle le fera, lui avait assuré le prêtre. Faites-moi confiance. Les parents avaient fait confiance au prêtre et six mois plus tard la fille était allée rendre visite à sa tante qui prenait des cours intensifs de français à Marseille. Elles étaient allées à un concert de jazz et quand les lumières de la salle s'étaient rallumées, elle avait découvert, assis à la même table qu'elle, un jeune homme avec des fossettes et des boucles noires. Qu'avait-elle vu chez lui ? Elle ne savait pas vraiment. Ce qu'elle savait, c'est que le monde s'agrandissait quand il venait lui rendre visite. Et qu'il rétrécissait quand il repartait rejoindre sa fille. Lui ressentait la même chose. Il avait fini par déménager pour la retrouver. Et très vite, elle était tombée enceinte. Et ils s'étaient mariés.

Il lui avait promis d'arrêter son activité et de chercher un vrai boulot. Mais avant, il fallait juste qu'il vende les objets stockés dans sa penderie, il fallait juste qu'il fasse un aller-retour rapide en Italie. Elle ne savait pas exactement ce qu'il fabriquait mais il avait toujours du liquide sur lui. De l'import-export, expliquait-il, jusqu'au jour où il avait été pris à l'essai comme vendeur chez ce grossiste qui fabriquait des articles de salle de bains.

Elle avait toujours le rêve profond de trouver une cohérence dans ce monde. Lorsque leur fils avait commencé la maternelle, elle s'était inscrite en fac de lettres. Pendant six mois, elle avait participé à des séminaires interminables où des communistes duveteux dans des gilets effilochés et fumant la pipe se demandaient si Kafka était suffisamment subversif pour être lu. Au printemps, elle avait changé pour les sciences politiques. Pendant six mois, elle s'était efforcée de faire des travaux de groupe avec des gens tellement cons qu'ils ne reconnaissaient pas leur propre ombre. Elle avait fini par abandonner. Elle avait trouvé un travail dans une boutique de naturopathie. Elle y était restée jusqu'à ce que son mari la convainque de faire une formation en architecture. Il avait vu ses esquisses et prétendait qu'elle était faite pour quelque chose de plus grand que simple vendeuse dans une boutique puant l'encens. Architecte ? Elle n'y avait jamais pensé. Elle avait réussi le concours d'entrée. Ses cinq années de formation, elle les avait faites en quatre ans et demi. Pour la première fois de sa vie, elle s'énervait moins contre les idiots qui l'entouraient. Au moins ces idiots-là avaient de l'ambition : ils rêvaient de construire quelque chose qui leur survive. Elle avait trouvé du boulot dès sa sortie de l'école.

Pendant quelques années, elle avait travaillé dans un cabinet. Puis elle et deux copains de sa promo avaient décidé de monter leur propre boîte. C'était juste après la crise et tout le monde leur disait que c'était de la folie, que les risques étaient trop importants, mais ç'avait fonctionné, ils avaient survécu à cette crise-là et aussi à la suivante et aujourd'hui ils avaient sept employés et quatre stagiaires et elle pouvait prendre le temps de se rendre à l'autre bout de la ville pour déjeuner avec son fils dans un restaurant de quartier miteux.

Mais le fils qui est un père est aussi peu intéressé par son monde que l'était son ex-mari. Il ne lui pose jamais de questions sur son métier. Il ne veut pas discuter de l'architecture du quartier, ni de la façon dont Rem Koolhaas a solutionné la lumière à la Fondazione Prada ni de l'exposition de Mona Hatoum au Tate Modern à Londres. À la place, il énumère tout ce qu'il a fait avant leur déjeuner : il s'est réveillé, il a chargé le lave-vaisselle, mis en route une lessive, préparé ce qu'il appelle l'avant petit-déjeuner pour les enfants, déposé la grande de quatre ans à la maternelle, étendu le linge, vidé les poubelles de recyclage, descendu le papier et le carton dans le container de la cour, vidé le coffre de la voiture de tout son bordel, changé la housse du siège-auto. Le petit d'un an était collé à lui et bavait dans le porte-bébé. Le seul incident a été quand le père a voulu refermer la portière arrière en même temps qu'il portait deux sacs remplis de manuels d'instruction et de jouets oubliés. Sans vraiment comprendre comment, il a réussi à la claquer sur son petit doigt qui est maintenant enflé et tout bleu. J'ai de l'aloe vera, dit la grand-mère en sortant un tube de son sac. Les piqûres, les inflammations, les démangeaisons, ça soigne tout. Même les relations avec le père ? demande-t-il. Absolument, répond-elle en lui tendant le tube.

Et j'ai aussi levé la clause paternelle, dit le fils qui est un père tout en badigeonnant de crème son ongle blessé. Aïe, dit la mère. Je n'en peux plus, explique-t-il, ça fait beaucoup trop longtemps que ça dure, quelqu'un d'autre doit prendre le relais. Mais vous aviez conclu un accord, non ? demande-t-elle. Oui, mais il ne peut pas être valable éternellement. Surtout quand on pense à l'état dans lequel il laisse mon bureau. Le fils décrit les portes cassées des placards de la cuisine, le tas de sacs-poubelles pleins, le café soluble disparu, la petite monnaie piquée. La liste est sans fin. C'est à toi de décider, l'interrompt-elle. Comment ça ? s'étonne-t-il. C'est à toi de décider si tu veux garder le contact avec lui ou pas. Tu essaies de me dire que si je ne m'occupe pas de ses affaires, il va rompre avec moi ? Je n'en sais rien. Il l'a déjà fait. Avec sa première fille, tu veux dire ? La mère continue à manger. Il s'est passé quoi avec elle, en fait ? Tu le sais très bien, répond-elle. Mais pourquoi on n'en parle jamais ? Qu'est-ce qu'il y a à en dire ? C'est vrai qu'elle se prostituait ? demande le fils. Demande-lui, dit la mère. Il refuse d'en parler, dit le fils. Je ne connais pas les détails. Je sais juste qu'il était un homme formidable qui s'est transformé. Et je suppose qu'il ne peut pas vivre chez toi ? demande le fils. Elle lui lance un regard noir en guise de réponse. Je l'ai suffisamment aidé, dit-elle. Moi aussi, dit le fils, mais moi je ne l'ai pas choisi alors que toi si. Lui non plus, il ne t'a pas choisi, répond la mère.

Ils finissent leur plat. Il faut que j'y aille sinon ces saboteurs risquent d'installer les néons dans le parquet, dit-elle. Le fils ne sourit pas. Il est fâché. Il a l'art de transformer une étincelle en incendie de forêt ou un papillon en élan. Et ça ne sert à rien qu'elle se propose de garder les enfants. Il n'a pas l'air de comprendre qu'elle a passé sa vie à aider les hommes. D'abord elle s'est occupée de son père, puis de son mari, puis de son fils. Maintenant c'est terminé. Sa patience envers les hommes a des limites, pense-t-elle après avoir dit au revoir à son fils et à son petit-fils sans que celui-ci ne se soit réveillé et alors qu'elle est installée dans sa voiture en route pour l'immeuble en construction.

Son portable sonne. Elle regarde l'écran. C'est son ex-mari. Elle ne décroche pas. Il la rappelle. Elle ne décroche pas. Il la rappelle. Elle décroche. Il dit qu'il sort de chez le médecin. On lui a examiné les yeux, il doit subir une opération. Ils ont d'abord voulu lui donner un rendez-vous dans quelques semaines mais quand il a expliqué à la gentille infirmière qu'il habitait à l'étranger, elle a réussi à lui trouver un créneau déjà le lendemain. Je ne vais rien payer parce que je suis pris en charge à cent pour cent, explique-t-il. Super, répond-elle. Je ne veux pas y aller seul, dit-il. Demande à tes enfants, répond-elle. On s'est disputés, ils n'ont jamais de temps pour moi. Ils ne font que travailler et prendre soin d'eux, dit-il. Appelle ton fils, il est en congé de paternité, dit-elle.

Ils raccrochent sans qu'il lui ait posé la moindre question. Elle continue à rouler. Où est-il passé ? Celui dont elle est tombée amoureuse ? Lui qui réussissait même à arracher un sourire à sa mère pourtant totalement dénuée d'humour ? Ses yeux scintillants, ses doigts qui claquaient en rythme, son cou large qui ne pouvait s'empêcher de bouger sur la musique. Lui qui était un infidèle notoire et invétéré qui sautait sur tout ce qui avait un pouls. Quand elle l'accusait, il se disculpait. Quand elle le mettait en garde, il souriait. Quand elle lui a donné une dernière chance, il a préféré refaire la même chose encore et encore. Mais ce n'est pas son infidélité qui lui a fait prendre sa décision. Ça, elle le gérait très bien. Et il n'était pas le seul à avoir des aventures. Ce à quoi elle n'a jamais pu s'habituer, c'est son inconstance. Qu'il disparaisse pile au moment où elle avait le plus besoin de lui. Elle a fini par ne plus le supporter. Elle a demandé le divorce. Il a accepté et a disparu. Pendant plusieurs années, il n'a pas contacté ses enfants. Puis un beau jour, il est revenu. Il n'était plus que l'ombre de lui-même. Il lui a raconté que sa fille était morte. Il voulait qu'ils fassent une nouvelle tentative. Elle lui a répondu qu'elle avait depuis longtemps tourné la page. Il lui a alors demandé si elle avait quelqu'un. Elle a ri de l'absurdité de la question. Comment pouvait-il même penser qu'elle ait du temps pour ça ? Ces dernières années, elle les a passées à être un père, une mère, une entrepreneuse, une conseillère d'orientation, une médiatrice, une poseuse de limites, une épargnante en allocations familiales, une gueularde, une encourageuse, une essuyeuse de larmes, une poseuse de gel dans les cheveux, une instructrice en arithmétique, une coach de foot, un public de foot et une fois (mais juste une !) une arbitre de foot alors que l'arbitre qui devait officier pour le match de sa fille avait une crise de migraine (sa dernière question avant qu'elle récupère le sifflet et qu'elle coure sur le terrain avait été : Hors-jeu ? Ça veut dire quoi déjà ?) Une chose avait pour elle été impossible à faire. C'était lorsque son fils devait aller au bal de l'école et qu'il avait acheté sa première cravate. Il avait besoin d'aide pour la nouer. Elle a alors appelé son frère qui lui a donné des instructions par téléphone. Elle a essayé une fois, deux fois, la cravate était de plus en plus froissée, le fils de plus en plus désespéré et de plus en plus en retard. La cravate était trop courte, trop longue, le nœud était trop petit, trop plat, il ressemblait à un nœud de marin. Finalement la mère a proposé qu'ils montent voir le voisin. Le peintre qui habitait un étage au-dessus. Il a pris la cravate et a formé un nœud parfait, puis il a passé la cravate autour du long cou du fils comme une médaille et il l'a serrée. Après ça il a dit : tu ressembles à un prince. Le fils est parti en courant en direction du bal. La mère, elle, est restée dans sa cuisine. Elle a éteint le plafonnier et a suivi son fils des yeux alors qu'il sprintait vers l'école avec ses longues jambes, les semelles de ses belles chaussures un peu glissantes, la cravate argentée flottant au-dessus de l'épaule et étincelant dans le crépuscule d'été. Elle a éteint le plafonnier pour mieux le voir. Elle a éteint le plafonnier pour que les voisins ne voient pas ses yeux. Son ex-mari avait disparu mais elle, était toujours là. Elle a continué à remplir des sacs à dos de pique-niques, à enlever des échardes, à s'occuper du budget de la famille, à organiser des dîners de filles, à changer des lacets, à réparer des fermetures éclair. Elle dessinait des entrées d'hôpitaux, des parkings à étages, des rénovations de bâtiments de stockage de marchandise. Elle a réhabilité un grenier chez un client privé. Elle achetait des paquets familiaux de pirojkis russes surgelés, elle achetait des bandes adhésives pour doigts de basketteurs foulés. Elle faisait la médiatrice lors de conflits entre fratrie et motivait avant les contrôles. Elle achetait du vin pour fêter le bac et réparait les consoles de jeux vidéo, d'abord avec de la Patafix, ensuite avec du ruban adhésif. Elle achetait des vêtements de marque aux enfants, mais jamais pour elle. Elle répondait qu'elle n'avait pas le temps de tomber amoureuse quand ses amis essayaient de la caser avec un urbaniste barbu et divorcé. En tout cas, pas maintenant, disait-elle quand les amis insistaient. Pour l'instant, je dois être là pour mes enfants. Elle a décidé de mettre sa vie personnelle entre parenthèses jusqu'au bac de sa fille. Lorsque celle-ci a dévalé les escaliers du lycée en criant de joie, la mère a tellement hurlé qu'elle en a perdu sa voix. Et elle a continué à avoir la voix cassée pendant toute la fête qui s'est ensuivie. Elle a réussi à croasser un discours. Le lendemain elle ne pouvait même pas chuchoter. Pendant plusieurs semaines, elle s'est promenée avec un bloc-notes et un stylo pour écrire ce qu'elle voulait dire. Le médecin lui a ordonné de ne pas rire ni chuchoter. Si elle voulait recouvrer sa voix, la seule chose à faire, était de rester silencieuse pendant dix jours. Sinon, il y avait des risques de lésions irréversibles sur les cordes vocales. Tu n'y arriveras jamais, lui ont dit ses enfants. Comment tu pourrais passer dix jours sans dire un seul mot ? Impossible. Mais elle a réussi. Exactement comme elle a réussi tout le reste alors que la chance était contre elle. Et sa voix est revenue. Mais son ex-mari, lui, était toujours inexistant. Personne ne savait exactement ce qu'il faisait ni où il habitait, et tellement d'années s'étaient écoulées depuis le divorce que plus personne ne demandait de ses nouvelles.

Elle arrive devant le bâtiment en construction et se gare là où, selon les plans, il devrait y avoir une pelouse, mais qui n'est qu'un terrain recouvert d'un mélange de gravier et de flaques d'eau. Elle court à petites foulées jusqu'à la salle de réunion temporairement aménagée et qui manque toujours de spots.

*

Un fils qui est un père quitte la table dans l'angle pour aller chercher les cafés et jeter un œil sur le petit d'un an. Il dort toujours, dit-il à la mère qui regarde l'heure et avale son café d'une traite. Tu dois y aller ? Elle hoche la tête. Dis-moi si vous voulez que je vous garde les enfants un de ces jours. Oui, ce serait super. On aurait vraiment besoin d'une pause. La semaine prochaine peut-être ? La mère regarde son agenda. Je suis à Göteborg de mercredi à vendredi. Göran et moi devons rencontrer un client potentiel. Alors peut-être ce week-end ? demande le fils. Malheureusement ça va être compliqué. Samedi j'ai un vernissage à Magasin III et dimanche je vais voir un concert à Berwaldhallen avec mon groupe d'amies. Le week-end suivant alors ? propose la mère. On en reparle, répond le fils pour la punir d'avoir une vie. Mais tu viens bien à la fête d'anniversaire dimanche ? Bien sûr, dit la mère. Tu veux que je te laisse l'aloe vera ? Volontiers. Ça coûte cent dix-neuf couronnes, lui dit-elle en lui tendant le tube. Le fils la remercie et remet un peu de crème verte transparente sur son pouce. Ça fait du bien, dit-il. Ça rafraîchit. L'aloe vera c'est génial, dit la mère. C'est une importation directe. Ça soigne toutes sortes d'inflammations. Quand je travaillais dans la boutique, je la proposais à neuf clients sur dix. Le fils la remercie de nouveau. Elle coûte cent dix-neuf couronnes, répète la mère.

Tu peux me la payer par Swish ou me faire un virement sur mon compte. Le fils regarde la mère. T'es sérieuse ? demande-t-il. C'est le prix auquel je l'achète. Je ne prends pas de marge. Le fils hoche la tête. Il lui donne l'argent en liquide. Tu fais la tête ? demande la mère. Pas du tout, répond le fils en essayant de sourire. Ils se disent au revoir et elle part en courant vers sa voiture. Quand la porte du restaurant se referme, elle est déjà installée au volant.

Il reste assis avec son fils endormi dans la poussette à côté de lui. Lorsque la voiture n'est plus visible, il se lève et reprend le chemin de la maison. En bas de la côte il tourne à gauche, passe devant la barrière qui tous les matins est baissée entre sept heures et neuf heures et tous les après-midis entre seize heures et dix-huit heures. Il essaie de se concentrer sur ce qu'il voit pour éviter de penser. Il essaie de trouver un moyen mnémotechnique pour se souvenir des horaires où la barrière est baissée. Il pense qu'on a sept ans en CE1 et qu'on en a neuf en CM1. Qu'à seize ans on est en seconde et qu'à dix-huit ans on peut passer son permis de conduire. Il regarde les voitures qui circulent et chuchote pour lui-même leur marque. Une Honda Civic, une Toyota Prius, une Volvo V70, encore une Volvo V70, une Mazda 3. Il passe devant des maisons et des pommiers, des immeubles et le chantier en cours où ils ont commencé à faire exploser la roche pour pouvoir installer le système d'égouts et les fondations du bâtiment. Tous les jours à dix heures, à midi et à seize heures, la route est bloquée pendant quelques minutes et on entend des sirènes, puis un bourdonnement sourd suivi d'un long signal indiquant que l'explosion est terminée. Il est bientôt arrivé. Il continue à essayer de maîtriser ses pensées. Il pense aux règles de stationnement. Il pense au monsieur avec son petit chien blanc qui porte souvent un gilet mais pas aujourd'hui. Il pense au gars des services sociaux avec son tee-shirt orange et son gros trousseau de clés qui lui sourit toujours quand ils se croisent dans l'ascenseur. Il entre dans la cour et glisse son badge sur le digicode avant de pousser la porte. Une fois dans l'ascenseur, il ne parvient plus à contenir ses émotions. Il ne sait pas pourquoi mais il ne réussit pas à se maîtriser. Comme quand il était petit. Il ouvre la porte de chez lui, gare la poussette dans l'entrée, s'enferme dans sa chambre et se met à pousser des hurlements la tête enfouie dans les oreillers, à jeter les couvertures contre les murs. Puis il voit son reflet dans le miroir et se calme. Il s'assoit sur le bord du lit, silencieux, et essaie de comprendre ce qui se passe. Dans l'entrée, son fils s'est réveillé. Le père va le chercher. Le petit d'un an regarde les yeux du père, tend sa main et touche du bout de son doigt une larme qui est restée sur sa joue. Ils se mettent à rire tous les deux quand la larme éclate et se transforme en un rien.

*

Un père qui est un grand-père sort de chez le médecin le cœur palpitant. Il appelle son ex-femme mais elle n'a pas de temps pour lui. Elle a des immeubles à construire, des expos à voir, un amant plus jeune avec qui danser le tango. Alors il appelle son fils. Celui-ci répond. Sa voix est étrange. Tu es enrhumé ? demande le père. Non, répond le fils. C'est parce que tu ne mets pas de bonnet, dit le père. Je ne suis pas enrhumé. Qu'est-ce qui s'est passé hier ? On t'a attendu toute la soirée. Pourquoi tu n'es pas venu au dîner ? J'ai eu un empêchement, répond le père. Ta fille était déçue. Elle avait fait des lasagnes. Je vais l'appeler, dit le père. Ils restent silencieux. Demain je vais me faire opérer des yeux. Ah bon ? Oui. Tu veux qu'on t'accompagne ? Qui ça on ? Je suis en congé de paternité. OK. Si vous voulez, vous pouvez.

VII. MARDI

Une fille qui est une petite-fille qui est une pro du foot, une dompteuse de dragons, une ninja aux pouvoirs de feu, a quatre ans mais elle est plus forte que tout le monde. Puissance dix-neuf milliards. Non, pas quatre ans. Quatre ans et demi. Non, quatre ans et tellement de mois qu'elle en a presque cinq. En foot elle est meilleure que Zlatan. C'est elle qui court le plus vite du monde, presque plus vite que les fusées, bien que rien n'aille plus vite qu'une fusée. Sauf Flash McQueen qui a des flammes sur les côtés qui sont plus brûlantes que la lave. La lave se trouve dans les volcans. Ici il n'y a pas de volcans ni de dinosaures ni de tigres à dents de sabre, mais il y a quand même quelques tigres qui habitent au zoo, ils ne peuvent pas venir ici la nuit parce qu'ils n'ont pas le code et qu'ils ne peuvent pas prendre tout seuls l'ascenseur et même si quelqu'un leur ouvrait la porte de l'immeuble ils ne pourraient pas entrer dans leur appartement parce qu'ils n'ont pas la clé et en plus ils n'ont pas de poches. Les lions sont plus rapides que les rhinocéros. Les rhinocéros ont deux cornes qui sont dures comme des os et c'est pour ça qu'on les appelle des rhinocéros. La station de métro Zinkensdamm s'appelle Zinkensdamm et pas Zinkensfemme, mais ça rime. D'autres choses qui riment sont ballon et pompon, bandy et Andy, cool et pas cool, beau et très beau. On n'a pas le droit de se fâcher contre les petits d'un an parce qu'ils n'ont qu'un an et à cet âge on ne comprend pas pourquoi il ne faut pas mordre dans des ballons, casser des livres sur l'espace ou avaler des roues de Lego ou encore mettre des crocodiles jaunes dans les poubelles. Les petits d'un an ne savent rien. Ils ne savent pas parler, pas faire de la trottinette, pas jouer au foot. La seule chose qu'ils savent faire c'est manger des trucs et avoir de la morve qui coule. On n'a pas le droit de mordre les petits d'un an même si on en a envie. On n'a pas le droit de les taper sur le ventre ni sur la tête. On n'a pas non plus le droit de leur donner un coup de pied sur la tête, ni dans le dos, même pas un tout petit peu dans les chevilles. C'est seulement parfois qu'on peut frapper un petit d'un an un tout petit peu. Si par exemple il a fait quelque chose de très mal. Comme jeter un Magic Troll dans les toilettes alors qu'il n'est même pas à lui. Les grandes de quatre ans ne portent plus de couches. Les grandes de quatre ans vont à la maternelle, jouent au foot et aiment le softball. Le samedi, les grandes de quatre ans ont le droit de manger des bonbons alors que les petits d'un an n'ont droit à rien. Ou peut-être à un peu de maïs. Une fois, le petit d'un an a eu le droit de goûter un raisin. Mais les petits d'un an n'ont pas droit à des Pez ni à des Dragibus. Ils n'ont même pas le droit de goûter à des M&M'S. Et surtout pas à de la réglisse. La grande de quatre ans aime les bonbons à la réglisse et les cornflakes et les mandarines et les poires marron qui sont dures, surtout si elles sont restées longtemps dans le frigo, et les glaçons dans la bouche si on s'est mordu et les glaces, presque tous les parfums, mais surtout la poire et le chocolat. Il existe de la glace avec des bonbons dedans. Il n'existe pas des bonbons avec de la glace dedans. Sinon la glace fondrait dans les bonbons. Maman n'aime pas la glace. Maman aime le chocolat, les noix, les figues et les graines de courge qu'on peut mettre sur le fromage blanc. Papa aime la glace, les bonbons, le vin et les saucisses. Quand maman boit un peu de vin, elle dit que ça a mauvais goût. Maman ne veut jamais goûter les saucisses. Maman dit qu'elle aime d'autres choses bien plus que les saucisses. Qu'est-ce qui est meilleur que les saucisses ? Le halloumi par exemple. La grande de quatre ans aime autant le halloumi que les saucisses mais quand même un peu plus les saucisses. Parce que les saucisses c'est ce qu'il y a de meilleur. Les saucisses. Le halloumi. Les bonbons. La glace. Et les saucisses. Les petits d'un an n'ont pas droit aux saucisses. Ils peuvent en manger mais uniquement si elles sont coupées en tout petits petits petits petits petits morceaux. Des petits morceaux comme ça. Tellement petits qu'ils sont plus petits que des ongles. Tellement petits qu'on ne les voit presque pas. Surtout quand c'est maman qui les coupe. Quand c'est papa, les morceaux sont plus gros. Maman dit que les saucisses peuvent se coincer dans la gorge des petits d'un an et s'ils ne peuvent plus respirer, il faut les emmener à l'hôpital parce qu'ils peuvent mourir. Le grand-père de Leo est mort. Les écureuils peuvent mourir, mais pas les éléphants s'ils ne tombent pas dans un volcan. Les grandes de quatre ans sont toujours très gentilles avec les petits d'un an. Les petits d'un an ont le droit de leur emprunter des jouets. Les petits d'un an peuvent se mettre dans les buts. Les petits d'un an arrivent très bien à plonger pour rattraper le ballon quand les grandes de quatre ans tirent le plus fort qu'elles peuvent. Quand les grandes de quatre ans n'ont plus faim, les petits d'un an peuvent finir leur saucisse. Mais le petit d'un an est trop stupide pour comprendre que le bout de saucisse qu'elle lui tend c'est de la saucisse. Deux fois de suite il balance le bout de saucisse par terre. La grande de quatre ans est chaque fois obligée de le ramasser. Maman et papa ne remarquent rien parce qu'ils sont en train de discuter devant la cuisinière. Maman dit : pourquoi tu t'es proposé ? Papa répond : je ne sais pas. Maman dit : si tu veux qu'il se débrouille tout seul, il faut que tu arrêtes d'être toujours disponible pour lui. Papa répond : mais il se faisait opérer. Ils disent qu'ils discutent mais en fait, ils se disputent, ça s'entend à leurs voix. Finalement le petit d'un an comprend que le gros bout de saucisse c'est de la saucisse. Ça le fait rire. Il a des dents dans la bouche. Mais pas partout. La grande de quatre ans a plus de dents et elles sont bien plus puissantes. Le petit d'un an met le bout entier de saucisse dans la bouche. Ça le fait rire encore plus. Il commence à tousser. Le petit d'un an a une tête rigolote. Son visage change de couleur comme un caméléon qui est un dinosaure piquant qui change, lui aussi, de couleur. Le petit d'un an est d'abord marron clair, puis bleu, puis violet. Maman dit que papa doit prendre ses responsabilités. Papa répond que c'est ce qu'il fait. La grande de quatre ans dit : Regardez sa tête ! Il est vraiment trop drôle ! Regardez comme il a une tête rigolote ! Pas maintenant, dit papa. Attends, chérie, on finit de parler, dit maman. La grande de quatre ans s'approche du petit d'un an. Sa bouche s'ouvre comme s'il allait vomir mais rien ne sort. Il fait des bruits très rigolos. Maman se retourne. Mon Dieu, s'écrie-t-elle. Papa se précipite sur le petit d'un an et le retire de sa chaise haute. L'assiette tombe par terre. Du ketchup gicle sur le short de foot de la grande de quatre ans. Maman met celui d'un an la tête en bas. Papa le tape dans le dos. La saucisse sort et atterrit par terre. Dessus il y a des traces de dents mais pas trop. C'est toi qui lui as donné ça ? demande papa. Non, répond la grande de quatre ans. Dis la vérité, siffle maman. J'ai plein de ketchup sur mon short, se plaint la grande de quatre ans. C'est toi qui lui as donné ? demande de nouveau papa mais il ne le dit pas, il le crie tellement fort que ça fait mal aux oreilles. La grande de quatre ans n'a jamais peur mais là, elle a un peu peur. Papa tient le bout de saucisse devant elle. Il le secoue tellement fort qu'une partie se casse et tombe par terre. Il ne faut pas jeter la nourriture, lui dit la grande de quatre ans. Papa l'attrape brutalement par le bras, la tire hors de la cuisine, lui crie que les grandes de quatre ans doivent être gentilles avec leur petit frère, que ça le rend dingue si quelqu'un essaie de faire du mal à sa famille. Quand ils arrivent dans la salle de bains, papa dit qu'il n'en peut plus d'être un papa et qu'il préférerait être un enfant. Chéri, arrête maintenant, lui crie maman en arrivant en courant avec le petit d'un an dans les bras. Toi aussi arrête, répond papa. Va faire une pause. Papa lâche la grande de quatre ans et s'enferme aux toilettes. Maman retourne dans la cuisine avec le petit d'un an dans les bras. On entend des bruits bizarres provenant des toilettes. La grande de quatre ans reste devant la porte. Elle cogne fort. Pas maintenant, répond papa. À sa voix on dirait qu'il est à genoux et qu'il essaie de retirer une vis bien enfoncée. Il a la même voix que quand il regonfle les roues de la poussette avec la pompe qui n'est pas compatible avec la valve du pneu. Du coup, il faut pomper très fort, bien plus fort que ce que pourrait faire un enfant. Maman revient. Elle embrasse la grande de quatre ans. Tu as eu peur ? demande-t-elle. Non. J'ai peur de rien. J'ai juste un peu peur des tigres à dents de sabre, du slime et de Taurus. La mère sourit. Tu savais qu'il y a une vraie personne sous le costume de Taurus ? Non. Taurus c'est un robot. C'est vraiment un vrai robot. C'est pour ça qu'il envoie du slime sur les enfants qui sont trop lents. Oui mais sous son déguisement il y a un acteur, explique maman. Non. Bill à la maternelle dit que c'est un vrai robot. OK, répond maman. Mais il ne faut pas que tu aies peur de Taurus parce que c'est une personne normale. Tu sais rien, crie la grande de quatre ans et elle part en courant dans sa chambre. Elle claque la porte derrière elle. Elle sort ses craies et se met à dessiner sur sa table bien qu'elle n'ait pas le droit. Elle colle des autocollants de dinosaures sur le mur. Elle sort tous les déguisements de son coffre qu'elle renverse ensuite. Personne ne vient. Elle enfile une cagoule de Spiderman, une perruque de Fifi Brindacier, une tiare autour du cou comme un collier, une ceinture de pirate marron avec un cintre en plastique comme arc et quatre pailles en guise de flèches puis elle se glisse dans la cuisine. Le petit d'un an est de nouveau assis dans sa chaise haute et il est en train de manger une mandarine. Les quartiers sont coupés en tout petits petits morceaux, tellement petits qu'ils ressemblent à des billes. Il rigole. Maman et papa se tiennent devant la cuisinière. Ils se serrent dans les bras l'un de l'autre. Ils font plusieurs dizaines de mètres de haut. Surtout papa. Quand il tend les bras, il touche le plafond. Maman est moins grande, mais quand même plus grande que la plupart des maîtresses à la maternelle sauf Karro. Papa aperçoit la grande de quatre ans. Il la prend dans ses bras et s'excuse de lui avoir parlé aussi durement. Il raconte qu'aujourd'hui il a accompagné papi pour se faire opérer. Une vraie opération ? demande la grande de quatre ans. Mm, répond papa, il s'est fait opérer les yeux. Tu me fais une blague, dit la grande de quatre ans. Non, c'est cent pour cent vrai, répond papa. C'était dangereux ? Non, pas vraiment. Papi croyait que c'était dangereux mais en fait c'était une opération de routine. C'est quoi une opération de routine ? Quelque chose qui se fait tous les jours. Comme de se brosser les dents ? Oui, à peu près. Mais tu sais ce qu'ils ont fait avant l'opération ? Ils ont pris une super-photo de son œil avec un super-appareil photo spécial. Ils ont zoomé pour pouvoir le voir de très très près parce qu'ils voulaient trouver quelque chose qui s'appelle la tache jaune et qui est située à l'endroit où on voit. Et tu sais à quoi ressemblait la tache jaune ? Non. On se serait cru dans l'espace. On aurait dit un volcan sur une planète verte. On aurait dit une étoile dans le système solaire alors que c'était loin loin dans l'œil de papi. Après ils ont mis des gouttes et ils l'ont soigné avec un laser et maintenant papi voit presque aussi bien que toi et moi. La grande de quatre ans sourit. Elle pose sa tête sur le haut du bras de papa. C'est vrai ? Comment ça ? Dans son œil il avait l'espace ? Mm. La grande de quatre ans rit. Papa rit. Maman rit. Le petit d'un an attrape son assiette en plastique avec les bouts de mandarine et la tend à la grande de quatre ans. Il veut qu'elle goûte. La grande de quatre ans prend deux morceaux et les avale. Merci, dit-elle au petit d'un an, merci de m'avoir fait goûter. Tu veux qu'on joue que t'es une cible ? Meuuu, répond le petit d'un an. Maintenant il est l'heure d'aller se coucher, dit papa.

*

Un petit d'un an qui est un petit-fils qui est un petit frère qui est le plus jeune de la famille se racle la gorge et dit : Meuuu. Meuuu ? C'est une blague ? Vous pensez que j'ai quatre ventres ou quoi ? Que je remue la queue pour faire partir les mouches ? Et est-ce que je rumine ma nourriture ? Est-ce que le lait c'est la meilleure chose que je connaisse ? OK. J'avoue. J'aime le lait. Le lait c'est bon. Le lait c'est bon pour la santé. Le lait ça peut se boire chaud, froid, tiède. Mais franchement. Qui sur cette planète (à part maman) n'aime pas le lait ? Ça ne me transforme pas pour autant en un stupide animal meuglant. Je suis petit. Je porte des couches. J'ai assez peu de dents. Je ne sais pas encore vraiment marcher seul. Je suis fasciné par mes propres doigts et je ris fort sur la table à langer quand je découvre que j'ai un zizi. MAIS ! Pour un petit d'un an, je suis quand même extrêmement indépendant. Ces dernières semaines, voici tout ce que j'ai fait sans que vous me voyiez : j'ai mangé la terre du pot de fleurs dans la chambre. J'ai déchiré trois pages du livre que papa a sur sa table de chevet. J'ai mangé la petite mousse noire d'une oreillette. Puis une deuxième. J'ai jeté le crocodile en plastique jaune de ma grande sœur dans la poubelle de la cuisine. J'ai jeté la télécommande dans la poubelle de recyclage. Mais vous ne voyez rien parce que vous êtes trop occupés à répondre à vos SMS ou à vous disputer à propos du lave-vaisselle à vider ou à regarder ma grande sœur jouer au foot avec son ballon en mousse dans la salle de séjour.

Si vous me regardiez comme vous regardiez ma sœur quand elle était petite, vous comprendriez qu'il y a cent nuances différentes de meu. Un meu peut signifier : je ne suis pas du tout fatigué. Un autre meu : non, désolé, je n'ai pas vu de crocodile en plastique jaune. Un troisième meu : c'était pas moi. Un quatrième meu : ATTENTION UN OURS ! et un cinquième meu : Ah, désolé, j'avais mal vu. Un sixième meu : OK, apparemment on s'attend à ce que j'embrasse sur la joue cet inconnu que tout le monde appelle papi bien qu'il ait plus de deux cents ans, les dents jaunes et une barbe qui pique. OK je le fais, je lui fais un bisou sur la joue et je lui bave aussi un peu sur la chemise, mais alors je veux que vous vous le rappeliez. Je veux que vous vous rappeliez que je participe, que je fais gagner notre équipe et j'aimerais que ça me donne des points supplémentaires pour ce soir quand on choisira une histoire.

Mais personne ne comprend rien parce que personne n'écoute. Personne ne voit. Il n'y a que moi, qui suis pourtant le plus petit, qui ai des yeux qui fonctionnent. Ce matin, j'ai vu une chose étrange. Je venais de me réveiller. J'étais allongé dans ma poussette. Lentement la conscience s'est propagée en moi. Soudain je me suis souvenu de toute la matinée. Qu'on était allés avec papa déposer ma grande sœur à la maternelle, le stress en y allant, les excuses essoufflées de papa à la maîtresse parce qu'on était en retard.

Et maintenant la poussette était garée dans le café au rez-de-chaussée de la maison de retraite, pile en face de la petite fontaine sur la place. Je voyais le dos de papa. Il était seul dans le café. Il avait une tasse turquoise dans la main et était penché sur son portable. Mais il levait la tête toutes les minutes pour jeter un œil sur la place. Là, assis sur un banc j'ai aperçu son père. Enfin, la personne qu'on a rencontrée vendredi et que tout le monde appelle papi. Il était assis sur ce banc sous le soleil d'automne. Il avait un journal posé sur les genoux mais il ne le lisait pas. Papi ne voyait pas papa et papa ne me voyait pas. Puis il y a eu des cris et des rires d'enfants. Sur le petit chemin est arrivée une classe. Les accompagnateurs portaient des vestes rouges et les enfants des vestes fluos. Tous tenaient une longue corde. J'ai vu la combinaison violette de ma sœur et aussi son bonnet cache-oreilles à poils gris. Elle marchait à côté d'un copain. Ils rigolaient. Ils se poussaient. Ils sont passés à côté du monsieur avec la barbe piquante sans le voir. Papa regardait son père. Papi regardait sa petite-fille. Personne ne disait rien. Bientôt ma sœur a disparu. Papa ne bougeait pas. Je me suis penché vers lui pour lui rappeler que quoi qu'il se soit passé entre lui et son père, notre relation à nous est unique et c'est un des vrais challenges de cette vie. De ne pas considérer qu'on est déterminé par son histoire familiale. Mais tout ce qui est sorti de ma bouche a été : Meuu. Tu es réveillé mon chéri ? m'a souri papa. J'ai hoché la tête, ou en tout cas je ne l'ai pas secouée, ce qui est à peu près la même chose. On est sortis sur la place. Papi nous a aperçus. D'où venez-vous ? a-t-il demandé. On était au café, a répondu papa. Vous ne m'aviez pas vu ? a demandé papi. Non, a répondu papa. Si, bien sûr qu'on t'avait vu, j'ai dit. Mais ici il n'y a pas de vache, a rétorqué papi.

On a quitté la place. Papa a passé son portefeuille sur un boîtier métallique et deux vitres se sont ouvertes latéralement. Papa et moi, on est entrés dans une petite pièce tout en acier qui sentait la poubelle pleine de couches sales. Retiens ton souffle, a dit papa avant d'appuyer sur un bouton. Papi nous faisait un signe de la main de l'autre côté. Les deux vitres se sont refermées et la petite pièce est descendue sous terre avec une lenteur infinie. Quand on est sortis dans l'air normal, un serpent bleu est arrivé mais il avait des portes comme sur les bus et plein de petites lumières comme dans les cuisines. On est montés dans le serpent qui était en fait un métro. Papa et papi ne se parlaient pas. Si, ils l'ont fait juste une fois. Quand on est descendus du train et qu'on en a attendu un autre, papa a dit : juste pour que tu saches, il existe des moyens plus rapides pour se rendre à Fridhemsplan. On aurait pu prendre le bus de Hornstull ou la ligne bleue du métro à la gare centrale. On n'est pas pressés, a soufflé papi en s'asseyant sur un banc pour attendre. Ensuite on est sortis du deuxième métro, on a pris un escalier roulant puis encore une petite pièce métallique qui nous a montés tout en haut dans la rue où le soleil brillait et où les gens marchaient tous d'un pas décidé. On avait l'impression qu'ils ne remarquaient pas que la route était pleine de bus articulés, de poids lourds, de camions-citernes, de dépanneuses et (je vous jure) de deux motos de police. Oh, j'ai crié pour que papa et papi ne ratent pas toutes ces choses incroyables, mais aucun des deux ne m'a répondu. Ils continuaient à marcher droit devant eux, le regard fixé sur tout sauf sur eux.

On est arrivés devant un grand bâtiment blanc et on a passé de nouvelles portes vitrées. Mon père va se faire opérer, a dit papa à la femme à la peau pâle comme de la bouillie assise à l'entrée. La femme a hoché la tête et a donné deux dossiers dans des chemises en plastique à papa. L'un concernait l'examen, l'autre l'opération. Suivez la ligne jaune au sol jusqu'à la salle de consultation, a-t-elle dit. La ligne bleue vous emmènera ensuite à la salle d'opération. Combien de temps ça va prendre ? a demandé papa. L'opération en elle-même ne prend qu'une petite heure, a répondu la femme. Mais le temps d'attente est plus long. C'est que je dois aller chercher ma fille à la maternelle, a expliqué papa bien que personne ne lui ait demandé ses plans pour l'après-midi. Papi se tenait à côté de lui mais c'est papa qui a pris les chemises, qui a conduit la poussette en direction des toilettes pour ensuite faire demi-tour et découvrir que la petite pièce métallique qui allait nous emmener au bon étage se trouvait à l'autre bout du bâtiment.

Devant la salle d'attente il y avait cinq grandes images qui étaient pareilles mais aussi un peu différentes. Une fille souriante vêtue d'une robe rose aux bords ondulés. La même fille souriante aux contours flous. La même fille souriante mais dont le visage était recouvert de points noirs qui ressemblaient à des vers. La même fille souriante cette fois entièrement recouverte d'une tache gris foncé. Papa était penché en avant pour fermer le cadenas de la poussette. Il a pointé du doigt les images. C'est comment pour toi ? a-t-il demandé à papi qui s'est retourné. Je ne vois pas vraiment de différence, a-t-il répondu.

On est restés assez longtemps à attendre que quelque chose se passe. Quand j'en ai eu marre, papa est allé chercher un journal que je pouvais déchirer. Après on a rencontré une infirmière super. J'ai tout de suite compris qu'elle avait de l'humour parce que quand elle m'a vu, elle a caché son visage dans ses mains qu'elle a ensuite retirées en disant : coucou. Le Coucou-caché est la preuve certaine que quelqu'un a de l'humour. On l'a suivie jusqu'à une pièce où il y avait des échelles en bois sur les murs et une télé blanche montrant des insectes noirs. Elle a sorti un pistolet et a soufflé de l'air dans l'œil de papi. Après, elle a sorti un grand téléphone blanc et a pris des photos du fond de son œil. Et encore après, elle a mis papi devant la télé, lui a donné des lunettes en plastique gris avec une protection sur un œil et elle lui a demandé s'il voyait la première ligne. Je vois à peine le tableau, a répondu papi. OK, a répondu l'infirmière en ajoutant encore un œil tout rond dans ses lunettes. C'est mieux, c'est pire ou c'est pareil ? a-t-elle demandé. Pareil, a répondu papi. Elle a alors refait le même test avec encore des yeux en plus. C'est mieux, c'est pire ou c'est pareil ? Un peu mieux, a répondu papi. Au cinquième essai, il arrivait à voir les insectes sur le tableau. Il a récité machinalement leurs noms qui étaient genre A, E, X ou Z.

Vous portez des lunettes au quotidien ? a demandé l'infirmière. J'ai des lunettes de lecture, a répondu papi. Mais je les ai oubliées chez moi. Vous savez quelle est la puissance des verres ? a demandé l'infirmière. Je les ai achetées dans une station-service, a répondu papi. Parfois il en met deux l'une sur l'autre pour mieux voir, a ajouté papa. OK, a dit l'infirmière en regardant papi. OK, a-t-elle répété. Mais vous n'êtes jamais allé voir un opticien ?

Après l'examen, on a suivi la ligne verte au sol jusqu'au restaurant. Papi a invité papa à déjeuner. Moi j'avais un petit pot de lasagnes végétariennes. Papa a demandé à les faire réchauffer au micro-onde et je les ai mangées tout seul. Dans mon assiette il y avait aussi des petits morceaux de concombre, du maïs et du pain qui venait de l'assiette de papa.

Merci pour le déjeuner, a dit papa à papi. Papi n'a pas répondu. Tu sais ce que je vais faire demain ? a demandé papa. Du stand-up. Du stand-up ? s'est étonné papi. Oui, on est seul sur une scène, a expliqué papa. Devant un vrai public. Tu vas être clown ? a alors dit papi. Pas clown, comique, a rectifié papa. J'ai toujours voulu essayer mais je n'ai jamais osé. Tu vas avoir un nez rouge ? a continué papi. Arrête, a soufflé papa. Mets beaucoup de maquillage blanc. Et de très grandes chaussures. Sinon ils ne riront pas. T'es pas drôle, a ronchonné papa. Toi non plus, a répliqué papi. Je croyais que tu serais fier de moi, a dit papa. Fier ? De quoi ? s'est étonné papi. Fier que je suive mon propre chemin, a dit papa. Ils sont restés silencieux un moment. Maman m'a dit que tu rêvais d'écrire quand tu étais jeune, a dit papa. Elle exagère, a répondu papi. Et écrire c'est facile. ABCD. Tout le monde peut écrire. J'ai oublié de prendre mon insuline. Papi a sorti un stylo bleu avec une longue pointe qu'il s'est plantée dans le ventre. Ils ont continué à manger. Tu veux que je vienne te voir ? a demandé papi. Demain ? Tu veux venir ? a demandé papa. Je viendrai si tu le veux, a dit papi. Je veux juste que tu viennes si tu en as envie, a dit papa. J'étais assis dans la chaise haute et j'avais l'impression d'être le plus adulte de la table. Finalement ils se sont mis d'accord pour que papi vienne. À condition que ses yeux aillent bien après l'opération.

Une fois le déjeuner terminé, papa a disparu sous la table avec un tas de serviettes en papier. Enfin un peu de caché-coucou, je me suis dit. Mais il n'est pas réapparu. Laisse ça par terre, tu ne travailles pas ici, a dit papi. On ne peut pas laisser ça comme ça, a répondu papa. Finalement il est remonté mais sans faire coucou. Depuis mon réveil dans le café, je n'avais pas pleuré une seule fois. Mais on ne m'a pas applaudi pour autant. Ni soulevé de la poussette en me félicitant pour mon comportement exceptionnel. Ils ont juste souligné le fait que j'avais involontairement fait tomber par terre un peu de nourriture et quelques morceaux de pain. Je me suis frotté les yeux pour leur signaler que j'étais fatigué. Papa m'a alors remis dans la poussette et on a suivi la ligne bleue au sol jusqu'à la salle d'attente à côté du bloc.

Tu peux tester quelques blagues sur moi si tu veux ? a dit papi. Merci mais non merci, a répondu papa. On n'a vraiment pas le même humour. Ça c'est vrai, a répondu papi. Mon humour à moi est drôle. Alors que le tien n'est fait que de tomates écrasées et de juifs radins, a dit papa. Il faut pouvoir rire de tout, a répliqué papi.

On s'est dit au revoir. Quand je me suis réveillé, on était seuls. Papa était tourné vers la vitre du métro. Il avait l'air triste. J'ai fait caca. C'est devenu tout chaud et assez rapidement après, tout froid. Un bébé ordinaire se serait mis à pleurer. Peut-être même qu'il aurait fait une scène. Moi je n'ai pas bronché. Je suis plus intelligent que ça. Je savais qu'on irait bientôt chercher ma grande sœur à la maternelle et qu'on rentrerait ensuite à la maison. Je ne voulais pas que papa s'énerve inutilement. Alors je suis resté silencieux. Papa a répondu au téléphone, j'ai supposé qu'il parlait avec maman parce qu'il avait cette voix qui le rend tout petit alors qu'il est très grand. Il a dit que tout s'était bien passé et que papi avait promis de prendre un taxi quand l'opération serait terminée. À la maternelle, papa a découvert mon caca dans la couche. Mon Dieu mon chéri, depuis combien de temps tu es dans cet état ? il m'a dit en me caressant la joue. J'ai haussé les épaules et je lui ai souri. Un sourire signifiant que tout allait bien. Qu'il n'avait pas à s'inquiéter pour moi. Ma vengeance viendra cette nuit.

VIII. MERCREDI

Une nuit qui n'est pas une nuit ne prend jamais fin. Le petit d'un an réveille la grande de quatre ans qui réveille le petit d'un an qui réveille la grande de quatre ans. Le père est patient pendant une heure. Il leur donne du lait d'avoine, chante des chansons, leur fait faire une promenade fantôme dans l'appartement sombre afin de regarder les fenêtres éteintes des voisins. Sur la pointe des pieds ils passent devant la chambre où dort maman, parce que maman doit dormir, maman doit travailler, maman a une vie en dehors de cette famille. Ils retournent dans la chambre des enfants, lisent une histoire, chantent, lisent une autre histoire, la grande de quatre ans fait pipi dans le pot, le petit d'un an fait caca dans sa couche. Au bout d'une heure et demie, les deux s'endorment. Le père se faufile hors de la chambre. Mais la grande de quatre ans se réveille. Ses pleurs réveillent le petit d'un an. Le père revient et tout recommence depuis le début. Excepté le fait que le père a maintenant perdu patience. Il menace de confisquer les bonbons du samedi, il dit qu'il va jeter tous les jouets préférés de la grande de quatre ans qui se tait enfin. Le père s'assoit sur une chaise, sort son portable, lit les articles qu'il a déjà lus. Le petit d'un an semble s'endormir. La grande de quatre ans aussi. Le père sort doucement de la chambre et se glisse enfin dans son lit. Il est allongé depuis trois minutes quand le petit d'un an se met à pleurer et réveille la grande de quatre ans. Au petit matin, tout le monde est pâle avec les yeux rouges sauf la mère qui sort de la salle de bains maquillée et qui propose de déposer la grande à la maternelle. Non, ça va, dit le père, je m'en charge.

Quand la mère revient du travail, les enfants sont déjà couchés et l'appartement baigne dans un calme extraordinaire. Tout s'est bien passé ? demande-t-elle. Absolument, répond-il. Il ne raconte pas que lorsque le petit d'un an était dans son bain, le père a dû d'urgence aller éteindre le feu sous les pommes de terre et que la grande de quatre ans les a, pendant ce laps de temps, enfermés, elle et son frère, dans la salle de bains. Le père, de l'autre côté de la porte, entendait l'eau couler dans la baignoire et essayait d'expliquer à la grande de quatre ans comment ouvrir le verrou mais elle ne faisait que rire. Finalement il est allé chercher un couteau et a réussi à ouvrir la serrure de l'extérieur. Pourquoi raconterait-il ça ? Il est adulte. Il n'est pas aussi brisé qu'il en a l'air. Et maintenant ses deux enfants sont couchés. Quand il est allé les border, ils dormaient exactement dans la même position l'un et l'autre. Sur le dos. La bouche ouverte et les paupières légèrement froncées. Il ne les aime jamais autant que quand ils dorment.

La mère est assise dans la cuisine en train de payer les factures. Elle a débarrassé la table du dîner et a plié le linge. Tu sais ce que c'est, ça ? demande-t-elle en lui montrant un retrait sur leur compte commun. Des trucs pour le bureau, répond-il. Des trucs importants ? demande-t-elle. Oui, sinon je ne les aurais pas achetés. Aussi importants que ce machin clignotant que tu as acheté quand tu voulais faire de la musique ? C'est une boîte à rythmes lumineuse, explique-t-il. C'est génial pour le live. La mère le regarde. Tu as des concerts de prévus ? Il ne répond pas. Et ça, c'est quoi ? Des livres d'inspiration, dit-il. Quoi comme livres ? Des biographies d'humoristes connus. Des biographies pour mille deux cents couronnes ? s'étonne-t-elle. Je pourrai sûrement les déduire des impôts, murmure-t-il. Elle pousse un soupir. Un soupir contenant toutes les insinuations qu'elle a faites tant de fois qu'il commence à se demander si elles ne sont pas vraies. Elle mérite quelqu'un d'autre. Quelqu'un de mieux que lui. Elle aimerait quelqu'un comme son père, qui, à quatre-vingts ans, grimpe en haut des arbres avec une scie égoïne pour enlever des branches, bien que la coopérative d'habitation possède des scies électriques plus modernes qu'on peut emprunter gratuitement. Elle aimerait un petit ami comme sa mère qui sait démonter et remonter le moteur d'une Volvo les yeux bandés. Elle aimerait quelqu'un qui ne lui rende pas la vie aussi compliquée.

Il se change et prépare ses affaires. Comment tu te sens ? demande sa petite amie lorsqu'il enfile son blouson dans l'entrée. Un peu nerveux. Mais d'une bonne manière. Souviens-toi d'une chose, dit-elle. Tu es super. Personne ne t'arrive à la cheville. Tu t'en souviendras ? Il hoche la tête. Même si tu fais un bide ce soir ? Ils s'embrassent. Mon père fera peut-être un saut, dit-il. Ah bon ? Mais tu en as vraiment envie ? Mieux vaut un spectateur qui applaudit qu'aucun, dit-il. Appelle-moi après pour me raconter comme ça s'est passé, dit-elle. Bien sûr.

Il prend l'ascenseur, arrive au rez-de-chaussée, tourne à droite puis encore à droite et descend l'escalier jusqu'au parking extérieur. Chaque fois qu'il fait ce trajet, il repense au jour où la grande de quatre ans l'a accompagné avec sa draisienne. Il avait les bras chargés de sacs à jeter dans le conteneur de recyclage et la fille jouait à la moto sur l'asphalte. Elle roulait à fond le long des rangées de voitures stationnées. Soudain il y en a eu une qui a démarré en marche arrière. Le père a hurlé, un cri rauque sans mots, un son qu'il n'avait jamais produit auparavant. La fille a accéléré et a foncé sur son père. Le conducteur est aussitôt sorti de son véhicule, la main dans les cheveux. Je ne l'avais pas vu, répétait-il. Je n'avais pas vu votre petit garçon. Je ne l'avais pas vu. Tout va bien, c'est ma faute, a répondu le père en essayant de paraître calme. Je ne suis pas un petit garçon, a répliqué la fille. Heureusement que vous n'avez pas reculé plus rapidement, a rétorqué le père en essayant de sourire. Il y avait encore de la marge, a expliqué le père à sa petite amie lorsqu'elle était assise, le visage livide avec sa fille dans les bras. Je comprends que tout le monde ait eu peur, mais franchement, j'avais la situation sous contrôle. J'ai vu la voiture démarrer. J'ai crié et elle s'est tout de suite écartée avec son vélo. Ce n'était pas si dangereux que ça. La nuit qui a suivi, il s'est réveillé en nage avec cette phrase en boucle dans sa tête. *Ce n'était pas si dangereux que ça. Rien de grave ne pouvait arriver. J'avais la situation sous contrôle. Il n'y avait aucun danger.*

Il traverse le parking jusqu'à sa voiture. Le pare-brise est recouvert de givre. Il a presque réussi à tout gratter quand une voisine arrive. Ils se saluent d'un signe de tête. Elle ouvre sa portière, allume le moteur de sa voiture et le laisse tourner pendant qu'elle s'occupe de son pare-brise. Il l'observe en se demandant si c'est comme ça qu'il faut procéder. Il essaie de ne pas penser qu'il fait mal. Quand son pare-brise est propre, il s'installe au volant. Ça y est. Le moment est venu. Il enclenche la marche arrière, recule et sort du parking. Il monte la côte, tourne à droite au rond-point puis prend l'autoroute en direction du centre. Quand ils se rendent quelque part, le père dit souvent à sa fille qu'en transports en commun ils mettraient quarante-cinq minutes. Ça veut dire quoi en commun ? C'est par exemple le bus ou le métro, explique le père. Et le tramway ? demande la fille. Mm, et le tramway. Et mon vélo ? Non, le vélo ce n'est pas considéré comme un transport en commun, répond le père. Mais en voiture, tu sais combien de temps ça prend ? Juste un quart d'heure ! Waouh, s'exclame la fille bien qu'ils sachent tous les deux qu'elle n'a aucune idée de ce que représente un quart d'heure. Il veut juste qu'elle lui soit reconnaissante d'avoir une voiture. Le père a consacré au moins six mois à planifier son achat. Il a lu des pages interminables où différents pseudos se battaient sur le meilleur combi d'occasion à acheter pour une famille. Il a lu tous les tests de voitures neuves et aussi de celles d'occasion. Des interviews de concessionnaires automobiles. Des comptes rendus de contrôles techniques. Plus il en apprenait sur les différentes marques et modèles, plus le choix devenait difficile. La Prius était apparemment de très bonne qualité mais l'intérieur faisait un peu trop bas de gamme. L'Audi était agréable à conduire mais le service après-vente était cher. La Hyundai était économique mais manquait de caractère. La Ford n'était pas chère mais avait certains problèmes électriques. La Mazda était de bonne qualité, une japonaise, mais les anciens modèles résistaient mal à la rouille. La Volvo ne rouillait pas mais était chère et un peu triste selon tout le monde excepté les parents de sa petite amie. Le soir, assis à côté du lit à barreaux de sa fille à attendre qu'elle s'endorme, il essayait de comprendre les différents systèmes de carburants et les moteurs à traction avant ou arrière. Il avait presque fait son choix lorsqu'un ami lui a conseillé les voitures fonctionnant au gaz naturel. Il a alors consacré deux semaines à lire des articles sur les avantages écologiques desdites voitures. Puis le même ami a dit que son réservoir GPL avait rouillé, que la voiture était au garage, qu'il portait plainte contre le constructeur, et qu'il ne fallait surtout pas acheter ce type de véhicule. Il est retourné aux voitures à essence. Il a téléchargé une application répertoriant tous les véhicules d'occasion en vente en Suède et qui les classait par ordre de prix, de modèles et selon le nombre de kilomètres effectués. Il hésitait entre une Prius, une Seat et une Mazda. La Prius était celle que tout le monde recommandait. Elle a un bon rapport qualité-prix, elle est très maniable, le coffre est un peu petit mais c'est peut-être quand même celle-là qu'il nous faut, a-t-il dit à sa petite amie. Et elle est agréable à conduire ? a-t-elle demandé. Comment ça ? Quand tu l'as testée, tu l'as trouvée agréable ? Je ne l'ai pas testée, a-t-il répondu. Elle l'a regardé longuement d'un air étrange. Comme s'il avait une grille de mots croisés collée sur le visage. Alors lesquelles t'as testées ? Aucune, a-t-il répondu. Pour l'instant je suis dans la phase lecture. Ça fait six mois que tu lis sans avoir essayé une seule voiture ? Il a hoché la tête. La semaine prochaine, on part en essayer plusieurs, a-t-elle déclaré. Et ils se sont rendus à un garage proposant des véhicules d'occasion. Ils se sont promenés parmi les modèles. Ils se sont assis à l'arrière d'une Prius. Le toit était tellement bas qu'il était obligé de garder la tête penchée. Et les portières ne pouvaient pas s'ouvrir de l'intérieur. C'est parce qu'il y a la sécurité enfants, a expliqué le vendeur en leur ouvrant la portière. Le père a quand même tenu à l'essayer. Le vendeur leur a tendu les clés en leur expliquant qu'elle avait appartenu à la municipalité et que pour pouvoir mettre le moteur en route, il fallait souffler dans un alcootest. Il a soufflé et la voiture a démarré. Ils ont traversé le pont de Liljeholmen, la voiture glissait sur la route comme un vaisseau spatial. Il avait la sensation d'avoir enfilé un costume des années 1980. Il n'avait rien à lui reprocher mais il ne la sentait pas. Elle ne lui correspondait pas. Il a aussi essayé d'autres modèles. Dans la Seat, il n'avait pas de place pour ses jambes, il trouvait la Volvo trop raide et l'Audi trop chère. Puis il a essayé la Mazda et il a eu l'impression de rentrer chez lui. Achète-la, a dit sa petite amie. Pas maintenant, il faut que je réfléchisse un peu. Il a passé encore quatre mois à lire des études comparatives sur les différents modèles de Mazda. Lorsqu'il était enfin prêt à acheter la voiture, il connaissait tout à son sujet : le volume du coffre était de cinq cent dix-neuf litres. Les dossiers de la banquette arrière pouvaient se rabattre automatiquement. Il savait aussi qu'il voulait de préférence un combi de couleur noire avec une prise auxiliaire sur la planche de bord et des pneus neige. Deux semaines plus tard, la voiture de ses rêves était à vendre à Segeltorp. Qui plus est, à un bon prix. Il est parti la voir tôt le lendemain matin. Quand il attendait les clés pour l'essayer, un autre couple est arrivé. Mais il était le premier. Il a démarré et il s'est promené sur les routes. Il a testé la puissance du moteur. La voiture sentait encore le neuf. Il se disait que c'était exactement ça qu'il voulait. Que c'était son luxe à lui. Il a réussi à faire baisser un peu le prix et le vendeur a même proposé de financer des nouveaux patins de frein si nécessaire. Il l'a payée et il est parti. Il avait acheté une voiture. Pas une neuve. Pas une voiture de luxe. Non, une voiture qui lui correspondait. Quand il est arrivé chez lui, il l'a garée sur le parking des visiteurs puis il a fait le tour pour l'admirer. C'était la voiture la plus belle qu'il n'ait jamais vue. Et qu'il avait obtenu à un prix incroyable. Avec des pneus neige. Une prise auxiliaire. Et de la bonne couleur. Mais le soir, il a eu du mal à respirer. Allongé dans son lit, il se tournait dans tous les sens, se demandant s'il avait bien fait. Il repensait à la Prius qui était de meilleure qualité, qui consommait moins, qui était la voiture optimale pour une famille. Mais chéri, lui a dit sa petite amie, tu l'as essayée et tu ne l'aimais pas. Non, mais peut-être que je me serais habitué. Parfois il faut savoir se faire confiance, lui a-t-elle répondu. Et tu préférais nettement ce modèle à la Prius, non ? Il a hoché la tête. Et dans la Prius on n'aurait pas eu la place pour deux poussettes. Il a hoché la tête. Et elle est moche ! Il a hoché la tête. Maintenant essaie de dormir. Il a fermé les yeux. Il a fait l'exercice qui consiste à penser à cinq choses dont on est satisfait. Il a pensé à cinq choses, puis à cinq autres. Mais il n'a pas réussi à dormir. Quelques semaines se sont écoulées, les freins ont commencé à crisser, il est allé au garage avec la voiture et on les lui a changés sans que ça lui coûte rien. Il est rentré chez lui plus satisfait que jamais. Mais durant les six premiers mois, il a ressenti cette crainte étrange d'avoir fait quelque chose de mal, de s'être enorgueilli, d'avoir transgressé une limite. Parce qu'au fond de lui, il savait qu'il n'était pas fait pour posséder une voiture, qu'il ne faisait pas partie de ces gens qui avaient une voiture garée sur un parking derrière chez eux et des clés dans la poche comme des adultes.

*

Un père qui est un grand-père va enfin voir sa fille. Il attend ce moment depuis si longtemps. Ils se retrouvent à l'endroit habituel. À l'angle du grand magasin Åhléns, devant le rayon parfumerie. Elle est d'une beauté à couper le souffle. Il n'arrive pas à comprendre qu'il ait réussi à créer un être aussi parfait. Elle porte un sac à main étincelant, un parfum luxueux et des chaussures bien entretenues. Comment vas-tu ? lui demande-t-elle quand ils se sont serrés dans les bras et fait la bise. Comment ça ? demande-t-il. Tu as l'air fatigué. Hier je me suis fait opérer des yeux, explique-t-il. Ils t'ont juste fait un nettoyage de la cornée, non ? demande-t-elle. Non, ils m'ont anesthésié et ils y sont allés au laser. Je vois. Irène à mon boulot a subi la même intervention il y a quelques années. Dès le lendemain elle est revenue travailler. Ils marchent en direction de Kulturhuset. Quand ils sont sur l'escalator pour monter à l'étage, le portable du père sonne. Il regarde l'écran en plissant les yeux. C'est son fils mais il répond quand même. Comment tu te sens ? Très bien, répond le père. Je vais enfin dîner avec ma fille adorée. Super, dit le fils d'une voix pas particulièrement joyeuse. Vous êtes où ? À

Kulturhuset, répond le père. Je serais bien venu vous retrouver, dit le fils, mais je ne peux pas. OK, répond le père. Je ne vais pas tarder à monter sur scène. La soirée commence dans peu de temps. Ah oui c'est vrai, dit le père. Tu vas venir ? demande le fils. C'est fort probable, dit le père. Ils raccrochent. Le père soupire. Qu'est-ce qu'il y a ? demande la fille. Ton frère, dit le père. Il a des idées tellement étranges.

*

Un fils qui va bientôt changer de carrière trouve une bonne place pour se garer. Il reste un moment derrière le volant pour respirer. Il vérifie sa coiffure dans le rétroviseur, sort de sa voiture sur des jambes plus souples que d'habitude et marche en direction du bar. Lorsqu'il passe le seuil, tous les regards se tournent vers lui. Il n'y a pas beaucoup de public. Peut-être trente-quarante personnes. Tous sont assis sur des chaises en plastique pliantes face à une petite estrade en bois. Ils le regardent comme s'ils essayaient de comprendre s'il fait partie de ceux qui vont agir ou écouter. Il s'avance vers le comptoir. Un gars roux est sur la scène. Il dit qu'il transpire tellement quand il fait l'amour qu'il doit mettre un bandeau en éponge sur le front. Un sur les avant-bras. Et aussi un tout petit bandeau de bébé sur la bite. Il dit que les filles sont toujours curieuses de voir les poils de sa bite. Généralement elles ne sont jamais sorties avec un rouquin et ne savent pas s'ils sont roux, blonds ou bruns. Ce qui fait qu'il peut dire ce qu'il veut. Généralement il dit qu'il n'a pas de poils autour de la bite mais des flammes. Qu'il a une plantation de piments italiens. Qu'il a… Il a un trou. Il fait une blague sur le fait qu'il a un trou. Il continue à faire de l'humour sur le fait qu'il ne trouve plus rien à dire et que c'est en général ce qui le fait déclarer forfait. Le public est avec lui. Il l'aide. Il l'applaudit même spontanément lorsque le rouquin utilise le micro pour simuler sa bite et qu'il dit : ça fonctionne beaucoup mieux quand c'est un micro sans fil.

Le fils qui est un père va s'installer à l'autre bout du bar pour avoir une vue d'ensemble sur l'endroit. Pour se calmer. Pour essayer de se mettre en condition. Tu vas monter sur scène ? lui demande le barman. Est-ce qu'il dit ça parce qu'il voit que sa main tremble quand il soulève son verre de coca ? Va voir Valle, c'est le présentateur, lui explique-t-il en pointant du doigt un gars aux lunettes rondes avec une coupe qui se transforme sans prévenir en cheveux longs dans le dos. Il tient un bloc-notes tout corné sur la poitrine et a un grand sourire aux lèvres. Le rouquin a terminé. Valle monte sur scène pour annoncer le comique suivant. Il dit que c'est une femme qui a donné un visage au fromage à pâte molle, c'est la comique de Lidköping la presque presque plus connue. Il hurle son nom. Bizarrement, la comique suivante est également rouquine, ce qu'elle tourne à son avantage. Elle dit que c'est le thème de la soirée. Qu'après elle, c'est Fifi Brindacier qui va venir faire son set (rires). Et après Tintin (rires). Et après Lucille Ball (rires). Merde vous savez pas qui est Lucille Ball ? Non mais reprenez-vous !

Le présentateur est penché au-dessus de son bloc-notes. Le fils s'avance vers lui pour s'inscrire. T'es déjà monté sur scène ? Le fils secoue la tête. OK, tiens-toi prêt, dit le présentateur en lui donnant une tape sur l'épaule comme s'il savait déjà ce qui l'attend.

Le prochain à monter sur scène est un gros mec qui vient de Scanie et qui joue sur le fait qu'il est gros et qu'il vient de Scanie. Puis c'est au tour d'un jeune gars en sweat à capuche qui parle d'ornithologie. Puis d'une jeune fille toute pâle à la frange noire et tatouée sur les épaules. Elle dit qu'elle fait du stand-up depuis déjà pas mal de temps mais qu'elle est nulle dans son rapport au public et que son idée, ce soir, c'est de les prendre comme cobayes. Mais elle a juste une blague, sur un métier en particulier, donc si personne dans le public n'exerce ce métier, sa blague ne fonctionnera pas. Elle demande la profession des gens au premier rang. L'un est prof, un autre bosse dans l'isolation. On y est presque, dit la comique. Ma blague à moi, elle est sur les ramoneurs. Y a des ramoneurs dans la salle ? Non… Bon ben alors j'ai fini. Merci.

Elle s'incline devant le public qui l'applaudit poliment, le présentateur récupère le micro, demande encore des applaudissements pour tous ces comiques très courageux, rappelle que la raison pour laquelle l'entrée est gratuite, c'est parce qu'on est mercredi soir, et que le mercredi est officiellement le meilleur soir pour se prendre une bonne biture, donc bourrez-vous la gueule, enrichissez le bar pour qu'on puisse continuer à organiser ces soirées, parlez à vos potes de ce club et applaudissez le prochain comique. Qui s'appelle. Il donne le prénom. Puis il regarde son bloc-notes et donne le nom de famille. Un fils qui est un père monte sur scène.

*

Un grand-père qui est un père dîne avec sa fille préférée au Café Panorama à une table près de la grande baie vitrée donnant sur la ville. Elle lui parle de ses téléconférences avec Tokyo, de son gala de charité contre le harcèlement, du lancement d'un nouvel assouplissant dont le parfum reste bien plus longtemps sur le linge que les assouplissants ordinaires. Et ton fils, il va bien ? demande le père. Il vit toujours chez son père, répond la fille. Pourquoi ? demande le père. Parce qu'il le veut. Il est trop petit pour décider ce genre de choses, rétorque le père. Il a quel âge ? Sept ans ? Neuf ans ? Treize ans, rectifie la fille qui n'a pas envie qu'on lui rappelle qu'elle est une mère. À partir de l'âge de douze ans, on est libre de choisir où on veut habiter. Qui dit ça ? demande le père. C'est l'usage en Suède. Un usage idiot, dit le père. Douze ans c'est rien. Il a besoin de sa mère. Je suis d'accord avec toi, répond-elle. Je ne sais pas quoi faire de plus que d'essayer de garder le contact. Le père regarde les voitures tout en bas qui tournent autour de l'obélisque de verre éclairé. Aujourd'hui il a répondu quand je l'ai appelé. Et qu'est-ce qu'il a dit ? demande le père. Il a raccroché quand il a entendu que c'était moi. Mais habituellement il ne décroche même pas.

Ils sont interrompus par un jeune homme aussi petit que large. Le père tend sa main pour le saluer mais l'homme s'approche de lui et le serre dans ses bras. Puis il se penche vers la fille pour l'embrasser sur la bouche. Je suis content de pouvoir enfin vous rencontrer, dit le jeune homme. Qui êtes-vous ? demande le père. On est ensemble, explique le petit ami. C'est assez récent, ajoute la fille. Si on estime qu'un an c'est récent, sourit le petit ami. Tu ne lui as rien dit ? Non, lui siffle la fille. Dit quoi ? demande le père. Vas-y dis-lui, insiste le jeune homme. C'est rien, dit-elle au père. Dit quoi ? répète le père. Le petit ami semble être sur le point d'exploser. Il se penche vers la fille et pose sa main tatouée sur son ventre. C'est encore tôt mais… Elle secoue la tête. C'est vrai ? demande le père. La fille hoche la tête. Mais tu as déjà un enfant, dit le père. Ils restent silencieux. Et maintenant je vais peut-être en avoir un deuxième, dit la fille. Félicitations, dit le père. Les enfants c'est merveilleux. C'est ce qu'il y a de mieux. J'aurais aimé en avoir plus que deux. Pourquoi vous n'en avez pas eu d'autres ? demande le petit ami. On n'a pas eu le temps. Leur mère en a eu assez de moi. Elle m'a foutu à la porte. Et ma vie était terminée. Trois enfants, rectifie la fille. Quoi ? demande le père. Pas deux. Tu as eu trois enfants. C'est vrai, trois enfants mais l'un d'eux est mort, dit le père. Le café est compris dans la formule ? ajoute-t-il. La fille acquiesce d'un signe de tête et se lève pour aller en chercher.

Comment est mort votre enfant ? demande le petit ami. Pardon ? Votre troisième enfant, comment il est mort ? Elle est morte, c'est tout, répond le père. D'abord elle a vécu. Puis elle est morte. Pourquoi vous voulez savoir ça ? Vous êtes de la police ? Vous êtes un agent du FBI ou du Mossad ? Pas vraiment non, dit le petit ami en levant les bras au plafond. Je suis prof de sport. Et je fais aussi des études de cinéma. Il le dit sans arrêter de sourire. Qui est ce personnage étrange ? Le père regarde cet homme qui n'en est pas un. Parce qu'un vrai homme ne peut pas dire sans avoir honte qu'il fait faire de la gym à des écoliers.

Sa fille se tient toujours devant la machine à café. Elle se mouche dans une serviette en papier, ferme les yeux et prend une profonde inspiration avant de revenir à la table avec trois cafés sur un plateau carré aux bords arrondis. Explique-lui le sujet de ton mémoire, dit-elle au petit ami qui s'exécute aussitôt. Il dit qu'il veut écrire quelque chose sur la temporalité, sur la manière dont le temps est représenté dans différents films. Il donne tout un tas de noms de réalisateurs dont le père a bien sûr entendu parler comme Bergman et Tarkovski, Resnais et Lang. Le plus important c'est d'avoir un bon métier, rétorque le père. Et celui qui sait vendre des choses peut travailler partout dans le monde. C'est ce que j'ai essayé d'enseigner à mon fils. Malheureusement il ne m'a pas écouté.

*

Un fils monte sur scène et s'avance vers le micro. Il a la bouche sèche. Son cœur cogne fort dans sa poitrine. Les projecteurs réduisent le public à un mur sombre de silhouettes noires. La porte du bar s'ouvre. Quelqu'un entre. Il sait que c'est son père. Son père est là. Il est venu. Il est en retard mais il est venu. Il a senti que ce soir son fils avait besoin de lui de la même manière que lui avait besoin de son fils hier. Le regard du père donne du courage au fils. Tout d'un coup il sait que ça va bien se passer. Il y a juste à se lancer. Il y a juste à y aller. Le fils se racle la gorge. Ses lèvres sont toutes sèches. Il sait qu'il a un bon début, un milieu tout à fait convenable et une fin vraiment drôle. Mais c'est surtout son ouverture qui est géniale. Ça va faire rire le public, il en est certain. Il tient le micro près de sa bouche. Celui-ci sent l'électricité et la poussière. S'il y a quelque chose qu'il a appris après ces centaines d'heures de visionnage de stand-up c'est qu'il faut avoir une bonne ouverture. L'ouverture c'est tout. Il faut tout miser sur l'ouverture. Surtout quand on n'a que cinq minutes. Il parcourt la salle du regard. Se racle la gorge. Il dit qu'il est venu ici en voiture. En Mazda. Quand j'étais petit je rêvais d'avoir une Audi. Mais à la place ç'a été une Mazda. Silence. Il regarde l'assemblée. Il se demande si son micro est bien branché. Ce qui doit être le cas vu que le barman lève la tête vers lui et le regarde d'un air affligé.

*

Un grand-père qui n'est pas seulement un grand-père paternel mais aussi un grand-père maternel passe une bonne demi-heure à essayer d'expliquer la trahison du fils à sa fille et au petit ami. Il raconte que le fils a eu le droit de racheter son ancien appartement à condition que le père puisse y habiter. Et pour couronner le tout, c'est le père qui a payé le double des clés. Il sort son trousseau et l'agite comme si c'était un drapeau. Je ne comprends pas pourquoi vous vous disputez, dit la fille. Vous vous comportez comme des enfants. J'ai l'intention de l'assigner en justice, déclare le grand-père. Maintenant faut que t'arrêtes, dit la fille. Pourquoi tu ferais ça ? Violation de contrat, répond le père. On avait un accord. Mais papa, dit la fille, cet accord s'est fait quand ? Ce n'était pas il y a genre dix-sept ans ? Tu vis chez lui deux fois par an depuis dix-sept ans. Il est peut-être temps de renégocier tout ça ? Le petit ami se racle la gorge. Mais un accord c'est un accord, intervient-il. Et ça semble fou qu'un père ne puisse pas habiter chez son fils, non ? Le père acquiesce d'un signe de tête. Il commence à apprécier ce prof de sport. Il a de gros biceps, il sourit en permanence mais il semble avoir la tête sur les épaules.

*

Un fils qui est un père ne jette pas l'éponge. Il s'est préparé. Il a ça en lui. Il a étudié ses idoles. Il peut y arriver. Bon, l'ouverture n'a pas eu les retours espérés. Depuis combien de temps est-il silencieux ? Cinq secondes ? Sept ? Quinze secondes ? Son dos est en sueur. Sa lèvre supérieure humide. Il devrait faire une blague sur le fait que ça se passe aussi mal. Il devrait écrire dans un carnet invisible que son ouverture n'a pas fonctionné. Il devrait commenter le silence dans la salle en poussant un cri strident qui deviendrait celui du public. Mais il ne le fait pas. Il se tient sur la petite scène et respire dans le micro. Il inspire. Il expire. Au bout de trente secondes de silence, le présentateur se met à rire. Le silence revient. Puis le rouquin crie : Une autre ! Une autre ! Le public rit.

*

Une fille essaie de changer de sujet de conversation. Tu ne peux pas plutôt nous raconter comment tu as fait pour avoir cet appartement ? demande-t-elle. Le père sourit. C'est une de ses histoires préférées. Je l'ai eu à la tchatche, explique-t-il. Comment peut-on avoir un appartement à la tchatche à Stockholm ? demande le petit ami, c'est impossible. Pas pour moi, dit le père. Je pourrais vendre du miel à une abeille.

J'ai vendu des bidets à des gens qui ne s'en servaient que pour se faire des bains de pieds. J'ai vendu des montres à des touristes qui… Raconte-nous juste comment tu as fait, dit la fille. Je me suis rendu au cabinet du ministre du logement, dit le père. Je me suis assis dans la salle d'attente et j'ai dit au secrétaire que je ne bougerais pas tant qu'ils ne m'auraient pas aidé à obtenir un logement. Au bout de plusieurs heures, un assistant est sorti pour me dire que le bureau d'aide sociale pourrait éventuellement me trouver quelque chose en banlieue. J'ai dit non. Un non catégorique. J'ai dit que je voulais quelque chose de central ou rien, parce qu'il fallait que je sois près de mes enfants. Et finalement j'ai obtenu un studio avec coin cuisine en plein centre de Stockholm. Ensuite je l'ai sous-loué à des gens jusqu'à ce que le propriétaire ne veuille plus et alors j'ai contacté mon fils pour lui proposer d'habiter dedans. Il a pu reprendre le bail sans avoir à payer de frais d'entrée. Et ensuite il a eu le droit de l'acheter lorsque l'immeuble a été transformé en logements en copropriété. Et ensuite il l'a revendu sans partager la plus-value avec moi. Et aujourd'hui il veut me foutre à la porte. Personne ne veut te foutre à la porte, dit la fille. Si je ne peux pas habiter chez lui, je pourrai toujours habiter chez vous, dit le père. Bien sûr, répond le petit ami sans remarquer la mine de la sœur.

*

Un fils qui est une statue qui est un lapin pris dans les phares d'une voiture qui est un comique qui n'en est pas un devrait descendre de scène. Il devrait s'excuser. Il devrait expliquer qu'il manque de sommeil à cause de ses enfants. Il devrait faire son "cinq minutes" comme il l'avait prévu. Suivre la setlist qu'il avait planifiée. Commencer par la voiture de ses rêves pour enclencher sur les différentes odeurs dans les voitures pour passer aux différentes odeurs de prouts et terminer par la liste des noix qui sont les moins pénibles à manger si on veut paraître cool (à la première place : les pistaches). Il devrait parler de son père, dire qu'ils ont une relation compliquée mais qu'ils s'aiment malgré tout, ou plutôt que le fils aime son père mais qu'il n'a jamais senti que le père aimait son fils parce que le fils est brisé, parce qu'il y a quelque chose de cassé en lui, quelque chose de pourri au fond de son être qui fait que le père est parti. Il pourrait dire qu'il est incapable d'avoir de vrais sentiments, qu'il simule, qu'il n'aime pas ses enfants, qu'il n'aime pas sa petite amie, qu'il n'aime pas ses amis, qu'il n'aime pas sa vie. Mais il ne dit rien de tout ça. Il se tient devant le public le micro dans la main. Qu'il tend au présentateur avant de sortir de scène. La porte du bar s'ouvre et se referme. Si le père était là, il est maintenant parti.

Oooookay, hurle le présentateur. On te remercie pour ta contribution. Qui n'était pas très drôle mais plutôt intéressante, comme a dit mon premier prof de stand-up quand je suis monté pour la première fois sur scène. Blague à part, merci d'être venu. Et sois le bienvenu quand tu auras intégré quelques vannes dans ton set. On continue avec un comique qui nous a promis d'être drôle, qui sait faire la différence entre le stand-up et le shut-up. Il est la réponse de Växjö à Nisse Hellberg*, je ne sais pas ce que ça

* Musicien, compositeur, parolier et interprète suédois.

signifie mais le voici ! Le présentateur clame un nom et un gars avec une chemise rayée arrive en courant sur scène. Il se met à boxer dans le vide. Le fils qui n'arrive pas à subvenir aux besoins de sa famille, qui n'arrive pas à faire dormir ses enfants, qui n'arrive pas à rendre heureuse sa petite amie, sort du bar et disparaît.

*

Un petit ami qui a enfin acquis le statut de petit ami s'est rendu compte il y a longtemps déjà que les êtres humains sont aussi prévisibles que les films pour ados. On a juste besoin de regarder le nom des personnages pour comprendre qui est la fille moche qui deviendra belle, le nerd qui est un petit rigolo, le sportif qui a deux de QI et la fille riche et méchante qui sera ridiculisée à la fin. Et ensuite on peut mimer chaque réplique. Rire des blagues avant même qu'elles ne soient dites. Chaque tournant dramatique est annoncé un quart d'heure à l'avance. Toutes les filles avec qui il est sorti ont, en fin de compte, été exactement les mêmes. Tout aussi prévisibles. Tout aussi ordinaires. Puis il a rencontré sa petite amie. Qui est un vrai mystère. Qui est tout le contraire. Qui se fâche pour un rien et qui rit de choses qui font généralement pleurer les autres filles. Qui le présente comme étant un copain en même temps qu'elle dit que leurs enfants communs seraient incroyablement beaux. Qui l'embrasse quand il parle de son enfance et lui tape dessus avec la paume de sa main quand il oublie qu'il n'a pas le droit de laisser son rasoir sur l'étagère du bas de la salle de bains. Être avec elle c'est comme regarder un film de David Lynch doublé en roumain et en rembobinage rapide. Et pourtant, avec elle tout lui semble si juste. Ces derniers jours, il a consacré la totalité de son temps éveillé à lui prouver qu'il était prêt à être père. Il lui a acheté des fleurs pour lui montrer qu'il l'aimait. Quand ça l'a agacée, il a arrêté d'en acheter pour lui montrer qu'il n'était pas dépensier et capable d'avoir une famille. Depuis quelque temps, il s'entraîne moins pour qu'elle ne puisse pas dire qu'il fait passer ses biceps avant tout le reste. Il promet de terminer son mémoire en cinéma, d'arrêter de voir certains de ses potes, de supprimer le numéro de ses ex sur son portable. Il se propose de prendre la totalité de son congé de paternité afin que leur enfant commun ne perturbe pas sa carrière à elle. Je peux même envisager de me faire enlever mes tatouages, dit-il. Mais ça va coûter un peu d'argent. On ne se connaît pas assez bien pour avoir un enfant ensemble, répond-elle. Pose-moi toutes les questions que tu veux et je te répondrai. OK, alors comment s'appelait ta première petite amie ? Louise Wallander. J'avais dix-huit ans, elle en avait vingt. Elle sortait du prestigieux internat de Sigtuna. Son père roulait en Jaguar, il portait des polos et des chinos, mais au lieu de faire du golf il jouait au disc golf. On est restés ensemble huit mois puis elle m'a quitté en m'expliquant que son père la menaçait de couper les ponts avec elle si on continuait à se voir. Mais après la rupture, son père m'a appelé pour me dire qu'il était désolé que ça se soit terminé de cette façon. Pourquoi tu n'aimes pas les olives ? demande-t-elle. Je ne sais pas. Ma mère dit que j'adorais les olives quand j'étais petit, surtout les noires, mais que j'en ai sans doute trop mangé. Pourquoi tu veux avoir un enfant avec moi ? demande-t-elle.

Facile. Parce que je t'aime. C'est si difficile à comprendre ? J'aime ta tache de naissance. J'aime ta petite ride de mécontentement sur le front, tes grandes voûtes plantaires, tes avant-bras poilus, ta coiffure étrange. J'aime que tu te fâches quand tu brûles tes toasts mais que tu te moques des gens qui s'inquiètent du réchauffement climatique. J'aime que tu donnes toujours de l'argent aux mendiants, mais seulement si ce sont des femmes. J'aime que tu croies savoir nager le crawl. J'aime que tu ne voies jamais la réaction des maîtres nageurs quand tu crawles. J'aime que tu n'attaches jamais ton vélo dans la cour. J'aime que tu ne refermes jamais la porte de la buanderie. J'aime que tu m'aies donné les clés de ton appartement déjà après notre troisième nuit ensemble. J'aime que rien ne t'ait brisée, ni ton manipulateur d'ex-mari, ni ton paranoïaque de frère, ni ton père qui, pour être franc, a l'air un peu compliqué. Tu restes juste toi-même et je ne comprends pas comment tu fais. J'aime que tu puisses revoir la même série encore et encore. J'aime que tu dises franchement que tu détestes les films muets russes. J'aime que tu jettes à la poubelle les courriers de la caisse de retraite et de la sécu sans les avoir ouverts. J'aime que tu ne m'aies jamais jugé sur mes années d'adolescence. Quand je raconte ces années-là aux gens, ils changent tous de comportement. Mais avec toi, je n'ai jamais eu le sentiment qu'il fallait que je me justifie d'avoir été celui que j'ai été. J'aime que tu danses aussi bien la salsa mais que tu sois toujours un peu déroutée quand tu dois essayer de trouver le rythme sur de la techno. J'aime que tu sois personnelle de façon si naturelle avec les chauffeurs de taxi, les réceptionnistes et les gens que tu croises dans l'ascenseur. J'aime que tu sois aussi connectée au monde. J'aime en fait que tu sois une personne aussi fantastique. En résumé : je t'aime. Dans ta totalité. Merci, dit-elle. Toi aussi t'es pas mal. Ils se sourient. Mais ça fait quand même trop peu de temps qu'on se connaît, répète-t-elle. Comment ça trop peu de temps ? On s'est rencontrés il y a plus d'un an. Tout change quand on a un enfant, dit-elle. J'ai déjà changé. Avec toi je suis un nouvel homme. Je suis plus heureux, plus calme et plus moi-même que je ne l'ai jamais été. Je ne sais pas si je veux d'autres enfants, continue-t-elle. T'es sérieuse ? T'es jeune. Non, plus vraiment. Et je ne sais pas si j'aurai la force de supporter la douleur. Mais tu pourras faire une péridurale, dit-il. Je ne parle pas de l'accouchement. Je parle de tout ce qui se passe après. Il reste silencieux. Je ne suis pas ton ex-mari. Je suis moi. Et jamais je ne voudrai vivre sans toi. C'est pour ça que j'aimerais rencontrer ton père. T'es sûr ? Mon père c'est quelqu'un de particulier, dit-elle. Avec un humour très bizarre. Quel père a un humour normal ? dit-il. Elle finit par céder.

L'homme qui sera le grand-père de son enfant se révèle être un vieux gentleman. Il ne fait aucune blague bizarre. Il ne dit rien de méchant sur le poids de sa fille. En revanche, il raconte des histoires drôles sur l'été où il travaillait comme vendeur de tee-shirts dans un festival de jazz et où il avait réussi à aller en backstage pour avoir la chance de rencontrer Miles Davis (À moi il a dit bonjour, aux techniciens il a dit d'aller se faire foutre). Pourquoi tu ne m'as jamais raconté ça ? demande la fille. Parce que vous ne m'avez jamais demandé, répond le père. Lorsqu'ils lui apprennent que la fille est enceinte, il en a les larmes aux yeux et murmure : les enfants c'est ce qu'il y a de mieux.

Sur le chemin du retour, la petite amie est fâchée. Elle prétend qu'elle ne voulait pas parler de sa grossesse. Alors pourquoi tu l'as fait ? demande-t-il. Parce que tu m'y as forcée, rétorque-t-elle. Pourquoi tu ne veux pas partager notre joie ? demande-t-il. Parce que je ne me suis pas encore décidée, répond-elle. Arrête, dit-il. C'est mon choix, dit-elle. Mais c'est notre enfant, dit-il. Mais c'est mon corps, dit-elle en secouant la tête et en refusant de le regarder.

Quatre ados bourrés entrent dans le wagon et s'assoient de l'autre côté de l'allée centrale. L'ancien moi du petit ami serait tout de suite allé les voir. Il aurait attrapé le plus grand, l'aurait coincé contre la vitre et l'aurait obligé à cracher le snus qu'il avait dans sa bouche et à dire pardon à tout le wagon pour son vocabulaire. Mais son nouveau moi ne fait pas ça. Il se tourne juste vers eux pour leur demander de la fermer. Très gentiment. Sans les menacer. D'abord ils se taisent. Puis, pendant deux stations, ils se retiennent pour ne pas exploser de rire. Quand ils descendent, que les portes se referment et que le métro va redémarrer, ils se mettent à cogner violemment sur la vitre en faisant des gestes obscènes. Celui qui est son petit ami sourit pour montrer qu'il s'en fout. Qu'il ne va pas s'emporter pour rien. Mais comme les ados ne s'arrêtent pas, il se lève, baisse la vitre et leur siffle trois mots qui les font aussitôt reculer et se taire.

Lorsqu'ils sont à la maison, il lui masse les pieds et s'excuse de l'avoir forcée à raconter à son père qu'elle est enceinte. Désolé aussi de m'être emporté dans le métro. Bien sûr que c'est son choix. Elle fera ce qu'elle voudra et si elle prend la décision de ne pas garder l'enfant, il trouvera ça, bien sûr, très dommage et il sera très triste, il pensera vraiment que sa décision n'est pas la bonne, mais il sera quand même là pour elle. Il l'accompagnera chez le médecin, il lui tiendra la main, bien qu'il ait la phobie des hôpitaux et qu'il déteste les piqûres. Merci, dit-elle. C'est important pour moi qu'on soit ensemble à ces moments-là. Tu as des cours vendredi ? Pourquoi tu me demandes ça ? dit-il. J'ai peut-être réussi à avoir un rendez-vous. Un rendez-vous pour faire quoi ? À ton avis ? dit-elle. Sans vraiment le vouloir, il donne un coup de coude dans la lampe, son pied heurte la table basse du salon, sa main frappe le mur, mais puisque celui-ci est en béton, ça ne fait pas vraiment de bruit. La seule chose qui se passe est qu'elle cligne des yeux. Qu'elle le regarde. Pardon, dit-il. Il se lève et se dirige vers la cuisine. Il met un bloc réfrigérant sur sa main pour l'empêcher de gonfler. Il attrape la pelle à poussière pour ramasser les débris de porcelaine et utilise l'aspirateur pour enlever les éclats de verre. Il s'excuse de nouveau. Il dit que c'est son ancien moi qui a réagi, que ce n'était pas son intention de sortir de ses gonds. Tu peux appeler toutes mes ex, dit-il. Je n'en ai jamais menacé aucune physiquement. Mais tout ça, ça me semble tellement fou. Que tu aies le droit de tuer quelque chose qui est à moitié à moi sans que je puisse faire quoi que ce soit. Elle le regarde et, l'espace d'une seconde, il voit un sourire effleurer ses lèvres.

*

Un fils qui est un père devrait rentrer directement chez lui, mais il envoie un SMS à sa petite amie pour lui dire qu'il va faire les courses. Elle l'appelle aussitôt. Comment ça s'est passé ? demande-t-elle. Pas très bien, répond-il. Ils n'ont pas ri ? Difficile à dire, le local était tellement sombre. Mais j'y suis quand même allé. Je suis monté sur scène. Avec un micro. J'ai fait mon monologue d'ouverture. Mais tu as quand même entendu s'ils riaient ou pas ? Je n'ai pas dit grand-chose, explique-t-il. Elle reste silencieuse. J'ai eu un trou, explique-t-il. Elle ne dit rien. Et il n'est pas venu. Qui ça ? Mon père. Ils restent silencieux. On s'en fout, dit-elle. Tu as été très courageux d'essayer. Puis elle ajoute : Vivre avec toi et deux enfants c'est comme vivre avec trois enfants. Putain mais comment tu peux rater tout ce que tu entreprends ? Mes parents sont la troisième génération de guerriers de ma famille. Ils ont gravi des montagnes, traversé des frontières et des mers pour me donner la vie qu'ils n'avaient jamais eue. Ils ont travaillé nuit et jour à l'usine. Ils taillaient eux-mêmes leurs pommiers, montaient leurs pneus d'hiver, réparaient les essuie-glaces, nettoyaient les vitres, cousaient les rideaux, renégociaient leurs emprunts à la banque. Et toi, qu'est-ce que tu fais ? Tout ce dont tu es capable c'est de te compliquer la vie et je suis tellement fatiguée de ça. Elle ne dit pas toutes ces choses, bien sûr. Mais elle les pense. Je pars faire les courses, dit-il. À tout à l'heure. Conduis prudemment. Il met son portable en mode avion pour ne plus avoir à répondre et le range dans sa pochette.

Il trouve une bonne place à côté des caddies. En sort un en enfonçant une pièce de dix couronnes dans la fente et se dirige vers l'entrée du supermarché. Faire les courses, ça il sait faire. Il prend un lecteur de code-barres, passe les portillons de sécurité et regarde la liste des courses sur son portable. En réalité elle est inutile parce qu'il doit tout acheter. Il commence par le côté gauche du magasin. Il achète de l'ail, un sachet d'oignons jaunes, un sachet d'oignons rouges, un sachet de ciboules. Il achète des pommes de terre bios, de la roquette, une romaine. Il achète des patates douces, du brocoli, des carottes normales pour les adultes et bios pour les enfants. Il hésite à acheter des fines herbes en pots qui sont en promo. Deux pour trente couronnes. Alors qu'habituellement ils sont à dix-neuf la pièce. Il les tient un instant dans les mains. Il les hume. Puis il les repose et se dirige vers les fruits. Il achète des poires dans une boîte en plastique en promo, un filet d'avocats en promo, des pommes en promo et aussi quelques pommes bios très chères pour le petit d'un an. Il part ensuite vers les raisins secs et les noix. Il prend des abricots secs. Il prend des amandes incroyablement chères. Il s'efforce de ne pas comparer leur prix au kilo avec celui d'autres produits et aussi de ne pas regarder la somme qui grossit sur le lecteur chaque fois qu'il scanne quelque chose. Il n'y a pas de problème, sa petite amie a un emploi, il a ses clients, le monde ne va pas s'écrouler, tout va s'arranger. Il avance avec son caddie vers la viande (des saucisses de dinde pour les enfants), continue vers les œufs (une boîte de quinze œufs bios), passe devant le rayon des produits laitiers (halloumi, yaourts, fromage blanc, dix litres de lait d'avoine). Il remplit le caddie de produits surgelés. Le cabillaud le moins cher et du saumon en forme de briques dont le prix au kilo est moins élevé, des épices surgelées et pour finir une grosse plaquette de beurre. Puis arrive le rayon des tacos et des produits thaïlandais. Il regarde la liste et attrape cinq briques de lait de coco. Il prend des haricots noirs en brique, des tomates concassées en brique, des flocons de millet, de la farine de maïs. Pour une raison qu'il ignore, sa petite amie a spécifié les produits qui devaient être en brique et ceux en boîte de conserve. Il suit les instructions. Il scanne chaque produit. Il ne pense pas au fait qu'il y ait si peu de produits pour lui et tant pour le reste de la famille. Surtout pour elle. Elle qui ne va jamais faire les courses puisqu'elle n'a pas son permis. Elle qui note tout ce qu'elle veut sur une liste et qui donne même des précisions pour l'empêcher de faire des erreurs. Du thon cher, elle écrit, parce qu'elle n'aime pas le bon marché. Des framboises et des myrtilles surgelées, elle écrit, parce qu'elle trouve la confiture trop sucrée. Des amandes, elle écrit, parce qu'elle ne comprend pas qu'un petit sachet coûte le prix d'un rôti. Il essaie de se calmer. Il ne faut pas qu'il se déconcentre. Il est en nage. Les gens le regardent. Son caddie est tellement plein que les roues crissent sous le poids alors qu'il n'a même pas encore commencé à s'occuper de la fête d'anniversaire : des assiettes en carton, des gobelets colorés en plastique, des pailles et des meringues, des serviettes et de la glace, des vermicelles au chocolat et aussi des multicolores, de la sauce au chocolat, du coulis de fruits et un seau de bonbons pour la pêche à la ligne finale. Les couches et le papier-toilette arrivent en dernier. Il regarde la liste et s'aperçoit qu'elle a ajouté des nouveautés. Elle veut de la pâte de curry rouge, du tahini et des graines de psyllium. Il gare le caddie à côté des congélateurs contenant les glaces et retourne dans le magasin. Il trouve la pâte de curry et le tahini mais pas les graines de psyllium. Il demande à une employée qui descend de son escabeau, qui réfléchit, puis qui appelle un collègue. Non, désolée, on n'en a pas. Il va récupérer son caddie, une colère grandissante dans le ventre.

Il ne sait pas bien d'où elle vient. Est-ce parce qu'il a échoué, qu'il n'a pas trouvé les graines de psyllium ? Ou parce qu'elle a le culot d'ajouter encore des choses sur la liste ? Il ne sait pas, mais il sent qu'il devrait s'acheter quelque chose pour lui-même. Lui aussi le mérite. Il réfléchit à ce qui lui ferait plaisir. Il court au rayon des chips. Il longe le rayon des cacahuètes et des fruits secs. Il reste cinq minutes devant le rayon des bonbons. Mais il ne trouve rien qui lui convienne. Tout ce qu'il voit est soit trop cher soit superflu. Ou bien le sachet est trop gros. Ou son contenu pas assez frais. Il laisse tomber. Il scanne le dernier produit et se dirige avec son caddie vers les caisses où il risque d'arriver qu'un employé ait pour mission de vérifier que tous les produits ont bien été enregistrés.

Il repose le lecteur sur un support. Le petit écran l'informe qu'un employé va effectivement venir vérifier qu'il a bien tout scanné. Il jure à voix haute. Il pousse son caddie lourd comme un voilier vers la caissière qui lui promet que ça ira vite. Elle se penche et choisit cinq produits. Le premier a été scanné, le deuxième aussi, le troisième aussi. Le quatrième non. Oh, fait-elle, là, il y a eu un petit oubli. Le cinquième non plus. J'ai comme l'impression que vous avez oublié de scanner quelques produits. Bon, je vais vous demander de faire le tour, de vous placer derrière la caisse et de déposer toutes vos marchandises sur le tapis roulant. On va procéder de la manière classique. Les autres clients équipés d'un lecteur le suivent du regard. Il essaie de paraître indifférent. Il pense au temps que ça va prendre. Aux produits surgelés qui vont commencer à fondre. Il est pris d'une impulsion subite de lâcher son caddie et de quitter le supermarché. Il se sent coupable. Il a fait une erreur. Alors que toutes les autres fois, il a accompli cette mission sans aucun problème. Aujourd'hui ça lui demande un bon quart d'heure de plus et quand il a enfin terminé, que les produits sont rangés dans les grands sacs Ikea dans le caddie plein à ras bord, la caissière regarde le ticket et s'exclame : Ah, il n'y avait que ces deux produits qui n'avaient pas été scannés. Ce sera tout ? Le fils hoche la tête. Il range sa carte bleue dans son portefeuille, le ticket dans la poche arrière de son pantalon et se dirige vers le parking. En sortant de l'escalator, il doit retenir le caddie de tout son corps pour ne pas percuter le mendiant assis sur un carton à un endroit stratégique pour être visible de tous.

Le fils pousse le caddie vers sa voiture. Il pose son portefeuille sur le toit et charge le coffre, la banquette arrière, puis le siège du passager de paquets de couches, de bouteilles de lait d'avoine, de boîtes de conserve de maïs bio. Les œufs, il les cale au-dessus pour éviter qu'ils se cassent. Bien qu'il n'ait que dix mètres à faire pour ranger le caddie, il ferme sa voiture à clé. Il enfonce le consigneur du caddie dans un objet qui ressemble à une longue larve en acier, récupère sa pièce qu'il va ensuite déposer dans le gobelet du mendiant. Il le fait lentement pour que les gens le voient. Pour que les gens se disent qu'il est quelqu'un de bien, quelqu'un qui ne pense pas qu'à lui. Le mendiant lève les yeux. Il ne lui dit pas merci. Il lui fait juste un sourire. Il y a quelque chose d'ironique dedans. Comme s'il avait vu le caddie rempli à ras bord et qu'il regardait maintenant la pièce de dix couronnes en pensant : c'est tout ? Je vous en prie, lui siffle le fils. Le mendiant détourne le regard. Le fils ne lâche pas. Ça me fait plaisir, lui siffle-t-il. Y a un problème ? intervient quelqu'un à côté des caddies. Le fils tourne la tête et voit deux gars costauds en survêtements assortis. Ils ont l'air menaçants. Le fils tourne les talons et part vite vers sa voiture. Il a l'impression de les entendre rire. Quand il est installé au volant, il enclenche la marche arrière et recule. Les gars en survêtement, qui apparemment trouvent sa marche arrière inutilement rapide, font un bond sur le côté en poussant un cri. Le fils sort vite du parking. Un des deux gars ramasse un caillou qu'il s'apprête à jeter sur la voiture.

Le fils roule droit en direction de l'autoroute. Derrière lui, une voiture lui fait des appels de phares. Sa première pensée est que c'est une voiture banalisée qui veut le doubler. Il ralentit et signale avec son clignotant qu'il va se ranger sur le côté. Mais quand il s'arrête, celle-ci s'arrête aussi. L'un des deux gars du parking sort avec un objet dans la main. Le fils passe aussitôt la première et met les gaz. Dans le rétroviseur, il voit le gars retourner vers sa voiture et monter sur le siège du passager.

Lorsque le fils arrive sur l'autoroute, il s'engage sur le pont puis met son clignotant pour signaler qu'il va tourner à gauche. La voiture le suit toujours. Une Audi bleu foncé aux vitres teintées qui roule pleins phares. Mais au lieu de tourner à gauche, il sort à droite en direction de la E4. Il ne veut pas que ces cinglés sachent où il habite. Et sur l'autoroute il y a plusieurs files et davantage de témoins au cas où il lui arriverait quelque chose. Merde, mais qu'est-ce qu'il peut lui arriver en fait ? Il est un peu plus de vingt et une heures un mercredi soir ordinaire. Il se trouve dans une voiture au sud de Stockholm, poursuivi par des gars dopés aux stéroïdes qui veulent lui foutre la trouille. Mais ils ne lui feront jamais rien. Qu'est-ce qu'ils pourraient lui faire ? Le forcer à quitter la route ? Sortir des AK-47 et lui tirer dessus ? Rouler à côté de lui et lui montrer leur cul ? Il allume la radio et essaie de les ignorer. Ils sont toujours derrière lui. Régulièrement ils lui font des appels de phares. À un moment donné, ils arrivent à son niveau et le fixent. Le fils reste concentré sur la route. Du coin de l'œil, il voit que le gars sur le siège du passage agite quelque chose dans sa main. Peut-être une matraque, peut-être un poing américain. Le fils fait comme s'il ne le voyait pas. Il appuie sur l'accélérateur. Il met les gaz. Il passe de cent vingt kilomètres heure à cent trente puis à cent quarante et sourit quand ses persécuteurs quittent finalement l'autoroute à la sortie suivante.

Il reste dans la file de gauche. Il ne fait qu'un avec sa voiture. Il est en contrôle total. Il roule à la vitesse pour laquelle il est fait. Tout le reste est une erreur. Il fonce. Plus jamais il ne sera immobile. Il va encore accélérer. Jusqu'au maximum. Puis encore un peu. C'est là, dans la file de gauche, après avoir semé ses persécuteurs qu'il se sent le mieux. Il essaie de réduire sa vitesse. Il travaille activement pour lever son pied de l'accélérateur. Mais il n'y arrive pas. La vitesse s'est inscrite dans son corps. Il lui est maintenant impossible de comprendre que cent dix kilomètres heure est un mouvement vers l'avant. Il aurait la sensation de rouler dans de la mélasse. D'avancer avec un déambulateur sur du sable. Il essaie de décélérer et d'enclencher la quatrième. Il se souvient que ses persécuteurs ne sont plus là et qu'il peut faire demi-tour pour rentrer chez lui. Mais la radio diffuse un bon morceau et il s'aperçoit qu'il a repris de la vitesse.

Les panneaux commencent à indiquer Södertälje. Il continue à rouler sans savoir pourquoi. Tout ce qu'il sait c'est qu'il se sent bien. Les framboises surgelées ne sont plus surgelées, les myrtilles non plus, il va sans doute être obligé de jeter le saumon et le cabillaud ou de devoir faire une énorme marmite demain en mélangeant le tout. Le cabillaud, le saumon, les framboises, les myrtilles. Mais ça n'a plus d'importance. Plus rien n'a d'importance. Il ne calcule même pas le prix du saumon, du cabillaud, des myrtilles et des framboises. Et s'il le fait, il oublie bientôt la somme. Parce qu'ici il est libre. Il est seul. Il a quatre sacs Ikea remplis de nourriture et une voiture avec deux sièges enfants. Il peut aller exactement où il veut. Pendant combien de temps roule-t-il ? Il ne sait pas. Au bout d'un moment, il sort de l'autoroute et fait des tours dans une zone industrielle. Il passe devant un port. Il passe devant une forêt. Il passe devant un lac. Il passe devant des lotissements. Il tourne et fait quelques dérapages sur le gravier du parking d'une salle omnisports. Le voyant de l'essence clignote. Quand il trouve une station-service, il est presque vingt-trois heures. Ce n'est qu'au moment de payer, lorsqu'il met sa main dans la poche intérieure de son blouson où il range son portefeuille, qu'il comprend ce qui s'est passé. Il fouille les poches de son jean. Aussi bien devant que derrière. Comme s'il se dépouillait lui-même. Il s'excuse auprès de la jeune caissière à la lèvre gonflée de snus et retourne chercher dans sa voiture. Bien qu'il sache que c'est peine perdue, il vérifie dans les compartiments entre les sièges, par terre, dans le coffre où les myrtilles dégelées ont commencé à couler dans le sac Ikea. Lorsqu'il revient, la jeune fille a appelé un collègue.

Je suis vraiment désolé, dit le fils, mais je ne retrouve pas mon portefeuille.

*

Un grand-père qui fait un petit somme est réveillé par son portable qui n'arrête pas de sonner. Il se frotte les yeux et regarde l'heure sur l'écran de la télé. Il est plus de vingt-trois heures. C'est la petite amie de son fils qui l'appelle. Celle dont il ne se souvient jamais du nom. Il est là ? demande-t-elle. Qui ça ? dit le grand-père qui n'arrive toujours pas à savoir s'il est réveillé ou s'il rêve. Il n'est pas là ? Il est avec vous ou pas ? Il n'y a personne avec moi, dit le grand-père. Elle raccroche aussitôt en jurant d'une voix rauque. Le grand-père se redresse sur le canapé. Il est dérouté. Il essaie de se rendormir mais il n'y parvient pas. Il appelle sa fille qui lui apprend que le fils a disparu. Il est monté sur cette scène ouverte pour se lancer dans le stand-up et devait ensuite aller faire les courses mais il n'est toujours pas rentré. Tout ça c'est des conneries, dit le grand-père. Pardon ? s'étonne la fille. Faire des courses ne peut pas prendre autant de temps, dit le grand-père. D'accord, dit la fille, mais le fait est qu'il n'est toujours pas rentré. Je viens d'arriver chez lui. Moi aussi j'arrive, dit le grand-père. Je suis en route. Commande-moi un taxi et j'arrive. Le grand-père se lève, fait le tour de l'appartement, essaie de s'habiller dans l'obscurité avant de réaliser qu'il peut allumer la lumière. Il manque de mettre du déodorant sur sa chemise qu'il a déjà enfilée. Il sort son billet. Il vérifie son calendrier fait maison qui se compose de neuf dates qu'il a rayées au fur et à mesure. Il ne lui reste plus que deux jours avant le départ.

Heureusement qu'on n'est pas déjà demain, pense-t-il quand il saute dans le taxi qui l'attend sur le trottoir. Le grand-père donne le nom de la station de métro à côté de chez son fils. Entendu, dit le chauffeur. Je vais chez mon fils, explique le grand-père. Très bien, dit le chauffeur. C'est un consultant en gestion qui a très bien réussi. Ah bon. Il a deux enfants. Ah oui. Je suis très fier de lui. C'est bien. Ils habitent au dernier étage. Sympa. On a une très belle relation. Félicitations. On n'est plus très loin, vous avez une adresse précise ? demande le chauffeur. Je vous l'indiquerai quand on approchera, répond le père qui est formidable pour bien des choses mais qui a du mal à se souvenir des noms de rues, des numéros, des visages, des dates de naissance, du nom des petites amies, des copains et des petits-enfants.

Ici ce sera bien, dit le père quand le taxi arrive devant les grands immeubles marron en béton déprimants à mourir. Par carte ou en liquide ? demande le chauffeur. Devinez, dit le père en tendant un billet. Il reste assis sur la banquette arrière jusqu'à ce qu'il ait récupéré sa monnaie et le reçu. Puis il attend encore que le chauffeur vienne lui ouvrir la portière.

*

Un fils qui est passé de père à voleur d'essence essaie d'expliquer aux employés ce qui lui est arrivé. Mais votre voiture est remplie de courses, s'étonne la fille en jetant un œil sur l'écran de télésurveillance. Oui, on a dû me piquer mon portefeuille après que je les ai faites, se justifie le fils. Je suppose que votre permis de conduire a également disparu ? dit le gars qui pue le parfum et qui a les yeux luisants. Malheureusement oui, répond le fils. Donc vous n'avez pas d'argent, pas de carte d'identité et pas de permis ? résume la fille. Et pas de portable non plus, ajoute le fils. Les deux le regardent. J'avais une pochette avec mon portable et un portefeuille combinés. Le fils remarque que la fille a déjà écrit son numéro d'immatriculation sur un post-it jaune. Si j'avais eu mon portable, j'aurais pu vous payer par Swish, dit le fils. Ce qui devait être une blague ne fait rire personne. Alors qu'est-ce qu'on fait maintenant ? demande le gars. Je vous propose de me donner votre numéro de compte, dit le fils. Je rentre tout de suite chez moi et je vous fais le virement sur-le-champ. Les deux employés ne prennent même pas cette alternative en considération. Moi je trouve qu'on va plutôt procéder de la façon suivante, déclare la fille. Vous nous donnez votre numéro d'identité. Nous, on a déjà votre numéro d'immatriculation. Vous avez une heure pour aller chercher l'argent. Si vous n'êtes pas revenu dans une heure, on vous dénonce à la police. Une heure ? Je n'aurai jamais le temps de bloquer toutes mes cartes et de trouver du liquide en une… Bientôt plus que cinquante-neuf minutes, dit le gars. Donnez-moi deux heures, les supplie le fils. Vous entendez ? Si vous me donnez deux heures, je serai là avec votre putain d'argent. Cinquante-neuf, commence la fille. Bientôt cinquante-huit, continue le gars. Putain, s'écrie le fils en se précipitant vers sa voiture. Il regarde autour de lui. Où est-il ? Est-ce qu'il connaît quelqu'un qui habite à moins d'une demi-heure d'ici ? Quelqu'un qui est réveillé la nuit ? Quelqu'un dont il connaît le numéro de téléphone par cœur ? Merde il n'a pas de portable. Quelqu'un dont la porte d'immeuble n'est pas fermée la nuit ? Merde toutes les portes sont fermées la nuit.

Quelqu'un qui habite une maison ou un pavillon ? Quelqu'un qui a quatre cent quarante-cinq couronnes en liquide chez lui ? Théoriquement il devrait avoir le temps d'aller à son bureau. Il a les clés et son père a toujours du liquide. S'il a quelque chose c'est bien ça. Il regarde sa montre. Ça peut fonctionner. S'il est rapide. Il démarre sur les chapeaux de roues et s'engage sur l'autoroute. Dans cinquante-sept minutes il doit être de retour.

*

Un grand-père fait le tour de l'appartement du fils et voit qu'il y a eu pas mal de changements depuis sa dernière visite. Ils ont enfin accroché quelques tableaux sur les murs. Bien qu'ils ne soient vraiment pas à son goût. Au lieu d'avoir de grands artistes comme Salvador Dalí, le fils et la petite amie ont des affiches représentant un œil bleu avec un texte en polonais, une femme à barbe et un singe, deux oiseaux tristes emprisonnés qui essaient de se libérer en cassant le sol de leur cage. À droite de l'image, il y a la tête souriante d'un homme. On voit que son cou a été tranché. Le grand-père soupire. Personne ne fait attention à lui. Les femmes dans l'appartement sont toutes occupées. La sœur fait les cent pas, son portable collé à l'oreille. À sa voix, le grand-père comprend qu'elle parle avec une administration. Son ton est ferme et exagérément clair. Elle répète le numéro d'identité de son frère, elle épelle le nom de famille, elle demande à la personne à l'autre bout du fil de la rappeler aux moindres nouvelles. La petite amie, elle, envoie des SMS assise dans la cuisine, le visage caché derrière ses cheveux. Lorsqu'elle relève la tête, il voit que ses yeux sont rouges. Le grand-père s'assoit à côté d'elle sur la banquette turquoise de la cuisine. Il dit à sa fille qui est en train de mettre en route la bouilloire qu'il veut bien du thé lui aussi, volontiers accompagné d'une sucrerie. Il donne une tape sur l'épaule de la petite amie et dit qu'il est persuadé qu'il n'est rien arrivé de grave. Que le fils va bientôt revenir. Il avait juste besoin de faire une pause. C'est le genre de chose qui se passe quand on est père de famille. Je sais ce dont je parle, j'ai élevé trois enfants, je sais à quel point c'est fatigant. La petite amie le regarde. Trois ? répète-t-elle à travers ses larmes. Deux enfants ici, répond le grand-père. Et une fille en France. Elle le regarde. Il n'est pas comme vous, répond-elle avant de reprendre son portable et de laisser un nouveau message vocal au fils.

Sa fille pose une tasse de thé devant lui. Je pourrais avoir quelque chose de sucré à manger ? demande le grand-père. Un peu de chocolat ? Des gâteaux ? Vous en trouverez dans le placard, lui dit la petite amie. Tu es diabétique, il ne faut pas que tu manges des gâteaux, le sermonne sa fille. Et enlève ton manteau. Le grand-père fait ce que sa fille lui dit et pose ses affaires sur l'accoudoir de la banquette. Il n'est pas le moins du monde inquiet. Tout va bien se passer, murmure-t-il. Il va bientôt revenir.

*

Un fils quitte l'autoroute en roulant bien trop vite. Il dérape dans le virage mais réussit à reprendre le contrôle de la voiture et tourne ensuite à gauche sur un petit chemin parallèle à l'autoroute. Il est seul. Il ne croise aucun autre véhicule. Le feu rouge devient vert quand il s'en approche. Il met son clignotant pour signaler qu'il va tourner à gauche vers le tunnel sous l'autoroute. Il se demande si son père est réveillé. Bien sûr qu'il l'est. Il va être inquiet, il va lui poser tout un tas de questions. Mais le fils ne va pas avoir le temps pour ça. Donne-moi l'argent, je t'expliquerai plus tard, il lui dira. Il n'aura pas besoin de parler du portefeuille. Pas tout de suite. Pas quand il a aussi peu de temps. Arrivé au carrefour, il prend à gauche puis tourne à droite en haut de la côte. Il voit les immeubles bas en brique. Il voit les portes d'entrée noires. Les pelouses abîmées. Il se gare en double file devant la porte, met en marche les warnings et grimpe les escaliers quatre à quatre. D'abord il sonne. Puis il ouvre la porte. Il se retrouve dans une entrée éclairée. La télé est allumée. Le globe terrestre brille. Une pizza à moitié mangée dans un carton est posée sur la table basse du salon à côté d'un paquet entamé de gâteaux Singoalla. Est-ce que, pour une fois, son père serait allé se coucher dans la chambre ? Il entrouvre la porte. Non. Le lit n'a pas été défait et la chambre est dans le même état que quand il l'a quittée une semaine auparavant. Le père n'est pas là. Où peut-il bien être ? Le fils fouille dans ses affaires. Il regarde dans sa valise. Il regarde dans les poches de sa veste. Il a encore vingt-huit minutes devant lui. Il trouve enfin l'enveloppe qui est rangée dans une trousse de toilette qui est elle-même enveloppée d'un sachet plastique et cachée au fond d'un tiroir de la salle de bains. Le fils compte les billets. Il y a plus de dix mille couronnes. En coupures de cinq cents couronnes. Il prend un billet. Puis un autre au cas où. Il sort ensuite de son bureau, dévale les escaliers et monte dans sa voiture.

*

Un grand-père qui est vraiment un père se glisse dans la chambre de ses petits-enfants afin de les regarder dormir. Les lampes sont éteintes. Les deux lits sont vides. Il s'avance vers la fenêtre et remonte le store. La zone industrielle s'étend devant lui. Il voit une grande cheminée blanche et une plus petite métallique. Des poids lourds garés en épi. Des voitures qui roulent un peu trop vite sur des lignes droites. D'ici, on peut suivre tout le chemin jusqu'à la ville. Il voit le toit doré de l'église Högalidskyrkan. Il voit l'éclairage et les contours de ce qui doit être la tour TV Kaknästornet. Il voit des gratte-ciels nouvellement construits avec des balcons verts transparents et des cages d'escalier qui s'allument et s'éteignent, qui s'allument et s'éteignent. Il reste le regard fixé sur les cages d'escalier. Il imagine que c'est un phare. Il se dit que s'il arrive à retenir sa respiration en comptant vingt clignotements, le fils reviendra. Il prend une profonde inspiration, bloque son souffle et se met à compter les lampes qui s'allument s'éteignent s'allument s'éteignent. À quatorze, il est sur le point d'abandonner. Il lui faut de l'air. Ses poumons vont éclater. Il voit des étoiles. Il va s'évanouir. Mais il s'aperçoit que son corps refuse de céder. Que sa bouche reste fermée. Que ses lèvres restent serrées. Quinze. Seize. Il se dit qu'il est une chambre forte, qu'il est un plongeur qui voit la surface de l'eau approcher. Dix-sept. Dix-huit. Il commence à lâcher un filet d'air de ses poumons afin que le corps comprenne que l'oxygène va bientôt arriver. Dix-neuf. Vingt. Il a réussi. Maintenant il sait que le fils va rentrer sain et sauf. Il jette un œil sur le parking. Il attend de voir arriver sa voiture noire.

Il voit une voiture. Deux voitures. Trois voitures. Son fils n'a pas eu d'accident. Il n'est pas passé sur un pont et n'a pas foncé sur le garde-fou. Il ne s'est pas fait tabasser par des nazis. Il n'a pas été kidnappé par une bande de jeunes. Il a juste eu besoin de faire une pause et là, il est en train de rentrer. Bientôt il sera là. Le voilà. Il est là. Le père sourit. Une voiture noire se gare. Deux dames âgées en sortent. L'enseigne lumineuse d'un taxi s'allume.

*

Un fils qui est un père arrive à la station-service avec huit minutes d'avance. Vous avez de la chance, lui dit la fille à la caisse. Il ne répond pas. Il tend juste le billet de cinq cents couronnes. Il prend aussi un café, un sachet de bonbons et un paquet de chewing-gums sans comparer les prix avec ceux du supermarché. Elle lui rend sa monnaie puis jette le post-it avec son numéro d'immatriculation à la poubelle. Il ressort dans la nuit. Il est de retour dans le jeu. On lui avait dit que c'était impossible mais il a réussi. On ne comptait pas sur lui mais il a franchi la ligne d'arrivée en premier. Il s'est relevé à la neuvième seconde. Il a marqué pendant les prolongations. Ça peut marcher ? Ça va marcher ? Tout est possible si on n'abandonne pas. Il boit une gorgée de café, ouvre le paquet de bonbons et allume le moteur. Ils peuvent aller se faire foutre. Qui ça ? Tous. Sa petite amie. Ses enfants. Ses copains. Sa carrière. Le poisson surgelé qui est en train de fondre dans le coffre. Que tout le monde aille se faire enculer. C'est lui seul contre le monde entier. Il reprend l'autoroute. Son appartement se trouve au nord. Il part vers le sud.

IX. JEUDI

Une petite amie qui est une mère dit au revoir à la tante de ses enfants dans l'entrée éteinte. Il est bientôt une heure du matin. Toutes les deux travaillent le lendemain. Il n'y a plus rien à faire, ça va s'arranger, dit la tante. N'hésite pas à m'appeler. Et souviens-toi des spaghettis cuits si tu n'arrives pas à dormir. Elles essaient de sourire et s'enlacent. Serrer la sœur dans les bras c'est comme le serrer lui. Mais le parfum est différent, il y a plus de chair et les cheveux sont plus longs. Tu es sûre que tu ne veux pas que je l'emmène avec moi ? demande la tante en faisant un signe de tête vers la cuisine. Non, tout va bien, dit la petite amie. Laisse-le se reposer. Ça me fait du bien d'entendre *quelqu'un* dormir. Le grand-père ronfle tellement fort sur la banquette de la cuisine que les tasses sur la table vibrent. On s'appelle demain, dit la petite amie. La première qui a des nouvelles envoie un SMS à l'autre, dit la tante.

La petite amie verrouille la porte et jette un œil à travers le judas. Lorsque le détecteur de mouvements sent qu'il n'y a plus personne, la cage d'escalier s'éteint. Elle sort son portable et fait encore une tentative. Depuis leur dernier échange au sujet des courses, son portable reste aussi muet. Merde. Elle se brosse les dents, enlève ses lentilles et recompose le numéro. Puis elle s'allonge sur le canapé, éteint la lumière et essaie de s'endormir. Elle inspire expire, tente une séance de méditation en scannant l'ensemble de son corps. Puis elle se lève et avale une aspirine afin de détendre ses muscles. Pour finir, elle essaie de visualiser son corps comme un spaghetti cuit puisque c'est le conseil qui était donné aux insomniaques quand la grand-mère des enfants travaillait dans une boutique de produits diététiques. La petite amie attrape son portable et se connecte sur leur compte commun afin de vérifier si de l'argent a été retiré. Non. La dernière transaction date toujours du supermarché. Et la carte n'a pas été bloquée.

Les ronflements du grand-père lui parviennent de la cuisine. Lui qui n'arrive toujours pas à prononcer son prénom. Et en même temps, ça la rassure qu'il soit là. La première fois qu'ils se sont rencontrés c'est quand leur fille venait de naître. Il leur a rendu visite dans le studio où ils habitaient. La mère était encore fragile après l'accouchement. Ça vous fait quoi d'être grand-père ? lui a-t-elle demandé en lui prenant son manteau. C'est bien, merci, a-t-il répondu en se dirigeant vers la chambre. Il n'avait pas apporté de cadeau. J'aurais dû acheter des fleurs, a-t-il juste dit. Bah, ça ne fait rien, a répondu le fils qui était maintenant père en lui tendant le deuxième petit-enfant de la famille. L'important, c'est que vous vous rencontriez. La voici, a-t-il dit en annonçant son nom. Le grand-père a posé le petit corps sur son épaule, il a fermé les yeux et fait quelques pas sur les côtés. La mère a d'abord cru qu'il allait s'évanouir puis elle a compris qu'il dansait. Il tenait contre lui le bébé âgé de trois semaines, tout somnolant et pas encore capable de fixer son regard. Il chantonnait et se déplaçait dans le petit appartement pendant que le fils prenait des photos avec le bel appareil qui ne servait que pour donner l'illusion que les membres de la famille qui, en réalité, n'étaient pas présents, le soient dans l'histoire commune.

Quand le grand-père est parti, tous deux se sont assis sur le lit avec leur fille entre eux. Elle lui tenait la tête. Il lui tenait les jambes. Ils étaient obligés d'être très près l'un de l'autre pour encadrer ce corps fin comme une règle. Leur fille était si petite qu'on pouvait facilement la perdre. C'était sympa, a dit le fils. Oui vraiment, a répondu la petite amie. Quelle discussion incroyable ! a-t-il poursuivi. Et toutes ces questions ! a-t-elle ajouté. Très inspirant ! C'était comme un voyage dans l'espace intersidéral ! Ou une expédition dans les secrets d'une âme divine ! Ils se sont souri. Tu sais que ton père ne m'a pas posé une seule question ? À moi non plus. Ou plutôt si, il m'a demandé si je lui avais imprimé ses papiers de banque. C'est quand même incroyable. On aurait pu imaginer qu'il avait des choses à demander. Comme par exemple. Je ne sais pas moi. Comment s'est passé l'accouchement ? Les classiques, quoi. Ça fait quoi d'être parents ? Exactement. En même temps, ç'a été compensé par tous ces cadeaux magiques qu'il nous a offerts. Oh oui. J'ai toujours adoré les cadeaux invisibles. Mais les fleurs diaphanes c'est vraiment ce que je préfère. Ce peignoir transparent emballé dans ce papier translucide est super. Ils se sont de nouveau souri. Eux existaient. Comme ce petit être âgé de trois semaines qui sursautait et s'agrippait à l'air comme s'il tombait d'un arbre invisible. Et même si tout le reste disparaissait, eux seraient toujours là. Cette certitude formait un coussin protecteur entre eux et le monde. Rien ne pourrait plus les toucher en profondeur ni leur faire du mal.

La famille, a-t-elle dit. *Can't live with them*, a-t-il répondu. *Pass the beer nuts**, ont-ils souri en chœur. Ils ont éclaté de rire, ce qui a réveillé leur fille. Elle a ouvert ses yeux bleu-gris et les a considérés avec cette mine mi-maître du kung-fu mi-chaton aveugle. On ne t'abîmera jamais de la même manière que nos parents nous ont abîmés, a-t-il dit avant d'enfouir son visage dans son petit ventre à côté du bout de cordon ombilical desséché. On t'abîmera d'une autre façon, a-t-elle poursuivi en caressant son front ridé.

Elle regarde son portable. Aucun appel manqué. Aucun message. Comment en sont-ils arrivés là ? Avant d'être parents, ils ne s'étaient pour ainsi dire jamais disputés. Maintenant elle se retrouve seule sur leur canapé à se demander s'il est vivant ou mort, s'il est sur une piste de danse ou dans un lit d'hôpital, s'il est chez une ex-petite amie ou évanoui dans un fossé.

C'est lorsqu'elle est tombée enceinte qu'ils ont eu leur première dispute. Au sujet du nom de famille de leur futur enfant. Il voulait qu'il ait son nom. Elle voulait qu'il ait leurs deux noms. Il ne voulait rien entendre. Elle non plus. Pourquoi c'est si important pour toi ? a-t-elle demandé. Mon nom c'est tout ce que j'ai, a-t-il répondu. Tu es en train de fabriquer une vie en toi. Si cet être ne porte pas mon nom,

* "Je ne veux pas vivre avec eux", "Passe-moi les cacahuètes." (Deux phrases cultes de la série télé américaine *Cheers*.)

c'est comme si je n'avais aucune responsabilité en tant que père. Tu participes d'une autre manière, a-t-elle répondu. Et c'était vrai. Pendant qu'elle fabriquait des bras, des jambes, un système immunitaire et de la matière cérébrale, il assumait l'achat de la poussette. Il a créé un document proposant une vue d'ensemble de tous les modèles. Il a fait une étude comparative entre celles qui offraient aussi bien la position assise qu'allongée. Il a copié-collé des avis provenant de forums. Il a marqué d'une étoile celles qui avaient obtenu les meilleurs scores aux tests. Il a indiqué en caractères gras celles qui convenaient aux gens grands. Il a comparé les prix. Il s'est informé sur la qualité de fabrication de chacune. Il a étudié les avantages et les inconvénients du montage et du pliage. Lorsqu'elle passait devant son ordinateur, il était toujours là, le cou en avant comme un vautour, absorbé par un article qu'il avait traduit de l'allemand vers le suédois avec Google translate et qui était écrit par une kiné qui jugeait que l'assise ergonomique des poussettes était très mauvaise pour le dos des enfants. Tout se passe bien ? lui demandait-elle. Mm, répondait-il sans lever les yeux de son écran. En général, elle le laissait tranquille. Elle trouvait beau qu'il soit si scrupuleux. Il compensait le fait qu'il ne puisse pas fabriquer un corps avec son corps. Il voulait sentir qu'il participait. La poussette était devenue le moyen. Après des mois de recherche, il lui a enfin présenté son modèle préféré. La poussette avait obtenu de très bons scores à tous les tests, elle était appréciée sur la plupart des forums, elle était parfaite pour les gens grands et bénéficiait d'un bon rapport qualité-prix. Mais assez moche, a rétorqué sa petite amie. Pardon ? Le cadre est un peu trop volumineux, non ? Tu ne trouves pas ? Il lui a lancé un regard noir et est retourné devant son ordinateur pour chercher des alternatives. Il a refait des tableaux où il indiquait ce qui était important et superflu, il étudiait la possibilité d'importer un modèle directement d'Allemagne ou d'en commander un pour bien moins cher via des sites américains, ou d'emprunter la voiture du copain de sa mère pour aller acheter une poussette d'occasion à Södertälje. Il a tout appris sur les différents systèmes de frein. Il connaissait par cœur le volume du filet de rangement de toutes les poussettes étudiées, il savait exactement quel crochet et quel porte-gobelet étaient compatibles avec les différents modèles et quel site était le meilleur si un des pneus crevait et qu'on voulait acheter une chambre à air. Parfois sa petite amie se relevait la nuit pour aller éteindre l'ordinateur et le forcer à se coucher. Tu ne peux pas tout contrôler, lui murmurait-elle quand il refusait de la suivre. Tu pourrais passer ta vie sur Google, ça ne changerait rien. Ce que fabrique mon corps est hors de ton contrôle.

Lorsqu'il s'était finalement décidé pour une poussette, elle lui a proposé d'aller la regarder dans un magasin. En la manipulant, elle leur a semblé instable et lourde. Mais juste à côté était exposé un autre modèle qui avait obtenu les meilleurs scores aux tests de l'association des consommateurs Råd & Rön et qui, de plus, convenait idéalement aux gens grands. Pas chère, fonctionnelle et de fabrication danoise. Tu penses quoi de celle-là ? lui a-t-elle demandé. Il a secoué la tête. Je n'en ai même pas entendu parler, a-t-il murmuré en regardant son document. Comment j'ai pu passer à côté ? Il s'est gratté le front. La poussette était parfaite. Ils l'ont tout de suite achetée et ramenée chez eux. Voilà, a-t-elle dit. Une bonne chose de faite. Maintenant on a une poussette. Je ne comprends pas comment j'ai pu la rater, avait-il répété. Ne pense plus à ça. À partir de maintenant, je propose qu'on procède autrement. On va ensemble tester les choses. On fera confiance à nos sensations et tu ne perdras plus ton temps à chercher sur internet, OK ? Il a acquiescé d'un signe de tête. Ils se sont souri. Quelques jours plus tard, il s'est mis à comparer les différents modèles de sièges auto.

Au début elle aimait qu'il soit si pointilleux. Puis elle s'est mise à détester que tout prenne un tel temps. Alors qu'ils préparaient leurs vacances, elle lui a emprunté son ordinateur pour retrouver le nom de l'hôtel qu'ils avaient regardé ensemble la semaine précédente. Elle est allée dans son historique et s'est mise à chercher, jour après jour, le nom du fameux hôtel. Les mêmes sites réapparaissaient. Les mêmes journaux. Les mêmes magazines. Sa boîte mail. Facebook. Twitter. Et aussi toutes ses recherches. Elle a bondi sur son siège. En préparation du voyage qu'ils n'avaient pas encore réservé, il était allé sur des sites pour savoir quoi emporter pour des vacances en famille, comment plier ses vêtements, quelles vaccinations faire selon les destinations, quel spray nasal acheter pour les petits d'un an, quels jeux emporter pour les longs voyages en avion. Il était allé sur des sites qui testaient des valises. Des sites où de vrais touristes laissaient des avis et des photos d'hôtels où ils étaient descendus. Des sites de plages agréables pour les enfants. Mais elle n'était pas inquiète. Pour elle, ça ne signifiait pas qu'il serait difficile à vivre. Elle se disait juste qu'il faisait son maximum pour que leurs vacances soient réussies.

Parfois elle lui empruntait son iPad. En se connectant, elle avait directement accès à sa messagerie. Elle pouvait ainsi tranquillement regarder son historique sans avoir besoin d'allumer l'ordinateur. Et là, elle pouvait suivre le déroulement de leur vie. Ou plutôt la version "recherches" de leur vie. Au début il se renseignait sur la manière de stimuler le clitoris ou de retarder un orgasme. Sur ce à quoi il fallait penser avant d'avoir un deuxième enfant. Puis les recherches avaient eu pour sujet les poussettes doubles, les appareils Tenscare antidouleur et les conseils pour un accouchement réussi. À l'arrivée de l'été, il s'était mis à faire des recherches sur la manière de choisir le parfait agent immobilier, la manière de nettoyer un trousseau de clés, de vérifier la trésorerie d'une association coopérative d'habitation. Puis sur la situation géographique des balcons les plus convoités, sur la dimension minimum acceptable d'une chambre et sur ce à quoi il faut penser quand on veut transformer une penderie en chambre d'enfant. À l'automne, il s'était mis à comparer les différentes entreprises de déménagement, de rénovation, de pose et de ponçage de parquet, de pose de carrelage et les différents emprunts possibles. Il avait comparé les différents fournisseurs d'accès à internet, les différents fournisseurs d'électricité, les différents groupes d'assurance habitation et de responsabilité civile. À quelques occasions, il avait même cherché des sites comparatifs comparant différents sites comparatifs. Mais ce qui la surprenait le plus, c'étaient les recherches auxquelles elle n'avait jamais pensé. La meilleure façon d'enrouler un foulard autour du cou. La meilleure façon de terminer un mail. La meilleure façon de nettoyer sa voiture. La meilleure façon. C'était ça le mot-clé. Il y avait plein de façons différentes. Mais il y avait la meilleure façon. Et c'est celle-là qu'il voulait trouver. Elle a commencé à comprendre qu'il évoluait dans le monde persuadé que celui-ci était composé de milliards de mauvaises façons et d'une seule bonne. C'est alors qu'elle a réalisé pourquoi ce qui était simple pour les autres était si compliqué pour lui.

Il faut qu'on discute ensemble de ce comportement étrange, a-t-elle pensé. Mais elle ne lui a jamais rien dit. En revanche, elle a arrêté de regarder son historique. Peut-être par peur de découvrir des recherches sur la meilleure façon de rompre avec quelqu'un. Ou la meilleure façon de vivre séparé avec enfants. Ou la meilleure façon de disparaître.

Il n'était pas le seul à avoir été transformé par l'arrivée des enfants. Elle portait une nouvelle inquiétude en elle. Parfois elle se demandait s'il ne l'avait pas contaminée. Il avait une foi étrange en la santé et en la force de leurs enfants. Elle se réveillait souvent la nuit pour vérifier s'ils respiraient bien. Je ne comprends pas, disait-il. Pourquoi ils arrêteraient de respirer ? Parce que ce sont des enfants, répondait-elle. Mais les enfants savent très bien respirer. C'est même une des seules choses qu'ils sachent faire. Quand il s'est mis à neiger et qu'il a voulu prendre la luge pour déposer leur fille à la maternelle, elle lui a dit de faire attention aux automobilistes qui risquaient de ne pas voir la luge qu'il traînait derrière lui. C'est vrai, a-t-il répondu. Il y a sans doute un risque. Si l'automobiliste est aveugle. Mais les automobilistes aveugles sont quand même extrêmement rares. Lorsque des stalactites de glace avaient commencé à se former le long de la gouttière de l'immeuble, elle a fait des recherches et a retrouvé un article sur une mère qui se promenait dans Drottninggatan avec son bébé quand un pic s'était détaché d'un toit et était tombé dans le landau, tuant sur le coup l'enfant, ce qui avait bien sûr traumatisé la mère. La copropriété avait été assignée en justice par son assurance. OK, a-t-il dit après avoir lu l'article. Que veux-tu que je fasse de cette information ? On va arrêter de sortir dès que la température passe en dessous de zéro ? On ne va plus marcher le long des immeubles ? Dorénavant on ne se promènera que dans des champs ? On va acheter un casque avec une visière taille bébé ? Elle avait poussé un soupir. Sérieusement, a-t-il dit, il faut bien vivre. Il ne la comprenait pas. Il ne comprenait pas que le monde était plein de fers à repasser posés en hauteur, de dents de requins, de pneus de Lego, de billes en plastique, d'imperméabilisants toxiques, de piles de livres, de pédophiles, de kidnappeurs, d'assassins d'enfants, de stalactites, de soleil, de froid, de morceaux de saucisses trop gros, de poulets pas assez cuits, de ciseaux, de fentes de portes, de portières de voitures, de portes d'ascenseurs, de crayons à papier, de stylos, de tournevis. Et de chambranles de portes. Parce qu'un ami lui avait raconté l'histoire de ce père en Belgique qui avait brisé le cou de sa fille en la lançant dans les airs sous le chambranle d'une porte. D'aimants pour frigos. Parce qu'un autre ami lui avait raconté l'histoire d'un enfant qui avait avalé un aimant, ce qui avait provoqué des lésions dans ses intestins qui avaient fini par le tuer. Et il y avait eu une histoire similaire avec une pile. Tu côtoies les mauvaises personnes, a été la conclusion du père. Tu es bizarre, a-t-elle répondu. Ce qui était effectivement le cas. Plus ils passaient de temps ensemble, plus elle se rendait compte qu'il ne prenait pas leurs enfants pour des êtres vivants réels. Il les filmait, il les prenait en photo, il leur faisait des compliments et essayait de leur apprendre l'alphabet, l'heure et aussi à dire merci, avant même qu'ils sachent dire chien ou chat. Et il gardait constamment une distance. Il était là et en même temps ailleurs.

Elle est allongée sur le canapé. Il doit être en train de danser dans un club clandestin d'une zone industrielle. Elle regarde son portable. Il doit être en train de baiser une comique de stand-up passionnée de littérature dans un lit étranger. Elle pense à des spaghettis cuits. Il doit être dans le coma aux urgences. Elle secoue la tête. Non. Il est en train de rentrer. Il est en train de rentrer. Il le faut. Rentre. Rentre. Je ne peux pas vivre avec toi. Je ne peux pas vivre sans toi. Rentre maintenant. Rentre.

*

Un grand-père est allongé sur la banquette de la cuisine. Il cligne des yeux. Il est réveillé. Il tourne la tête vers le mur au-dessus de la porte. Dans l'ancien appartement ils avaient une pendule. Mais là, il n'y a rien. Pour avoir l'heure, il doit se lever et regarder l'affichage lumineux du four. Il se faufile dans le salon. La petite amie dort dans le canapé, allongée sur le côté, serrant son portable contre sa poitrine comme un nounours. Ses boucles recouvrent l'oreiller. Elle est tellement jeune et belle que ça fait mal de la regarder. Depuis la chambre des parents où dorment les enfants lui parviennent des petits bruits. Lorsqu'il entrouvre la porte, il découvre le petit d'un an qui gigote dans son lit pour essayer de trouver le sommeil. Il est coincé sous l'oreiller et sa tête est collée aux barreaux. Il gémit. Le grand-père essaie de le calmer en lui caressant les paupières. Il chantonne cet air qu'il chantait toujours à ses enfants. Bizarrement, ça fonctionne. Le petit d'un an respire maintenant calmement et replonge dans le sommeil. Le grand-père reste à côté du petit lit. Soudain il ne sait plus très bien où il se trouve. Ni en quelle année ils sont. Ni qui est allongé dans le lit. Ni qui il est. Lorsqu'il ouvre la porte et qu'un rai de lumière tombe en oblique, il entend un chuchotement enroué provenant du lit. Papi ? Moi aussi je veux une chanson. La grande de quatre ans est assise, les cheveux en bataille, dans le lit des parents. Le grand-père retourne dans l'obscurité de la pièce et lui dit qu'elle aura bien sûr, elle aussi, une chanson. Tu veux que je te chante quoi ? Celle où Zogoo et Zlatan vont rivaliser au bobsleigh. D'accord, dit le grand-père. C'est quoi comme chanson ? C'est papa qui la chante, chuchote la grande de quatre ans d'une voix tout d'un coup un peu trop réveillée. Le grand-père a le droit de choisir le sport que Zogoo et Zlatan doivent pratiquer. Parfois ils font de la plongée, parfois de la pêche, parfois du baseball-ballon, parfois du patin à glace. OK OK, chuchote le grand-père de sa voix la plus silencieuse dans l'espoir que la grande de quatre ans fasse comme lui. À quoi ressemble cette chanson ? Parfois ils partent dans l'espace, parfois ils font la compétition pour savoir qui saute le plus haut. OK, je la chante, chuchote le grand-père avant de tourner la tête vers le lit du petit d'un an qui commence à bouger. Si tu es silencieuse, je te promets de la chanter. Papi ? Oui. J'ai faim. Tu as faim ? Maintenant ? Mais c'est la nuit. Tout le monde dort. Oui mais j'ai un trou dans le ventre et quand on a un trou dans le ventre on peut pas dormir. Qui dit ça ? Mon ventre. OK, dit le grand-père. Alors viens.

Ils se glissent hors de la chambre, passent devant le salon et vont dans la cuisine. Le grand-père ferme toutes les portes derrière eux pour ne pas réveiller la mère et le petit d'un an. Tu as faim de quoi ? La grande de quatre ans réfléchit. Le grand-père ouvre puis referme un placard contenant des verres empilés, des piles de porcelaine assortie, quatre paquets identiques de café. Dans cette cuisine il y a à manger comme en temps de guerre, se dit-il. Dans un placard qui ressemble à un réduit, il trouve des paquets de pâtes, des bocaux de tomates concassées, des boîtes rondes de conserve de thon et du maïs. Derrière une autre porte, il découvre des casseroles. Il y en a autant qu'on veut. Quatre, cinq, six dans le même matériau inoxydable avec les couvercles assortis dans un compartiment à côté. Dans un tiroir sont rangées les épices. Un autre tiroir est rempli de stylos, de ruban adhésif et de ces pinces de toutes les couleurs avec lesquelles on ferme les sachets pour empêcher l'air d'y entrer. Mais il n'y a pas d'élastiques, remarque le grand-père. Ça ne doit plus être à la mode maintenant que tout le monde utilise ces machins en plastique. C'était quoi le problème avec les élastiques ? Ils ne prenaient pas de place, ils ne coûtaient rien, on pouvait les transporter partout. Et ils ne se cassaient jamais ou presque. Ils fonctionnaient aussi bien que ces grosses – et sans doute très chères – pinces en plastique que quelqu'un a inventées juste pour dépouiller les gens de leur argent. Tu cherches quoi ? demande la grande de quatre ans. Je ne sais pas, répond le grand-père. Tu sais de quoi mon ventre a très faim ? dit la grande de quatre ans. Tu veux un peu de lait chaud ? lui propose le grand-père. Oui, mais mon ventre a aussi très faim de popcorns, dit la grande de quatre ans. De popcorns ? Mm. Mon ventre dit qu'il a très très faim de popcorns sucrés goût coco. La grande de quatre ans lui montre où est rangé le sachet. Tout en haut du placard à côté du frigo. Tu manges souvent des popcorns sucrés la nuit ? Mm, dit la grande de quatre ans. Mais là c'est la première fois. Le grand-père et la grande de quatre ans s'installent l'un à côté de l'autre sur la banquette de la cuisine et mangent les popcorns tout en contemplant la vue par la fenêtre. Regarde, il neige, dit le grand-père. Moi j'ai une Snow Racer, dit la grande de quatre ans. Je l'ai eue pour mon anniversaire. Quand j'ai eu quatre ans. La prochaine fois j'en aurai cinq. Oui c'est vrai. Tu viens à ma fête ? On verra, dit le grand-père.

Il n'aimerait vraiment pas habiter aussi haut. Des cambrioleurs peuvent s'introduire dans l'appartement par le toit. Et ça donne le vertige. Et sur le balcon il y a trop de vent. Papi ? Mm. T'es vraiment pas mince. C'est vrai. Ton ventre est très gros. Je suis d'accord. Par contre tes jambes, elles, ne sont pas très grosses. Non. C'est vraiment ton ventre qui est gros. Malcolm à la maternelle, son grand frère il est très gros. Plus gros que moi ? demande le grand-père. Non, dit la grande de quatre ans en riant. Ah bon ? dit le grand-père. Quand même pas, dit la grande de quatre ans en fourrant dans sa bouche une grosse poignée de popcorns.

*

Une petite amie qui est une mère qui est une fille se réveille en sursaut. Est-ce qu'elle s'est endormie ?

Non, impossible. Elle a dû juste fermer les yeux. Elle a l'impression d'avoir entendu des voix mais ça doit être le fruit de son imagination. Elle regarde son portable. Il faut qu'elle accepte qu'elle ne dormira pas. Maintenant c'est trop tard. Autant ne plus essayer et se lever. Le résultat de cette résolution est que son corps se relâche et qu'elle s'endort aussitôt.

*

Un grand-père porte la grande de quatre ans dans le lit des parents. Tu n'as plus faim maintenant ? Mm, mon ventre se sent beaucoup mieux, sourit-elle. Mais je crois que c'est mieux si je dors dans mon lit et pas dans celui de maman. Il est où ton lit ? demande le grand-père. La grande de quatre ans lui montre le chemin vers sa chambre. Elle est fatiguée et elle a envie de dormir. Mais avant il faut juste qu'elle fasse pipi. Et qu'elle boive un peu d'eau. Et qu'on lui lise une histoire. Quelle histoire ? La grande de quatre ans revient avec un gros livre accordéon sur l'espace. Je ne pourrai pas le lire en entier, la prévient le grand-père. Alors juste la moitié, propose la grande de quatre ans. Ils s'installent pour lire. Le grand-père raconte que la Terre est un gros caillou tout rond qui flotte dans l'espace, que la Lune est une boule rocheuse en orbite autour de la Terre, que le Soleil est une étoile, qu'il donne aux planètes de la lumière et de la chaleur, qu'il est une sphère massive de gaz incandescent et explosif, qu'il est énorme, un million de fois plus gros que la Terre. Plus que mille ? demande la grande de quatre ans. Oui, un million c'est plus que mille, répond le grand-père. Mais rien n'est plus grand que mille, s'oppose la grande de quatre ans. Si, deux mille c'est plus grand que mille, répond le grand-père avant de poursuivre la lecture. Il raconte qu'une éruption solaire est une libération soudaine d'énergie. Il raconte que les spicules sont des jets de gaz solaire qui sont projetés et qui retombent ensuite. Il raconte que plus de mille globes terrestres tiendraient sur Jupiter. Plus de mille ? demande la grande de quatre ans. Mm, répond le grand-père. C'est vrai ? Oui. Wouah, s'exclame la grande de quatre ans. Le grand-père continue à lire. Sur le système d'anneaux de Saturne. Sur les tempêtes de sable de Mars. Sur les épaisses couches nuageuses de gaz de Vénus. Sur les vents de Neptune. Il parle de la nébuleuse du Crabe, de la nébuleuse de l'Œil de Chat, de la galaxie du Sombrero qui se sont formées il y a des millions et des millions d'années quand deux galaxies se sont percutées. La grande de quatre ans est silencieuse. Le grand-père la regarde. Ses yeux sont grands ouverts. Tu n'es pas fatiguée ? lui demande-t-il. Elle secoue la tête. Le grand-père continue à lire d'une voix basse. Il parle de Spoutnik et d'Apollo, de Cassini et de Hubble, d'Alma et de Soyouz. Il tourne les pages et montre toutes les expériences qui ont été faites sur Mars : la sonde spatiale *Viking 1* qui s'est posée en 1976, le rover *Opportunity* qui est là-bas depuis 2004, *Curiosity* qui s'est posé en 2012. Qui t'a donné ce livre ? demande le grand-père. Papa, répond la grande de quatre ans. Elle lève la tête. Il est où papa ? Il rentre bientôt, répond le grand-père. Mais il est où ? redemande-t-elle. Il rentre bientôt, répète le grand-père avant de se replonger dans le livre sur l'espace.

La grande de quatre ans finit par s'endormir, la tête posée sur la poitrine du grand-père. Sa respiration est rapide. Il la regarde. Elle ressemble tellement à son fils. Elle ressemble tellement à sa fille. Il est lui il y a trente ans. Il reste immobile. S'il ne bouge pas, il y a peut-être une chance pour que tout recommence depuis le début. Il ferme les yeux. C'est la première fois en plusieurs années qu'il dort une nuit entière sans la télé.

*

Lorsqu'une petite amie se réveille, il est sept heures et demie du matin. Elle a du mal à y croire. Elle regarde son portable et secoue la tête. Elle a le sentiment que tout n'est qu'un rêve étrange. Le sentiment s'accentue en même temps que la luminosité de la pièce. Elle se lève du canapé et regarde par la fenêtre. La cime des arbres est blanche. Les sapins sont blancs. Les rues sont blanches. Le tronc des arbres est blanc d'un côté, comme si quelqu'un à la patience limitée avait voulu les décorer avec de la poudre blanche.

Elle entend des voix provenant de la cuisine. Pendant quelques secondes merveilleuses elle pense que son petit ami est rentré. Qu'il a eu une crise de folie passagère, qu'il a roulé pendant quelques heures, qu'il a oublié de recharger son portable et qu'il est maintenant de nouveau assis dans la cuisine avec les enfants. Elle va les rejoindre. Salut maman, s'écrie la grande de quatre ans. Papi est là ! Le petit d'un an, assis dans sa chaise en plastique, est en train de manger des cornflakes avec les doigts. Vous êtes réveillés depuis combien de temps ? demande la mère. Où est papa ? demande la grande de quatre ans.

*

Un grand-père et une petite-fille ont les mains qui sentent les popcorns sucrés lorsqu'ils se réveillent au petit matin. Ils entrent doucement dans la cuisine pour ne pas réveiller la mère. Quand le petit d'un an commence à pleurnicher, le grand-père va le chercher. La grande de quatre ans lui montre où sont les couches et les lingettes. C'est quoi des lingettes ? demande le grand-père. Tu sais pas ce que c'est ? C'est comme du papier mais en mouillé, explique la grande de quatre ans. Le grand-père change le petit d'un an dont la couche est pleine à craquer puis il l'installe dans sa chaise haute. Il ouvre la porte du salon dans l'intention de demander à la petite amie ce que les enfants mangent au petit-déjeuner, mais les cernes noirs sous ses yeux et la manière dont elle serre son portable le font changer d'avis. Il retourne dans la cuisine et sort tout ce qu'il y a dans le frigo. Le ketchup, le beurre, le fromage. Des tomates, un concombre, du pain et ce que la grande de quatre ans appelle du lait bien qu'il soit écrit boisson à l'avoine sur la brique. Oh, y a beaucoup de petit-déjeuner, s'exclame la grande de quatre ans. Dis-moi ce que tu veux et je te le prépare, sourit le grand-père. Où est papa ? demande la grande de quatre ans. Tu veux une tartine au fromage ou au beurre ?

Un grand-père qui est un père devrait rentrer chez lui pour se changer. Mais lorsque la mère des enfants se réveille, il comprend qu'elle a besoin de lui. Elle est à bout de nerfs. Elle déambule dans l'appartement en peignoir et chemise de nuit quasiment transparents sans penser qu'il voit son corps quand elle se penche pour ramasser la nourriture tombée par terre. Quoi qu'elle fasse, elle garde son portable dans la main. Le grand-père essaie de la rassurer. Il lui explique qu'il n'y a aucune raison de s'inquiéter. Mon fils ne ferait jamais de bêtises, dit-il. Comment ça des bêtises ? demande la petite amie. Je veux dire, c'est un homme bien. Un homme droit. Un homme honnête. Tu penses peut-être qu'il est allé voir une prostituée ? Ou qu'il a passé la nuit chez une maîtresse ? Non je ne pense pas ça. Je suis sûr qu'il va rentrer d'un moment à l'autre. La petite amie le regarde. Elle est plus calme. Merci pour votre soutien, dit-elle. De rien, dit le grand-père. Tu as du café ? Faites-vous-en tout seul, répond-elle. A-t-il bien entendu ? Il décide de lui pardonner. Elle n'est pas elle-même. Elle porte en elle une grande agressivité qu'elle n'arrive pas à contrôler. Pauvre petite. Elle n'a pas dû vivre beaucoup de choses dans son existence si elle est aussi désemparée quand son petit ami part s'amuser un peu et oublie de l'appeler.

*

Une petite amie qui est une mère appelle d'abord son boulot pour dire qu'un de ses enfants est malade et qu'elle n'ira pas travailler aujourd'hui puis la maternelle pour prévenir que sa fille ne viendra pas. Mais il lui est impossible de rester à la maison. Tout lui rappelle son absence. On sort faire de la luge ? propose-t-elle à la grande de quatre ans d'une voix haut perchée qui sonne encore plus faux qu'un piano désaccordé. Elle espère que le grand-père comprendra le message et qu'il les laissera tranquilles. Elle n'a pas la force de s'occuper de deux enfants et d'un gros bébé. Mais il n'est pas du genre à saisir ces choses-là.

Il ne comprendrait pas le message même si celui-ci lui sautait à la figure pour lui mordre le nez. Lorsqu'elle annonce que les enfants et elle vont au parc, il enfile son manteau. Papi, tu viens avec nous ? demande la grande de quatre ans. Non, papi doit rentrer chez lui, rétorque la petite amie. Si, tout va bien, répond le grand-père, je peux très bien vous accompagner. Je n'ai rien de mieux à faire.

Elle s'entend soupirer. Mais à vrai dire, c'est quand même plus simple de sortir avec les enfants quand on est deux adultes. Le grand-père retrouve les gants qui s'étaient cachés derrière la commode jaune dans l'entrée, il aide la grande de quatre ans à enfiler sa combinaison bien qu'elle ait déjà mis ses grosses chaussures d'hiver. Est-ce qu'il faut aussi prendre ça ? demande-t-il en ramassant un casque qui traîne par terre. Oui merci, dit-elle en le calant sur la tête de sa fille. C'est mon casque de vélo, explique la grande de quatre ans. Mon vrai casque de luge est à la maternelle. Tu as deux casques ? s'étonne le grand-père. Mm, mais l'autre est noir. Et rond. Le grand-père et la grande de quatre ans sortent dans la cage d'escalier. Ils se donnent un coup de main, lui en portant sa Snow Racer et les luges, elle en tenant les ficelles pour les tirer. Tu es blessé ? demande-t-elle. Non, répond-il. J'ai juste un peu mal aux pieds. Mais rien de grave.

*

Un grand-père qui un jour a été un père ne s'est pas retrouvé sur une piste de luge depuis trente ans. Lorsqu'il sort dans la rue, il doit plisser ses yeux récemment opérés pour ne pas être ébloui par tout ce blanc.

Ils entrent dans un nouveau monde. Les chasse-neiges n'ont pas encore eu le temps de passer. La neige forme des congères sur la voie pour piétons. Le petit d'un an est assis dans la luge et la grande de quatre ans sur sa Snow Racer. Les deux adultes tirent les enfants vers la piste de luge. Tout ce qu'on entend est le crissement de leurs pas dans la neige fraîche. Un silence s'est abattu par surprise sur la ville. Tout ce blanc ouaté isole le monde et leur donne l'impression de se promener dans un studio d'enregistrement. Que c'est beau, dit-il. Oui vraiment, répond-elle. Ils s'arrêtent au niveau du petit bois. D'abord ils voient un chevreuil femelle. Puis deux mâles. Et un peu plus loin, un faon. Aussi bien la grande de quatre ans que le petit d'un an sont comme ensorcelés par ces animaux frêles qui se détachent sur tout ce blanc. Vous les voyez ? chuchote la mère. C'est une famille d'élans ? demande la grande de quatre ans d'une voix à peine audible. Non c'est une famille de chevreuils, chuchote la mère en retour. Lorsque l'un d'eux se met en mouvement, les autres le suivent. Ils font des petits bonds jusqu'en haut de la montée pour disparaître quelques secondes plus tard. Une fois j'ai vu vingt-sept escargots, dit la petite-fille à son grand-père. Vingt-sept ? Waouh. Où ça ? Sur la marche là-bas, dit la grande de quatre ans en pointant du doigt une marche en pierre. C'était avec papa. Il avait plu. Les escargots aiment beaucoup la pluie. Où est papa ? Il ne va pas tarder, répond le grand-père. Parle-moi encore de tous les animaux que tu as vus. J'ai vu tous les animaux qui existent, répond la grande de quatre ans. Des lapins, des chats, des chiens, des dinosaures et une fois, quand on revenait de chez Noa avec papa, on a vu un écureuil qui était complètement mort. Complètement mort ? s'étonne le grand-père. Elle hoche la tête. Mort de chez mort.

La piste de luge est située de l'autre côté du bois. La première glissade est lente puisque la neige est encore trop molle, mais au fur et à mesure elle se tasse et ça va plus vite. La grande de quatre ans descend toute seule. D'abord avec la Snow Racer puis avec la luge puis avec la luge-pelle. Le petit d'un an, assis sur sa luge, regarde sa sœur l'air satisfait. De la morve coule sur sa lèvre supérieure. Sans réfléchir, le grand-père l'essuie avec ses doigts qu'il nettoie ensuite dans la neige. C'est un geste d'autrefois. Un geste qu'il faisait machinalement dans une autre vie. Aujourd'hui ça lui semble à la fois étranger et familier. Lorsqu'il lève la tête il voit que la mère le regarde presque chaleureusement.

Papi ? crie la grande de quatre ans. Tu ne veux pas faire de la luge ? Je n'ai pas de casque, répond-il. Tu veux que je te prête le mien ? À mon avis il est trop petit. Vous comprenez ce qu'il fait ? lui demande subitement la mère. Qui ça ? Votre fils. Vous avez fait subir ça à vos enfants ? Il réfléchit. Tu savais que j'avais deux filles ? Elle hoche la tête. Il se racle la gorge. J'ai perdu le contact avec ma fille aînée. Qu'est-ce qui s'est passé ? demande-t-elle. Il y a eu la vie. D'abord la vie. Puis la mort.

Il reste silencieux. Il aimerait dire que tout est la faute de la mère. Que sa première femme ne mettait pas assez de limites. Qu'elle donnait à la fille tout ce qu'elle voulait. Qu'elle n'exigeait rien d'elle. Et après, est arrivé ce qui est arrivé. Lui, en revanche, faisait tout pour sa fille. Il allait assez souvent lui rendre visite. Au moins une fois tous les deux ans. En tout cas au début. Souvent il lui apportait des cadeaux.

Trois fois il l'a invitée ici. Elle a pu habiter chez sa nouvelle famille. Il lui a payé le billet d'avion et a pris en charge la nourriture. La première fois, ça s'est très bien passé. La deuxième fois, ça s'est plutôt bien passé même si elle a fait sa mauvaise tête d'adolescente quand il lui a interdit de sortir au parc avec une jupe noir et blanc ridiculement courte. La troisième fois, ça s'est nettement moins bien passé. Ça faisait plusieurs années qu'ils ne s'étaient pas vus et quand elle est apparue dans le hall des arrivées, ses yeux étaient comme morts. Elle parlait trop vite. Elle tenait son sac trop fermement. Le deuxième jour, elle est tombée malade. Au petit-déjeuner, son nez n'arrêtait pas de couler. Au déjeuner, elle a disparu. Il est parti en ville et l'a retrouvée sur la place Sergels torg. Qu'est-ce que tu fais ici ? lui a-t-il demandé. Rien, a-t-elle répondu. Maintenant tu viens avec moi, lui a-t-il ordonné en lui prenant le bras. Ils sont rentrés dîner. À table, son ex-femme a essayé de combler les silences en posant des questions sur l'architecture à Marseille. Mais la fille ne répondait que par monosyllabes. Ses mains tremblaient quand elle soulevait son verre d'eau. Prétextant la grippe, elle est partie se coucher sur le matelas qu'ils avaient installé pour elle dans la chambre du fils. Elle est restée éveillée pendant des heures. Le père allait régulièrement la surveiller à travers la grande baie vitrée du balcon. Elle tremblait. Son corps était parcouru de spasmes. On aurait dit un pantin désarticulé. D'abord il a cru que c'étaient des frissons dus à la fièvre, puis il a remarqué qu'elle se grattait. Sur les bras, sur le crâne, sur les cuisses. Elle se grattait à s'arracher la peau, ce qui a fini par réveiller le fils. Il s'est assis sur son lit pour la regarder, d'abord l'air amusé, comme s'il pensait qu'elle plaisantait, qu'elle mimait des charades ou qu'elle jouait de la guitare imaginaire. Puis il a eu l'air d'avoir peur. Soudain le père qui n'était pas encore un grand-père a compris. Il avait déjà vu des gens dans ce genre d'état dans le tunnel des Soupirs. Il est entré dans la chambre et a fermement maintenu sa fille. Puis il a appelé sa mère pour l'informer de la situation. Elle a tout nié en bloc. Elle lui a expliqué que la fille avait eu quelques petits problèmes, mais que maintenant elle était clean, qu'elle n'avait pas touché une seringue depuis plus de six mois. Là, elle est en manque dans la chambre de mon fils, lui a-t-il dit. La mère a raccroché. Elle estimait qu'il n'avait pas le droit de les critiquer, sa fille et elle. Pendant ce temps-là, la fille s'était mise à crier. Elle se tordait de douleur, vomissait de la bile et avait de la diarrhée. Lorsqu'ils l'ont soulevée, une ombre noire est restée dessinée sur le matelas. Ils l'ont amenée aux urgences. Ils souhaitaient la faire hospitaliser, mais elle voulait rentrer chez elle le plus vite possible. Elle leur a expliqué qu'elle suivait une cure de désintoxication, qu'elle avait un parrain et un coach et qu'elle ne voulait pas rater la prochaine réunion. Il l'a raccompagnée à l'aéroport et lui a fait promettre de ne plus jamais jamais jamais reprendre de drogue. Elle a promis. Il lui a dit : la drogue abîme le corps, si tu continues comme ça tu mourras prématurément. Elle a promis. Il l'a menacée en lui disant que si elle reprenait encore une fois de la drogue, elle ne serait plus sa fille. Ça changerait quoi ? a-t-elle rétorqué. Ils se sont dit au revoir. C'est la dernière fois qu'il l'a vue. Ou plutôt, c'est la dernière fois qu'il l'a vue en pensant à elle comme étant sa fille. Pendant les années qui ont suivi, ils n'ont plus eu de contact. Une connaissance a vu la fille sortir d'un centre de désintoxication. Une autre connaissance l'a vue – ou peut-être une fille lui ressemblant – grimper dans une voiture rouge qui l'attendait sur le boulevard Michelet, à côté du stade. Il essayait de la faire décrocher en évitant de la contacter. Puis il est descendu la voir afin de se confronter à elle. Il l'a attendue devant la porte de son immeuble. Lorsqu'elle est sortie sous la lumière du soleil, il ne l'a d'abord pas reconnue. Elle avait vieilli de trente ans depuis la dernière fois. Ses jambes étaient pleines de marbrures rougeâtres et de trous qui ressemblaient à des brûlures de cigarettes. Il l'a suivie pendant toute une journée. Elle a rencontré une fille plus jeune aux cheveux courts qui lui a donné un sac en tissu contenant sans doute de la drogue. Elle est entrée dans un ciné certainement pour se faire une injection au calme. Elle a bu un café avec un homme barbu qui pouvait très bien être son mac. Lorsqu'elle s'est retrouvée seule, il est allé la voir. Il l'a forcée à monter dans un taxi et l'a ramenée chez sa mère. Elle n'a opposé aucune résistance. Elle savait que le jeu était terminé. Il l'a accompagnée jusqu'en haut et il a tout raconté à son ex-femme. Il a énuméré les lieux où elle s'était rendue et les gens à qui elle avait eu affaire. Il a sommé la mère de regarder dans son sac en tissu pour avoir la preuve qu'elle se droguait toujours. Je suis clean depuis cinq ans, n'arrêtait pas de dire la fille. Tu as suivi ma fille, a demandé la mère. Notre fille, a-t-il rectifié en renversant le sac en tissu. Des livres et des CD en sont tombés. Il n'y avait plus de drogue. Plus de seringues. Comment oses-tu disparaître de nos vies pendant si longtemps pour subitement revenir et suivre ma fille ? a sifflé la mère. Tu arrives dix ans trop tard, a dit la fille. Il n'est jamais trop tard, a rétorqué le père. Je suis malade, a dit la fille. Elle lui a donné le nom de sa maladie. Le père lui a alors dit des mots impossibles à reprendre. Puis il a quitté l'appartement sans dire adieu à la femme qui n'était plus sa fille.

*

Une petite amie qui est une mère se trouve en haut d'une piste de luge et regarde une grande de quatre ans soulever ses deux jambes pour donner de la vitesse à la luge-pelle. Regarde comme ça va vite, lui crie-t-elle en faisant quelques mètres avant de s'effondrer dans la neige et d'éclater de rire. À côté d'elle se tient le grand-père des enfants. Soudain, il évoque sa fille aînée. Qu'est-ce qui s'est passé entre vous, en fait ? demande-t-elle. Il y a eu la vie. D'abord la vie. Puis la mort.

Il reste silencieux. Elle attend qu'il poursuive son récit mais rien ne vient. À plusieurs reprises il ouvre la bouche pour parler mais s'interrompt. Le vent siffle. Vous aviez un bon contact avec votre père ? demande la petite amie pour essayer de changer de sujet. Pas de réponse. J'ai fait tout ce que j'ai pu, répond le grand-père. Je ne regrette rien. Puis il se tait de nouveau. Elle le regarde. Il a les lèvres qui tremblent. Il semble soudain si vieux. La grande de quatre ans sent que quelque chose ne va pas. Tu as froid, papi ? Oui, papi a froid, répond la mère. On ne va pas tarder à rentrer. Faites une dernière descente. Non, trois dernières descentes parce que j'ai déjà eu trois ans, répond la grande de quatre ans. OK, trois dernières descentes. Non, quatre, parce que j'ai quatre ans. Non, trois, après on rentre, déclare la mère.

Elle regarde son portable. Aucun appel manqué. Aucun SMS. Elle ferme les yeux. Elle prend une profonde inspiration et prie Dieu, Allah, Bouddha, Zeus, Thor, Odin, Tupac pour que la voiture soit garée dans le parking quand ils reviendront de la piste de luge.

*

Un grand-père a aidé sa petite-fille à étendre tous les vêtements mouillés sur le séchoir à serviettes dans la grande salle de bains. Tout y est. La combinaison, les chaussettes, le pull, et le caleçon long. Sauf la culotte et le tee-shirt ! dit joyeusement la grande de quatre ans. La mère a préparé à déjeuner. Des macaronis revenus à la poêle accompagnés de légumes thaïs dans du lait de coco. Le grand-père aime les choses sucrées. Mais pas la sauce sucrée dans les pâtes. Une sauce pour les pâtes doit contenir de la viande hachée ou du poulet, des tomates concassées et des feuilles de laurier. Mais il fait de son mieux pour manger. Quand ils ont terminé, il s'installe avec la grande de quatre ans devant la télé. Ils regardent un dessin animé sur les dinosaures. Petit-Pied fait un long trajet avec ses amis dinosaures pour sauver un père piégé par une souche d'arbre à côté d'un volcan crachant de la lave. La grande de quatre ans raconte d'une voix grave que les dinosaures aux dents tranchantes mangent les autres dinosaures. La mère va coucher le petit d'un an dans la chambre. À table il a failli s'endormir dans son bol, il se frottait les yeux en secouant la tête comme un cheval fourbu. Maintenant il fait tout ce qu'il peut pour ne pas dormir. Ils l'entendent crier, rire, sauter et parfois, quand il a été silencieux pendant un moment, mugir comme une vache. Au bout d'un moment, le calme s'installe enfin. La mère sort de la chambre sur la pointe des pieds, en refermant la porte derrière elle millimètre par millimètre.

Je descends faire des courses, leur chuchote-t-elle. Il devrait dormir au moins une heure. Probablement une heure et demie. Le grand-père acquiesce en levant le pouce. Elle fait un bisou à la grande de quatre ans et s'en va. Ce n'est qu'après que le grand-père se demande pourquoi elle doit faire les courses justement maintenant. Leur cuisine est pleine à craquer de nourriture. Pourquoi n'utilise-t-elle pas ce qu'elle a ? Petit-Pied prend de la jusquiame noire pour que les Dents tranchantes ne reconnaissent pas son odeur, explique la grande de quatre ans en pointant du doigt la télé. Intelligent, constate le grand-père.

*

Une petite amie qui est une mère court vers le métro. Elle a déjà sorti sa carte quand elle passe les tourniquets. Elle a juste le temps de sauter dans le train en direction de la ville. À Liljeholmen elle descend. En voyant qu'il y a neuf minutes d'attente avant le prochain tram, elle décide de faire le chemin à pied et de longer l'eau. Elle croise des propriétaires de chiens avec de gros casques sur la tête. Elle croise des retraités assis sur leur déambulateur pour profiter du soleil. Est-ce qu'il sera là ? Il le faut. C'est le seul endroit en ville où elle peut imaginer le retrouver. Si elle était en situation de crise et qu'elle abandonnait sa famille, c'est là qu'elle irait. Puisque c'est là que tout a commencé. Elle est persuadée qu'il sera assis sur les rochers et qu'il la verra arriver. Il lui fera un signe de la main, il lui sourira, il lui dira genre : je suis content de te voir. Mais elle ne lui fera pas de signe en retour, elle ne lui répondra pas, elle lui flanquera une gifle en plein visage, elle lui donnera un coup de genou dans les couilles, un coup de pied dans les tibias, elle le poussera et quand il sera allongé en gémissant, elle lui expliquera que s'il lui refait ça encore une fois, elle se tirera avec les gosses. Elle disparaîtra. Pour toujours. Elle traverse le parc vide, croise les voies de chemin de fer et monte la côte menant au point de vue. Les pavés sont glissants. Les panneaux sont recouverts de neige. Une voiture sans pneus cloutés essaie en vain de sortir d'une place de parking. De loin, elle voit que les rochers sont déserts. La vue est là. Le pont. Les îles. La forêt. L'eau. Mais pas lui. Sur le trottoir est garée une fourgonnette blanche avec un tuyau en caoutchouc jaune qui descend dans le sol. Il y a eu des petits problèmes d'écoulement, explique un gars avec des protège-oreilles orange. Est-ce que tout va bien ? Elle hoche la tête et s'éloigne. Mais cette fois-ci, personne ne regarde son dos disparaître dans la descente.

*

Un grand-père qui est un père essaie de comprendre pourquoi sa petite-fille ne peut pas s'arrêter de parler de son père. Au début c'était mignon. Maintenant ça devient gonflant. Toutes les cinq minutes, la petite-fille demande où est son père. Ce qu'il fait. S'il ne va pas rentrer bientôt. Puis la petite-fille veut jouer au baseball-ballon qui consiste apparemment à se faire des passes avec un ballon de baudruche sans qu'il touche le sol. Tu sais qui a inventé ce sport ? demande la petite-fille. Je suppose que c'est ton père. Mm. Sauf que papa et moi on l'a inventé ensemble, dit la grande de quatre ans. Est-ce que papa rentre ce soir ? Oui, bien sûr. Comment tu le sais ? Je le sais c'est tout, dit le grand-père en s'approchant de la fenêtre pour jeter un œil au parking. Il arrive maintenant. Il arrive bientôt. Une clé tourne dans la serrure. La grande de quatre ans se trouve dans l'entrée avant même que le ballon ait touché le sol. Quand elle voit que ce n'est pas son père qui entre, elle fond en larmes. La mère se baisse et la prend sur ses genoux. Elle lui dit que papa lui manque à elle aussi mais qu'il sera bientôt de retour. Comment tu le sais ? demande la grande de quatre ans. Je le sens, répond-elle. Le grand-père se sent mal. La grande de quatre ans pleure comme un bébé. Il se demande qui lui a appris à être aussi sensible. Sans doute son père. Est-ce qu'il dort toujours ? demande la mère. Comme une souche, répond le grand-père. Merci, dit la mère. De rien, répond le grand-père en attrapant son manteau.

*

Une petite amie revient dans une entrée où l'absence des chaussures du père est aussi criante que lorsqu'elle est partie. La grande de quatre ans s'est retenue toute la journée mais maintenant elle craque. Elle éclate en sanglots dans ses bras et n'arrête pas de pleurer pendant un bon quart d'heure. La mère la console. D'un signe de la main, la grande de quatre ans dit au revoir au grand-père qui a enfin décidé de partir. La mère est enfin seule avec ceux qui comptent le plus pour elle. Avec ceux qu'elle ne trahira jamais. Le petit d'un an se réveille. Ils vont tous ensemble dans la cuisine préparer un gâteau à la banane sans gluten et sans sucre. Le petit d'un an se tient debout sur le tabouret blanc devant l'évier, occupé à enfoncer une datte dans un biberon qu'il retire pour la remettre aussitôt. La grande de quatre ans épluche et écrase des bananes toutes marron. La mère pose son portable pour essayer d'être pleinement présente dans ce qu'elle fait. Ce qu'elle vit là est bien plus important que tout le reste.

Ils sont à mi-parcours dans l'élaboration du gâteau quand elle entend une clé tourner dans la serrure. La porte s'ouvre et elle voit d'abord un grand sac bleu Ikea tout froissé. Il apparaît ensuite. Il commence par décharger quatre grands sacs dans l'appartement. Tous remplis à ras bord. Des rouleaux de papier-toilette. Plusieurs paquets de couches. Des assiettes en carton. Des serviettes et un carton avec dix packs de lait d'avoine. Papa ! s'écrie la grande de quatre ans en se précipitant dans l'entrée pour l'embrasser. Salut ma chérie, dit-il en s'agenouillant afin de humer l'odeur de son cou. T'étais où ? demande la grande de quatre ans. Je suis allé faire les courses, répond le père. Ça a pris beaucoup de temps. Parfois c'est très long de faire des courses, dit le père. Il y avait énormément de monde.

Il retire ses chaussures et accroche son manteau. Il dépose ensuite les sacs dans la cuisine et range maladroitement les courses. Il n'est pas rasé et ses yeux sont rouges. Il porte les mêmes vêtements que la veille. Il ne dit pas un mot. La famille dîne en silence. La seule qui parle est la grande de quatre ans. De foot, de robots, du grand-père qui lui a dit qu'elle était un ange de l'espace. Papi est venu ? demande le père. Il a dormi ici, répond la grande de quatre ans. Il est vraiment gros. Il est encore plus gros que le grand frère de Malcolm. Meuuu, fait le petit d'un an avant de renverser son assiette par terre.

*

Une sœur qui est une mère a établi une liste sur son portable des choses à faire avant le week-end. Elle doit contacter la chargée de presse d'Unilever pour faire le point avant le lancement de la campagne Knorr la semaine suivante. Elle doit appeler son père pour lui dire au revoir avant son départ le lendemain. Elle doit répondre à quatre mails importants. Dire oui à l'invitation au mariage d'une amie. Et renvoyer les chaussures qu'elle a achetées sur internet. Le lendemain elle a rendez-vous à l'hôpital avec celui qui est son petit ami, mais qui n'est pas prêt à être père, pour se faire avorter et stopper la vie qui grandit dans son ventre. Bien que ce ne soit pas encore une vie. La vie ne commence pas avant la vingt-deuxième semaine. Lorsqu'on n'a plus le droit de se faire avorter. Lorsque le fœtus peut survivre hors de l'utérus. Avant, le fœtus n'est pas un fœtus. C'est une partie d'elle. Et ce qui va se faire demain n'a rien de bien grave. C'est une intervention qui la débarrassera de quelque chose qu'elle ne veut pas garder. Comme enlever un point noir. Ou l'appendice. Dans l'ascenseur, elle envoie un message à son fils. Une chanson disant que le monde est plein d'amour. Elle continue à le contacter au moins tous les deux jours. Soit par mail soit par SMS. Mais il ne répond jamais.

Elle revient dans un appartement aussi silencieux que lorsqu'elle l'a quitté le matin. Elle se rappelle combien ça l'agaçait de rentrer et de se rendre compte que le fils avait fouillé dans ses affaires et sorti son iPad pour jouer sans lui demander la permission ou qu'il avait fouiné dans son sac de sport à la recherche de monnaie. Aujourd'hui elle trouve incompréhensible que ce genre de choses ait pu l'énerver. Elle a honte rien qu'à l'idée de l'avoir engueulé parce qu'il ne cédait pas quand elle lui refusait de manger des chips au petit-déjeuner. Aujourd'hui elle donnerait n'importe quoi pour rentrer chez elle et trouver des traces de son fils. Ses chaussettes sales en boule sur le radiateur. Sa vieille casquette traînant par terre. Ses manuels scolaires mal empilés sur la table de la cuisine. Un verre sale oublié avec un fond de chocolat et la trace de ses doigts pleins de beurre. Des miettes de pain. Un bout de fromage dur et luisant.

Aujourd'hui il n'y a plus que ses traces à elle. Ses empreintes de pas sur le sol quand elle retourne dans l'appartement avec ses chaussures aux pieds parce qu'elle a oublié ses écouteurs. Son misérable petit-déjeuner qui reste sur la table de la cuisine. Peu importe le nombre de verres qu'elle utilise ou la fréquence de dîners qu'elle organise ou le temps que son petit ami passe chez elle. Il est évident qu'elle est seule à vivre ici. Et ses traces à elle ne racontent pas la même chose que celles de son fils. Son odeur lui manque. Le parc, la sueur et le parfum du déodorant qui était à elle mais qu'il aimait tellement qu'il le lui empruntait.

Elle accroche son manteau à la patère, enlève ses chaussures et va dans la cuisine. Elle devrait préparer le dîner mais il n'y a rien de plus triste que de se faire à manger à soi-même. Elle sort quelques restes du frigo. Tous ces produits qu'elle achetait parce qu'il les aimait lui manquent. Le ketchup. La confiture. Les saucisses. Le pain à hot-dog. Les betteraves en conserve. Son portable sonne. Elle suppose que c'est le boulot. Elle répond avec sa voix de travail. Une voix sèche signifiant qu'elle peut parler mais que son temps est limité.

C'est lui. C'est son fils. Elle l'entend à sa respiration. Elle l'entend à ses reniflements. Elle l'entend aux bruits de fond. Pendant une dizaine de secondes, ils restent silencieux à écouter leur respiration dans le combiné. Elle sait que c'est lui. Elle le sait, c'est tout. Elle le saura toujours. Maman ? dit-il. Oui, mon amour, répond-elle. Oui, mon amour adoré. Qu'est-ce qu'il y a ? Où es-tu ? Tu vas bien ? Qu'est-ce que je peux faire pour toi ? Où es-tu ? Il essaie de rassembler ses esprits. Il essaie de dire quelque chose. Ça fait plus d'un an qu'elle n'a pas entendu sa voix. Il semble si jeune. Sa voix est plus sombre, mais aussi plus claire. Maman, est-ce que t'as envoyé quelqu'un à mon école aujourd'hui ? demande-t-il. Quoi ? Comment ça ? Qu'est-ce que tu veux dire ? De quoi tu parles ? Ton frère est venu à mon école aujourd'hui, dit-il. C'est toi qui lui as demandé d'aller me voir ? Elle reste silencieuse. Que doit-elle croire ? Une pensée lui traverse l'esprit. Est-ce que cette conversation est enregistrée ? Est-ce qu'elle pourrait être utilisée contre elle dans un procès futur ? Est-ce que son père est derrière lui, prêt à lui donner des indications de mise en scène ? Non. Quand il est présent, la voix de son fils se ferme, devient impénétrable. De quoi tu parles, mon amour ? dit-elle. Bien sûr que non. Mon frère serait venu ? Devant ton école ? Quand ça ?

À la récré du midi, répond le fils. Il s'est garé devant l'entrée. Putain, mais qu'est-ce qu'il faisait là ? s'écrie la mère. Il a dit qu'il voulait me parler, dit le fils. Il m'a demandé de monter dans sa voiture et après il a verrouillé les portières et il m'a parlé pendant genre un quart d'heure. Il avait l'air… Le fils cherche ses mots… émotionnellement instable.

Émotionnellement instable, pense la sœur en souriant. Mon fils utilise des termes comme *émotionnellement instable*. Il y a peu de temps, il portait des couches et faisait des bisous à son reflet dans le miroir de l'entrée et maintenant il vit chez son père, a son propre portable et utilise des mots comme *émotionnellement instable*. Qu'est-ce que tu veux dire par là ? demande-t-elle. Elle sent que tant qu'ils parleront du frère, ils n'auront pas besoin de parler d'eux. Et rien que pour ça, elle est prête à en parler jusqu'à ce que la terre bascule.

Je ne sais pas, dit le fils. Il sentait la sueur. Il n'était pas rasé, il parlait à cent à l'heure et il disait qu'il avait mal dormi, qu'il avait perdu son portable, qu'il avait roulé toute la nuit et… J'ai pas bien compris ce qu'il voulait. Ah bon, dit-elle. C'est bien que tu m'appelles pour me raconter ça. Tu n'as pas à t'inquiéter pour lui. Je m'en occupe. Il t'a dit quelque chose d'autre ? Il a répété plusieurs fois qu'il était important d'avoir de bonnes relations avec ses deux parents. Parce qu'on ne sait jamais à quel parent on peut faire confiance. Il a dit ça ? demande la sœur. Mm, répond le fils. Et tu crois que c'est vrai ? demande-t-elle. Ça dépend, répond le fils. Si les parents sont gentils ou méchants. Après Nicky et Selma sont arrivés, ils m'ont vu assis dans la voiture et ils ont cogné à la vitre pour savoir si tout allait bien. Qui sont Selma et Nicky ? Ils sont dans ma classe. Selma a un an de plus, elle a redoublé parce que son père est australien. La mère n'est pas sûre de saisir le lien entre le fait de redoubler et d'avoir un père qui vient d'Australie, mais elle ne dit rien, elle se contente de savourer l'instant. Entendre la voix qui mue de son fils. Qui semble si adulte et si enfantine à la fois.

Je voulais juste savoir si c'est toi qui l'as envoyé, dit le fils. Absolument pas, répond la sœur. Mais je suis contente que tu m'aies appelée et je vais avoir une bonne discussion avec lui. Il n'a pas le droit d'aller à ton école sans m'en avoir parlé avant. Il avait vraiment l'air émotionnellement instable, répète le fils. La sœur sourit en s'imaginant sa bouche inexpérimentée prononcer distinctement ces deux mots qu'il a dû apprendre à l'école, ou dans une série ou peut-être avec son père.

Tu en as parlé à papa ? demande-t-elle. Elle regrette aussitôt ses mots parce que la voix de son fils se transforme et se ferme. Il reprend ce ton saccadé qu'il avait avant de déménager.

Pas encore, répond-il. Ils restent silencieux. Faut pas ? demande-t-il. Fais comme tu veux, répond-elle. Tu es suffisamment grand pour décider ce genre de choses tout seul. OK. Salut. Salut. Je t'aime, dit-elle, mais il a déjà raccroché. Elle reste longtemps le portable sur l'oreille.

X. VENDREDI

Un petit ami qui ne sera jamais un père ne vit pas sa vraie vie. Mais une rediffusion. Un mauvais remake. Une suite qui n'aurait jamais dû être produite. Demain matin il va donner un cours de sport à sa classe de troisième B, mais pour l'instant il se tient sur le pont Skeppsbron, les jambes chancelantes. L'un de ses copains est en train de pisser derrière un abribus. L'autre essaie de convaincre deux filles d'organiser un after. L'une est une videuse. L'autre est une statue. C'est au petit ami de gérer tout ça. C'est lui le moins bourré des trois. Et demain, lui, il ira travailler. Il a validé toutes ses UE en cinéma. Il sait que l'arrêt du bus de nuit est dans cette direction. Venez. Ses amis le suivent à contrecœur. L'un d'eux doit se tenir à un mur pour avancer. L'autre se lance dans une longue conversation sans intérêt avec un chauffeur de taxi clandestin. Il n'a pas vu ses amis depuis des mois. Tous les trois devraient avoir des tas de trucs à se raconter. Le problème, c'est que le seul sujet dont il aimerait discuter est impossible à aborder. Il aimerait leur dire que sa petite amie est enceinte. Et qu'elle a décidé de se faire avorter. Qu'il aurait dû la voir le soir même mais qu'elle n'a pas répondu à ses appels et que ça ne peut signifier qu'une chose. Elle reste campée sur sa décision. La personne dans son ventre ne naîtra jamais. Toute la semaine ils se sont pris la tête et chaque fois elle a insinué qu'il était un looser. Que ses gènes ne méritaient pas d'être transmis. Dès que possible elle veut se débarrasser de ce qui est *lui*. Quand l'intervention sera terminée, elle pourra mettre un point final à cette histoire et poursuivre sa route. Il n'aura été qu'une parenthèse dans sa vie. Un partenaire temporaire dont elle ne se souviendra que parce qu'elle n'aura jamais compris ce qu'elle faisait avec lui. Qui était ce gars tatoué étrange qui pouvait citer des noms comme Eisenstein, Renoir ou Truffaut ? se demandera-t-elle. Qui a vu *The Clock*, cette installation vidéo de Marclay longue de vingt-quatre heures pour préparer son master sur la temporalité ? Quand il lui avait raconté ça, elle ne l'avait pas cru. C'est vrai ? lui avait-elle demandé. Ça dure vraiment vingt-quatre heures ? Il avait hoché la tête. Mais je l'ai vu en cinq fois. Ça m'a semblé court en comparaison d'*Empire* d'Andy Warhol. Celui-là dure combien de temps ? Huit heures. Huit heures ? Il avait hoché la tête. Et c'était comment ? Bah, il y avait quand même un truc. Bien que ce soit juste une caméra fixe sur l'Empire State Building, on était pris dedans. Il y avait quelque chose d'hypnotique dans le fait de s'ennuyer autant. C'était comme *The Clock*, mais à l'envers.

Le bus de nuit qu'ils avaient espéré prendre, passe devant eux. L'un des deux copains s'affale sur le trottoir. L'autre s'allume une clope en faisant un doigt d'honneur au chauffeur. À cette allure, ils seront chez eux pour Noël. Le petit ami qui ne sera jamais un père s'agenouille. Mon père était chauffeur de bus, raconte-t-il à ses copains. Un jour qu'on revenait du parc d'attractions Gröna Lund avec ma mère, elle a salué le chauffeur du bus dans lequel on se trouvait. Tu le connais ? j'ai demandé. C'est votre père, a-t-elle répondu. Ses copains l'écoutent attentivement. Mon frère et moi on s'est faufilés à l'avant du bus pour le voir. Il était assis derrière le volant. En le voyant, je me suis senti tellement fier. Bien qu'on ne se soit pas vus depuis des années. Bien qu'il nous ait tabassés quand on était petits. Il était assis là. Il accélérait, il freinait, il ouvrait les portes à des touristes. Les deux copains sont d'abord silencieux puis ils se regardent et éclatent de rire. Tout ça c'est dans tes rêves, dit l'un des deux. La pure scène de film, dit l'autre. Vous êtes trop cons, dit celui qui ne sera jamais un père. C'est vrai. Ça s'est vraiment passé comme ça.

Ils attrapent un bus et font le voyage sans se dire un mot. Après s'être dit au revoir, le petit ami repense au moment que ses amis ont qualifié de scène de film. En réalité, c'est tout le contraire d'une scène de film. Ce serait trop explicite, trop romantique, trop fortuit pour pouvoir fonctionner au cinéma. Le père part en fumée et se transforme en une photo en noir et blanc dans un cadre. Il devient une ombre dans l'entrée. Il devient un super-héros dont on se vante à la maternelle. Un animal en voie d'extinction qu'on exhibe au parc les week-ends où il vient rendre visite à ses enfants. On lui tient toujours la main. La main comme une laisse pour que personne ne puisse croire que c'est le père de quelqu'un d'autre. Après le divorce, ils ne se voient plus qu'une fois tous les trois mois. Puis encore plus rarement. Le père vit toujours dans la même ville mais il a maintenant une nouvelle famille et il devient chauffeur de bus. Et un jour, il conduit son ancienne famille de Gröna Lund jusque dans le centre de la ville. La couleur rouge du bus devient le symbole de l'amour éternel entre les parents et les enfants, du sang qui les lie, de la haine qui les sépare, de la colère qui rend tout ça difficile à pardonner, de la passion qui a fait que le père et la mère se sont rencontrés. Les pneus noirs deviennent le matériau qui enkyste les sentiments, qui aplanit les bosses sur la route, qui protège aussi contre l'éventuelle foudre qui pourrait s'abattre sur eux. Le père doit suivre des horaires, la vie doit continuer, les enfants doivent appuyer sur le bouton afin que les portes s'ouvrent. Ils quittent le nid familial protecteur pour sortir dans le froid avec pour unique compagnie leur mère. Les fils prennent le contrôle de leur destin. La mère mourra peu de temps après. Le père croit être libre mais il doit suivre l'itinéraire imposé. Il ne peut même pas s'arrêter pour aller aux toilettes s'il en a envie. Il doit continuer à rouler, rouler, rouler.

Un prof de sport qui en réalité est un théoricien du cinéma, jette un œil à son portable. Son premier cours commence dans cinq heures. Dans huit heures, ils doivent se retrouver devant la clinique. Mais ça n'a plus d'importance. Maintenant il va se mettre en marche. Cette nuit, il va terminer son mémoire. Il ne va pas baisser les bras. S'il arrive à le terminer, sa thèse de doctorat s'écoulera de lui comme le lait d'un pis, comme la lave d'un volcan, comme le vin de cette poche touristique qu'il avait achetée en cadeau à ses amis quand il voyageait par InterRail en Espagne, qui était amusante à utiliser jusqu'à ce qu'ils se rendent compte que le vin qui passait plus de quelques secondes dedans avait un goût de caoutchouc et un arrière-goût de plastique. Il voit la porte de son immeuble. Il presse le pas. Il sent qu'il a de l'énergie. Il n'est pas le moins du monde fatigué. Tout est écrit dans sa tête. Il ne connaît pas de sujet meilleur que celui-ci. Il a vu tous les films. Il a lu toute la littérature spécialisée. Quand il sera chez lui, il se fera un thé, s'installera devant son ordinateur et pondra son mémoire. Et demain, il aura terminé. Et dans quelques semaines, on lui proposera un poste de doctorant. Le professeur Koskinen l'appellera personnellement pour lui demander de commencer sur-le-champ. Ça fait des années que nous n'avons pas eu un sujet aussi brillamment traité, dira-t-il. Notre département a besoin de vous. J'ai besoin de vous. S'il vous plaît, rejoignez-nous. Mais je suis au travail, dira le petit ami. Comment ça au travail ? demandera le professeur Koskinen. Je suis prof de sport. Il est prof de sport ! criera le professeur Koskinen aux autres dans la salle qui attendront sa réponse avec avidité. Nous vous commandons un taxi, dira le professeur. Nous devons discuter avec vous de la manière dont vous voulez présenter ce que vous appelez un master de cinéma mais qui, compte tenu de votre raisonnement extrêmement intéressant sur les procédés du voyage dans le temps, les modes parallèles et la temporalité étirée, a tout pour devenir un chef-d'œuvre interdisciplinaire. Dans l'ascenseur, il a déjà démissionné et commencé son mémoire. Quand il arrive dans son appartement, il l'a terminé. Quand il le dépose au département c'est le silence total, les concurrents serrent les dents, le professeur Koskinen applaudit. Lors de la soutenance, trois professeurs spécialement invités le félicitent. Le premier fond en larmes, la deuxième dit que jamais elle n'a lu un texte qui pousse autant à la réflexion, le troisième reste silencieux un sourire malicieux aux lèvres, puis se lève, serre la main du petit ami et dit : Merci. On lui propose de donner une conférence aux États-Unis. Berkeley et Harvard se battent pour lui offrir un poste de professeur invité. Le festival de Cannes est honoré quand il accepte d'être le président du jury. Et rien de tout ça ne serait arrivé s'il n'avait pas un jour, il y a de nombreuses années, été trahi par cette femme qui prétendait être sa petite amie et qui avait décidé de tuer leur enfant. Il allume son ordinateur. Il met la bouilloire en marche. Il cherche la dernière version de son mémoire et il s'endort, la tête sur la table de la cuisine, avant même que l'eau ne soit chaude.

*

Une sœur qui est une mère a donné rendez-vous à son petit ami sur les bancs d'un parc qui se trouvent à une vingtaine de mètres de l'entrée. Elle veut qu'ils y aillent ensemble. Elle veut que les secrétaires, les infirmières, les médecins et, avant tout, les autres femmes dans la salle d'attente voient qu'ils sont deux derrière cette décision. Qu'elle n'est pas seule. Je t'accompagnerai a dit son petit ami lorsqu'elle lui a rendu son verdict. Même si je te demande, s'il te plaît s'il te plaît, de revenir à la raison. Mais elle est sûre d'elle. Avorter aujourd'hui ne signifie pas qu'ils ne pourront pas avoir un autre enfant ensemble. Dans le futur. Quand ils le voudront vraiment. Mettre au monde un enfant est irréversible. Avorter ne l'est pas. Mais sur le chemin, elle commence tout de même à douter. Et si jamais elle regrettait ? On ne regrette jamais d'avoir un enfant, lui disaient les gens lorsqu'elle est tombée enceinte la première fois et que son ex-mari commençait à avoir un comportement étrange. Et ils avaient raison. Malgré tout ce qui s'est passé, elle n'a jamais regretté sa décision d'avoir gardé l'enfant. Y a-t-il eu des moments où, au fond d'elle, elle a douté de son choix ? Jamais. S'apprête-t-elle à commettre une erreur ? Et si après elle ne pouvait plus en avoir ? Il faut qu'elle en discute une dernière fois avec lui. Lui qui n'est pas son ex-mari. Lui qui est une meilleure personne. Quelqu'un de bien. De gentil. C'est pour cette raison qu'elle lui envoie un SMS lui demandant de venir une demi-heure plus tôt. Elle sait qu'il sera déjà là quand elle arrivera, qu'il s'agenouillera devant elle en la suppliant de réfléchir à sa décision, en lui rappelant qu'il l'aime, qu'il veut rester avec elle pour toujours et que l'être qui est dans son ventre mérite une chance. Elle arrive devant les bancs du parc. Il n'est pas là. Il n'a pas répondu à son SMS. Elle s'assoit. Elle lui en envoie un deuxième. Puis elle essaie de l'appeler. Elle regarde l'heure. Il est bientôt moins vingt. Où es-tu ? lui écrit-elle lorsqu'il est moins cinq. À moins trois, il la rappelle. Sa voix est rauque. Il dit qu'il est en situation de crise au boulot. Un élève en a menacé un autre, le proviseur est là, la police ne va pas tarder, il doit rester pour s'occuper de tout ce bordel. Il est très triste de ne pas pouvoir être avec elle, mais en même temps, il ne pense pas qu'il serait d'un grand soutien parce qu'il se sent un peu malade et, comme elle sait, il a la phobie des hôpitaux et déteste les piqûres. Mais il lui envoie un maximum d'ondes positives et il espère qu'ils pourront se voir bientôt ? Elle se fige. Elle raccroche sans même lui dire au revoir. Elle remet son portable dans son sac à main et passe les portes en verre. Une secrétaire lui sourit et lui demande si elle est bien la personne qu'elle est. L'espace d'une seconde, elle hésite à répondre. Puis elle hoche la tête et se dirige vers la salle d'attente.

*

On est vendredi matin et un grand-père qui est un père se prépare à prendre le métro pour Cityterminalen afin d'attraper la navette pour l'aéroport. Dans sa valise il range tous les vêtements qu'il a achetés en soldes. Des chemises de chez Dressmann, des pantalons de chez Grosshandlarn, des chemisiers et des habits pour enfants de chez H&M, des chaussures pour enfants de chez Deichmann. Rien n'est pour lui. Tout va être vendu à un bon prix, sans profit, à des contacts dans l'autre pays. Il garde les sacs en plastique. Il garde les cintres. Il garde les étiquettes mais enlève les prix soldés en rouge. Il raye l'avant-dernier jour sur son calendrier fait maison et met tout ce qui est comestible dans le sac qui lui sert de bagage à main. Des pommes, des oranges, du muesli, du lait fermenté, deux boîtes de haricots, une moitié de concombre, un bout de fromage, un paquet de pain tranché et une boîte de maquereaux à la sauce tomate. Il attrape une boîte en plastique avec couvercle dans laquelle il verse les trois quarts du pot de café soluble.

Puis il verrouille sa valise avec un cadenas. L'avion décolle à dix-neuf heures. À l'heure du déjeuner il est prêt à quitter l'appartement. Il veut être là-bas au moins quatre heures avant le décollage. Il n'aime pas le stress. À l'aéroport il y a des télés et puis il n'a rien de mieux à faire. Il est onze heures et demie quand il entend une voiture klaxonner en bas dans la rue.

*

Un fils qui est un père est assis dans sa voiture en bas de son bureau. Il ne veut pas monter. Il ne veut pas voir l'état dans lequel son père a laissé l'appartement. Il ne veut pas réveiller le petit d'un an qui dort dans son siège auto. Il ne veut pas le porter dans les escaliers et découvrir une tour de cartons à pizza dans la cuisine, une montagne d'ongles coupés dans l'évier, un monticule d'écailles de corne de pieds dans la salle de bains. De plus, les enfants ne doivent pas séjourner là-haut. Pas tant que les produits anti-cafards sont actifs. Le gars d'Anticimex lui a bien demandé si des enfants venaient ici et quand le père a dit non, il a ajouté du poison dans les angles de la salle de bains, dans les placards de la cuisine, derrière le micro-onde et dans l'espace entre le frigo et le congélateur. Mais. Bizarrement le père ne veut pas non plus monter et découvrir que son père a fait le ménage. Il n'est pas sûr de savoir pourquoi. Peut-être parce que ça montrerait que les gens peuvent changer. Ou que son père en était capable pendant toutes ces années mais qu'il n'a fait l'effort que lorsqu'il a été exposé à une menace concrète.

Le fils klaxonne pour signaler sa présence. Le père apparaît sur le balcon. Qu'est-ce que tu veux ? lui crie-t-il. Te dire au revoir, lui crie le fils en retour. Monte, dit le père. Je ne peux pas, répond le fils en pointant du doigt la banquette arrière où dort le petit d'un an. Attends un peu, je descends. Prends ta valise, lui crie le fils, je peux t'emmener à l'aéroport. Le père reste sur le balcon deux secondes de trop. J'arrive tout de suite. Il faut juste que je la ferme.

Le père descend avec sa valise pleine à craquer. Tu pourrais quand même t'en acheter une nouvelle, dit le fils. Offre-m'en une pour mon anniversaire, réplique le père. Le fils met la valise dans le coffre, s'installe au volant, jette un œil dans le rétroviseur, met le clignotant et démarre. N'oublie pas l'angle mort, dit le père. Je n'oublie pas, dit le fils. C'est important d'être vigilant, poursuit le père. Ils font demi-tour et partent en direction du rond-point.

C'est quoi ça ? demande le père. Un portable de dépannage, répond le fils. Il est arrivé quoi à l'autre ? Il s'est cassé, dit le fils en rangeant l'appareil dans un compartiment pour éviter de le voir. Ta voiture est sale, dit le père. Je vais la laver, répond le fils. Ça sent le poisson, dit le père. Je vais la laver, répète le fils. Il faut prendre soin de ses affaires sinon elles se cassent, dit le père. Le fils tourne à droite puis encore à droite puis s'engage sur l'autoroute. Si tu ne répares pas ça, tu risques d'avoir une fissure, dit le père en pointant du doigt un impact de caillou sur le pare-brise. Et alors il faudra changer la totalité du pare-brise. C'est juste un petit impact, dit le fils. Maintenant oui, poursuit le père, mais bientôt ça sera une grosse fissure. Attends un peu et tu verras qui a raison. Le fils se met sur la file de droite. Tu as mangé de la réglisse ? demande le père. Pourquoi ? Quand ta mère mangeait de la réglisse elle avait toujours des boutons. Je dors mal depuis quelque temps, dit le fils. Depuis combien de temps ? Depuis ces quatre dernières années, soupire le fils. Double, dit le père, on n'a pas toute la journée devant nous. Ton avion ne décolle pas dans six heures ? demande le fils. Ça ne fait pas de mal d'y être un peu en avance, dit le père. Le stress, ce n'est pas bon pour le ventre. Le fils jette un œil dans le rétro, met son clignotant et glisse sur la file de gauche. N'oublie pas l'angle mort, répète le père. C'est moi qui conduis et je n'oublie jamais l'angle mort, rétorque le fils. Tu as changé de file trop vite, dit le père. Il faut que tu regardes mieux. S'il te plaît, s'il te plaît, s'il te plaît, dit le fils, on pourrait essayer une chose ? Juste aujourd'hui ? Ce voyage dure trois quarts d'heure. Pendant ce temps-là, on pourrait essayer de voir si c'est possible de se parler sans que tu me critiques ? Faire une expérience, quoi ? On teste ? Chaque fois que tu veux me dire quelque chose, demande-toi d'abord si c'est *quelque chose* qui peut être perçu comme une critique contre moi. Et si c'est le cas, tu ne le dis pas. On essaie ? Mais c'est toi qui trouves toujours des choses à redire, dit le père. OK. Maintenant tu viens de me critiquer pour ça aussi. On peut réessayer ? À partir de maintenant aucun de nous deux ne critiquera l'autre. On va voir si on y arrive. Trois quarts d'heure. On devrait y arriver, non ? Le père regarde par la vitre. Le fils est concentré sur la route. Deux fois il voit du coin de l'œil le père ouvrir la bouche et la refermer aussi sec.

*

Un grand-père qui est un père est en état de choc. Pour la première fois dans l'histoire du monde, son fils se propose de le conduire à l'aéroport ! Incroyable. C'est son jour de chance. Il devrait jouer au loto. Il s'installe sur le siège passager et fait quelques blagues. Qui ne font pas rire le fils. Qui les prend mal. Qui croit que ce sont des critiques. Qu'est-ce qui s'est passé hier ? demande le grand-père. De quoi tu parles ? Tu es parti faire des courses et tu n'es jamais revenu ? dit le grand-père. J'avais quelques trucs à régler. Le grand-père acquiesce d'un signe de tête.

Je comprends. Lui aussi a été père. Parfois il y a des choses qui ont besoin d'être réglées et alors il faut y aller. De quoi il s'agit exactement, ça ne regarde ni les pères ni les petites amies. Tu as besoin d'argent ? demande-t-il en tapotant sa poche de poitrine. Non, répond le père. Tu as besoin de muscles ? Le grand-père tend ses biceps. Le père sourit. Merci mais non merci. Maintenant tout est arrangé. Ils continuent à rouler en silence. J'ai juste eu envie de partir, dit le père. Rien de plus.

Le grand-père est soulagé. Il est content que le père ne veuille pas tout lui raconter. Ça signifie qu'il est suffisamment adulte pour comprendre qu'il faut garder certaines choses pour soi.

*

Un fils qui est un père voit les panneaux qui indiquent le décompte jusqu'à l'aéroport. Ils vont bientôt arriver. Ils vont bientôt se dire au revoir. Il va bientôt être trop tard. Le fils met son clignotant, quitte l'autoroute et s'arrête sur le bas-côté. Qu'est-ce que tu fais ? demande le père. Le fils met les warnings et laisse le moteur allumé pour que le petit d'un an sur la banquette arrière ne se réveille pas à cause du silence. Papa, commence-t-il. Mais enfin tu ne peux pas rester ici ! lui siffle le père. Papa, répète-t-il. Qu'est-ce que tu fabriques ? C'est très dangereux de rester ici, on pourrait nous foncer dedans à tout moment. Papa, répète encore le fils. Écoute-moi bien. Hier j'ai voulu partir. Mais je n'ai pas pu. J'ai senti que je ne pouvais pas. Que j'avais envie de rentrer. Que j'avais besoin de mes enfants. Je comprends, dit le père. Démarre maintenant. Tu as détruit beaucoup de choses, dit le fils. Mais je ne suis pas suffisamment abîmé pour abandonner ma famille. Merci pour ça. Le père reste silencieux. Notre relation a été très conflictuelle à travers les années, dit le fils. C'est toi qui as été conflictuel, précise le père. Et on a dit et fait des choses qu'on regrette, je crois, dit le fils. Je ne regrette rien, rétorque le père. Mais je veux que tu saches une chose, dit le fils. Je… te pardonne. Démarre maintenant, dit le père. Nous te pardonnons, dit le fils. Qui ça nous ? demande le père. Moi et mes sœurs, dit le fils. Le père reste silencieux. Il détourne le regard. Ses épaules font des soubresauts. Sa gorge fait des bruits bizarres. Le fils regarde devant lui jusqu'à ce que ça passe. Démarre maintenant, dit le père en enfilant ses lunettes de soleil. Et n'oublie pas l'angle mort.

*

Un fils qui est un père et un père qui est un grand-père arrivent à l'aéroport. Le père se gare, le petit d'un an se réveille et s'étire. Ils vont ensemble au comptoir d'enregistrement. Vous vous êtes enregistrés en ligne ? demande la femme derrière le comptoir. Je vous présente mon fils, dit le grand-père. C'est lui qui m'a conduit ici. Vous avez un gentil fils, dit la femme. Vous êtes déjà enregistré ? Non, répond le grand-père. Je ne peux pas faire ça tout seul. Je suis analphabète. Il rit de sa bonne blague. Le fils rit aussi. La femme l'aide à s'enregistrer. Voulez-vous plastifier votre bagage pour plus de sûreté ? Cette valise tient depuis trente ans et tiendra aujourd'hui aussi, dit le grand-père.

Ils marchent ensemble jusqu'au contrôle de sûreté. Le petit d'un an regarde avec de grands yeux la hauteur sous plafond de l'aéroport. Meuuu, dit-il quand il voit un douanier avec un chien. Le grand-père se penche vers lui et l'embrasse sur les joues. Trois fois. Puis encore trois fois. Il va me manquer, dit le grand-père. Toi aussi tu vas lui manquer, sourit le père. La prochaine fois, vous essayerez de vous voir un peu plus. Absolument, dit le grand-père. Il fourre sa main dans sa poche et sort un billet de cinq cents couronnes. Pour l'essence. C'est trop, dit le fils. Avec la monnaie achète des chaussettes de foot à ta fille. Ça fera beaucoup de paires, dit le père. Elle le mérite, sourit le grand-père. Le grand-père et le père s'enlacent et se font la bise. Trois fois. On reste en contact, dit le père. Absolument, répond le grand-père. Promets-moi de m'envoyer un SMS quand tu auras atterri, dit le père. Bien sûr, répond le grand-père. Sinon tu sais comment je suis. Comment es-tu ? Inquiet, dit le père. Eh bien, ne le sois pas, dit le grand-père. Mais je le suis quand même, dit le père. Tu penses trop, dit le grand-père. Je veux juste que tu me promettes de m'envoyer un SMS, dit le père. Tu es trop sensible. C'est tout ce que je te demande, un petit SMS quand tu auras atterri. OK, dit le grand-père. Je suis sérieux, dit le père en se sentant comme un fils. D'accord, je t'enverrai un SMS, sourit le grand-père. Si tu ne m'en envoies pas un je me vengerai, dit le père en plaisantant à moitié. De quelle façon ? demande le grand-père. En réécrivant tout ça, dit le père. Fais-le, dit le grand-père. Écris un livre sur un fils qui fout à la porte son père bien-aimé. Non ce serait plutôt l'histoire d'un père qui traite les membres de sa famille comme des biens, dit le père. Ils se sourient. Ces dernières phrases, ils ne se les disent pas. Ils se disent juste au revoir. Le grand-père se dirige vers le contrôle de sûreté. Le fils qui est un père reste immobile devant le chariot à bagages à attendre que le grand-père se retourne pour lui faire un signe de la main. Mais le grand-père ne se retourne pas. Le père ne récupère pas ses clés. Le grand-père n'envoie pas de SMS à son fils quand il atterrit. Dans cinq mois et vingt-huit jours ils se reverront.

*

Le soir, le fils qui est un père se rend à son bureau. Il est paré à toute éventualité quand il tourne la clé et qu'il ouvre la porte. Les poubelles ont été jetées. Les sols sont lavés. Les toilettes ont été nettoyées. Tous les cartons à pizza, sauf un, ont été enlevés. Le grand-père a même fait la vaisselle. Incroyable. Il n'y a aucun cafard mort à balayer, ce qui doit signifier que le poison et les pièges fonctionnent. Le fils peut ouvrir le courrier qui est empilé sur la commode de l'entrée, trier les factures, imprimer les relevés de compte puis préparer la clôture du livre. Il y a juste à se décider. Il va bientôt s'y mettre. Mais d'abord il se rend dans la cuisine pour remplir la bouilloire d'eau. Il sort un sachet de thé et une tasse. Sur la table de la cuisine est posé un papier. Avec l'écriture du père. Ce n'est pas écrit : *À bientôt.* Ni : *Merci.* Ni : *Je t'aime.* Il y a juste dix dates qui sont toutes rayées, sauf la dernière.

Le fils jette le papier dans la poubelle sous l'évier. Son portable sonne. Un signal. Deux. Trois. Il répond. La voix bouleversée de sa sœur dit que son fils l'a appelée, que c'est fini avec son petit ami qui n'en a jamais été un et que ce matin elle s'est fait avorter sans éprouver le moindre regret. T'es où ? demande le fils qui n'est pas son père. J'arrive.

MERCI
K et T
Diane Bimont
Daniel Sandström, Albert Bonniers Förlag
Sarah Chalfant, The Wylie Agency

OUVRAGE RÉALISÉ
PAR L'ATELIER GRAPHIQUE ACTES SUD
REPRODUIT ET ACHEVÉ D'IMPRIMER
EN OCTOBRE 2021
PAR NORMANDIE ROTO IMPRESSION S.A.S.
À LONRAI
POUR LE COMPTE DES ÉDITIONS
ACTES SUD
LE MÉJAN
PLACE NINA-BERBEROVA
13200 ARLES

DÉPÔT LÉGAL
1re ÉDITION : JUIN 2021

N° impr. : 2105757
(Imprimé en France)